读客悬疑文库

认准读客读悬疑,本本都是大师级。

图书在版编目（CIP）数据

罪恶捕手. 恶童医院 /（意）多纳托·卡瑞西著；吴宗璘译. -- 北京：北京日报出版社，2022.11
ISBN 978-7-5477-4372-0

Ⅰ.①罪… Ⅱ.①多…②吴… Ⅲ.①推理小说－意大利－现代 Ⅳ.① I546.45

中国版本图书馆 CIP 数据核字（2022）第 140640 号

IL CACCIATORE DEL BUIO by Donato Carrisi
Copyright © 2014 Donato Carrisi
Simplified Chinese translation copyright © 2022 by Dook Media Group Limited
Published by arrangement with Longanesi & C.through Andrew Nurnberg Associates Ltd.
ALL RIGHTS RESERVED

中文版权：© 2022 读客文化股份有限公司
经授权，读客文化股份有限公司拥有本书的中文（简体）版权
本书译文由春天出版国际文化有限公司Spring Interational Publishers Co.,Ltd授权
图字：01-2022-5596号

罪恶捕手：恶童医院

作　　者：	［意］多纳托·卡瑞西
译　　者：	吴宗璘
责任编辑：	曲　申
特约编辑：	顾珍奇　　徐陈健
封面插画：	朱雪荣
封面设计：	陈绮清
出版发行：	北京日报出版社
地　　址：	北京市东城区东单三条8-16号东方广场东配楼四层
邮　　编：	100005
电　　话：	发行部：（010）65255876
	总编室：（010）65252135
印　　刷：	三河市龙大印装有限公司
经　　销：	各地新华书店
版　　次：	2022年11月第1版
	2022年11月第1次印刷
开　　本：	890毫米×1270毫米　1/32
印　　张：	14
字　　数：	321千字
定　　价：	59.90元

版权所有，侵权必究，未经许可，不得转载
凡印刷、装订错误，可联系调换，联系电话：010-87681002

IL CACCIATORE DEL BUIO
DONATO CARRISI

对于诸神而言，我们等同于顽童手中的苍蝇，任由他们杀戮取乐。

———莎士比亚，《李尔王》

序曲

黑暗猎人

我们降临于世，死时遗忘一切。

这就是他所历经的过程。他得到了重生，但他必须先死去，代价是必须遗忘自己到底是谁。

"我不存在，"他一直这样告诉自己，因为这是他唯一知道的真相。

穿入太阳穴的那颗子弹夺走了他的过往，正因如此，他的身份也消失了。子弹却没有侵蚀他的底层真实记忆或是脑部语言区，而且，奇怪的是，他可以操好几种语言。

他对自己所知不多，不过，他很清楚自己具有难得一见的语言天赋。

在他躺在布拉格医院的病床上，等待记忆浮现，想起自己到底是谁的那段时间，某个夜晚，他发现有名面色和蔼的男子站在他的病床旁边，一头黑发整齐侧梳，有张娃娃脸。露出微笑，只说了一句话：

"我知道你是谁。"

照理说，这几个字应该会让他松口气，不过，这却是全新谜团的序曲。因为就在这个时候，这个一身素黑的男人拿出两个密封的信封，放在他面前。

那男人告诉他，其中一个信封是两万欧元的不记名支票，还有假名字的护照，只差一张使用者的照片而已。

另外一个，则是真相。

那男人给他充分的时间，等待他作出决定。因为，知道自己的一切未必是好事。而且，现在的他有了重生的机会。

"你要仔细想清楚，"他苦心劝诱，"有多少人巴不得享受你这种待遇；有多少人盼望能够得失忆症，借此抹消过往的所有过错、缺失、痛苦，能够在自己向往的地方重新开始。如果你打算重生，那听我一句话：另一个信封就直接丢了吧，千万不要打开它。"

为了让他能够更明快地作出决定，对方告诉他，这世界上没有任何人在寻找他的下落，也没有人在苦苦守候他。他没有任何近亲，没有家人。

然后，那男人离开了，也把他的秘密一起带走了。

当晚以及接下来的那几天，他一直盯着那两个信封。他的内心深处有声音在对他低语，那男子早已知道他会作出什么选择。

问题是，他自己却不确定要怎么选。

听到了对方诡谲的提案，已经让他隐约有感，自己看了第二个信封里的内容应该会心中一凉。"我不知道我是谁。"他一直告诉自己这句话，但他立刻体悟到自身性格中隐藏了某个部分——只要他继续活下去，一定会不断自我存疑的某个特殊区块。

所以，在他们准备让他出院的前一天晚上，他丢掉了那个装有假身份护照与支票的信封——如此一来,他再也没有任何反悔的机会。然后,他撕开了那个将会揭露一切真相的信封。

里面有张前往罗马的车票、一些现金,还有一间教堂的地址。

圣王路易堂。

他花了一天时间才到达目的地。这栋建筑物是文艺复兴与巴洛克风格完美融合的杰作。他坐在教堂中殿后方的长条座席上,等了好几个小时。大批观光客不断涌入,众人的目光焦点是艺术品,根本没有人注意到他。他也发现自己身处丰富优美的空间之中,这让他惊叹不已。种种新知不断注入他的处女记忆地带,而他对于周边艺术品所产生的感知,让他无法轻易忘怀,这一点他十分确定。

但他依然不知道这些东西和他有什么关系。

到了傍晚,游客们开始陆续从教堂离开。暴雨将至,他们加快了脚步。他躲在其中一间告解室,不知道自己还能去什么地方。

大门全都上了锁,所有的灯源都已经熄灭,映亮室内的只剩下祈愿的点点烛光。外头大雨滂沱,轰隆的雷声让教堂内的空气也为之震颤。

就在这时候,他听到某人的声音:"马库斯,快过来看看。"

原来他叫马库斯。听到自己的名字,他并没有产生预期的反应,这几个字就跟其他的词一样,完全没有熟悉感。

马库斯离开藏身处,站了出来,四处找寻那个曾经在布拉格与他有过一面之缘的男人。他发现对方站在柱子后面,动也不动,背对着他,面向某个侧厅祈祷室。

"我是谁?"

那男人没有回话,依然紧盯着眼前的一切,也就是祈祷室的大型壁画。

"在一五九九年至一六〇二年之间,卡拉瓦乔画下了这些作品。《圣马太与天使》、《圣马太蒙召》以及《圣马太殉难》,我最爱的是最后一幅。"他伸手指向右边的那幅画,然后又面向马库斯,"根据天主教的传说,他是被谋杀的使徒与传教士。"

画作中的圣者躺在地上,凶手挥舞着剑,打算展开袭击。周边的人因恐惧而四处走避,也给了施暴者杀戮空间。圣马太并没有企图逃离死劫,反而张开双臂,等待成就其殉难及让他成为永恒圣者的刀锋落下。

"卡拉瓦乔个性浪荡,在罗马最堕落腐败的圈子里打混,而且经常把街头目击的元素当成创作灵感,在这幅画中,就是暴力。好,想象一下,要是在这个场景中找不到任何的圣性或是救赎,以凡夫俗子的角色模拟这张画作……现在你看到了什么?"

马库斯思索了一会儿:"谋杀。"

对方缓缓点头:"在布拉格的一家旅馆里,有人对你的脑袋开了枪。"

雨声越来越急切,让教堂里的回声变得更加洪亮。马库斯心想:这男子让我看这幅画,应该有特殊用意。为了逼迫我去思索自己在那个场景中扮演什么角色,到底是受难者还是凶手?

"其他人在画中看到的是救赎,但我只看到恶行,"马库斯问道,"为什么?"

一道闪电映亮窗户,那男人露出微笑:"我是克莱门特,我们是神父。"

这个答案让马库斯心头一震。

"你具有某种特质,只是自己遗忘了,你可以看出恶行的蛛丝马迹,也就是违常之处。"

马库斯不敢置信,自己居然拥有这种天赋。

克莱门特把手放在他肩头:"在光明与黑暗的交界之处,一切都可能发生:那片幽暗之地,万物模糊迷离,一片混乱,你被指派为边界的守护者。由于偶尔会有越界之事,你的任务就是要将其驱回黑暗世界。"

克莱门特最后一句话的尾音,渐渐没入狂躁的风雨声之中。

"许久之前,你曾经立下誓言:不能让任何人知道你的存在,绝对不行。只有在闪电与雷声的交接时刻,才能够说出自己的身份。"

在闪电与雷声的交接时刻……

马库斯想要搞清楚状况,他开口问道:"我是谁?"

"某项圣令的最后代言人,圣赦神父。你们遗忘了世界,而这世界也遗忘了你们,不过,大家曾经称呼你们为黑暗猎人。"

梵蒂冈是全世界最小的国家。

它正好位于罗马市的中央地带，总面积不到二分之一平方千米，腹地由圣彼得大教堂一路往后延伸，四周边界筑有慑人的高墙。

这整座"永恒之城"曾经专属于教皇一人所有。不过，在一八七〇年，新成立的意大利王国吞并罗马，教皇为了继续行使权力，只能被迫隐入这个被包围的小小领地之中。

梵蒂冈属于自治国家，有其领土、人民以及政府机关。它的居民分为曾经宣誓的神职人员以及未曾宣誓的一般平民。有的住在城墙之内，有的则住在外面的意大利国境内，这些人每天在家和梵蒂冈境内的组织与机构之间来回通勤，必须经过梵蒂冈五道城墙大门中的一个关口才能顺利进出。

城墙之内设有各式各样的设备与部门，超市、邮局、小型医院、药房、以《教会法》为判决依据的法庭以及小型发电厂。此外，还有直升机停机坪，甚至有专供教皇使用的火车站。

他们的官方语言是拉丁文。

这个小型国家除了大教堂、教皇住所、政府机构，其他区域就是大花园以及梵蒂冈博物馆，每天都有来自世界各地的成千上万名观光客到馆内造访，游览的终点就是抬头盯着西斯廷教堂的天花板，瞠目结舌地仰望米开朗琪罗的伟大壁画——《最后的审判》，人人充满了敬畏之情。

此时，出现了紧急状况。

大约在下午四点钟，也就是闭馆前的两小时，警卫们开始把游客驱赶到外头，却没有作出任何解释。与此同时，在这个小国的其他区域，无论是住在墙内还是墙外的世俗工作人员，全都被要求立刻返家。至于住在墙内的那些居民也接获通知，在没有听到进一步指令之前，应该待在屋内。至于神职人员也一样，必须回到各自的住所或是位于梵蒂冈境内的各处修道院。

隶属于教皇军团的瑞士近卫队——这个组织的初始成员原本是雇佣兵，自一五〇六年开始在瑞士天主教行政区内接受专门训练——也已经收到命令，必须封锁所有进入梵蒂冈的入口，第一个关闭的就是圣安娜大门，所有的直拨电话线路都被切断，包括手机信号。

在那个清冷的冬日，到了傍晚六点钟，这座城市已经与世界全然隔绝。众人无法进出，也无法与外界联络。

只有两个人除外，他们走过了达玛稣庭院与拉斐尔凉廊，没入夜色之中。

发电厂已经切断了广阔花园的所有供电，一片寂静之中，回荡着他们的声音。

克莱门特说道："我们得快一点儿，只有三十分钟的时间。"

马库斯知道，这样的孤绝状态不可能持续太久，不然外界就会起疑。根据克莱门特的说法，他们早就已经准备好了给媒体的说辞：这次全面阻断的官方原因，是在演习一套全新的紧急疏散计划。

然而，真正的原因，却必须绝对保密。

这两位神父开了手电筒进入花园区。这些花园占地二十三公顷，足足有半个梵蒂冈之大，一共有意式、英式、法式三座园区，而且广纳来自世界各地的植物物种。它们是历任教皇的骄傲，许多教皇都曾经在这园林之间漫步、沉思以及祈祷。

马库斯与克莱门特走过一排排的黄杨木树篱大道，在园丁的巧手修整之下，它们宛若大理石雕像。他们走过巨大的棕榈树与黎巴嫩雪松的树荫下方，耳边传来上百座喷泉的潺潺水声。它们装点着各座花园，里面还有若望二十三世下令兴建的玫瑰园，现在只要春日一到，以他为名的玫瑰就会逢时绽放。

高墙之外是一片混乱、交通拥塞的罗马。不过，在他们的这一侧，却拥有绝对的静谧宁和。

马库斯心想，这里其实一点儿也不平静，至少，现在已然变貌。就在这个下午，发现异状的那一刻，原本的安详气氛立即被破坏殆尽。

这两位圣赦神父准备前往的地点，并不像其他地方一样早被改造，反而依然保有自然原貌。其实，在这些花园之中，有一处能够让植物恣意生长的区域，成了连绵超过两公顷的树林。这里唯一的养护工作就是定时清除枯枝，今天园丁就是在整理树枝时发出了紧急通报。

马库斯与克莱门特爬上了小丘。他们站在顶端,将手电筒的光束对准了下方的凹地,梵蒂冈警察已经用黄色封锁带在中央围出了一小块区域。他们早已开始展开调查、清查现场,但随后接获指令,必须立刻撤离现场。

马库斯心想,这是礼让我们的举措。所以他直接走向封锁线,以手电筒照亮现场,看到了那个东西。

一块人类的身躯。

全身赤裸。立刻让他联想到《残躯》,梵蒂冈博物馆里的典藏品,赫拉克勒斯的破损巨型雕像,成为米开朗琪罗的灵感来源。不过,在这名惨遭恶虐的女性残尸身上,却完全看不到任何诗意的元素。

她的头与四肢被人砍断了,残尸散落在几米外的地方,一旁还有已经烂碎的黑色衣物。

"我们知道她的身份吗?"

"是修女,"克莱门特指向正前方,"树林的另外一头,有间隐修院。她的身份是个秘密,这是她所属修会的规定之一。遇到现在这种状况,这一点也不重要了。"

马库斯弯身,凑前看个仔细。苍白的肤色、扁小的乳房、暴露的器官。原本被头巾包裹的超短金发,如今却因为头被砍断而外露。她的蓝色双眸仰望向天,仿佛在苦苦哀求。他的目光在询问她:你是谁?因为这世界上还有比死亡更悲惨的命运,以无名氏的身份断气。到底是谁对你下这种毒手?

"修女们偶尔会在这片树林里散步,"克莱门特继续说道,"几乎没有人会过来,所以她们可以在不受到任何干扰的情况下专心祷告。"

011

马库斯心想,这名受害者选择的是隐修院,她当初立誓要远离人群,与同修在一起,之后,再也没有人能看到她的脸庞,没想到她最后却成了某人恶行的可怖展示品。

"这些女子为什么会作出这样的决定,的确令人费解,"克莱门特仿佛有读心术,"许多人认为她们应该到外头,在世间行善,而不是把自己关在隐修院里。不过,诚如我祖母所言,我们不会知道这些修女靠着祷告拯救了世界多少次。"

马库斯不知道是否该相信这种说辞。虽然他在过去这两年中跟随克莱门特学习到了这一切,但从他自己的角度来说,面对这类惨死事件之际,实在很难说出世界已经被拯救了之类的话。

"数百年以来,这里从来不曾发生过这样的事,"克莱门特继续说道,"我们毫无准备。梵蒂冈警方将会展开内部调查,但是他们并没有处理这类案件的经验,所以没有法医、没有鉴识团队,不会验尸、验指纹以及验DNA。"

马库斯转头看他:"那么为什么不寻求意大利当局出面帮忙?"

根据这两国的缔约内容,要是梵蒂冈有需要,可以请求意大利警方援助。不过,只有在大批朝圣者涌入大教堂,需要控制场面或是防范广场内的扒窃小偷时,才会出现这种状况。除非有特殊需求,不然意大利警方的管辖范围就是以圣彼得大教堂的入口台阶为界,绝对不能越雷池一步。

克莱门特回道:"不可以——上面已经作出决定。"

"我在梵蒂冈里面进行调查,要怎么样才不会引人注意?甚或是更糟糕的,我被人发现身份的时候又该怎么办?"

"很简单,你不需要待在里头,因为凶手是从外面进来的。"

马库斯不懂:"你怎么知道?"

"我们知道他的长相。"

这句话让马库斯吓了一大跳。

"这具尸体在这里至少有八到九小时了，"克莱门特继续说道，"今天早上，非常早的时候，监视摄影机录到了一名男子在花园里徘徊。他貌似梵蒂冈员工，但那套制服其实是偷来的。"

"何以见得是他？"

"你自己看吧。"

克莱门特交给他一张印出的截图。里面有个园丁打扮的男子，小顶鸭舌帽的帽檐遮盖了部分面孔。白人，年纪不明，但绝对超过五十岁。他携带了灰色肩包，包底有明显的深色污渍。

"梵蒂冈警方认为包里面放的应该是小斧或是类似的工具。他最近一定拿出来使用过，因为你看到的污渍应该是血。"

"为什么是小斧？"

"因为在这个地方，只能找到这种东西当武器。进来的时候必须接受安检，用金属探测器检查，所以不可能携带任何东西进来。"

"不过，他还是随身带走了小斧，掩盖了行迹，以防梵蒂冈找意大利警方进来查案。"

"其实出去就简单多了，完全没有设任何检查哨。而且只需要混入那一大群朝圣者与观光客里面，就可以成功避人耳目。"

"园艺用品……"

"他们还在清查是否有遗失的物品。"

马库斯再次望向那具年轻修女的残尸。他做出下意识动作，伸手紧捏挂在颈间的圆形垂饰，里面镌刻的是圣赦神父的守护者，挥舞火焰之剑的大天使米迦勒。

"我们得走了,"克莱门特说道,"时间已到。"

就在这个时候,树林里出现窸窣的声响,朝他们直冲而来。马库斯抬头,看到一群黑衣人从幽暗处冒出来,有些人手执蜡烛,在那微弱光亮的映照下,他发现这群人全戴着黑色面罩。

"都是她的同修,"克莱门特开口,"她们过来收尸。"

在她还活着的时候,只有这些女子有权知道她的面目;在她离世之后,也只有她们可以处理她的残尸,这就是规定。

克莱门特与马库斯立刻退离现场。修女们默默各就各位,站在残尸附近。每一个人都知道自己的任务。有人把白色床单铺在地上,其他人则开始捡拾尸块。

就在这个时候,马库斯才注意到那个声音。那些覆脸面罩下传来一阵低沉和声。是祷文,她们在用拉丁文祈祷。

克莱门特抓住马库斯的手臂把他拖走。马库斯也只能乖乖跟过去,而其中一名修女正好走过去,靠近他身边。他听见她幽幽地说出一句话:

"Hic est diabolus."

恶魔在此。

第一部

盐之童

第一章

克莱门特迈步前行,一路踩踏着罗马的清冷夜气。

没有人会想到这个斜倚在平丘看台石头栏杆上、一身素黑的男子是个神父。他放眼望去,以圣彼得大教堂为中心,一片广袤的豪宅与穹顶组成了壮阔的景色。这景色数百年来恒常不变,里面挤满了多如蚁群的人。

克莱门特站在那里,俯瞰整座城市,并没理会后头阶梯传来的脚步声:"所以,解开谜团了吗?"他自己先开口,马库斯已经站到他的身旁。现在,这里只有他们两个人。

"一无所获。"

克莱门特点点头,听到这样的答案,他完全没有任何的诧异之色,然后,他转身,望着自己的圣赦神父同僚。马库斯看起来蓬头垢面,胡子已经好几天没刮了。

"今天就届满一年了。"

克莱门特沉默了好一会儿,直盯着他的眼眸。他明白马库斯的意思:梵蒂冈花园分尸案已经发生一年了,马库斯在这段时间四处探查,却没有任何收获。

没有头绪,没有线索,没有嫌犯,什么都没有。

克莱门特问道:"你有没有放弃的念头?"

马库斯反问他,而且语气十分受伤:"为什么这么说?你觉得我可以就这么不管吗?"这个案子已经把他逼到极限,追查监视摄影机里的那名男子——五十多岁的白人——最后却只是一场空。"没有人知道他是谁,根本没有人见过他,但我们明明知道他的脸,这一点让我格外生气。"他稍作停顿,望着自己的好友,"我们要重新调查那些在梵蒂冈工作的平民,要是依然一无所获,我们必须转移目标,开始紧盯神职人员。"

"根本没有人符合那张照片里的特征,何苦浪费时间?"

"也许凶手有内应,一直在掩护他,谁知道呢。答案在城墙之内,我应该在那里进行调查。"

"你明明知道我们不能这么做,我们必须遵守保密规定。"

马库斯知道保密性问题只是托词而已。其实,背后的原因很简单。他们很担忧,怕他探查他们的私事。他可能会发现别的故事,与这起案件无关的秘辛。"我有兴趣的只是抓出真凶,你必须要说服那些上级解除禁令。"

克莱门特立刻大手一挥,深表不以为然,仿佛觉得马库斯说了什么荒唐的话。"我连到底是谁有权做主都不知道了。"

他们下面的人民广场上挤满了一群群欣赏罗马夜景的观光团。他们应该不知道那里曾有一棵核桃树,底下就是尼禄皇帝的葬身之地,根据他的仇敌所散布的谣言,这名暴君曾经在公元六十四年下令焚城。罗马人深信此地遭到恶魔掌控,所以,大约在公元一一〇〇年,教皇帕斯卡二世下令烧毁这棵核桃树,以及这名君王的遗体。在原地兴建了人民圣母圣殿，高耸的祭坛上，依然可以看到有关教皇砍断尼禄的树的浮雕装饰。

马库斯心中闪过一个念头，这就是罗马。每每揭露真相就会挖出其他秘密的地方，整座城市都被谜团紧紧裹缠，正因为如此，没有人能够真正参透一切的幕后秘辛。反正就是不要过度惊扰人类的心灵——那些渺小又微不足道的生命，对于周边永无止境的地下战争一直无知无觉。

克莱门特说道："我们现在应该要开始认真思考这个可能性，恐怕永远抓不到他了。"

但马库斯不能接受："凶手知道怎么潜入梵蒂冈城墙之内，他曾经仔细研究过地理位置、监控程序，他彻底摸透了安检系统。"

他对那名修女所做出的行为极其残虐，宛若禽兽，但是他的谋划方式自有一套逻辑，经过了精心设计。

"我发现了一件事，"马库斯信心满满，"刻意选择这样的地点、这样的受害人，以及残暴行凶的方式，都是为了要传达某个信息。"

"对象是谁？"

马库斯想到了那句拉丁文：恶魔在此。曾经潜入梵蒂冈的恶魔。"有人期盼我们发现梵蒂冈里面有问题，这是试炼，难道你看不出来吗？试炼。他知道接下来的发展，很清楚查案结果注定一无所获。高层宁可让疑念持续发酵，也不愿意继续挖掘案情，以免内幕曝光，也许有其他人想要掩盖事实。"

"你知道这是很严重的指控吧？"

"不过，难道你没有发现这正是杀手期盼的？"马库斯滔滔不绝，神情自若。

"你怎么能这么确定？"

"他本来就打算继续行凶，而他之所以没有下手，是因为他知道疑念已经生根，残杀一名可怜的修女根本不算什么，因为还有更多可怕的秘密必须小心固守。"

克莱门特一如往常，努力想要安抚他："你没有证据，这只是假设而已，关于这个案子，你想得太多了。"

但马库斯依然不肯退让："我求求你，你必须要让我与他们对话，也许我有机会可以说服他们。"他口中的他们，也就是教导他的朋友，对他下达指令的神职高层。

三年前，他躺在布拉格的某家医院病床上，失去了记忆，满心恐惧，是克莱门特把他救了出来，而且这个人从来没讲过谎话。他通常会等到合适的时刻才揭露真相，但他从来不说谎。

这就是马库斯如此信任他的原因。

其实，克莱门特根本就等于是他的家人了。在这三年的时光中，除了极少数的状况，与马库斯接触的人也只有他而已。

"大家不需要知道你是谁，还有你又做了什么，"克莱门特总是这样告诉他，"重要的是我们这些人代表意义的存续，以及我们所身负的重任的未来。"

他总是这么告诉马库斯，上层知道他的存在，但并不知道他的长相。

只有克莱门特认得他。

当马库斯询问克莱门特为何要如此遮掩的时候，他的朋友总是这么回答他："如此一来，你就等于是他们的铜墙铁壁，就连他们自己也找不出漏洞。你真的不懂吗？要是其他的防范措施都出了问题，所有关卡都失效的话，依然还有人可以压阵，你是他们的最后一道防线。"

马库斯经常忍不住心想：如果他代表了这个阶层的底端——默默努力、拼命苦干的虔诚仆人——而克莱门特的角色是中间人，那么在最上位的又是谁？

在这三年中，他全心奉献，想要表现出尽忠职守的模样，让对方看得见。他相信一定有这么一个人，正在上面观察他的一举一动。他盼望自己的行为能够得到高层认可，让他得以见到某人，向他仔细解释为什么会有这种艰辛的任务，还有为什么挑中他扛下重责。马库斯失去了所有的记忆，就算在布拉格之前的他曾经从事过这种工作，他也不能判断这是否出于他的个人选择。

但这样的盼望一直不曾实现。

克莱门特交给他的指令与任务，似乎只是为了响应一向审慎、有时候难以参透玄机的教廷。然而，在每一次任务的背后，总是看得到某人的身影。

每当他想要追问更多细节时，克莱门特就会以同一套说辞中断话题，语气充满耐心，而且脸上总是挂着和善的神情。现在，在这座看台之上，他又使出了同一招，他俯瞰这座隐藏秘密的城市那壮丽的美景，想要就此打住马库斯的一连串提问。

"我们无权过问，无权知悉，只能遵守。"

第二章

三年前,医生们告诉他,他得到了新生。

实情并非如此。

他死了,就是这样。死人的命运就是永远消失,不然就会成为被困在前世的魂魄。

这就是他的感受。我不存在。

鬼魂命运悲惨。那些苍郁的生灵,他们所承受的煎熬,他们拼命想要追逐时间,因为一无所获而怨怒——他全看在眼里。他看着他们日复一日为解决命运引发的诸多问题而努力拼搏,而他很嫉妒他们。

他告诉自己:我就是愤恨的怨魂。因为这些活着的人永远比他多一项优势,他们还有个出口:可以一死了之。

马库斯穿越老城区的小巷,一旁经过的人完全没有注意到他。他在川流不息的人群中放慢脚步,通常,这个动作就能够让他与众人擦肩而过,那种微乎其微的肢体接触,就是让他感觉自己多少还像是个人的唯一凭借。

特拉斯提弗列区一直是罗马劳动阶级的核心地区。这里看不到市中心的贵气，但自有其独特魅力。从建筑可以看出不同时期风格的嬗变：中世纪与十八世纪的屋宅并列而立，悠远历史让一切充满了和谐。从教皇西斯都五世开始，罗马就使用的玄武岩地板铺面，宛若黑丝绒一样覆盖了蜿蜒的狭窄小巷，踩踏其间的步履，也多了一份独特的声响，洋溢古远幽情。只要是在这里行走的人，一定都会觉得自己被抛入了过往的时光隧道。

马库斯缓步走到瑞纳拉路的街角，每晚固定出现的人潮，缓缓涌入特拉斯提弗列区，这里的酒吧与餐厅传出的音乐与笑语散发出强烈魅力，吸引了来自世界各地的年轻观光客。虽然他们风采各异，但在马库斯的眼中，这些人看起来一模一样。

有一小群二十多岁的美国女孩经过他身边，她们身着超短裤与人字拖，也许是误信了罗马拥有永恒之夏的说法吧。她们穿着大学运动衫，大腿都已经冻紫，脚步匆匆，想要找寻酒吧避难，在里面喝酒暖身。

一对四十多岁的情侣从一间餐馆里走出来，两人依然在门口流连不去。女子在哈哈大笑，男人伸手搂住了她，女子轻轻靠过去，依偎在男伴的肩头，他明白对方在邀吻，立刻亲了下去。有个捧着一盘玫瑰与打火机的孟加拉小贩看到他们，立刻站在一旁，等待这对情侣结束拥吻，期盼他们能够买束花，为此时此刻画下完美句号。要是他们想抽烟，他也很欢迎。

三名年轻男子把双手插在口袋里，一边走路，一边四处张望，马库斯知道他们打算买毒品。其实，这条街的另外一头有名北非裔的男子正慢慢走来，马上就能满足他们的愿望，只是他们还不知情。

由于马库斯具有隐身于人群的本领,所以看待人类及其弱点的眼光格外犀利。不过,只要肯用心观察,任何人都可以达到这样的境界。然而,他的天赋——也就是他的诅咒——相当与众不同。

他可以看到别人所看不见的东西,他看得见邪恶。

他能够在细节里,在违常之处发现魔鬼。像是渗透在正常环境里的微小泪滴,隐匿在嘈杂环境之中的低频声波。

他经常会遇到这种状况,这也许并非他所愿,但他就是具有这种专长。

他先注意到的是那女孩。她紧贴着墙走动,就像是在斑驳墙面上来回晃动的深色幽影。她身着飞行员夹克,双手插在口袋里,驼背,低头,一大绺紫红色的头发盖住了脸庞,靴子拉长了视觉身高。

马库斯之所以会注意到那个在她前方走动的男人,纯粹是因为他放慢脚步转头盯着她,目光紧追不移。他五十多岁,身着浅色的羊绒大衣,搭配闪亮昂贵的棕色皮鞋。

在菜鸟的眼中,他们看起来就像是父女。他应该是经理或是什么成功的专业人士,准备把泡在酒吧里的叛逆女儿拎回家,但事情没那么简单。

那男人走到某道大门前面,停下脚步,让那女孩先进去,然后,他接下来的行为显然有违常情:他左顾右盼,确定没有人盯着他们之后,才跟随女孩进入。

违常之处。

恶魔每天都大摇大摆地在马库斯的面前经过,他知道毫无破解之道,没有人能够矫正这世界的所有缺陷。就算有这种能耐,他也没兴趣。他早已学到了这一课。

想要与恶魔比气长,有时候就必须对它们视而不见。

"谢谢你载我一程。"有人关车门,分散了他的注意力,一名金发女子正好下车,向开车送她回来的友人道谢。

马库斯躲到角落,以免启人疑窦,而她经过他身边的时候,目光紧盯着掌中的手机屏幕,另一手则拿了个大包。

他经常来这里,纯粹就是想要看一下她。

他们只见过四次面,几乎是三年前,也就是他来罗马后两三个月的事了。她从米兰到了罗马,要追查丈夫的死因。马库斯记得他们对话内容的每一个字,以及她神情的一切细节。这是失忆症的好处之一:全新的记忆容量。在这段时间中,桑德拉·维加是唯一与他有过互动的女子,也是让他曾自曝身份的唯一陌生人。

马库斯还记得克莱门特所说的话,他在前世时曾经立誓:不会让任何人知道他的存在,对大家来说,他是个隐形人。只有在闪电与雷声的交接时刻,圣赦神父才能现身于别人面前,揭露自己的真实身份。稍纵即逝的片刻会马上消散,还是成为微小的永恒?谁也说不准。在那样的交会时刻,你发现空气中充满了能量与期待,一切都可能发生。就在那一刻,危险不定,鬼魂又恢复人形,出现在生者面前。

在一个暴风雨之夜,教堂圣器室的门口,他的确遇到了这样的场景。桑德拉问他到底是谁,他告诉她答案:"神父。"这个举动很危险,他不知道自己为什么会脱口而出,或者,其实他很清楚,只是直到现在才愿意面对真相。

他对她有一种奇妙的情愫,她让他觉得充满了亲切感。他也很敬重她,因为她放下悲伤,选择这座城市作为一切重新开始的起点。她申请转调到新的警务单位,在特拉斯提弗列区找了间小公寓落脚。她结交了新朋友,培养了新的兴趣,脸上再次出现笑容。

对于改变,马库斯一直充满某种敬畏,也许对他来说,这是遥不可及的事。

他很清楚桑德拉的动向、作息以及各种小习惯。他知道她会去哪里购物,她喜欢去哪间店买衣服,还有周六看完电影之后会去哪一家比萨店大快朵颐。有时她会晚归,就像是今晚一样。不过,她倒不是累死了,只是疲倦而已:紧凑生活步调的快乐结局,某种可以靠着热水澡与一夜好眠消除的疲劳感,某种欢愉的残砾。

偶尔,当他晚上在她家附近守候之际,他不禁开始想象,要是自己从阴暗的角落走出来,在她面前现身,会是什么景况?但她是否还记得他?他连这一点都没把握了。

他绝对不会做出这样的事。

她还会惦记着他吗?或者她早就已经忘了他,与她的悲伤一起埋葬?一想到这儿,他就开始心痛。若是真的如此,就算他鼓起勇气去找她,也没有任何意义了,因为不会有任何后续发展。

然而,他就是忍不住,想要追踪她的一举一动。

他看到她进入公寓大楼,透过梯台的窗户,望着她爬上阶梯,到达自己的公寓外头。她站在大门外找钥匙,但里面有人帮她开了门,门口出现了一个男人。

桑德拉对他微笑,他倾身向前吻了她。

马库斯想要把头别过去,但就是没办法,他看着他们进入屋内,关上大门,隔绝了过往的回忆、与他一样的幽魂以及世间的所有邪魔。

电子音效声响大作。那男人全裸，平躺在双人床上，屋内灯光昏暗，他在等待的时候，一直在玩手机游戏。然后，他停顿了一会儿，抬头望着自己突出大肚腩的另一头。

他对着那个染有紫红色发绺的女孩大吼："喂，快一点儿！"她正待在浴室里，对着手臂注射毒品。吼完她之后，他又继续埋头打游戏。

突然之间，有个柔软的东西落在他脸上。不过，羊绒布料带来的那种舒畅快感却只是短暂反应，因为，他觉得自己快窒息了。

有人把外套紧紧压在他的脸上。

他出于本能，拼命挥动四肢，随便能抓到什么东西都好。虽然他并没有陷在水中，但感觉自己已经快要溺死了。那个陌生人死压着他不放，他抓住对方的前臂，想要逼对方放手，但那个人气力更大。他想要尖叫，但嘴里却只能发出刺耳的哀号与咯咯的声响。然后，他听到有人在他耳边轻声细语。

"你相信有鬼吗？"

他没办法回答，而且，就算能够开口讲话，他也不知道该说什么才好。

"你到底是哪一种恶魔？狼人，还是吸血鬼？"

他喘得上气不接下气，眼前不断飞舞的彩色斑点已经成了一道道闪光。

"我应该送你一颗子弹，还是拿白蜡木锥刺穿你的心脏？你知道为什么要特地选择白蜡木，而不是其他木材吗？因为上帝的十字架就是由白蜡木制成的。"

现在他只剩下绝望而已，因为窒息的钳制作用正逐渐影响他的全身。他想起自己两年前与妻小前往马尔代夫度假的时候，潜水教练告诉他的那些话，也就是缺氧的各种症状。现在，那些警告已经对他完全没有任何用处，但他记得一清二楚。他们在那里过得很开心，在水底下观察珊瑚礁，小孩们爱死了这充满美好回忆的假期。

"我想要帮助你重生，"陌生人说道，"但你得先死。"

一想到死就吓坏他了。他心想：不能在此时此地死去，我还没有心理准备。但他感觉自己越来越虚弱，再也无法抓住袭击者的前臂，双手只能在空中随便乱挥。

"我明白死亡是怎么一回事。这一切很快就结束了，你等着看吧。"

那男人的双臂落在身体两侧，他已经气如游丝。他心想：我要打电话，让我打一通就好，与人诀别。

"你马上就要失去意识。等到你再次醒来——如果真的还有这种机会的话——你就会回到这个肮脏的世界，见到亲朋好友以及那些多少还算是喜欢你的人。你会变得截然不同，他们永远不会发现，但你自己很清楚。要是你运气不错，就会忘了今晚的事，忘了这女孩，以及与她同一类型的那些女孩。但你不可以忘了我，我也绝对不会忘记你。所以，你给我听清楚了……我这是在救你一命，"然后，他语重心长地说，"千万不要辜负我的好意。"

那男人已经没有任何动作了。

"他死了吗？"

那女孩站在床尾望着他。她全身赤裸，重心不稳，双手布满了许多注射针孔留下的瘀痕。

马库斯拿起了盖住男人面孔的那件羊绒大衣："没有。"

"你是谁？"她眯着眼睛，仿佛想要定焦看清眼前的一切，显然她已经嗑药嗑蒙了。

马库斯发现床边桌上有皮夹。他拿起来之后，抽出所有的钱。他站起来，走向那女孩，她出于本能往后退，差点儿就摔倒了。他抓住她的手臂，把钱塞入她的掌心，语气严厉："赶快离开这里！"

她的目光在马库斯的脸上游移许久，愣了一会儿之后才听懂他的话。然后，她弯腰捡拾衣物穿好，走向房门口。她开了门，但就在离开之前转身回去，仿佛忘了什么东西。

她朝自己的脸比了一下。

马库斯不假思索，立刻伸手摸脸，感觉到指尖沾了黏糊糊的东西。

他在流鼻血。

他明明知道想要与恶魔比气长，有时候就必须对它们视而不见，但每当忍不住出手的时候，都会流鼻血。

"谢谢。"他的语气宛若她才是出手相救的人。

"不客气。"

第三章

这是他们的第五次约会。

他们开始约会,已经将近三个礼拜。两人是在健身房认识的,因为他们出现的时间几乎一模一样。她怀疑这是他为了见她而做的蓄意安排,一想到这儿,就让她觉得很惊喜。

"嗨,我是乔治。"

"我是黛安娜。"

他二十四岁,比她大三岁。他是经济系的大学生,马上就要毕业了。他的一头鬈发与绿色眼眸让黛安娜很着迷。还有那微笑,完美的牙齿,只是左边的虎牙有点儿显眼,但这别具个性的小细节却深深打动了她,因为太完美也会变得无趣。

黛安娜知道自己长得漂亮。她个子不高,但身材很好,淡褐色的双眸,还有一头美丽的黑发。她念完高中后就没再上学,在一间香水店担任助理。薪水不高,但她喜欢当顾客的咨询顾问,而且老板对她关爱有加。不过,她真正的期盼是找个好男人结婚,她觉得这并不算什么过分的人生要求,而乔治也许就是她的

"真命天子"。

他们第一次约会就接吻,也还有其他的亲昵动作,但并没有太夸张。矜持是对的,能够让一切显得更加美妙。

不过,那天早上,她的手机收到了一条短信。

九点过去接你好吗?我爱你。

那条短信带给她意外的丰沛能量。她以前经常在思索到底什么是幸福。现在她懂了,这是一种无法向别人解释的秘密,宛若别人特地为她量身定做的感觉。

独一无二。

在黛安娜当天的笑颜话语之中,那股幸福感尽显无遗,就像是某种快乐的传染病一样。她不知道顾客或同事是否注意到她的变化。她洋溢着自信,享受等待的美好时刻,有时心头会突然小鹿乱撞,提醒她约会的时刻已经越来越近了。

九点钟,当她出了家门,下楼梯,与早已在下面等候的乔治会面的那一刻,幸福又转化成了另一种形式。能够有这样的一天,黛安娜满怀感恩,要不是因为有即将到来的秘密许诺,她还真希望这样的美好感觉永远不要结束。

她又想到了乔治的那条短信。当时她只回了一个字"好",外加一个笑脸。至于那句"我爱你",她并没有作出任何回应,因为她打算在今晚亲自表达爱意。

对,他是"真命天子"——可以让她讲出这句话的对象。

他带她去海边,前往奥斯提亚的某间小餐厅,在他们第一次约会的时候,他曾经提过这个地方。那天晚上,他们两个聊天聊得很起劲,话题不曾有任何的停歇,两人似乎都觉得就算是稍有停顿,也可能会妨碍彼此之间的进展。他们喝了起泡白葡萄酒,酒精让黛安娜鼓起勇气,向他做出明显到不行的暗示。大约在十一点钟,他们又上了他的车,准备回罗马。

她穿着裙子,感到一阵凉意,乔治已经把暖气开到最大,但她还是在他开车时挨过去,把头搁在他的肩上。她仰头望着他,两人都静默不语。

车内音响播放的是诗格洛丝乐队的歌曲。

她抓住脚后跟,脱掉了鞋子。一只落地,另一只也跟着掉到车内的地毯上,发出轻微的响声。既然她已经是他的女友了,她当然有权让自己保持舒服的姿态。

他依然紧盯着前方的路面,但已经伸手开始抚摸她的大腿。她磨蹭着他的手臂,几乎快要发出娇喘。她发现他的手掌正沿着她的丝袜往上滑,进攻到裙缘。她任由他恣意游走,他的手指移到中央地带的时候,她还微微张开了大腿。虽然隔着丝袜与内裤,他也能够感受到她的欲火有多么炽烈。

她半闭双眼,发现车速越来越慢,而且驶离了主干道,转向通往巨大松林的小路。

黛安娜的期盼终于要成真了。

他们以低速前进了好几百米,两旁有高耸的松林护道,轮胎轧过铺满掉落的针叶的路面,不断发出吱嘎声响。然后,乔治左转,进入树林之中。

虽然车速十分缓慢,但车身还是不断地剧烈摇晃。黛安娜只能死抓着座椅。

过了一会儿,乔治停车熄火,音乐也停了。现在只听得见引擎残余的嘀嗒微音,最清晰的就是吹动树梢的呼呼风响。先前他们应该是没有多加留意,现在黛安娜却觉得他们仿佛发现了某种秘密之声。

他把座位稍微往后调,伸出双臂抱住她,吻她。黛安娜发觉他的舌头在抚弄自己的唇间,她也回吻示好。他开始解开她洋装的小纽扣,脱掉她的上衣,摸索到她的胸罩,为了仔细玩味钢圈上的薄布;他的手还刻意停留了一会儿。然后,他把手指直接伸进去,解放了其中一个,随即以掌心紧紧托住。

黛安娜心想,第一次被别人探索身体的感觉,多么独特,将自己委身给他,同时想象对方的感觉,体验他的兴奋以及惊奇。

她伸手解他的皮带,解开他的裤子纽扣,而他也忙着拉掉她的裙子与裤袜。两人的双唇依然在不断探索对方,仿佛要是没有这些缠绵热吻的话,他们可能会窒息而死。

黛安娜的目光飘向汽车的仪表板,希望现在还不算太晚,她一度担心母亲不知道什么时候会打她的手机找人,打破这美好的氛围。

他们的动作变得越来越焦躁不耐,爱抚得越来越急切。没过多久,两人已经光着身子,在亲吻时偶尔睁眼的时刻凝望对方,但他们不需要注视彼此,他们正忙着以其他的感官方式了解对方。

然后,他伸手托住她的脸颊,她知道那一刻终于要到来了。她往后退,她知道乔治一定很纳闷儿,搞不好以为她改变了心意。其实,她是想要趁现在说出她憋了一整天的那句话:我爱你。不过,乔治的注意力却不在她身上,反而缓缓将目光移向风挡玻璃。她的傲气瞬间化为乌有,怎么突然之间她就得不到他的倾心关注了呢?黛安娜正想要叫他给个解释,却住口了,因为乔治的眼眸中流露出惊诧,所以她也立刻转过头去。

有人站在引擎盖前方,紧盯着他们不放。

第四章

电话响了,把她逼下了床。

上级指示她要尽快赶到奥斯提亚的松林里。

桑德拉赶忙穿上制服,而且动作尽量保持轻柔,以免吵醒马克斯。她努力厘清思绪,这种紧急来电十分罕见,但只要一出现,就宛若腹部挨了重拳一样,肾上腺素与恐惧立刻爆发。

所以,最好做出最坏的心理准备。

她曾经带着自己的相机,造访了多少个犯罪现场?曾经有多少具尸体在等待她到来?残缺不全、饱受凌辱,或者,干脆以某种诡异的姿势凝冻不动。桑德拉·维加闷头拼命工作,就是要为他们留下最后的影像。

到底是谁死了?必须在这种时候留下影像迹证?

找到确切的地点并不容易,现在并没有防范闲杂人等的警方封锁线,没有警车闪灯,也还没有部署人力与资源。当她抵达现场的时候,大部分的警察还没到现场,反正他们到这里来也只是做个样子而已,为了媒体,也为了长官,或者还可以让社会大众感到安心。

现在只有一辆巡逻警车停在通往森林的道路入口，远处还有一辆面包车与两辆汽车，还没有看到因为新命案而出现的大队人马，刻意展现警方强大威力的那一刻尚未到来。

不过，那群人早就是战场上的败将。

所以，侦查案件的真正主力早就已经出现在现场，总共也就只有那么一小撮人而已。桑德拉从自己的后车厢拿出相机背包，穿上避免破坏现场的带帽连身衣，不知道等一下会看到什么样的场景。

警司克雷斯皮走到她的面前，跟她说了一句话，言简意赅："现场画面一定会让你浑身不舒服。"

他们一起进入树林。

鉴识部门还没有开始找寻迹证，她的同僚也还没开始厘清案情、探究犯案原因，必须要等到她完成工作之后，才能正式启动侦查案件的仪式。

所以，大家都在那里等她。桑德拉觉得自己像是派对的晚到客人。他们压低声音讲话，趁她经过身旁的时候，偷偷瞄她，希望她可以速战速决，让他们能够赶快登场工作。两名警员正忙着询问一名晨跑者，就是他一大早在此地跑步的时候，发现了这个令人惊悚的现场。他坐在一棵枯死的树干上面，双手捂着脸。

桑德拉跟在克雷斯皮后面，松林平静得出奇，但他们踏在铺满针叶的地面上所发出的脚步声扰乱了这样的宁静，不过，最吵的还是某部手机持续发出的闷响。因为她专心盯着眼前的场景，刚才一直没注意到这个声音。

她的同事目前只是拿出红白色的胶带围住事发现场。正中央停了一辆车,车门大敞。根据标准作业程序,目前唯一能够跨入禁区的人只有法医而已。

警司克雷斯皮开口:"阿斯托菲刚才已经确认他们全部遇害。"

桑德拉看到他了:一个瘦小的男子,看起来充满官僚气。他刚完成任务,又退回到封锁线外头,像机器一样重复着抽烟的动作,暂时以掌心权充烟灰缸。不过,他依然在凝望那辆汽车,仿佛被什么不明思绪催眠了一样。

当桑德拉与克雷斯皮走到他身边的时候,他开了口,而目光依然紧盯着现场:"每个伤口至少要给我两张照片,我才能撰写验尸报告。"

此刻,桑德拉终于知道为什么这位法医一直若有所思。

后方的那部手机,频频发出声响。

而且,她发现现场的每一个人都无权擅动,因为声音来自车内。

"是女孩的手机,"她还没开口问克雷斯皮,他就主动说出答案,"放在汽车后座上的手提包里面。"

显然有人发觉状况不对,因为她昨晚没回家,想要赶快找到她。

天知道到底还会响多久,但这些警察也一筹莫展。这场表演必须依循特定程序,手机得放到最后处理,现在处理为时过早。所以,她必须在那揪心声响的伴随之下拍完她的照片。

她开口问道:"是睁眼,还是闭眼?"

只有经常造访犯罪现场的那些人,才听得懂这个问题的真正含义。有时候,凶手会合上受害人的双眼,甚至连最残暴的那些恶人也不例外,这个动作并非出于怜悯,而是羞惭。

阿斯托菲回道:"睁眼。"

凶手想要让对方看清他的长相。

手机兀自作响,凄厉不绝。

时间以及现场搜证工作一定会改变犯罪现场,桑德拉必须赶紧凝冻一切,这就是她的任务。她把相机当成了自己与恐怖的现场、自我与苦痛之间的屏障。不过,因为手机铃声的关系,那些激动的情绪随时可能会从屏障的另外一头泛涌过来,对她造成伤害。

多年前受训所学到的那些专业作业规则,让她得到了逃遁的空间。要是她遵守标准步骤,一切很快就会过去,也许就可以回家,钻入被窝,依偎在马克斯的身边,寻找他的体热,假装这个冰寒的冬日还未曾揭开序幕。

先拍大局,然后拍细节。她举起相机,开始拍照。

闪光灯宛若波浪一样朝女孩的脸庞不断扑过去,然后又消失在清冷的晨曦薄光之中。桑德拉站在引擎盖前方,对着汽车拍了十多张照片之后,放下相机。

那女孩的目光穿透风挡玻璃,死盯着她不放。

如果尸体死不瞑目,绝对不能以他们直视镜头的角度拍下照片。

这是为了避免产生"把死人当成模特拍摄"的残忍效应。她心想,最后再来拍这个女孩吧,她决定先拍另一具尸体。

他与车子相隔了好几米,趴在地上,整张脸被埋在针叶丛里,双手往前摊展,全身赤裸。

"男性,年纪约在二十岁至二十五岁,"桑德拉的连身衣口袋里放了录音机,她对着连接机器的麦克风讲话,"颈后有枪伤。"

伤口附近的毛发看得出明显的焦痕，显示凶手是在极近的距离对其开枪。

桑德拉拿着相机寻找脚印，果然在湿漉漉的泥土里发现了好几个。脚跟的深度比鞋尖深，这不是逃跑，而是在步行。

桑德拉心想：男孩当初并没有逃离现场。"凶手逼对方下车，站到受害人的背后，开火。"

这是行刑式杀人。

她在地上看到了更多的痕迹，这次是鞋印。"看来是踩踏的印记，以环状绕行。"

那些都是凶手的脚印。她拿着胸前的相机一路跟拍过去，仔细收集影像，让它们储存在数字记忆卡里。靠近某棵树的时候，她发现基底有一小块被清空的区域，完全看不到任何的落叶，她立刻对录音机口述位置。

"东南方十米处，泥土被翻挖出来，似乎有人整理过这块地方。"

她心想，这里就是一切的起点，凶手起初窝藏在此地静静等待。她举起镜头，想要复制凶手的视角，透过树林间隙望出去，可以看到那男孩的车，一清二楚，但自己绝对不会被别人发现。

你很享受这场表演吧，是不是？或者，你看到这场景就怒了？你躲在这里偷看他们到底有多久？

她开始往回走，以对角线的方式朝那辆车走去，同时不断拍摄照片，重现凶手的路径。桑德拉回到汽车引擎盖前方的时候，依然觉得女孩的目光死缠着她不放，似乎一直在拼命追索她。

她只能再次装作没看见，专心拍摄车体。

她走向车后座的方向，里面散落着受害者的衣物。她突然心中一阵痛楚,脑中浮现这对爱侣准备出门约会,站在衣橱前的场景。他们犹豫着,不知该穿哪一件衣服,才能让对方看到自己更好看的模样,完全就是一种为悦己者容的欣喜。

当凶手出现,吓到他们的那一刻,这两个人是已经赤身裸体,还是凶手强迫他们脱衣?凶手在一旁静静偷看他们做爱,还是打断了他们的欢好过程?桑德拉必须放下这些念头,因为要找出答案的人并不是她,所以她努力打起精神,专心拍照。

在那堆衣物的正中央,有只黑色的手提包,那部手机就放在里面。幸好现在铃声暂歇,但想必等一下又会响个不停。桑德拉加快拍摄速度,那手机是某种痛苦的来源,她不想太靠近它。

副座的车门大敞,露出了女孩的尸体,桑德拉在她旁边的位置蹲了下来。

"女性,大约二十岁,尸身全裸。"

她的双手贴在身体两侧,整个人被登山绳缠绑在倾斜约一百二十度的椅身上,其中有一小段绳索绕住靠枕,紧勒她的脖子。

在那一大坨绳索的中间,插了一把大型猎刀,刀柄还留在她的胸腔外面,当初行凶力道十分猛烈,以至于根本拔不出来。桑德拉心想,看来凶手是被迫将凶器留在原处。

桑德拉开始拍摄沿受害者腹部滴落而下的干涸血迹,座椅已经被浸得一片殷红,而且在她赤裸的双脚与高跟鞋之间的车底地毯上汇聚成一小片血池。她在心中修正了一下措辞,应该是优雅的高跟鞋,显然是为了浪漫之夜刻意挑选的配饰。

终于,她鼓起勇气拍摄脸部特写。

女性死者的头向左微倾,一头黑发十分凌乱,桑德拉突然有股冲动，很想帮她梳理头发，就像是姐妹一样。她发现这女孩长得十分漂亮，有青春肉体才能雕琢出的精致五官。还有，在没有被泪水糊花的部位，依然可以看到一抹精心打扮的彩妆遗痕，这女孩似乎十分娴熟个中技巧，桑德拉猜测她应该是在美妆界工作。

不过，她的嘴巴却呈现不自然的下弯曲线，而且涂满了亮色口红。

桑德拉觉得奇怪，有哪里不对劲，但她在当下实在想不出到底是哪里有问题。

她弯身进入车内，想要以更好的方式拍摄其脸部。为了遵守鉴识摄影的潜规则，她找寻能够避开死者直视镜头的角度，但她发现自己很难注视那双眼睛，因为她根本不想看到对方回瞪自己的模样。

手机又响了。

她只能违背自己学到的守则，出于本能，闭上自己的双眼，任由相机自己取镜。虽然她不在现场，但不禁想到了那样的画面：那女孩的母亲与父亲，正在等待女儿的响应，让心焦无比的他们松一口气。而那位年轻人的父母，可能还没有发现自己的儿子彻夜未归。引发如此可怕苦痛的主谋，现在已经逃到了远处，正在享受杀戮的秘密快感，某种残虐的兴奋感。而且，那人正隐身在无人能够察觉的角落里。

桑德拉·维加让相机自行完成任务，然后，从那充满尿味与新鲜血液的狭小空间里钻了出来。

"是谁？"

现场每一个人的心中，都不断萦绕着这个问题。是谁会做出这样的事？密谋者到底是谁？

要是没有办法具体描绘出邪魔的样貌，那么人人都有可能是凶手。大家都会以疑心重重的目光看待别人，不知道表象之下藏有什么秘密，而且每个人都心里有数，别人看待自己的眼神也存有相同的质疑。

要是某人犯下了可怕的罪行，猜忌将会感染到所有人。

所以，那天早晨，每个警察都不愿在别的同人身上投以过久的注目。只有等到凶手落网之后，才可能破除这种猜忌的魔咒。

凶手身份不明，但至少他们已经知道受害者是谁。

他们还不知道女孩的名字。对桑德拉来说，这是好事，她根本不想知道。不过，他们已经透过车牌号码，知道了男孩的身份。

克雷斯皮告诉法医："他名叫乔治·蒙蒂菲奥里。"

阿斯托菲拿出随身携带的小档案夹，准备把这个名字填入里面的某张表格。他为了找地方书写倾身向前，靠在刚刚抵达现场，准备收尸的面包车旁边。

他说道："我希望尽早完成验尸报告。"

桑德拉原本以为他这么匆忙，应该是期盼能够协助同人办案，但她又觉得不太对劲，因为他滔滔不绝，但语气里却完全听不出一丝悲悯："我今天已经在处理某起车祸了，而且还得为了某起案件撰写专家意见报告。"

桑德拉心想：果然官僚。这两名年轻死者得不到应有的怜悯，实在让她看不下去。

就在这个时候，鉴识部门的人员已经进入现场，开始四处搜证，终于有人拿起了女孩的手机，现在已经听不见铃声了。

桑德拉不再盯着讲话的阿斯托菲与克雷斯皮，目光飘向了一名鉴识人员。他从车内的包里取出手机，正朝红白封锁线走去，把东西交给一位女警。如果等一下电话再次响起，是否接听就由她决定了。这种特权，桑德拉一点儿也不羡慕。

"今天早上可以弄完吗？"

桑德拉早就分了神，没听到克雷斯皮刚才说的话："什么？"

"我刚在问你，能不能在今天早上把资料交给我？"克雷斯皮重复了一次，伸手指向她已经放回后车厢的相机。

她赶忙向长官担保："哦，当然。"

"能否现在就给我？"

她原本想要现在就走人，等回总部之后再继续工作。不过，面对长官的坚持态度，她也无法拒绝："没问题。"

她把相机连接到自己的手提电脑上拷贝照片，然后再用电子邮件发出，之后，她就可以从这场噩梦中解脱了。她是第一批到达犯罪现场的人员之一，但也是第一个离开的人，她的工作在此结束。她和她的同事不一样，她可以忘却一切。

当她在处理档案的时候，另一名警员将女性死者的手提包交给了克雷斯皮。警司打开包，翻找出女孩的证件，桑德拉看到身份证上女孩的面容。

"黛安娜·德尔高蒂欧，"克雷斯皮低声说道，"天啊，才二十岁。"

他依然盯着那张身份证，还画了一个十字，多么虔诚的人。桑德拉对他认识不深，他不是那种喜欢张扬的人。总部里的人之所以敬重他，倒不是因为他立下了什么丰功伟业，纯粹就是因为他资历深。不过，对于这样的案子来说，也许他正好是合适的人选，不会因为处理重大骇人刑事案而企图借此沾光，谋求仕途更上一层楼。

对于这两名死者来说，由心怀悲悯的警察来办案，总是好事。

克雷斯皮再次面向刚才把手提包交给他的警员，将它还回去，他深吸一口气："好，我们准备通知他们的父母。"

他们两人一起离开了，留下桑德拉独自工作。与此同时，记忆卡里面的影像也开始出现在电脑屏幕上，她紧盯不放，迅速检视这个早晨的工作成果。将近四百张照片，一张接着一张，宛若从默片中撷取的剧照。

那部手机发出的铃响，打断了她的思绪，大家都在等待这通来电。桑德拉面向那名女警，她正在查看屏幕上的来电者姓名。她伸手揉了揉额头，终于接了电话："早安，德尔高蒂欧太太，我是警察。"

桑德拉不知电话另一头的那位母亲说了些什么，但一听到陌生人接电话，还提到了"警察"，不难猜到对方的感受，不祥的预感马上就要转化为可怖的悲痛。

那名警员继续说道："我们马上会派出警车到您府上，解释详细状况。"

桑德拉不忍听下去，她继续盯着那一张张拷贝到电脑上的照片，希望程序跑得快一点儿，赶紧完成全部的拷贝工作。她早就下定决心不要生小孩，因为她最怕的就是小孩可能会出现在这样的照片上。看看黛安娜的脸庞，空茫的神情，乱七八糟的黑发，被泪水弄糊的妆容。她的嘴唇线条扭曲，成了某种悲惨的微笑，目光涣散。

拷贝快要结束了，就在这个时候，跑出一张与其他照片截然不同的脸部特写。

出于某种本能,桑德拉暂停程序。她的心脏扑通乱跳,倒回刚才的那张影像。她周边的一切宛若被吸入了黑洞,现在只剩下屏幕上的那张照片。她先前怎么没有发现这个问题呢?

照片里,那女孩的脸庞依然静止不动。

桑德拉立刻望向红白封锁线后方的犯罪现场,然后,急奔而去。

原来,黛安娜·德尔高蒂欧的眼睛,一直追盯着镜头。

第五章

"怎么可能？"

局长的吼叫声回荡在会议室的湿壁画天花板上，在这栋位于圣维塔利路、充作罗马警察总部的古典巨宅，整个三楼都听得见他的声音。

一大早在犯罪现场的那些同人，也只能乖乖被骂。

黛安娜·德尔高蒂欧其实还活着，不过，因为她没有得到及时救治，现在必须待在手术台上与死神奋战。

让局长大发雷霆的主要是法医阿斯托菲。他在座位里低着头，每个人都看着他。第一个进入现场，而且确定两人都遇害的就是他，出现了这么大的疏失，当然必须由他解释清楚。

根据他的说法，那女孩当时已经没有了脉搏。夜温加上裸身，还有严重的创伤，完全不可能存活。阿斯托菲为自己辩驳："在这种严峻的状况下，以客观角度来分析结论，自然是我们无力回天的。"

"话是这么说，但她活下来了啊！"局长立刻回骂，而且越发愤怒。

这算是"一连串幸运的巧合"。关键是胸腔里的那把刀，正好卡在肋骨之间，凶手只能把它留在原处，根本没想过拔出来。不过，受害者也因而逃过了失血过多的厄运，除此之外，锋刃的位置正好没有伤及任何动脉。而这女孩之所以能够逃过一劫，真正的原因是她被登山绳绑住，动弹不得，稳住了内出血的伤势。

"所以低温环境反而对她有利，"阿斯托菲说道，"让生命功能得以维持不坠。"

桑德拉实在看不出这有什么"幸运"可言。黛安娜·德尔高蒂欧的状况十分危险，虽然目前的手术结果尚称顺利，但日后得过着什么样的生活实在很难说。

"我们才刚刚通知她的父母，他们的女儿已经身亡！"局长撂话，就是要让现场的每一个人了解这等疏失对警察形象造成的严重损害。

桑德拉张望四周，也许某些同事认为至少这赐给了那对父母一线希望，她知道警司克雷斯皮一定抱持这种想法。不过，在他的心中，宗教信仰的重要性凌驾于警察职责之上，对于这种虔诚的人来说，上帝的一举一动高深莫测，但就算是最痛苦的事件，也一定含有某种重要信息，是一种试炼或教诲。但她不信这一套，她觉得，过不了多久，厄运之神会再次敲响这些父母的家门，就像是送错包裹又掉头取回的邮差一样。

因为早上的那起灾难，阿斯托菲成了千夫所指的对象，桑德拉的内心多少算是松了一口气。

但她心中也充满了罪恶感。

要是在拍照程序的最后一段，她没有闭上双眼，任由相机自行拍摄的话,她一定会提早发现黛安娜的目光在移动——沉默又急切的求助呼喊。

都是因为那女孩的手机让她分了心,但她其实没有任何借口。万一她在几小时之后,可能是在家里或是在警务实验室发现状况不对,后果一定不堪设想。一想到这一点,她就饱受煎熬。

如果真的是这样,那她也成了当晚谋杀案的共犯之一。她逼问自己:是我救了她吗?真的是我吗?其实,是黛安娜救了她自己,功劳归于桑德拉身上,这其实并不公平,但她必须保持沉默,才能帮忙挽回警界的颜面。正因为自己也有疏失,她也没有办法全然怪罪在阿斯托菲身上。

局长也在此时结束训话:"好,大家都给我出去。"

大家都离开了,不过第一个走出会议室的是阿斯托菲。

"维加警官,你留下来。"

桑德拉转身望向局长,心想不知道他为什么要把自己留下来,但他又立刻交代克雷斯皮:"警司,你也一样。"

桑德拉注意到同事们鱼贯离开的那个出入口聚集了另一群人,他们正准备进来开会。这些是中央统筹侦案小组的成员,专门处理组织犯罪、卧底任务、连环杀人案、追捕逃逸人犯以及其他重大案件。

这群人入座之后,桑德拉立刻认出其中有副局长莫罗。

跟同侪相比,他还算年轻,但已经得到了一级老将的美誉。他曾经抓到逃逸三十年之久的黑手党老大,毅力惊人,却赌上了自己的全部生活,老婆也跑了。当莫罗拿出手铐逮捕这名老大的时候,就连那家伙也称赞莫罗了不起。

莫罗受到大家的敬重,每个人都想要加入他的团队。他们是警界精英中的精英。不过,莫罗的工作伙伴几乎是同一批人,大约十五人,全都是他信任至极的人,他的奉献与努力都会与他们共享。这些人一大早离开家之后,就不知道什么时候——或者会不会有这个机会——能够再次见到挚爱的人。莫罗总是挑选单身男子入队,因为他说他不想去安抚寡妇与孤儿。他们自成一家人,就连非工作时段也都在一起,团结就是他们的力量源泉。

在桑德拉的眼中,他们宛若禅修的僧侣,因为某种超越警察制服层次的铁誓,紧紧相系在一起。

"他还会再犯案。"

莫罗背向大家,走向开关关上电灯的时候,冒出了这句话。众人被这消息与一片黑暗所吞没,大家的静默,让桑德拉不禁打了一阵寒战。在那一刹那,幽暗让她陷入迷茫,但投影机的虹光随即出现,让她得以又见到周遭的世界。

大屏幕上出现的是她在早晨所拍摄的其中一张照片。

车门大敞,女孩胸腔中刀。

现场并没有人因为害怕而移开目光,这些男人早就有心理准备,任何状况都无所畏惧,不过,日积月累之后,怜悯与嫌恶感也会逐渐退却,取而代之的是某种截然不同的感觉,桑德拉称之为"距离的幻象"。那不是冷漠,而是习惯成自然。

"这才只是刚开始而已,"莫罗滔滔不绝,"下一次可能隔一天、一个月或是十年,但他一定会继续作案,这一点是必然的。所以,我们必须要立刻阻止他,我们别无选择。"他走到了屏幕的正中央,投影机的影像覆盖他全身,让他的面孔变得模糊难辨,仿佛屏幕上的可怖画面成了完美的伪装。"我们接下来将会仔细查访这两个年轻人的生活，看看是否有人对他们或他们的家人怀有怨怒：挫败的过往情人、对其不满的亲戚、愤怒的债主或债务人、与组织犯罪之间的牵扯、惹到不该惹的人……虽然我们还没有任何头绪，但我已经可以立刻作出结论，以上这些假设都不会成立。"他伸出手臂，指向屏幕，"不过，我现在要讲的并不是侦查方向、证据以及线索。我们先暂且放下所有的警界办案规范，忘记一切标准程序。我要你们专心凝视这些影像，给我看仔细了。"他变得安静不语，只是拿着遥控器切换影像，"这一切井然有序，你们难道没看出来吗？这不是即兴杀人，凶手早已事先谋划好一切，他费尽心思，行事谨慎，大家要记好了，这是他的任务，而且干得十分漂亮。"

莫罗的手法让桑德拉大吃一惊。他把传统途径搁在一旁，因为他希望激发这些手下的情绪反应。

"我要求各位记住这些照片的所有细节，因为如果我们想要找寻合理的解释，就永远不会逮到凶手。我们反而应该去体会他的感觉，一开始的时候，可能会觉得不舒服，但请各位相信我，这是唯一的方法。"

首先出现的是死亡男性的照片组。颈后的伤口、血迹，还有苍白又让人恶心的裸姿，看起来就像是戏剧场景。有时候，警查看到这种场景会嘴角泛笑，桑德拉见识过好几次了。不过，这并非嘲讽或缺乏尊重，应该说是某种自我防卫机制。

副局长让大家继续看照片："千万不要被这种杀戮现场的混乱模样给骗了，因为这只是表象而已。他完全不留破绽，思虑缜密，详细策划之后才付诸行动。他不是疯子，反而可能是个社会适应性良好的人。"

要是外行人听到这种话，可能会觉得很疑惑，仿佛莫罗在真心称赞一样。但他的目的只是希望他们不要出现许多警官都会犯的失误：轻忽对手。

他走出投影机的光束之外，凝望大家："这起谋杀案含有性元素，因为他挑选的是正在做爱的年轻男女，但他并没有侵害死者。医生们已经确认过了，女孩并没有被性侵，而根据初步的验尸报告显示，男性死者也一样。所以这名凶手并非因为原始冲动或是为了高潮而犯下罪行。如果你们以为他对着尸体自渎，留下DNA，那就错了。他发动袭击，消失，最重要的是：观看。从此时此刻开始，他会持续盯着我们警方的一举一动。现在他已经出来犯案，他知道自己绝对没有出错的空间，但必须接受试炼的人不是只有他。我们也一样。到了最后，胜出的不是最优秀的那个人，而是能够将对方的失误利用得淋漓尽致的人，而他已经比我们多了一项优势——"莫罗转动手腕，让大家看到他的手表，"时间。我们正在与这个杀人魔赛跑，而且我们一定得赢。但这并不表示我们必须慌张，慌张是糟糕的战友。我们反而应该像他一样，采取诡谲难测的行为模式。这是我们唯一能够阻却他的方法。因为，大家一定都已经很清楚了，他早有其他的犯案阴谋。"莫罗不再播放照片，定格在最后一张。

黛安娜・德尔高蒂欧的特写。

桑德拉可以想象那女孩有多么焦急，动弹不得，处于昏迷状态，努力想让别人知道她还活着。不过，看到那张硬邦邦的脸庞，她也不禁想起自己当初拍下那张照片时的印象。已经被泪水浸湿，但依然保持着完整的妆容，眼影、腮红还有口红。

没错，的确有哪里不太对劲。

"仔细看看，"莫罗继续开口，打断了她的思绪，"这就是他所犯的恶行，因为这是他的嗜好。要是黛安娜·德尔高蒂欧因为奇迹而能够存活下去的话，我们就有了一个可以认出他的证人。"

大家对这句话都没有反应，就连轻轻点头也没有。这只能算是某种隐于内心的期望，最多也就如此而已。

莫罗突然面向桑德拉："维加警官……"

"是，长官。"

"你在今天早上的表现非常突出。"

这样的称赞让桑德拉紧张不安。

"维加警官，我们希望你加入我们的团队。"

这样的邀请让她很害怕。其他同人要是获准进入莫罗的团队，一定会受宠若惊，但她不是这种人。"长官，我不知道自己能否胜任。"

在昏暗的光线之中，莫罗努力想将目光定焦在她身上："现在这种时候不需要客套。"

"我不是客套，只是我从来没有处理过这样的案件。"

桑德拉发现警司克雷斯皮正在猛摇头，貌似在谴责她。

莫罗指向门口："那我们这么说吧，中央统筹侦案小组不需要你，需要你的是外头某两个不知马上就要轮到自己遭殃的年轻人，因为这是迟早会发生的事，维加警官，你知我知。就连我们现在讨论这话题，也已经浪费他们太多的时间。"

他显然心意已决，桑德拉没有气力回嘴，而且，莫罗已经别开目光，切入别的主题。

"我们的人马依然在奥斯提亚的松林里进行最后的搜证，

所以我们马上就可以分析他们找到的线索，重建原貌，了解凶手的犯案模式。现在，我要你们专注在心里、在骨子里、在最不可告人的隐秘之地，深刻体会自己的感受。现在回家去，仔细思考清楚，明天不要让我看到任何的情绪反应，大家必须保持冷静理性，会议到此结束。"

第一个走出去的是莫罗，其他人也陆续起身离开。不过，桑德拉依然坐在原处，望着屏幕上黛安娜的那张照片。大家从她身旁鱼贯而过，她的目光却依然紧盯着那张照片不放。她希望有人能够关掉投影机，现在，这样的暴露残像似乎没有任何意义，也有失尊重。

莫罗刚才给他们上了一堂情绪训练课程，但他希望他们明天能够"保持冷静理性"。而现在的黛安娜·德尔高蒂欧再也不是怀抱美梦、企图与计划的二十岁女孩，她已经失去了原有的身份。她成为调查案的素材，是在遇害之后短暂地得到受害者名号的普通人。而这样的转换过程就发生在这场会议之中，就在每个人的面前。

桑德拉想起了那个关键词——习惯成自然，那是让警察得以战胜邪魔的抗体。所以，当大家对黛安娜的照片置之不理的时候，她觉得自己有责任，至少要在众人走光之前，好好凝视那张照片。她盯着那张特写，越看越不对劲。

有个细节不合情理。

那女孩脸庞的糊脏妆容，有个地方太诡异，桑德拉终于看出来了。

口红。

第六章

"学习拍摄空无。"

这是警校鉴识摄影课老师当时所说的话。桑德拉彼时才刚满二十岁，对于她和她的同学来说，那些话听起来荒谬极了。老鸟警官老爱挂在嘴边的那种人生哲理俗谚，像是"以敌人为镜"或者"永不背弃同志"之类的。对她来说——对于自信满满又大胆的她而言——这种说法只是对菜鸟洗脑的步骤之一，如此一来，就不必对他们说出真相：人类是匪类，入了这一行，过不了多久，就会因为自己也是人类的一分子而感到恶心。

"冷漠是诸位最好的战友，"那位老师还说，"因为重要的并不是你相机前面的那些对象，而是不在现场的一切。"然后，他重复了一次，"学习拍摄空无。"

之后，他找了一个房间，让他们入内练习拍照。这是一个刻意安排的场景：一间普通至极、家具一应俱全的客厅。不过，他劈头就宣布这里曾是犯罪现场，他们的任务是找出这里到底发生了什么惨案。

没有血迹,没有尸体,没有武器,只有一般的家具。

为了完成任务,他们必须忽略沙发上的婴儿食物污渍,这表示屋内有孩童居住;还有空气芳香剂的气味,显然是仔细操持家务的女子的精心选择。手扶椅上有玩了一半的拼字游戏——天知道会有谁能把它完成。咖啡桌上散落着多本旅游杂志,想必某人曾经在这里开心构思未来,却浑然不觉即将有大祸临头。

到处都是戛然而止的细节。这样的课程主旨十分明确:同理心会造成混淆。为了拍摄出空无,首先,必须要自己想办法在内心创造出空茫情境。

而桑德拉果然办到了,连她自己都吓了一大跳。她把自己当成那名潜在受害人,对于自己的感受完全置之不理。她运用受害者的角度观看一切,而不是她自己的视角。她想象受害者躺在地面,脸部朝上,所以她也躺了下来,因此看到了椅子下方的信息:

FAB

这里其实是一个真实刑案现场的复制场景,一名垂死的女子使出最后气力,用自己的鲜血写下了凶手名字的前三个字母。

法布里齐奥(Fabrizio),她的先生。

她指认了凶手,就是自己的老公。

桑德拉后来发现这名女子名列失踪名单长达二十五年之久,而她的先生一直在媒体前哭哭啼啼,还上电视央求大家帮忙寻人。而当他决定卖出这间包含家具的房子时,新主人发现了这个隐藏多年的秘密,真相才终于水落石出。

正义仍然可能在人死后得到伸张,这一点也让桑德拉释然多了。不过,虽然谜团已经解开,他们却一直没找到那具女尸。

"学习拍摄空无。"桑德拉现在坐在自己安静的车里,对自己复述了那句话。这基本上等于副局长莫罗刚才所提出的要求:先浸淫在自己的情绪之中,等到完全脱离之后,重新找回应有的冷静态度。

不过,桑德拉并没有立刻返家,为了明天正式启动追捕凶手的会议而沉淀自己的心绪。出现在风挡玻璃前方的是位于奥斯提亚的那片松林,泛光灯映亮了现场。柴油发电机的噪声以及强光不禁让她联想到乡村舞会。不过,此时并不是夏天,等一下也不会播放音乐。现在是严寒冬日,身着白色防护衣的警察宛若鬼魂起舞,在犯罪现场来回走动,发出在树林里回荡的唯一声响。

搜索已经进行了一整天,桑德拉在下班时又回到现场,把车停在远方,望着她的同事们在工作。没有人问她为什么要待在这里等待大家离开,但她有她的原因。

有关黛安娜的口红,她直觉认定有问题。

那女孩在香水店工作,当初桑德拉果然没猜错,一看到女孩的妆容,马上就觉得她应该是这个领域的专家。不过,揣测受害人的生活,大大缩减了桑德拉与受害人之间的距离,这样不好,她不该这么投入,太危险了。

她早就学到了教训,将近三年前的时候,她差点儿害自己丧命。她先生的死亡,被仓促判定为"意外"事件,逼得她只好自己一个人进行调查。她必须费尽心力,才能保持头脑冷静,不能掺入任何的愤怒或悔恨。那是一场高风险的苦战,不过,那时候她孤家寡人,当然无所畏惧。

但她现在有了马克斯。

对于她所选择的生活而言，他的确完美无瑕。转调到罗马，住在特拉斯提弗列区的公寓，新面孔，新同事，刚刚好的时间地点，可以开始撒下全新记忆的种子，马克斯是能够与她分享一切的好伴侣。

他是高中历史老师，总是沉浸在自己的书香世界里，可以待在书房里好几小时不出来。桑德拉相信，要是她不在那里的话，他一定会忘记吃东西或上厕所。他的日常与警察工作八竿子打不着，生活中唯一的恐惧应该是亲眼看到自己的学生在口试时表现得一塌糊涂。

沉浸在文字里的人，绝对不会被世间的丑恶所侵扰。

只要桑德拉问到马克斯的研究主题，他总是兴高采烈，言谈之间充满了热情，手舞足蹈，眼中散发光彩。他在诺丁汉出生，但已经在意大利生活了二十年。"全世界只有一个地方适合历史老师，"他总是这么说，"就是罗马。"

桑德拉不想浇他冷水，没有讲出这座城市里聚生的诸多恶行。所以她从来不曾提起自己的工作。但这一次她甚至得说谎了。她拨打他的电话号码，等待他的声音。

"维加，你现在一定已经在家里了吧？"他总是喊她的姓，就和她同事一样。

"现在有个大案子，我必须加班。"这是她的借口。

"好，那我们稍后再吃晚餐。"

"我应该没办法和你吃晚餐，等会儿应该都待在外头。"

"哦"是马克斯听到她回话之后的唯一反应。他不是生气，纯粹就是吓了一跳，这是她有史以来第一次得加班到这么晚。

桑德拉半闭双眼，她的心情很糟糕。她知道自己必须赶快填补这段短暂的空当,要是拖下去的话,这个故事的可信度就会大打折扣。"你一定不知道我烦死了,整个照相鉴识小组的人好像都得了流感。"

"你穿得够暖和吗?我看了气象预报,今晚会很冷。"

他这么关心她,让她更加过意不去:"当然没问题。"

"要不要我等你?"

"不需要,"她立刻回道,"我说真的,你直接上床睡觉,没准儿我很快就搞定了。"

"好,但是你回家的时候要叫醒我。"

桑德拉挂了电话,罪恶感并没有改变她的心意。因为她觉得自己在早上的时候就像那个法医一样,匆匆忙忙离开了现场。她最后发现异状,赢得了她同事与副局长莫罗的赞扬,其实也只不过是巧合罢了。要是她确实遵守拍照的规范,那么她保护的主体就是证据,而不是她自己。她并没有把相机当成挖掘犯罪现场的工具,反而成了她的掩护。

她必须亡羊补牢。唯一的方法就是重复拍照步骤,确保万无一失。

松林里的警察与鉴识小组已经开始慢慢撤退,过不了多久,这里就会只剩下她一个人,她有任务在身。

拍摄空无。

那对年轻情侣的车已经被移走,保护现场的警车也全都撤了,但他们忘了带走红白封锁线胶带。强风吹动松林枝叶,也把胶带吹得摇摇晃晃,而胶带所圈围的区域里已经什么都没有了。

桑德拉看了一下时间,刚过午夜十二点。她把车停在三百米外的地方，但不知道这样的距离够不够远，她不希望有任何人注意到她的车。

薄云遮蔽了月光，但她没办法使用手电筒，因为这样可能会让人看到她，而且，这也会改变她对这个地方的感觉。等会儿拍照的时候，她会利用相机的红外线照明功能确定方位，但她也打算让双眼逐渐习惯微弱的月光。

她下了车，准备前往犯罪现场的正中央。当她穿越松林的时候，突然觉得自己这种行为可能在犯蠢，自曝在危险之中。没有人知道她在这里，而且她也不可能知道凶手的意图。万一他回来查看状况，或者是回味昨晚犯案时的快感呢？有些凶手的确会干这种事。

桑德拉很清楚，这种悲观思维其实是某种自我安抚的仪式。心中有最坏的打算，其实只是要证明自己想得太多而已。不过，就在这时候，一道光线破云而出，停驻在地面。

她这才发觉有状况，约莫一百米之外的树林里有个幽黑人影。

她进入警戒状态，放慢脚步，但她也不能立刻停下来。现在她全身上下充满恐惧，她又向前跨了一步，松林落叶堆发出了窸窣的声响。就在这个时候，那团人影正经过犯罪现场，而且还四处张望，桑德拉吓坏了，然后，她发现那名男子做出了让人完全意想不到的举动。

他画出十字。

在那一瞬间，她松了一口气：那是虔诚的教徒。但过了一秒钟之后，她才真正看懂刚才的画面，开始在她脑中以慢动作播放。

画十字的方向完全相反——居然是从右至左，从下往上。

"蹲下来！"

那几个字宛若从幽黑之境发出的低语，从她后方约莫几米之外的地方传过来。桑德拉宛若大梦初醒，但这只是掉入另一个噩梦之中。她正打算大叫，刚才开口的男人却继续往前。他的太阳穴有伤疤，而且他立刻向她示意和他一起蹲在树后面。桑德拉觉得此人面熟，但花了好一会儿才认出他。

马库斯，她以前见过的神父，几乎是三年前的事了。

他再次示意请她蹲下，然后，走过去握住她的手，慢慢把她拉下来。她乖乖照做，然后猛盯着他不放。她还是觉得很不可思议。不过，他却望着前方。

他们看到那名身份不明的男子蹲下来，用掌心在碰触地面，似乎是在找东西。

桑德拉低声问道，她的心脏依然扑通扑通跳得很厉害："他在做什么？"

马库斯没有回答。

"我们得阻止他。"她的这句话是宣示，也是疑问，因为现在她真的不知该如何是好。

"你身上有没有带武器？"

她老实招认："没有。"

马库斯摇头，似乎认为他们不能如此冒险激进。

她不可置信："难道你要放他走？"

与此同时，那名身份不明的男子再次起身。他站在那里好一会儿，动也不动。然后，他走入幽暗地带，与他们完全相反的那个方向。

桑德拉立刻跳起来往前冲。

马库斯想要阻止她："等一下。"

"车号！"她指的是对方前来这里的交通工具。

那名身份不明的男子虽然不知道自己被跟踪，但脚步似乎越来越快，桑德拉想要跟上他的速度，但是踩踏针叶的声响恐怕会泄露她的行迹，所以她只能放慢速度。

正因为脚步趋缓，她才注意到对方有某种熟悉感，也许是因为他行走的方式，也许是他的姿势，但那种感受稍纵即逝，立刻就没了。

那男子爬过小山丘，消失在她的眼前。她正纳闷儿他不知去了哪里，此时就传来了关车门的声响，还有发动引擎的噪声。

桑德拉开始以极速狂奔，途中还绊到树枝，差点儿摔倒。她的小腿开始发疼，但依然拼命维持速度。她不想跟丢这个人，那两名年轻人的照片在她面前不断闪现。如果这个人真的是杀害他们的凶手，她绝对不能让他就这么离开。不行，她万万无法容忍。

不过，当她到达树林边界的时候，却看到那辆车以熄灯的方式驶离了现场。在淡弱的月光之下，她根本没办法看清后面的车牌号码。

"该死！"她破口大骂，然后又转过身去。马库斯站在她后方，仅与她相隔了几步之远而已。她开口问道："他是谁？"

"我不知道。"

她原本期待能够听到不同的答案。看到他这么冷静自持的反应，她吓了一大跳，仿佛这位圣赦神父根本不在意错失了找出凶手身份的机会。"你是因为他才出现在这里的，对吗？你也在追捕他吧？"

"对。"他不想让她知道实情。他之所以会出现在这里，其实都是因为她，而且他经常站在她家外面，不然就是等她下班，所以可以在她浑然不知的状况下，一起陪她回家。还有，他喜欢在远方盯着她。而且今晚她从总部离开之后，并没有马上回家，所以他立刻决定要跟着一起过来。

但桑德拉的心绪还深陷在刚才的事件中，完全没有察觉他在说谎："我们差点儿就追到他了。"

他面无表情地看着她，突然转身："我们过去吧。"

"去哪里？"

"他刚才跪着的地方，搞不好埋了什么东西。"

第七章

他们利用桑德拉智能手机的光源,开始寻找那身份不明男子挖掘的地点。

马库斯终于开口:"就在这里。"

他们两人弯腰,盯着眼前那一坨刚翻动过的泥土。

马库斯从外套口袋里取出乳胶手套,戴上之后开始拨开泥巴,速度缓慢,小心翼翼。桑德拉依然拿着手机打灯,紧盯不放,甚是焦急。过了一会儿,马库斯停下动作。

她开口问道:"为什么不继续挖下去?"

"什么都没有。"

"但你刚才说——"

"我知道,"他打断她,语气平静,"我不明白,这泥土明明被翻动过,你自己也看到了。"

他们往回走,然后又静静站立了好一会儿。马库斯担心桑德拉会再次询问他前来此地的目的,为了避免引起她的怀疑,他一定得想办法回避这个话题,他开口问道:"你知道多少案情?"

她似乎在思索该怎么回答才好,态度犹豫不决。

"你可以选择不说。不过,也许我可以助你一臂之力。"

她满脸狐疑:"你要怎么帮我?"

"交换情报。"

桑德拉开始思忖,也许这的确可行。将近三年前,她曾经见识过他的办案手法,她知道他经验丰富,而且看待事物的角度与警方截然不同。他没办法像她一样,以相机"拍摄空无",却可以看出邪魔留下的隐形痕迹。所以她决定卸下心防,全部说出来,包括那两名年轻人的遇害事件,以及后续的惊人发展,黛安娜·德尔高蒂欧虽然身受严重创伤,而且遇到冰寒冬夜,但还是撑了下来。

马库斯问道:"我可以看照片吗?"

这句话让桑德拉又僵住了。

"如果你想要知道今晚到底发生了什么事、那男人在这里做什么,你就必须让我看到犯罪现场的照片。"

过了一会儿,桑德拉回来了,她从车上拿了两只手电筒与一台平板电脑。马库斯立刻伸手过去,不过,她在把东西交给他之前,想要先把话讲清楚:"我这种行为违反了工作守则,而且犯了法。"然后,她把平板电脑和其中一只手电筒给了马库斯。

马库斯望着第一批照片,重点是凶手掩护自己的那棵树木。

她说道:"他躲在那里监视他们。"

"让我看一下现场。"

她把马库斯带过去,地面松林落叶的清理痕迹依然清晰可见。桑德拉不知道接下来会发生什么状况,这与警方测绘者的切入方式根本是天壤之别。

马库斯低头,然后眉眼一扬,紧盯前方:"好,我们开始吧。"

首先,他画了十字,但并非那身份不明男子所做出的颠倒顺序。桑德拉发现马库斯的神情变得不一样,出现一连串的细微变化。他双眼四周的线条变得放松多了,呼吸越来越深沉,他不只是在专注凝神,体内还涌现出某股气息。

"我在这里待了多久?"他开始向自己提问,融入了凶手的心理状态,"十分钟,还是十五分钟?我仔细观察他们,享受展开行动之前的那一刻。"

马库斯告诉自己,我知道你的感觉。肾上腺素飙升,腹部紧绷,混杂了兴奋与焦虑,就像是小时候玩捉迷藏一样。颈后出现微痒感,某种让双臂汗毛竖起的颤动电流。

桑德拉开始渐渐明白现在的状况:没有人能够进入凶手的内心世界,但是圣赦神父能够召唤对方心中的恶魔。她决定配合,向他提问,仿佛把他当成真正的杀人犯。"你是不是刻意跟踪他们来到这里?"她问道,"也许你认识那女孩,你喜欢她,所以你一路跟了过来。"

"不。我老早就在这里等他们,我不认识他们。我不挑受害者,只挑猎杀地点。勘查之后,开始自我准备。"

奥斯提亚的松林一直是恋人的藏身地,尤其是夏天的时候,不过,到了冬天,愿意冒险前来的爱侣并不多。凶手应该在树林里徘徊多日,伺机而动,最后,果然让他称心如意。

"你为什么要清理地面?"

马库斯低头:"我随身带了包,应该是背包,我不希望它沾到针叶被弄脏。我一直十分小心地呵护它,因为里面藏有我的道具，我的魔法道具，因为我就像个魔术师。"

他心想，凶手挑选了恰到好处的时机，缓缓接近被害人，制造惊骇效果。这是魔术技法的一部分。

马库斯转移阵地，开始走向事发现场中央。桑德拉紧跟其后，这样的犯罪现场重建过程让她大开眼界。

"我悄悄走到了车子旁边，他们根本没看到我。"

马库斯开始看下一批照片，赤身裸体的受害人。

"他们当时已经脱了衣服，还是被迫脱光？"桑德拉问道，"他们已经开始做爱，还是正准备开始？"

"我之所以挑选情侣下手，是因为我没有办法与别人相处，我没有办法与任何人谈恋爱或是发生性关系。我的个性有问题，会让别人对我敬而远之。我是因为嫉妒而激发了杀人动机，对，我嫉妒他们……所以我喜欢偷看他们，然后杀死他们。他们享受欢愉，我要惩罚他们。"

他说出这些话的时候，完全不带一丝情绪，让桑德拉全身打起寒战。突然之间，圣赦神父毫无表情的双眼让她好害怕，完全看不到愤怒，只有全然的疏离，马库斯不只是融入了凶手的心理状态。

他已经变成了那名凶手。

桑德拉感到困惑。

"我没有什么性经验，"马库斯继续说道，"我的年纪在二十五岁到四十五岁之间。"要是性生活无法得到满足，长年累积的挫败感转化为暴力的爆发期就是在这个阶段，"我并没有侵犯受害人。"

的确是这样，桑德拉记得，受害人并没有遭到性侵。

这位圣赦神父望着车子的照片，整个人下蹲，与汽车引擎盖同高："我突然冒出来，拿枪对着他们，所以他们不敢发动车子逃跑。我身上带了哪些东西？"

桑德拉说道："枪、猎刀，还有登山绳。"

"我把绳子交给了那男孩，说服他把女友绑在座位上。"

"你的意思是强迫？"

"我没有出言威胁，从头到尾都不曾大声说话，我轻声细语，因为我是教唆者。"其实，凶手连开枪示警这个动作都不需要，表现出认真态度就够了。他只是要让那男孩相信还有自救的机会，也就是说，如果他展现良好的配合态度，最后一定会得到回报。"显然，那男孩乖乖听令照做，我盯着他，确认他的确把她捆得死紧。"

桑德拉心想：圣赦神父说得一点儿都没错。大家通常都轻忽了武器的说服力，也不知道为什么，大家都误以为自己可以应付那样的状况。

马库斯继续翻照片，看到女孩胸骨中刀的那一张。

"你杀了她，但她很幸运，"桑德拉话才一出口，就立刻因为自己的用词而开始懊悔，"她的内出血之所以能够止住，都是因为你把刀留在那里，要是你抽出来的话，她可能就没办法活下来了。"

马库斯摇摇头："杀死那女孩的人不是我，所以我才留下了那把刀，这是为了你们，要留给你们看。"

桑德拉不敢相信自己所听到的话。

"我给了他一个交换的机会：她死，留他活口。"

她状极惊骇："你怎么知道？"

"你等着看吧，你会发现刀子上留下的是那男孩的指纹，不是我的，"他心想，凶手的目的是羞辱两人之间的爱苗，"这是爱情的试炼。"

"不过，要是他听从你的话，那你为什么要杀了他？最后你逼他下车，以近距离朝他颈后开枪，这是行刑式杀人。"

"因为我的承诺根本就是谎言，就像那对小情侣所感受到的爱意一样，都是假的。而且，要是我能够证明，别人会纯粹基于自私而杀人，那么我自己的罪行当然也可以获得赦免。"

一阵风起，吹晃树枝，强烈的冷风穿过树林，消失在黑暗之中。不过，对桑德拉而言，那股幽气似乎是从马库斯身上飘送而来的。

他发现她惊恐万分，突然之间，他从当下的不明状态又被拉回到了现实之中。看到她目光所流露的恐惧，让他好生惭愧，他不希望她以那种眼光看待自己。他发现她不由自主地后退了一小步，仿佛想要与他保持安全距离。

桑德拉别过头去，一脸尴尬。不过，看到了这样的情景，她实在无法掩饰自己的局促不安。为了打破僵持的场面，她抽走他手中的平板电脑："我要给你看个东西。"

她开始扫视照片，终于找到了黛安娜·德尔高蒂欧的特写照。

"这女孩在一间香水店工作，"她说道，"你看她的脸妆，没有被泪水弄糊的那些部分，相当精致，而且就连口红也一样。"

马库斯眼神空茫，望着那张照片。他依然处于惊骇状态，也许正因如此，他还无法立即了解这个细节的重要性。

桑德拉继续努力解释："当我拍下这张照片的时候，感觉很诡异，就是有哪里不对劲，但后来我才明白为什么。刚才你提到我们面对的这个凶手有窥淫癖,他会等到出现性爱场景之后才现身。不过,要是黛安娜与她男友正打得火热,为什么口红依然完好?"

马库斯懂了:"这是他之后画上去的。"

桑德拉点头:"我也这么觉得。其实,这一点我早就十分确定。"

马库斯听到这句话,十分好奇。他依然不知道该怎么把这一点嵌入凶手的犯案模式中,但他深信在对方行凶仪式中,一定有它的特殊含义。他开始自言自语:"明明在众人面前,却没有人看得出来的违常之处,总是隐藏了邪行。"

"这话什么意思?"

马库斯再次望着她:"答案都在这里,你必须在此寻找答案。"这就像是圣王路易堂里的那幅《圣马太殉难》一样,只是需要找出观看之道罢了。"我们虽然看不见凶手,但他依然在这里,我们不需要前往他处,就是要在这个地方把他找出来。"

桑德拉明白了:"你说的是我们先前看到的那个男人,你认为他不是凶手。"

"过了数十小时之后又回来的意义何在?看到受害人死亡,饱受凌辱,凶手就抒发了自己病态又残暴的欲望,他的冲动已经得到了满足。记得吗?他是教唆者,他已经在寻找下一次的猎物了。"

桑德拉知道马库斯并没有吐露全部的实情,一定没有说出真正的原因。这个论点固然有道理,但是从马库斯心神不宁的状态看来,应是另有隐情。"因为那个人画了十字,所以你觉得他不是凶手,对吗?"

那个顺序颠倒的动作,也的确让马库斯十分惊心。

桑德拉紧追不放："所以你觉得这个人到底是谁？"

"维加警官，你必须寻找违常之处，只有细节是不够的。他来这里做什么？"

桑德拉仔细思索刚才看到的场景："他跪在地上挖洞，但里面没有任何东西……"

"正是如此，"马库斯说道，"他刚才不是在掩埋，而是把东西挖出来。"

"这是你的第二堂训练课。"

克莱门特在赛彭提路某间阁楼的小房间里找到了马库斯。那并不是什么大地方，里头只有一盏灯与一张靠墙的行军床，但从那小小窗户望向外头，可以看到别有韵致的罗马屋顶美景。

马库斯伸手抚摩那块依然紧贴太阳穴伤口的绷带，现在，这已经成了某种习惯性的小动作，几乎是出于下意识。自从他丧失记忆，有时会觉得一切都只是他的幻梦，所以，这也成了他向自己证明自己确实存在的必要手势。"没问题，我已经准备好了。"

"我是你唯一的联络对象，你不会与其他人有任何接触，也不会知道自己到底是从哪里接收命令与任务的。除此之外，你与其他人最好少互动为妙。多年前，你曾经立下孤单一生的誓约，限制你的并不是修道院的高墙，而是周边的世界。"

马库斯不知道自己能否成功挑战这样的艰困条件。不过，他内心隐约觉得自己不需要其他人，他早就已经习惯了独处。

"教廷一直特别注意某些犯罪类型，"克莱门特说道，"这些案件之所以显得格外不同，是因为它们含有违常之处。在过去的数百年，这类违常状况曾经被赋予各式各样的定义：绝对之恶、大罪、邪道。不过，这些名称都不足以描绘某种难以解释的现象：人性的潜藏之恶。教廷从一开始就在搜寻这类案件，进行分析，并且分门别类。为了达成这样的使命，它组织了一批经过特训的神职人员——圣赦神父，也就是黑暗猎人。"

"这就是我以前的任务吗？"

"你的任务是为教廷找出邪魔。你所受到的训练，其实与犯罪学家或是警方测绘人员一模一样，但你还能够辨识出他们无法参透的细节。"他停顿了一会儿，继续说道，"有些状况会让人类不想承认，或是佯装看不到。"

但马库斯依然不是十分明白自己的任务内容："为什么是我？"

"马库斯，邪恶是王道，良善是例外。"

虽然克莱门特没有回答他的问题，但那些字句让他受到极大的震撼。意思很清楚了，他是工具。他和其他人不一样，他知道恶行永恒常存，身为圣赦神父，生活中完全没有容纳亲友以及爱人的空间。欢愉会造成分心，就算有这样的限制，他也必须承担。

"我要怎么知道自己已经准备好了？"

"到时候你就知道了。不过，为了能够体察恶行，你得先学习如何以良善为出发点执行任务。"然后，克莱门特告诉他一个地址，还交给他一样东西。

钥匙。

马库斯前往那个地点，浑然不知会遇到什么状况。

那是位于城市某处郊区的两层独栋别墅。他一到达现场,就看到外头站了一群人,大门口出现了紫色丝绒十字架:显然这户是丧宅。

他从那一堆亲友中间走了进去,没有人注意到他。大家都在低声说话,没有人在哭,但气氛因为悲戚而十分凝重。

这户人家遭逢不幸的是一个女孩。马库斯立刻认出了她的父母,因为大家都站着,只有他们两个坐在椅子上,两人的神情有悲伤,但更多的是错愕。

他与那位父亲互看了一眼。对方是五十多岁的健壮男子,那种可以赤手空拳将铁棒折弯的人。不过,现在的他看起来却万分颓丧,一副瘫软无力的模样。

众人鱼贯前往敞开的棺材前表达致哀之意,马库斯也跟了过去。他一看到那女孩,立刻就明白了。死神早在她生前就开始耀武扬威,再加上从旁人口中听到的对话,原来,她的死因就是她自己。

毒品立刻吞食了她的性命。

但马库斯不懂的是,遇到这种状况,他也爱莫能助,一切似乎无力回天。然后,他从口袋里拿出克莱门特先前交给他的那把钥匙,放在掌心中凝望。

它可以通向何处?

他只能发挥勤劳精神,每一道门都试试看。他在屋内四处游走,找寻正确的那一扇门,他小心翼翼,不想引来别人的注目,却遍寻无果。

正当他打算放弃的时候,发现屋内有后门,这是唯一没有上锁的入口。门伸手轻轻一推就开了,里面是阶梯。他往下走,进入昏暗的地下室。

里面摆放着老旧的家具，放置了自己动手做的工具设备桌台，然后，他转身，发现还有个小木屋，是桑拿房。

他走到屋门前，想要透过小框窗查看里面的状况，但玻璃太厚了，而且光线也太过昏暗。所以他决定试一下那把钥匙。他万万没想到，门锁居然真的开了。

他打开门，恶臭立刻扑鼻而来。呕吐物、汗臭，加上排泄物。出于本能反应，他立刻往后退，但随后还是继续往前走。

狭小空间的地板上躺了一个人，衣衫褴褛，头发蓬乱，胡须杂长。从他那只肿胀到不行的眼睛、盖住整个口鼻的干涸血迹，还有诸多瘀青来看，显然他曾经多次遭人毒打。虽然双臂沾满了黑泥，但还是可以看到部分刺青：骷髅头加两根交叉的大腿骨。脖子上还有另外一个刺青——纳粹的图腾。

马库斯端详他的状况，立刻猜到此人被关在这里有好长一段时间了。

那男子面向马库斯，立刻以手遮住那只完好的眼睛，因为就连微弱的灯光也让他十分不适，从他的眼中看得出纯然的恐惧。一会儿之后，他才发现马库斯是这场噩梦中的陌生角色，也许这正是他鼓起勇气对他开口的原因。

"不是我的错……那些年轻人来找我，只要能吸毒，他们什么都愿意干……她想要向我卖身，她需要钱……我就照做了，她吸毒和我无关……"

他刚开口时的那股热切已经慢慢消失无踪，期盼也没了。他又躺了下来，垂头丧气，就像是被拴住的狂犬病狗儿，吠完之后又躺回去，因为它知道自己永远不可能重获自由。

"那女孩死了。"

听到这句话,那男人低下了头。

马库斯站在那里看着对方,心里好纳闷儿,不知道克莱门特为什么要让他接受这种考验,不过,真正的问题其实不是这个,而是另有其他症结。

该如何做才好?

他眼前的这个家伙是个恶人,他的那些刺青符号已经清楚地表明他的立场。受到严惩,也是他活该,但这样是不对的。如果放走这个人,他很可能会继续害其他人遭殃。那么他自己也该受到谴责,因为他成了纵容恶行的共犯。

在这种状况下,什么是善?什么是恶?他究竟该怎么办?放走这个囚徒,还是关上门一走了之?

"邪恶是王道,良善是例外。"然而,在此时此刻,他已经分不出差别。

第八章

他们平常的联络方式都是语音留言。

只要其中一人有事相告,就会拨打一个特定号码,留下语音消息。这个号码会经常更换,但频率不一,可能一用就是好几个月,但克莱门特也可能用了几天就更换新号码。马库斯知道这是出于安全考虑,但他从来没有问过背后原因。就连这么平凡的问题,其实也等于间接牵涉他朋友一直不肯让他知道的那个世界,而马库斯的耐心已经快被磨光了。尽管克莱门特有充分的理由,或者可能是为了捍卫他们的秘密,但他还是觉得自己被利用了,所以他们最近的关系才会变得这么紧张。

马库斯与桑德拉在奥斯提亚松林共同经历了那一夜之后,他拨打那个电话号码,打算要求见面。不过,他吓了一大跳,因为他朋友早已给他留了话。

他们相约八点钟见面,地点是圣亚博那大教堂。

马库斯走过纳沃纳广场,这时候开始逐渐聚集许多艺术家小摊位,展现罗马各个美丽地点的风景画。酒吧已经将餐桌摆到外头，时值冬日，所有的桌子都摆在大型煤气暖炉的旁边。

圣亚博那大教堂位于同名广场附近，它不算富丽堂皇，也不是特别华美，但这栋简单的教堂却与附近的建筑物融合得恰如其分。它曾经是德国及匈牙利学院总部的其中一个校区，多年之后，成了圣十字教皇大学的校址。

不过，这座教堂真正的特殊之处，其实是两段历史，其中一段历史久远，另一段则发生在近代，两段历史都充满奇幻色彩。

第一个故事，必须要回溯到十五世纪，牵涉某张圣母像。在一四九四年，查理五世的军队曾经在教堂前面扎营，忠诚的信徒使用泥灰盖住这幅圣像，以免圣母玛利亚见到这些士兵的恶形恶状。不过，也正因如此，这幅画被遗忘了一百五十多年，直到一六四七年发生的那场地震，才震碎了那块守护画作的屏障。

至于第二个故事，发生的时间与现在相当接近，有关恩里克·德·皮德斯下葬在这间教堂的离奇事件。以"小雷纳多"之名行走江湖的恩里克·德·皮德斯，是血腥帮派"马利亚纳"的成员之一，这个犯罪集团在二十世纪七十年代中期崛起，而且与罗马的诸多悬疑重案有关，某些甚至还牵连到梵蒂冈。历经司法审判与血腥杀戮之后，这个帮派已经式微，但某些人认为他们依然躲在暗处运作。

马库斯一直觉得很纳闷儿，这个帮派最残暴的成员，为什么可以得到过去只有圣者，对教廷具有重大贡献者，以及教皇、红衣主教、主教才能得到的专属荣宠？他想起过去教廷曾经出现的一起丑闻，某人揭发城内的某起可疑命案，逼使教会高层必须把尸体交出来。不过，其实教廷一直大力反对，态度令人费解，经过漫长的交涉，他们才终于愿意退让。

多年前曾经有个女孩在圣亚博那大教堂失踪，根据某些线人的情报，她的遗骸就在恩里克·德·皮德斯位于圣亚博那大教堂的陵墓里面。这位名叫艾曼纽埃拉·奥兰迪的女孩，是梵蒂冈一名工作人员的女儿，有一种说法是，她之所以遭到绑架，是为了勒索教皇。不过，掘开恩里克·德·皮德斯的墓之后，却只能证明这又是一条混淆案情的错误情报而已。

回想起这些历史，马库斯不禁觉得纳闷儿。克莱门特为什么要约在这么特殊的地点见面？想起上次他们的争辩过程，还有，为了一年前梵蒂冈花园修女分尸案，向克莱门特要求见上级时，他朋友那一脸不以为然的模样，就让他心里不舒服。

"我们无权过问，无权知悉，只能遵守。"

他希望克莱门特这次找他来，是为了乞求他的原谅，一想到这儿，也让马库斯的心念一转，走到圣亚博那大教堂门前广场的时候，不禁加快了脚步。

他走进教堂的时候，里面空无一人，刻有红衣主教与主教姓名的大理石中殿里面，回荡着他的脚步声。

克莱门特早已坐在某张前排长椅上，大腿上放了一个黑色的真皮包。他转头看了一下马库斯，静静地对他挥手示意，邀他坐在自己身旁："我想你还在生我的气吧？"

"你是不是要来告诉我上级决定合作办案了？"

他回答得十分坦率："不是。"

马库斯很失望，但不想泄露自己的心情："所以到底出了什么事？"

"昨晚奥斯提亚的松林里发生惨剧，有名年轻人身亡，还有一名年轻女子恐怕危在旦夕。"

"我看到报纸上的报道了。"马库斯撒谎,其实,由于桑德拉的关系,他早就已经知道了一切,不过,他当然不能让克莱门特知道他一直在偷偷跟踪一个女人,因为,他可能对她怀有情愫,连他自己也搞不清楚那种感觉。

克莱门特看着马库斯,仿佛猜到他在撒谎:"这个案子就交给你了。"

这出乎他的意料。因为警方早已投下最优秀的人力与大量资源侦办此案,中央统筹侦案小组具有绝对优势,绝对能够擒住凶手。"为什么?"

克莱门特从来不会明说他们启动调查案的真正原因,通常只是搪塞,不然就只说教廷希望能够侦破某起案子,所以马库斯一直不知道自身任务背后的真正动机。不过,这次他朋友却态度慨然,解释得一清二楚。

"罗马现在弥漫着岌岌可危的气氛,昨夜的事件对人们造成了严重影响,"马库斯万万没想到克莱门特的语气会这么忧心忡忡,"重点不是事件本身,而是它所代表的含义:这种杀人手法充满了象征性元素。"

马库斯开始回想凶手设计的情节:那名年轻人为了自救,被迫杀害自己的女友,然后,他脖子后方中枪,惨遭冷血处决。凶手知道,警方抵达现场之后,将必须面对无法破解的诸多疑点。这是一场专门给他们观看的表演。

然后,还有性的部分。虽然这恶魔并没有凌辱受害者,但是他在这方面的意图甚为明显。这种类型的罪犯格外令人担忧,因为他们会引发社会大众的某种可怖兴趣,虽然许多人嘴巴不承认，还假装一脸嫌恶，但他们的确会感受到一股危险的吸引力。不过，除此之外还有别的问题。

性是危险的载体。

比方说，只要一发布有关性侵的统计数据，在接下来的那几天中，该类型的犯罪就会暴增。那些数字——尤其要是居高不下的话——不但不会造成愤慨反应，反而会引发模仿效应。仿佛那些平常躲在暗处的性侵犯，本来还能好好控制自己的冲动，突然之间觉得自己获得授权，得以展开行动，把自己当成某个大型匿名团体的一分子。

马库斯心想，要是作恶人人有份，罪行也就显得没那么严重了。这就是全球大部分警察单位都不再公布有关性犯罪数据的真正原因。但他相信上级要调查这件案子，一定另有隐情："为什么他们突然对奥斯提亚松林的这起案件产生兴趣？"

"有没有看到那间告解室？"克莱门特指向左侧的第二间小礼拜堂，"现在已经没有神父会进去了，但还是偶尔会有人把它当作告解的地方。"

马库斯很好奇这番话背后到底有什么含义。

"以前黑道分子会利用那间告解室，将情报透露给警方。里面装有录音机，只要有人一下跪，就会启动机器。这是我们想出来的点子，所以任何人都可以向警察密报，却不需要担心自己被逮捕。有时候，那些告解内容包含了宝贵信息，而警方也会投桃报李，对某些状况睁一只眼闭一只眼。说出来可能会让你吓一大跳，不过他们双方的确是通过我们在进行交流，当然，没有人知道。我们居中斡旋，营救了许多生灵。"

正是因为有这样的合约，如恩里克·德·皮德斯之流罪犯的尸首才得以葬于此地，直到最近才移到他处。现在，马库斯也明白了个中道理：圣亚博那大教堂是个安全庇护所，是中立地带。

"你说'以前'，也就是说这种现象已经不复存在。"

"现在有许多效率更高的沟通工具，"克莱门特说道，"现在已经不需要教会作为中介。"

马库斯逐渐明了了："但录音机还是在那里……"

"我们当初心想，至少就留在那里吧，也许哪一天可以派上用场，现在证明果然没错。"克莱门特打开那个放在身上的黑色真皮包，拿出一台老旧的卡匣式录音机。然后，他把一卷带子插入卡槽："五天前，也就是那两名年轻人在奥斯提亚松林遇害之前，有人跪在那间告解室，讲出了这些话……"

他按下播放键，中殿顿时充满沙沙的声响，然后渐渐褪淡为回音，录音带的质量很糟糕，不过，一会儿之后，那条看不见的灰色河流，传出了人语。

"以前……夜晚出了事……大家都冲向他的落刀之处……"

这听起来像是有人在远方低语，不知是男是女，音源仿佛来自另一个世界，另一个维度。那是死人想要模仿生者的声音，也许是因为他已经忘记自己已经断气。偶尔，它会没入背景的杂音之中，只能听到片段的字句。

"他的时间已经到来……小孩们死了……错误的爱给了错误的人……他对他们冷酷无情……盐之童……要是没有人阻止他，他绝对不会停手。"

这是录音带里的那个人讲出的最后一段话，然后，克莱门特按下了停止键。

马库斯立刻就发现这段录音绝非偶然:"他以第三人称描述,但其实讲的就是自己。"这卷录音留下的是凶手的声音,字词很明确,至少与其背后的恨意一样明确。

"大家都冲向他的落刀之处……"

克莱门特默默观察马库斯的反应,而他则开始进行字句分析。

"以前……"马库斯重复内容,"这句话的起头不见了,以前怎么了?而且,为什么要用讲述过去的语气讲未来的事件?"

除了炫耀型杀手经常表演的那些宣示与威胁话语,还有其他段落吸引了马库斯的注意力。

"小孩们死了。"马库斯低声复述那句话。"小孩们"是凶手审慎挑选的字词,也就是说,在奥斯提亚遇害的那两名年轻人的父母,同样算是他的下手目标。凶手攻击他们的小孩,自然也让父母们生不如死。他的恨意宛若地震,在不断回荡,震源是那两名年轻人,但邪恶的震波继续向外扩展,伤害到周边所有的人——亲朋好友以及认识他们的人——最后,波及那些与这两名年轻人毫无瓜葛的为人父母者,他们现在对于那片松林里的惨剧同感悲愤,担心自己的小孩也会遭毒手。

"错误的爱给了错误的人。"马库斯继续说道,又想起了凶手给予乔治·蒙蒂菲奥里的试炼,让他误以为自己有机会逃过一劫,只要选择让黛安娜受死就是了。乔治为了活下去,同意杀害那个深爱他,而且误以为他也同样充满爱意的女孩。

"我们应该把这卷带子交给调查小组,"马库斯态度坚决,"显然凶手期盼有人能够阻止他,不然他也不会宣布自己马上又要展开行动。而且,要是以前告解室的功能是为了与警方沟通,那么这通留言的对象当然是针对他们。"

"不行，"克莱门特立刻回他，"你必须独立办案。"

"为什么？"

"上级已经作出决定。"

又来了，某个神秘高层总是根据高深莫测的动机订立行事规范。

"'盐之童'是什么？"

"你唯一的线索。"

第九章

那天晚上，桑德拉回到家的时候，吻醒了马克斯，两人开始做爱。

感觉很诡异。照理说，这应该可以帮她纾压，解放她内心深处的隐隐不安。做爱的疲惫感的确洗涤了她的灵魂，却完全无法抹消脑海中那位圣赦神父的模样。

因为，她和马克斯做爱的时候，想到了他。

马库斯代表了她所遗忘的那些伤痛。再次看到他，仿佛让昔日创伤再次浮出表面，宛若沼泽在反流过程中吐出了先前吞没的一切。的确，桑德拉过往生活中充满回忆的老家具、曾经住过的屋子、丢弃的衣服，似乎全部重现眼前，她的心中涌起一股诡异的怀旧之情。不过，她吓了一大跳，因为对象并不是她的亡夫。

而是马库斯。

桑德拉醒来的时候，大约是七点钟，她躺在床上，反复惦念着这些心事。马克斯已经起床，她打算等他去学校之后再起身，因为她不想回答他的问题，她担心他看出她不对劲，搞不好要她解释清楚。

她先打开收音机的新闻频道，才进入淋浴间。

温暖的水柱流过她的颈后，她闭上双眼，任由热水抚慰自己的身体，新闻播报员正在念今日的政治新闻。

桑德拉无心聆听，她想要专心思考昨夜发生的事。看到马库斯的办案过程，让她多少受到了惊吓，他居然能够如此深入洞悉凶手心态，让她觉得仿佛真正的凶手就在眼前。

她对他有崇拜，也有恐惧。

"维加警官，你必须寻找违常之处，只有细节是不够的。"这是他对她的叮咛，"明明在众人面前，却没有人看得出来的违常之处，总是隐藏了邪行。"

她在当晚看到了什么？月光下有个男人，宛若影子一样在松林里晃动，还弯腰掘洞。

"他刚才不是在掩埋，而是把东西挖出来。"

挖什么？

那个身份不明的男子，曾经画了十字，却是相反方向——从右至左，从下往上。

这代表了什么含义？

就在这个时候，广播开始播报社会新闻，桑德拉关掉水龙头，站在淋浴间里，全身滴水，一手倚住瓷砖墙面，专心聆听。

新闻焦点是那两名年轻人的遇袭案，播报员的语气忧心忡忡，建议情侣约会时避开偏僻地点，警方也会加强警力，保障市民安全。为了吓阻凶手，当局已经宣布要在市区边郊与乡间进行夜巡。但桑德拉知道这只是宣传手法而已，因为该区域幅员辽阔，警力不可能完全涵盖。

播报员讲完警方面对这一紧急状况的措施，又继续讲述那名幸存者的近况。医生们好不容易为黛安娜·德尔高蒂欧动完了手术，总算是把她从鬼门关前拉了回来，现在她处于昏迷状态，但医生们也没有进一步的处置。

老实说，他们无法断言她到底什么时候能够再次恢复意识，最重要的是，就连有没有这个可能都很难说。

桑德拉低头凝望，仿佛那些从收音机里传出的字句与细小的水流一起进入了排水孔里面。一想到那女孩，就让她很难受，要是黛安娜没有好转，日后得要面临什么样的生活？讽刺的是，她可能根本没办法提供任何有力的线索，让他们能够抓到那个害她落得如此凄惨境地的凶手。换言之，凶手还是得逞了，因为即使他让女孩留了一口气，苟延残喘，但她依旧与死亡无异，不会对他构成威胁。

幸运的不是黛安娜，而是凶手。

桑德拉仔细回想前两个晚上所发生的事件，两名年轻人遇害，接下来是身份不明的男子在月光下的举动，的确有太多不合理之处。凶手是不是刻意在犯罪现场留下了某个东西？他把它埋在土里的目的是不是想让别人挖出来？实在很难参透他这种举动的用意，不过，第一个问题是关键。

她心想，无论那到底是什么东西，一定不是凶手动手掩埋的。想必另有其人，这个人在凶案发生之后才动手挖掘掩藏，等到之后再把它取出来。他不想让别人看到现场有那个东西。

是谁？

当她尾随那男人穿越松林的时候，曾经有某种熟悉感一闪而过。她也说不上来到底为什么，但这绝对不只是感觉而已。

桑德拉现在才发现自己很冷,就像是前晚她与马库斯在一起时一样。但并非因为她站在淋浴间里关了水龙头超过五分钟,这股寒意源于她的内心,是某种直觉引发的不寒而栗,那是一种可能会带来相当可怕后果的危险直觉。

她低声重复那句话:"明明在众人面前,却没有人看得出来的违常之处,总是隐藏了邪行。"

黛安娜还活着,这就是违常之处。

中央统筹侦案小组的开会时间定在十一点,她的时间还很充裕。现在,她虽然有想法,但不想让任何人知道,因为她不知道该如何证明真伪。

法医部在一栋兴建于二十世纪五十年代的小型五楼建筑内。外墙立面毫不起眼,只有一大排高耸的窗户,正门口有阶梯,一旁设有能让车辆直接停在门前的斜坡。运尸面包车会利用较为低调的后门入口,那里可以直通地下室,也就是冰冷的藏尸柜与验尸房所在地。

桑德拉选择从大门进去,搭乘老旧电梯。她只来过这里几次,但知道法医都在顶楼。

走廊传来消毒水与福尔马林的气味。这里的景象与众人的想象可能不太一样,因为到处人来人往,气氛就与一般的办公室毫无二致。虽然他们处理的业务内容是死亡,但大家似乎都不觉得有什么困扰。桑德拉在警界服务的这些年中,认识了不少法医,他们都很有幽默感。只有一个人除外。

阿斯托菲博士的办公室位于右侧的最后一间。

她朝那里走过去,发现他的办公室门大敞。她站在门口不动,看到身穿白袍的他坐在办公桌前奋笔疾书,一旁放着必备的香烟,盒子上放有打火机。

她敲了敲门框,静待对方响应。阿斯托菲过了好几秒之后才抬头看她,立刻流露出纳闷儿之色,怎么会有警官来找他?"进来。"

"早安,医生。我是维加警官,还记得我吗?"

"是,我记得,"他一如往常,态度冷淡,"什么事?"

桑德拉走进去,迅速扫视他的办公室,她猜他在这里工作至少已经有三十年。柜架上的书本封面已经泛黄,皮沙发也破旧不堪。墙壁许久没有粉刷,执照与证书都已经褪色,空气中弥漫着一股沉积不去的尼古丁气味。"耽误你几分钟好吗?我有事情想要请教一下。"

阿斯托菲根本懒得搁笔,直接示意她坐下来:"不要拖太久就是了,我在赶东西。"

桑德拉坐在他的办公桌前面:"我想要说的是,昨天你承担了所有的罪责,我深感抱歉。"

阿斯托菲斜眼瞄了她一眼:"什么意思?这件事与你有什么关系?"

"是这样的,我应该早一点儿发现黛安娜·德尔高蒂欧还活着。要不是因为我一直闪避她的目光,我早就……"

"你没有注意,你那些随后过来的鉴识组同事也没有发现。这都应该怪在我头上。"

"其实,我到这里来,是想要给你一个赎罪的机会。"

阿斯托菲露出难以置信的冷笑:"他们叫我不准碰这个案子了,这和我无关。"

她继续说道:"我觉得出了大事。"

"你为什么不向你的上级报告？"

"因为我还不确定。"

阿斯托菲面色恼怒："所以我就得帮你确定吗？"

"也许吧。"

"好，怎么了？"

桑德拉发现自己没被他轰出去，窃喜不已："我又检查了一次自己在松林里拍的照片，发现了我先前没注意到的异状。"

"这种事常有。"阿斯托菲只是想要逼她赶快把话讲完。

"距离车子不远处的某个地方，有人翻动过泥土。"

这次阿斯托菲不说话了，反而把笔搁在桌面上。

"我的假设是凶手可能埋了东西。"

"这种假设也太随便了吧？"

她心想：很好，他并没有问我为什么要把这件事告诉他，而不去问别人。"对，但我后来又回到现场查看。"

"然后呢？"

桑德拉看着他："那里什么都没有。"

阿斯托菲并没有立刻别开目光，也没有问她何时回到现场："维加警官，我没有时间跟你鬼扯。"

"不过，万一是我们自己内部的人犯案呢？"桑德拉脱口而出，她知道现在已经无法回头了。这是严重的指控，万一她搞错的话，可能会引发严重的后果。"有一位警察同人在犯罪现场偷走了迹证。由于他不敢冒险立刻带走，只好先埋在土里，之后再把它拿出来。"

阿斯托菲面色惊骇："维加警官，你是说有共犯，没错吧？"

"是的，法医。"她拼命装出信心满满的模样。

"鉴识部门的人？警官？或者，搞不好是我？"他激动不已，"你知道这指控十分严重吧？"

"抱歉，但你没有听懂我的意思。我也在现场，所以我跟大家一样都有嫌疑。老实说，我之前犯了疏失，更让我成了头号嫌疑犯。"

"我劝你别多事，这是为了你好，你口说无凭。"

"而且，你过往记录完美无瑕，"桑德拉立刻戗他，"我已检查过了，你担任法医有多久了？"她没等他回答，继续追问，"你真的没发现那女孩还活着吗？怎么可能会有人犯下这种错误？"

"维加警官，你疯了。"

"要是犯罪现场真的被人动过手脚，那么，无人发现黛安娜·德尔高蒂欧依然活着的这个问题，我们就该以全新的角度予以检视。不只是疏失，而是蓄意协助凶手。"

阿斯托菲站起来，伸出食指对着她："这根本就是臆测！你要是有证据的话，也不会在这里跟我讲话，早就直接去找副局长莫罗了。"

桑德拉不发一语，反而缓缓画出颠倒的十字——从右至左，从下往上。

从阿斯托菲的表情看来，桑德拉十分确定那天晚上在树林里看到的人就是他，他也惊觉原来当时她目击了自己的一举一动。

桑德拉刻意把手伸往腰带的位置，握住放有配枪的枪套："是你对那两名年轻人下了杀手，然后以法医的身份回到松林。你发现黛安娜还活着，决定见死不救。就在这个时候，你开始清理现场，掩埋那些可能会揪出你是凶手的证据，等到大家都离开之后才取出来。"

"没有，"他立刻驳斥，态度冷静而坚决，"我被叫出去执行任务，是上级排的轮值表，当然不可能是预谋。"

"运气真好，"桑德拉虽然这么说，但她不相信这是巧合，"或者，是另外一种状况：不是你攻击他们，但你知道是谁干的，而且帮忙粉饰一切。"

阿斯托菲整个人瘫在椅子里："这件事只有你知我知。要是你说出去的话，我就死定了。"

桑德拉没吭气。

"我得抽根烟。"他没等她同意，径自拿起烟盒，点了一支烟。

他们两人就这么不发一语，互相盯着对方，宛若坐在等候室的两个陌生人。阿斯托菲说得没错，桑德拉的指控完全没有证据，她没有权力逮捕他，也不能硬把他带到附近的警察局。不过，他也没有把她赶走。

显然他正在想办法，而且，不只是因为担心前途毁于一旦而已，桑德拉相信要是他们继续调查他，一定还会挖出更可怕的内幕，很可能就是他从犯罪现场偷走了证物，但她觉得他一定早就消灭了证据，或者，其实还没有？

阿斯托菲对着烟灰缸捻熄香烟，站起来，双眼依然紧盯桑德拉不放，目光挑衅。他走向一道紧闭的大门，看来应该是他的私人厕所。

桑德拉没办法阻止他。

他关上门，旋转门锁。该死，桑德拉心中发出惨叫，她立刻起身查看，想知道能不能听出他到底在做什么。

在厕所的另一头，安静许久之后，突然出现冲马桶的声响。

桑德拉心想：我真是白痴，早就该想到会有这种结果，她对自己十分气恼。不过，就在等待阿斯托菲出来的时候，她觉得自己似乎听到了尖叫声，不知道这是不是她的幻听。

声音并非从建筑物里传出来，而是来自外头。

她冲到窗户前，看到许多人急忙跑向这里，她打开窗户，倾身向外张望。

从五楼往下看，阿斯托菲瘫躺在柏油路面上。

桑德拉震惊地待在原地一会儿，然后马上转向厕所的门，她得做些什么来补救。

她努力用肩膀撞门，一次、两次，终于破门而入。阿斯托菲刚刚从窗户一跃而下，从那里灌入的强风逼得她踉跄后退。她也没办法管那么多了，立刻趴在马桶前面，不假思索，把手伸入那透明的水中，希望阿斯托菲刚才丢进去的东西还没有被全部冲下去。她的手拼命推挤，指尖碰触到了一个物品，她抓住了，但又不慎滑落。她再次抓住，想要把它拖出来，不过，终究功败垂成，那东西还是从她手中溜走了。

她啐骂一声："该死！"

不过，她发现指尖还留有短暂的触感：一个又圆又粗的东西，还有附着物。第一个在她脑海中浮现的画面是胚胎，不过，她最后修正了自己的想法。

那应该是一个娃娃。

第十章

那间夜店名叫SX。

没有招牌,只有大门旁挂了一块印有两个金色字母的黑色薄板,如果想进去,就必须使用对讲机。马库斯按下按钮,开始等待,他之所以来到这里,并非出于他的直觉判断,只是简单的观察心得:要是凶手选择圣亚博那大教堂的告解室作为喊话沟通的渠道,那么他一定相当熟悉违法的地下活动,要是马库斯没猜错的话,那找这个地方准没错。

过了两分钟,有名女子应答,言简意赅:"干吗?"她的背景声中有高分贝的电子乐,砰砰的声响清晰可闻。

"我找科斯莫·巴尔蒂提。"

"有没有预约?"

"没有。"

那女人的声音消失不见,仿佛被喧嚣声淹没。过了几秒钟,咔嗒一声,门开了。

马库斯进去,看到一条水泥墙通道,唯一的光源是一根不停闪烁的长条日光灯管,看起来随时会爆炸。

通道尽头有一道红色的门。

马库斯走过去,音乐的强烈贝斯声透墙而出,继续往前,音量变得越来越大。他还没到门口,门就已经开了,恐怖的音乐瞬间释放而出,宛若从地狱奔逃的魔鬼冲出来向他问好。

有名女子现身,应该是先前透过对讲机与他讲话的那一位。她身穿连站也站不稳的超级高跟鞋,迷你皮裙,银色低胸V领上衣,左胸有小蛾刺青。一头金白色的头发,浓妆艳抹。她大嚼口香糖,斜倚在门边,等他走过来,然后,一言不发地打量他,随即转身,显然是示意他跟在后头。

马库斯进入夜店,SX象征的是性,只是少了中间的字母"E"。这地方的整个气氛就是虐恋俱乐部,绝对错不了。

巨大的空间,搭配低矮的天花板,墙面一片黑。中间有个圆形平台,竖立了三根表演膝上艳舞的长竿,四周放置红色小沙发与同色系桌子。灯光昏暗,电视屏幕闪动的全是虐罚身体的情色画面。

舞台上有名女子,上身赤裸,姿态意兴阑珊,拿着电锯,配合着重金属音乐的节拍在表演舞蹈。歌者不断重复唱同一句歌词:"天堂大门为温柔杀手而开。"

马库斯跟在金发妹后面,算了一下,这里至少有六个人,全部是男性。他们没穿那种有骷髅图案或铆钉的衣服,也没有杀气腾腾的模样,与一般人的预期大相径庭。他们只是年纪各不相同的普通人,穿着打扮很正常,看起来有点儿无趣。在一个阴暗的角落,第七名客人正在自慰。

金发妹对他大吼:"喂,把那东西给我放下来!"

那男人根本不理她,她生气摇头,但也没有进一步动作。他们穿越大厅之后,进入一个狭小走廊,两侧有私人包厢,还有男厕,厕所旁还有一道门,上面写了几个大字:"禁止进入"。

那女子停下脚步,望着马库斯。"这里没有人会喊科斯莫的真名,所以他才打算见你。"

她敲门,示意他进去。马库斯看着她离开之后,才打开了房门。

这里有二十世纪七十年代露骨色情片的海报、吧台、放有音响与各种摆设品的柜子。屋内只有一盏桌灯,营造出宛若泡泡的光晕,笼罩着一张异常整洁的黑色办公桌。

科斯莫·巴尔蒂提就坐在办公桌后面。

马库斯关上门,音乐被阻绝在外,他刻意站在光晕外好一会儿,仔细端详科斯莫。

他的鼻尖上架着老花眼镜,与他的平头、卷起牛仔衬衫袖子的模样很不搭调。马库斯马上就看到他前臂的骷髅与大腿的刺青,以及脖子上的纳粹图腾。

那男人开口:"喂,你谁啊?"

马库斯向前一步,走入光源之中,让对方看清楚他的脸庞。

科斯莫愣了一会儿,专心搜寻记忆里的那张脸。他终于说出口:"是你。"

那个被关在桑拿房的囚徒,还认得他。

马库斯记得当初克莱门特给他的那一场试炼,只丢给他一把钥匙,派他前往某间民宅,住在里面的那对父母因为丧女而哀毁逾恒。

邪恶是王道，良善是例外。

"我本来以为我放了你之后，你就会洗心革面。"

对方微笑回道："我不知道你是否清楚现实状况，不过，像我这样的人，很难找到稳定工作。"

马库斯指了指他周边的一切："那为什么要搞这种东西？"

"就是讨口饭吃而已，是不是？我的女孩们都很清白，不染毒，而且不与客户上床。这里，大家就是纯欣赏而已。"然后，他语气转趋严肃，"现在我有了爱我的女人，还有个两岁的女儿。"他想要证明自己并没有辜负马库斯当初的好意。

马库斯说道："做得好，科斯莫，真是可喜可贺。"

"你是来向我讨人情的吗？"

"没有，我是来请你帮忙的。"

"我根本不知道你是谁，也不明白你那天跑去那里做什么。"

"那不重要。"

科斯莫·巴尔蒂提搔抓颈后："我得怎么配合你？"

马库斯又朝办公桌前进一步："我在找人。"

"我认识他吗？或者，你在逼我去认识他？"

"我不知道，我看可能性不大，但你应该可以帮得上忙。"

"为什么是我？"

为什么是我？或是克莱门特？马库斯也自问了无数次，而答案总是一模一样——宿命，或者，对于那些相信上帝的人来说，这是天意。"因为我要找的那个男人有特殊性癖好，我觉得他曾经到过类似这样的地方，体验自己的性幻想。"

马库斯知道出现暴力行为之前一定有酝酿期，凶手当时还不知道自己会杀人。他会体验极端性快感，喂养心中的恶魔，借由这样的步骤，逐步趋近藏匿在最深处的自我。

科斯莫似乎兴趣浓厚："继续说。"

"他喜欢刀与枪，性功能可能有问题，只能靠使用武器得到快感。他喜欢看别人做爱，专找情侣，但他应该也会去换妻俱乐部。他喜欢拍照，我想他多年来邂逅的对象都有留影为念。"

科斯莫像勤奋的小学生一样忙着写笔记，然后，他的目光离开了纸面，抬起头来。"还有吗？"

"有，最重要的是，他觉得自己比不上别人，这激发了他的怒火。为了要证明自己比他们优越，他会逼他们接受试炼。"

"怎么说？"

马库斯又想到了那个年轻人，他被凶手愚弄，误以为自己拿刀杀死自己心爱的女子，就可以逃过死劫。

错误的爱给了错误的人。

这是凶手在圣亚博那大教堂留言内容中的某一句话："他会与他们玩某种游戏，某种注定得不到奖励的游戏，目的是要羞辱他们。"

科斯莫思索了好一会儿："这是不是与奥斯提亚的凶案有关？"

马库斯没回应。

科斯莫笑了一下："老弟，这里的暴力只是在演戏，你刚才看到的那些人会来我的夜店，是因为他们误以为自己这种行为就等于违背了社会规范，不过，在真实世界中，他们只是连苍蝇都伤不了的无名小卒。你刚才提到的犯案情节重大，绝对不是这些失败者会做的事。"

"那我应该去什么样的地方找人？"

科斯莫别过头去，沉思许久，他正在评估形势，最重要的是，他不知道是否能够信任马库斯。"我早就和那种人毫无瓜葛了，但我听到了一些风声……只要罗马出现暴力犯罪，就会有一群人聚会庆祝。他们说，一有无辜的生命牺牲，就能释放负面能量，他们宣称聚会是要纪念这些事件，但其实只是嗑药与享受性爱的借口罢了。"

"参加这种聚会的是哪些人？"

"如果你问我的话，就是那些有严重心理问题的人，但也包括有钱人。你绝对想不到有多少人相信这种狗屁不通的事。大家都是匿名与会，只有满足特定条件的人才能参加——对于这些人来说，隐私相当重要。今天晚上，将会有庆祝奥斯提亚凶案的派对。"

"能不能想办法把我弄进去？"

"他们会选择不同的会面地点，想要知道今晚的派对地点并不容易。"显然科斯莫犹豫不决，他并不想蹚浑水，也许他考虑的是等他返家的那名女子以及女儿。他心不甘情不愿，还是说出了这句话："我得和自己的某些旧识联络一下。"

"没问题。"

"我等一下会打几通电话，"科斯莫终于首肯，"要是你没有得到邀请，绝对不可能进去的。不过，你一定要十分小心，因为这些人很危险。"

"我会尽量小心。"

"万一我帮不上忙呢？"

"你的良心呢？打算要背负多少人命？"

"好，我懂你的意思了，我会尽全力。"

马库斯走到桌边，拿起科斯莫刚才使用的纸笔，开始写东西：

"等你弄到让我参加派对的方法,马上拨打这个语音留言电话。"

他把那张纸还回去,科斯莫却注意到电话号码之外的那几个字:"什么是'盐之童'?"

"要是你打电话的时候可以提到这几个字,我会十分感恩。"

科斯莫点点头,若有所思。马库斯完成任务,可以走人了。不过,就在他准备要离开的时候,科斯莫开口了。

"那天你为什么放了我?"

马库斯头也没回:"我不知道。"

第十一章

年届六十的巴蒂斯塔·艾里阿加，自觉个性十分审慎。

不过，他以前并非如此。当他还是个住在菲律宾的小男孩时，根本不知道谨慎为何物。由于他的天生坏坯子性格，曾经遭遇过多次危难——甚至死亡威胁——都是因为他脾气乖戾。要是仔细探究成因，保持某种流氓态度的唯一好处就是与自傲有关。

不是钱，不是权力，当然也不是为了要受人敬重。

都是因为自傲，引发了某桩不幸事件，让他留下终身印记的悲剧，只不过，当时的他并不知道。

年方十六岁的时候，他习惯把头发往后梳，让自己看起来更高大，这是他的骄傲与喜悦。他每天晚上都会洗头，然后抹上棕榈油。他有一把从某个小摊子偷来的象牙发梳，随时放在屁股口袋里，经常会拿出来整理他浓密的鬈发。

他会身着酷炫打扮，在村落里的大街上招摇过市。包括母亲利用帐篷帆布为他缝制的紧身牛仔裤；从某鞋匠那里买来的超便宜皮靴，因为实际材料是硬纸板，只是靠鞋油涂成亮黑色；还有总是熨烫得整整齐齐、光洁无瑕的尖领绿色衬衫。

村里的每一个人都知道他的名号："型男艾里阿加"。能够有那样的昵称，他相当引以为傲。不过，到了后来，他才发现大家其实经常在嘲笑他，私底下喊他"马戏团小猴之子"，因为他老爸是大酒鬼，为了讨酒喝，什么事都干得出来，所以经常会在酒吧里做出好笑又丢脸的表演，只求里面的客人能够赏他一杯酒。

艾里阿加痛恨父亲，痛恨他一贯的生活调调，痛恨他在农场里做辛苦的劳力，然后又为了自己的不良嗜好去乞讨。他只有和老婆在一起的时候才会展现剽悍的一面，喝到晚上醉醺醺地回家，将别人欺凌他的压力发泄到他老婆身上。艾里阿加的母亲大可以出手自卫，而且一定能够轻松制服他，因为他连站也站不稳。不过，她却逆来顺受，默默挨拳，只求不要受到更多屈辱。他还是她的男人，这正是他爱她、呵护她的方式。所以，艾里阿加也一样痛恨她。

由于艾里阿加家族的西班牙裔姓氏，他们在村落里属于低阶贱民，在许久之前，一八四九年纳西索·克拉维利亚总督的统治时代，艾里阿加的曾祖父选择了这个姓氏。菲律宾人原本并没有姓氏，而克拉维利亚强迫他们必须择一使用。许多人为了利益着想，也就借用了殖民者的姓氏，却没有意识到这种行为会给自己和后代留下烙印：容不下异己的西班牙人瞧不起他们，而其他的菲律宾人也因为这些人背叛自己的出身而痛恨他们。

除此之外，艾里阿加也因为自己的名字而背负了重担，这是他母亲起的名字，象征了他们的天主教信仰。

只有一个人似乎对这些毫不在意，他名叫米恩，是巴蒂斯塔·艾里阿加最好的朋友。他个头很高，是个巨人。第一次看到他的人，总是会被他吓得要死，其实，他根本不会伤害任何人。他倒不是笨，而是极其天真烂漫，是一个为了梦想成为神父而孜孜不倦的人。

艾里阿加与米恩经常在一起鬼混。两人年龄相差了一大截，米恩已经三十多岁了，但两人都没把这放在心上。米恩宛若在艾里阿加的生活中扮演了父亲的角色，他保护艾里阿加，而且给了他许多宝贵的建议。正因如此，艾里阿加并没有把自己的计划告诉米恩。

在扭转艾里阿加一生的那个礼拜，年少气盛的他终于获准加入帮派——"恶魔部队"，他已经央求入会长达几个月。他们和他年纪相仿，年纪最大的那个，也就是首领，年方十九。为了成为他们的一分子，艾里阿加必须历经一连串的测试：枪杀猪、跳轮胎火圈、入民宅打劫。他通过了所有的考验，表现优异，终于得到了真皮腰带，也就是这个帮派的象征标志。有了这种被认可的符号，帮派成员就享有各式各样的特权，比方说，在酒吧喝免费的饮料、嫖妓不用付钱、只要有人挡路就叫他们滚蛋。其实，也没有人赋予他们这些权利，他们只是靠欺凌别人作威作福。

艾里阿加加入帮派好几天了，觉得跟这些人在一起很自在，他终于摆脱了父亲的懦弱之名，再也没有人瞧不起他，没有人胆敢再叫他"马戏团小猴之子"。

某天晚上，他与自己的新朋友在一起的时候，遇到了米恩，一切就此逆转。

看到他与帮派分子混在一起剑拔弩张、系着好笑的真皮腰带时，米恩开始嘲笑他，甚至称呼他是"马戏团小猴之子"，有其父必有其子。

米恩是好意，艾里阿加很清楚这一点。米恩只是想提醒自己的朋友，这一步走错了。但是米恩的那种态度以及待人方式让艾里阿加别无选择。艾里阿加开始推他、打他，因为艾里阿加知道他不会反击，但那样的举动反而让米恩越笑越大声。

艾里阿加一直无法解释事发经过，到底是在哪里找到了棍子，第一次攻击的又是哪个部位，这些细节他完全不记得。之后，宛若从某种梦境中醒来：他全身冒汗，身上沾满了鲜血，他的伙伴们全部消失不见，只留下他一个人，还有，他最要好的朋友倒地不起，头骨碎烂，脸上还残存着笑意。

接下来的十五年，巴蒂斯塔·艾里阿加都在牢狱中度过。他的母亲生了重病，在他出生、成长的那个村落里，众人已经看不起他，根本连个被取笑的绰号也不愿给他。

虽然，一心想成为神父的大块头米恩身亡之后，发生了这么多的不幸，艾里阿加的人生还是有了某个正向的改变。多年之后，在从马尼拉飞往罗马的班机上，巴蒂斯塔·艾里阿加不禁又想起了当年的往事。

他一知道奥斯提亚松林发生了那起事件，就立刻搭上最早的班机。他乘坐的是经济舱，身着朴素的衣装，戴着鸭舌帽，混在自己的同胞之中，佯装自己也准备前往意大利当用人或服务生。在这趟旅程中，他并没有与任何人交谈，因为他担心会被人认出来，而且，他也需要充分的时间好好思考策略。

到达目的地之后，他入住市中心的某间廉价观光旅馆。

现在，他坐在破旧床铺上看电视，想要知道那个被大家称为"罗马杀人魔"的男子的最新消息。

他心想，果然出事了。这个念头让他痛苦难安，但也许还有可以挽救的机会。

艾里阿加把电视音量调为静音之后,走到小桌前,桌面上放着他的平板电脑,他按下屏幕上的某个按钮。

"以前……夜晚出了事……大家都冲向他的落刀之处……他的时间已经到来……小孩们死了……错误的爱给了错误的人……他对他们冷酷无情……盐之童……要是没有人阻止他,他绝对不会停手。"

这一段模糊不清的语音留言,来自圣亚博那大教堂的告解室,这里曾经是罪犯与警方的沟通管道。

艾里阿加又回到无声的电视机前面。"罗马杀人魔。"他自言自语,这些人真愚蠢!不知道真正的危险到底是什么。

他拿起遥控器,关掉电视,他有任务在身,但必须小心为上。

不能让任何人知道巴蒂斯塔·艾里阿加在罗马。

第十二章

"洋娃娃?"

"是的,长官。"

副局长莫罗想要确定自己没有听错。桑德拉倒是自信满满,不过,时间一分一秒过去,她也开始怀疑自己的认知是不是有问题。

莫罗一听到阿斯托菲自杀,尤其是因为他在犯罪现场偷走迹证,事迹败露而做出这么激烈的行为,就立刻启动了所有的秘密侦查程序,由他自己与中央统筹侦案小组掌控全案。

从现在开始,只要与这起案件有关的一切都必须妥善保存,就连只是随手写下的字条也不例外。他们已经准备了项目室,里面架设好了彼此可互相连通的电脑,但使用的是与警察总部不同的服务器。为了避免案情外泄,所有拨入或拨出的电话都会被录音。不过,即便如此也无法监控所有的手机或私人电话,所以这些参与调查案的人员都必须签署保密文件,绝对不会走漏任何消息,否则就必须面临免职或是遭到以协助犯罪罪名起诉的下场。

不过，莫罗最忧虑的，却是另一项证据可能已遭到破坏。

根据桑德拉在新的项目室听到的交谈内容，专门的技工与鉴识部门正在通力合作，检查法医部的污水管线。她不敢想象那些人在什么样的状况下工作。不过，那栋建筑里的系统很老旧，所以她靠触觉判定的那个洋娃娃，的确有可能还在阿斯托菲的马桶里面。

"所以，昨天晚上，"莫罗倾身挨近她，"你又回到了那片松林，想要确定自己先前拍照的时候是否遵守了标准作业程序？"

桑德拉努力掩饰不安："没错。"

"你看到有人把东西从泥地里挖出来，你觉得他是阿斯托菲法医，所以今天早上你跑去询问他。"他在复述她刚才说出的话，但用意似乎是要向她强调这听起来有多么荒谬。

"我的想法是，在我通知你之前，应该要给他一个自我解释的机会，"桑德拉希望这种说法比较有可信度，"我是不是做错了？"

莫罗沉吟片刻："没有，我也会采取相同的做法。"

"我怎么也没料到，他被逼到无路可退时，居然会选择自杀。"

莫罗拿着铅笔敲打办公桌，目光一直紧盯着她不放。桑德拉觉得压力很大，当然，她刻意跳过了有关马库斯的部分。

"维加警官，就你的分析，阿斯托菲是否认识凶手？"

除了法医部的污水管线，中央统筹侦案小组也正在清查这位法医的一切生活细节。他们已经彻底搜过他的办公室与住所。已经清查了他所有的电话、电脑以及电子邮件，分析了他的银行账户与花费，追溯以往互动的对象，决不放过任何人：亲戚、一般朋友、同事，甚至是点头之交。莫罗相信一定挖得出东西，可能是某条不起眼的线索，让他们知道阿斯托菲从犯罪现场偷走某个物证，不想让黛安娜·德尔高蒂欧活下去的真正原因。法医做出的这两项行为，最后都功败垂成，或者，更正确的说法是，他差点儿就得逞了。虽然莫罗有充分的资源与高科技的辅助，但他还是想要听取更个人化的意见，所以他才会询问桑德拉。

"阿斯托菲已经把自己的声誉、前途、自由全部赌上去了，"她继续说道，"要不是因为有强烈的动机，绝对不会有人愿意冒这么大的风险。所以，我认为没错，他的确知道凶手是谁，而证据就是他宁可一死，也不愿意揭露凶手的身份。"

"某个亲近的人，他的小孩，亲戚朋友，"莫罗停顿了一会儿，"但这位医生孤家寡人，无妻无子，过着孤僻的生活。"

桑德拉心想，彻底清查阿斯托菲的生活，恐怕也不能得到莫罗期待的结果。"阿斯托菲怎么会去犯罪现场？纯属巧合，还是另有隐情？长官，老实说，我觉得如果法医认识凶手，而且又正好轮到他处理这案件，也未免太不可思议了。"

"法医轮值表每个礼拜都会更换。阿斯托菲又没有第六感，当然不可能知道是自己当班。其实，那天早上并没有他的班表，之所以会找他来，纯粹就是因为他是罗马最厉害的凶案专家。"

"换言之，这是必然的结果。"

"我就是这个意思。他具有这样特殊的专业能力，找他来处理也是理所当然，关于这一点，他自己也十分清楚。"

莫罗起身，走到房间的另外一头，"显然，他与这起命案有关，他打算掩护某人。也许他认出了凶手的作案模式，因为他以前看过凶手犯下的罪行，所以我们正在清查他所有的旧案。"

桑德拉继续追问："长官,不知道你有没有仔细想过我先前提出的假设?我认为凶手在黛安娜·德尔高蒂欧的脸上涂抹化妆品,而且我越来越相信他还拍下了她的照片。不然的话,他何必如此大费周章?"

莫罗停下脚步,站在一张办公桌前面,他弯腰查看电脑屏幕,检查数据,开口回答的时候根本没抬头看她:"那个口红的事……对,我想过了,我觉得你说得没错,我已经把它加入了清单。"说完之后,他指了一下后方的墙。

墙上挂了一块大白板,上面列出了这起案件的关键点,也就是鉴识与法医部门的报告成果,写成目录式的摘要。

奥斯提亚松林凶杀案:

物品:背包、登山绳、猎刀、鲁格SP101手枪。

登山绳以及插在年轻女子胸腔的刀,均有年轻男子的指纹,因为凶手下令他捆绑女友,拿刀杀她,唯有如此才能救他自己一命。

凶手朝男子颈后开枪。

在女孩脸上涂口红(拍下她的照片?)。

弹道分析已经确认凶手的武器是鲁格手枪。不过,让桑德拉吓一跳的是,莫罗已经知道是凶手迫使乔治杀害黛安娜的。马库斯也得出相同的结论,不过,莫罗是靠科技的辅助而知道结果,马库斯则是观察犯罪现场照片与实际状况,依直觉作出判断。

"跟我来,"莫罗打断她的思绪,"我要给你看个东西。"

他把她带入隔壁的连通房,里面空间狭窄,完全无窗,唯一的光源是正中央的灯箱桌。桑德拉专心盯着四周的墙面，上头贴满了犯罪现场的照片，整体与细节都有。她拍完照片之后，鉴识组的同事继续接力，处理了搜索、丈量以及各式各样的测试。

莫罗开口："我喜欢待在这里思考。"

桑德拉想起马库斯曾经提点过她，该如何在犯罪现场寻找凶手。"我们虽然看不见凶手，但他依然在这里。"他当初是这么说的，"我们不需要前往他处，就是要在这个地方把他找出来。"

"维加警官，我们会在这里抓到他，就在这个房间里。"

桑德拉的目光从墙上的照片飘到了他的身上。就在这时候，她才发现桌上有两包衣服，用透明塑料袋包得好好的，就像是送洗回来的一样。里面放的是折叠好的衣服，她立刻就认出来了，是黛安娜·德尔高蒂欧与乔治·蒙蒂菲奥里的衣服。当天他们为了约会精心挑选的衣服，当他们惨遭攻击的时候，全部散落在后座上。

桑德拉盯着那些衣服，涌起一股怒气与不安，宛若看到那两个年轻人肩并肩坐在桌上。

宛若幽魂情侣一样优雅。

他们的衣物不需要清洗，上面没有血迹，而且根本不是证物。

"我们会发还家属，"莫罗说道，"乔治·蒙蒂菲奥里的母亲频频询问她儿子的遗物，我不知道为什么，我觉得没必要。不过，每个人都有各自的方式面对悲伤，尤其为人父母者更是如此。有时候，这种念头会把他们逼疯，他们的要求也会变得荒谬无理。"

"我听说黛安娜·德尔高蒂欧的状况有起色，也许她可以助我们一臂之力。"

莫罗摇头，露出苦笑："我不知道你是不是误信了报纸的报道。其实，要是手术失败的话，对她反而比较好。"

桑德拉万万没想到会听到这种答案："这话什么意思？"

"她日后只能当一辈子的植物人了，"莫罗靠近她身边，"等到一切结束之后，我们盯着凶手的脸，大家一定都会觉得自己跟白痴一样。维加警官，我们会盯着他，惊觉他跟我们想象中的模样完全不一样。最重要的是，我们会发觉他不是邪魔，其实，不过就是和你我一样的普通人。等到我们深入剖析他平凡无趣的生活时，将会发现只有无聊、平庸以及憎恨。我们会发现他喜欢杀人，但也许痛恨的是那些虐待动物的人，而且他很爱狗。他有小孩、家人，也许还有付出真心的爱人。我们不再怕他，反而会被自己吓一大跳，怎么会被这么平庸的人所欺瞒？"

听到他的这种语气，桑德拉吓了一跳，她还是不明白他为什么要叫她来这里。

"维加警官，你目前的表现十分杰出。"

"长官，谢谢。"

"但不要再瞒着我了，想都别想，不可以再跟我搞阿斯托菲事件的把戏。我的人马不管做什么，一定要让我知道，就连脑袋里在想什么也一样。"

面对莫罗的冷静和坚定，桑德拉觉得很不好意思，眼睫低垂："长官，我知道了。"

莫罗安静了好一会儿，再度开口的时候，语气一变："你很有魅力。"

桑德拉没想到会听到这样的赞美，她羞红了脸，觉得上司对她说出这种话并不是很得体。

"你上次用枪是什么时候的事？"

桑德拉听到这个问题，又吓了一大跳，这似乎与他刚才的称赞毫无关联，她只能尽量说出合适的答案："我每个月都会固定去靶场练习，但从来没有在执行任务时用枪。"

"我有个构想，"莫罗说道，"可以引蛇出洞，我决定要布下诱饵：安排一男一女的便衣警察双人组，开着无涂装警车出勤。从今晚开始驻守罗马郊区，每一个小时更换不同地点，我已经定好了名称：'挡箭牌作战计划'。"

"假情侣？"

"没错。但我们的女警人数不足，所以我才问你是不是还熟悉用枪。"

"长官，我不知道自己是否能够胜任。"

"今晚你不用当班，但明晚要参与我们的办案计划，我们必须把自己所有的资源……"莫罗的话只讲到一半，因为他的手机响了。他立刻接起电话，完全无视桑德拉，她站在原地，目光不知到底该放在哪里是好。

莫罗的回答只有短促的单音节字词，仿佛只是在专心聆听对方的信息。他们的通话时间并不长，结束之后，他又面向她："他们刚刚检查完法医部的所有管线。维加警官，抱歉，他们并没有找到什么洋娃娃，连类似的对象也没有。"

桑德拉愈发不安的心情溢于言表，她原本盼望要是能听到一点儿好消息的话，也许可以让她挽回一点儿自尊："怎么可能？长官，我跟你保证，我的指尖真的有碰到东西，那绝对不是我的幻想。"

莫罗沉默了好一会儿："我想，接下来这件事似乎没什么相关性……不过，你告诉我阿斯托菲自杀前曾经把一个东西丢入马桶之后，我就请法医检查了他的双手。谁知道呢，搞不好我们运气不错。"

桑德拉不相信运气，但她现在希望自己能有好运加持。

"其中一只手，他们发现有氯化钠的残痕，"他又停顿了一会儿，"维加警官，所以我们才没有找到你碰到的那个物品，因为它已经溶于水了。谁知道那到底是什么东西，反正它的成分是盐。"

第十三章

罗马建城，源于某起谋杀案。

根据历史传说，罗慕路斯杀死弟弟勒莫斯，以自己的名字为这座城市命名，就此成了第一代君王。

不过，这只是一连串血腥故事的开端而已。永恒之城的悠远历史充满了谋杀案，而且神话与真实事件的界限经常模糊难辨。老实说，罗马的伟大历程充满了斑斑血迹，而且，在这千百年的时光中，就连教廷也作出了不少贡献。

所以，即便到了现在，这座城市还会秘密庆祝杀人凶案，也没什么好意外的。

科斯莫·巴尔蒂提的确信守承诺：他找到门路，让马库斯参加今晚那场庆祝奥斯提亚惨案的私人派对。马库斯不知道等一下会遇到什么状况，目前他唯一的线索就是在提布尔提那中转站的电话亭，听取科斯莫留给他的那通语音消息。

"每一个客人都有字母与数字混合而成的个人专属密码。你必须默记在心，千万不能写下来。"

这一点不成问题，反正为了避免留下行踪，圣赦神父从来不会写下任何笔记。

"689A473CS43。"

马库斯在心里默念了一次。

"预约时段是午夜零点。"

然后，科斯莫给了他位于亚壁古道的一个地址，他也牢记在心。

"还有一件事，我发现了一条有利线索……我还得向我的消息来源查证，所以现在还不能说。"

马库斯很好奇，但科斯莫的语气似乎很有自信，甚至带有些许得意扬扬。

最后的那一段话带有警告意味："要是你打算进入那栋别墅，就不要三心二意。你一进去，就没有反悔的机会了。"

亚壁古道的名称源于它的建筑师之名。罗马监察官兼执政官亚壁乌斯·克劳狄·卡阿苏斯于公元三一二年开始兴建它。

罗马人称其为"皇后之路"，因为它与其他道路不一样，是真正的工程杰作，是那个年代的前卫极品。它使用了石头铺面，也就是说，不论是任何交通工具或任何气候都不会破坏它。这里还设置了排水系统，遇到下雨的情况，不会导致车轮动弹不得。原始路面的路宽超过四米，可以容纳双向车道，而且一旁还设有行人的专用道路。

亚壁古道的概念相当先进，所以大部分的路段都保存得很完好。附近四处林立的豪宅，如今也成了有钱特权阶级的住所。

让马库斯目不转睛的是最偏远的那一栋。

攀爬的常春藤掩盖了一半的面积，藤叶早已落光，看起来宛若一条史前时代巨蟒的枯骨。西厢的主体建筑物是一座高塔，最上方有瞭望台。窗户巨大幽深，偶尔有车辆经过，车头灯扫向窗户的时候，可以清楚地看到大型的兰花、木兰、孔雀以及蝴蝶彩绘玻璃的图案。

宛若树枝与花朵扭结在一起的铸铁大门后方是车道，两旁种有意大利石松，高达十五米以上，细瘦的树干微微弯斜，树叶被修剪为球状，貌似一群戴着圆盘帽的老太太。

这间房子看起来已经有数十年无人居住。但某根柱子上面装有监视器，不断移动监看前方的路面，还是看得出里面有人居住。大马路上只有一盏路灯，散发出橘黄的光晕。

马库斯早在预定时间前的一小时就抵达现场，他找到距离大门三十米左右某个靠墙的凹陷处。在等待午夜零点来临之前，他要好好观察这间豪宅。

乡间气温冻寒，一切宛如陷入冬眠，就连声音也一样。空气黏滞，万物凝定不动。马库斯感觉很孤单，仿佛准备要面对自己死后的一切。数十米之外，就是通往某个秘密世界的通道，一般人根本不会注意到的那个界域。

此外，还有其他时刻，也曾让他觉得自己与某种地狱的入口近在咫尺。有一次，他搭乘每个礼拜二凌晨两点从钱皮诺机场出发的包机航班，机上的乘客清一色都是男性。飞机上灯光昏暗，所以大家不需要大眼瞪小眼，不过，每个人的意图其实都一样。马库斯行经走道，凝望这些人的脸庞，想象他们的日常生活——令人尊敬的劳工、一家之主、足球队员。表面上看起来，他们搭机前往某个热带地区，其实是前往某个第三世界国家，满足某种恶欲,那是他们的母亲、妻子、女友、朋友、同事一辈子也猜不到的癖好。

还有一次,马库斯也感受到相同的痛苦,当时,他凝望着尼日利亚妓女们疲惫无奈的双眼,她们拼命想要招揽西方观光客,期盼能有生意上门。最后,她们必须躺在黑漆漆的地下室,价码要看服务项目而定,有时候,甚至包括凌虐。

马库斯永远忘不了看过极端色情网页之后的惊慌与恐惧。那是一个平行世界,网络中的网络。小孩再也不是小孩,暴力成了取乐的工具。在这样的地方,能够让任何人待在家里,搞不好还穿着舒适的睡裤与拖鞋,为自己最不堪、最不为人知的冲动找寻发泄的素材。

现在,他马上就要进入这栋别墅,等一下又会发现什么?

就在他陷入沉思的时候,午夜已经到来,客人们纷纷到达派对现场。

他们从出租车或是礼车出来,送完客人之后,这些车辆立刻离开。还有人是步行,完全看不出是从哪里走来的。大家都戴着帽子或围巾遮住脸庞,不然就是高高竖起衣领,以免被别人认出来。

他们遵循的是同一套步骤。在大门口的时候,先按电铃,等待扩音器传出声响——短促的音乐声后,门锁开了,大家逐一入内。

马库斯等到凌晨一点钟,数了至少一百个人之后,才从阴暗处走出来,到达大门口。

"689A473CS43。"

门锁应声而开。他立刻走了进去。

一名显然是保镖的壮汉走到马库斯面前,不发一语,直接带他走进一条走廊。里面只有他们两个人,根本看不到马库斯先前看到的那些宾客。不过,最让他吃惊的是,屋内没有声响。

那男子请他进入一个房间,然后自己也跟过去站在他的背后。马库斯看到面前有张桃花心木办公桌,桌前坐了位身着裸露单肩紫色晚礼服的年轻女子,她拥有纤长的十指、宛若猫咪的绿色眼眸,还有优雅的发髻。她身旁放了个银盘,里面有水壶和好几个玻璃杯。

"欢迎,"她露出心照不宣的微笑,"第一次来吗?"

马库斯点点头。

"这里只有一条规矩,而且很简单:只要另外一个人同意,要做什么都没关系,但要是对方拒绝,那就是不可以。"

"了解。"

"你有没有带手机?"

"没有。"

"有没有武器或是其他可能伤人的物品?"

"没有。"

"我们得搜身,你不介意吧?"

马库斯知道自己别无选择。他张开双臂,等待背后的那名男子执行任务。对方检查完了之后,又回到原本的位置。

就在这时候,那名女子将其中一个玻璃杯装满了水,然后,她打开一个抽屉,又关上,拿给他一颗亮黑色的药丸。

马库斯陷入迟疑。

"这就是钥匙,"她伸出了手,掌心里躺着那颗药丸,"你必须吞下去,否则就不能进去。"

马库斯伸手,接下那颗药丸,送到嘴边,喝光了水。

他还来不及放下空杯,就已经感受到身体深处突然涌出一股热流,急蹿全身,最后在眼部爆炸。周边所有对象的轮廓都开始摇摇晃晃,他担心自己会失去平衡,随后,他发现有两只强壮的手臂接住了他。

他听到清亮的笑声,宛若水晶碎裂的声响:"过几秒钟之后,你就会习惯了,"那女子被逗乐了,"在这个时候,就让它静静发挥作用,不要奋力抵抗,药效将会持续三小时左右。"

马库斯努力遵从她的建议……没过多久,也不知道是怎么搞的,他发现自己已经靠在某个房间的墙上,四周充满了各种声响,宛若被囚禁在笼子里的鸟儿们在鸣唱。被昏灰光线围绕的一切慢慢变亮,他发现自己的双眼逐渐适应了光线的变化。

等到他确定自己平衡没有问题之后,终于踏出第一步,走向中央。现场播放着优雅的音乐——可能是巴赫的作品。灯光昏暗,宛若远方出现的光晕,有一股蜡油与烛火的味道,还有性的气息。

他旁边还有其他人,他看不清楚他们的面貌,但他还是有模糊的意识。

他刚才吞下的药一定具有增强感官的功能,同时让他失去了记下周边细节的能力。他盯着某张脸,但立刻就忘得一干二净,这就是那颗药丸的第二个目的:不会有人记得别人的模样。

有人陆续从他旁边走过去,与他四目相接,或是报以微笑,还有个女子爱抚他之后就离开了,许多人都是赤身裸体。

沙发上有一团无脸人,只有胸部与四肢,一张张嘴在寻索其他的双唇,渴求欢愉。马库斯眼前的一切,仿佛是一场快速播放的电影。

要是他没办法辨识这些人的面孔，那么他来这里就没有任何意义，他必须想个办法。他发现虽然整体景象难以捉摸，但细节倒不至于如此。他必须专心研究细枝末节，要是他低头，视线就会变得比较清晰，映入眼帘的画面就不会消失。

鞋子。

马库斯想要记得那些鞋子，有高跟鞋，有绑带鞋；有的是黑色、亮闪色泽、红色。他走到他们中间，任由自己随着人群移动。突然之间，大家都聚在一起，宛若河流在涌动，朝正中央前进，不知道是看到了什么被吸引过去。马库斯也往那里钻，透过一堆人墙的背部往里面瞧，看到有人裸体趴在地上，脖子后方有鲜血汩汩流出。

马库斯立刻就知道这是在影射谁，乔治·蒙蒂菲奥里。两名女子跪在他身边，伸手爱抚他。

他的时间已经到来……小孩们死了……

远处有张汽车座椅，一个裸女被绑在上面，登山绳缠住她的胸脯，她戴着纸面具：黛安娜·德尔高蒂欧的笑脸，可能是取材于剪报照片或是网络图像。

错误的爱给了错误的人……

有个壮硕男子跨骑在女孩的身上，宛若雕像般的身材涂满了油，脸上戴了黑色真皮头罩，一只手挥舞着银色的锋利刀子。

他对他们冷酷无情……盐之童……

两名年轻人在奥斯提亚松林的遇害场景，成了这个夜晚的邪恶亮点。不时会看到一些围观者离开人潮，找人一起到旁边做爱。

要是没有人阻止他，他绝对不会停手……

马库斯突然一阵反胃。他转身，以双臂奋力挤开人群，好不容易到了角落。他单手扶墙，深呼吸，他真希望自己能够吐出来，也许可以有机会排出部分药丸，可以离开此地。不过，他也知道自己恍神的状态还会持续一阵子，不可能立刻恢复正常。而且，他也不想现在就回头，他要看到最后，他别无选择。

就在那个当下，他抬头，看到旁边站了一个幽黑的身影，正在观察群众。那个人穿的是连身工作服，或者是雨衣，过大的外套。不过，真正让马库斯吃惊的是，对方从裤袋口露出的奇怪黑色物体，那个人不想让大家看到那东西，似乎是把枪。

马库斯觉得奇怪，这人是怎么把枪带进来的？难道刚才没有被搜身？但他终于恍然大悟，那不是枪。

是相机。

他想起桑德拉曾经提到凶手特地为黛安娜·德尔高蒂欧涂抹口红的事。

"我觉得他拍下了她的照片，其实，这一点我早就十分确定。"

马库斯心想，这个人来到这里是为了得到纪念品。所以，他离开墙边，朝对方走去，同时想要努力看清这名男子的五官，不过，那就像是海市蜃楼一样，距离越来越近，消散的部分也越来越多。

对方一定发现他了，因为那男人转身盯着他。

马库斯感觉到那对黑色眼眸盯着他的凶猛力道，让他动弹不得——现在的他，宛若被钉在标本箱里的蛾。马库斯想要加快脚步，却使不上力，他觉得自己仿佛在一大片水沙地里缓步前行。

那个人掉头离开，还不时回头张望，仿佛担心马库斯会跟上来。

马库斯想要跟上对方的脚步，却困难重重，他甚至伸出了手臂，误以为这个动作可以阻止对方往前走。但他已经气喘吁吁，仿佛在爬陡峭斜坡。然后，他突然灵机一动，停下脚步，等待对方转身看他。

他一发现那男子转头，立刻画下颠倒的十字。

对方果然放慢脚步，似乎想要理解那动作的意义，不过，他还是继续往前走。

马库斯继续跟过去，看到那男人从法式落地窗走出去，也许他刚才就是用这种方式逃避安检潜进来的。马库斯现在也来到户外，冷夜寒气突然扑来，似乎让他从昏沉状态中清醒过来。

那团人影走向树林，他们相隔的距离已经很远了，马库斯不想就这么让他溜走。

要是没有人阻止他，他绝对不会停手。

不过，就在他逐渐恢复正常的时候，有重物落在他的后脑勺上，突然一阵痛楚，有人偷袭他。他倒下，失去了意识，昏迷之前，他注意到距离脸庞只有几厘米的地方，偷袭者所穿的鞋子。

一双蓝鞋。

第二部

狼头人

第一章

突然刮起阵阵强风,但随后又戛然而止。

根据气象预报,今夜并不平静。从树林间的空隙可以窥见饱含雨气的奶白色天空,气温已经变得酷寒刺骨,宛若噩兆临头。

而她却穿着迷你裙。

"你觉得我们是不是应该接吻?"

"斯蒂芬诺,你去死啦。"

在所有同事中,她最不想一起搭档的就是这个白痴卡波尼。

他们开着白色的菲亚特500进入了郊区。两人必须假装成欢爱找寻偏僻地点的情侣,但琵雅·利蒙蒂警官实在难以保持冷静,她不喜欢"挡箭牌作战计划",认为这是人力与资源的无谓浪费。警察总部还不到四十辆车,却得巡守罗马的所有郊区,根本就是不可能的任务。

想要用这种方式逮到那个恶魔,简直就像第一次买彩票就中大奖一样。

而且,他们选择让她执行这项任务,多少含有性别歧视的意味。

她之所以被挑中,就和其他女性警员一样,都是因为美貌。而她们伙伴的评选标准就显然不同,看看她旁边这位就知道了,斯蒂芬诺·卡波尼,警察总部最鬼祟、最令人倒胃口的男人。

明天她得找其他参与行动的女同事讨论讨论,还得一起去向工会反映一下。

不过,还有一点是琵雅·利蒙蒂一直不愿意承认的。她的确心生恐惧,而且,她感受到的那股从大腿爬升的寒意,不只是因为她穿着迷你裙。

她经常会伸手摸门边的置物袋,找寻她的手枪。她知道枪在那里,触摸它的感觉让她踏实多了。

卡波尼似乎很能自得其乐。这两年来他拼命想要搭讪的女子居然就和他一起坐在车内,他简直无法置信。他真的觉得这次任务就会让一切改观?真白痴。果然,这家伙一直讲笑话与双关语撩她。

"谁能想到呢?"他哈哈大笑,"我可以告诉别人我们曾共度良宵。"

"你为什么不闭嘴专心工作?"

"什么工作?"卡波尼指了一下周边环境,"我们在荒郊野外,根本不会有人来这里,相信我,臭屁的莫罗根本什么都不懂。不过,我还是很开心能出这趟任务,"他挨到她身边,露出似笑非笑的神情,"我应该要好好把握机会。"

琵雅伸手抵住他的胸膛,用力推开他:"要是我让伊万知道的话,你就不妙了吧?"

伊万是她的男友,超级爱吃醋。不过,他就和所有爱吃醋的男人一样，到头来比较气的是她，而不是卡波尼。他会责怪她怎么没有禀告上司，把她调去其他任务。他会骂她其实心里开心得要命，说她就和天下所有的女人一样，都喜欢被人追求的感觉。换言之，到了最后，千错万错都是她的错。当警察已经够艰难的了，而身为女警，更需要随时展现自己的能力和男性同侪并无二致，但要告诉伊万这一点也没有意义。正因如此，她也不会因为没得到公主般的待遇而特地跑去向上级抱怨。不行，最好还是不要让伊万知道。

斯蒂芬诺·卡波尼就是个渣男，就算他今晚无法得逞，明天也会在同事面前大肆吹嘘。最好还是让他一直讲废话，她只要和他保持距离，撑到任务结束就没事了。

但迫在眉睫的问题是她尿急。

她已经忍了一个多小时，现在她觉得自己随时会爆出来。天冷，加上紧张，让她快要憋不住了，所幸她找到抵挡尿意的方法：双腿交叠，然后把重心移向身体的左侧。

"你要干什么？"

"放点儿音乐，不介意吧？"

卡波尼打开广播频道，但琵雅几乎立刻伸手关掉："万一有人接近车子，我会听不到。"

卡波尼闷哼一声："利蒙蒂，不要担心，放轻松就是了。你讲这种话就像我女朋友一样。"

"你有女友啊？"

他不爽地回嘴："当然。"

琵雅不相信。

"等等，我拿照片给你看。"卡波尼拿出手机，给她看屏幕保护程序的照片，果然，是在海边拍的照片，他搂着一个女孩。

琵雅发现这女孩很漂亮，但继续想想，觉得她真可怜。她开始损他："她要是知道你在撩我，难道不会生气吗？"

"男人理所应当的事，当然不该退让，"他说道，"要是我在这种状况下不撩你，也不配当男人了。我想要是我女友知道自己和一个半残男子在一起，她也不会开心。"

琵雅摇头，这家伙倒有一套歪理。不过，这番话并没有让她觉得哪里好笑，反而让她想到了黛安娜·德尔高蒂欧。在奥斯提亚松林凶案发生的那天晚上，和她一起出去的那个男人并没有保护她，反而为了自救，把刀子插入她的胸膛。这种男人还算男人吗？如果换作伊万，他会作何反应？

或者，斯蒂芬诺·卡波尼呢？

这是她一整晚都不敢去想的问题。要是他们真的遭到"罗马杀人魔"的袭击，她的同事有办法保护她吗？或者，这个已经调戏她两个多小时的男人，最后只会乖乖听从杀手的指令？

就在她陷入沉思的时候，汽车内的无线电传来声响："呼叫利蒙蒂、卡波尼：一切都还好吗？你们在哪里？"

是中央指挥部。他们每小时都会与散落在乡间的车辆联络，确定一切无恙。琵雅拿起对讲机："回报总部，这里没问题。"

"你们眼睛睁大一点儿，夜晚还长着呢。"

琵雅结束通话，瞄了一下仪表板上的电子时钟，才凌晨一点而已。她心想，真的，"来夜方长"。就在这时候，卡波尼伸手摸她大腿，琵雅恶狠狠地瞪他，然后又狠捶他的前臂。

他痛得大叫："啊！"

她真正气恼的倒不是他的这个动作，而是她被迫变动位置，害她完全忍不住尿意了，她揪住卡波尼的衣领："喂，我要到外头找棵树。"

"要干什么？"

琵雅不敢相信这个人真的这么蠢。她没理会他的提问，继续说道："你站在车子旁边，等我上完之后才可以上车，知道吗？"

卡波尼点点头。

琵雅带着手枪下车，卡波尼也是。

"好伙伴，别紧张，我守在这里。"

琵雅摇摇头，开始往前走。卡波尼在她后面吹口哨，然后，她又听到强力水柱落地的声响，原来他也决定撒尿。

"只要我们爽快，不管在哪里或是什么时候都可以解决，这就是当男人的好处。"他得意地大声嚷嚷，然后又开始吹口哨。

不过，对琵雅来说，在这种崎岖不平的地方，实在很难找到她的如厕点。她的膀胱胀痛，而且她的迷你裙更让她难以行动自如，更别提那可怕的狂风，宛若一只不怀好意的隐形之手，紧攫住她不放。

她随身带着手枪与手机，所以靠着手机的光线找寻地点。终于，她选到了一棵合适的树，旋即加快脚步。走到那棵树旁边的时候，她小心翼翼，四下张望，最后把手枪与手机放在地上。然后，她有些不安，脱下裤袜与内裤，把裙子撩到屁股上方，蹲了下来。

她背后一阵冷，直觉就是不舒服。不过，虽然她尿急，但就是无法释放，仿佛被卡住了一下，她低声说道："拜托拜托，拜托一下。"

那是恐惧。

她拿起手枪,紧贴腹部,卡波尼从远方传来的口哨声响彻树林,让她安心了不少。不过,狂风一阵阵袭来,哨音也越来越微弱,突然之间,完全消失了。

"拜托,可以请你继续吹口哨吗?"她一讲完就后悔了,不该让他听到这样的乞求语气。

"当然!"他又继续吹下去。

琵雅的膀胱开始解放。她半闭着眼,享受快感,热烫的液体从她体内直奔而出。

卡波尼的口哨声又没了。

她自言自语:"这家伙真浑蛋。"不过,口哨声又再次响起。

她快要尿完的时候,一阵强风刮过来,害她摇晃了好一会儿,就在此时,她听到了砰的一声。

琵雅僵住不动。那会是什么声音?是真的,还是她的幻听?它出现得太快,被风声掩盖了。现在她真的希望卡波尼不要吹口哨了,因为她现在只听得见他的声音。

一股不理性的恐惧油然而生。她站起来,努力把裤袜拉回去,拿起手机与手枪,开始快跑,迷你裙被推到肚脐上方,她陷入惊慌,模样自然狼狈。

她拼命往前冲,每一步都差点儿摔倒,现在卡波尼的口哨变成了她唯一的指引。

拜托,千万不要停。

她隐约觉得有人在跟踪她,这可能是出于她的幻想,但她也管不了那么多了,现在她一心只想要赶快回到车内。

她终于到达他们停车的那一小块空地,看到她的同事坐在车里，车门大敞，她赶紧进入副座。

她立刻发出警告："斯蒂芬诺，不要再吹口哨了，那里有人！"

但他依然没有停止。这家伙这么蠢，琵雅真想甩他一巴掌，然而她一看到他瞪大的双眼以及张开的嘴巴，立刻愣住了。他的胸口有一个大洞，黏稠的黑血不断汩汩流出，刚才听到的爆裂声原来是枪响。

有人依然在吹口哨，就在她附近。

第二章

黎明时分,鸟儿们将他唤醒。

马库斯睁开双眼,辨别出鸟啭,随后感受到一股贯穿整个脑袋的剧痛。他想知道痛感的源头,但发现到处都在疼。

而且,感觉好冷。

他躺在地上的姿势很诡异,右半边脸颊紧贴着坚硬的地面,双手软垂在身体两侧,一条腿伸得笔直,而另一条则屈膝半弯。

他一定是在完全没有靠双手支撑的状况下,正面着地。

他先试着移动臀部,然后,运用双肘,试着坐起来,眼前的一切都在旋转。他很想再次闭眼,但还是继续硬撑,他担心自己会昏厥,宁可继续忍受晕眩。

他终于坐了起来,低头张望自己幽暗的身躯轮廓,四周布满了夜霜。他感受到身上的湿气,背部、四肢还有头部。

他心想,后脑勺,正是疼痛的主要来源。

他伸手摸了一下,想知道有没有伤口。不过,先前中枪的地方并没有流血,只是肿了一大块,可能还有点儿轻微的擦伤。

他担心自己再次失去记忆，所以赶紧回想自己记得的一切。

也不知道为什么，第一个浮现在心头的画面，是一年前梵蒂冈花园里的那具修女残尸，但随后出现的就是桑德拉与她心爱的男人接吻的画面，以及他们在奥斯提亚松林里的互动。接下来，其他记忆也陆续浮现……圣亚博那大教堂的卡匣式录音机、克莱门特所说的"罗马现在弥漫着岌岌可危的气氛，昨夜的事件对人们造成了严重影响""盐之童"……最后是他昨晚目睹的那场邪恶神秘仪式现场、藏有相机的神秘人、他在被药效控制的状况下跟踪过去，头部遭到袭击。不过，他记得的最后一幅影像却是攻击者离开时的双脚，对方穿了双蓝鞋。

有人在保护那个神秘人物，为什么？

马库斯终于站了起来，感受到失温症初期的威力。想必在他还没有失忆之前，也就是在他前半生的某一段时间，他的身体曾经学过如何抵挡低温。

黎明微光让别墅的花园阴森现形。他又走回昨晚借道离开的那扇法式落地窗前，现在他想要使劲推开它，但力气不够大，所以他拿石头砸玻璃，整只手臂伸进去打开了窗户。

里头实在看不出曾经举行过派对，整间屋子宛若无人居住长达数十年之久。所有的家具都盖上了白布，空气中弥漫着霉味。

难道这一切都是他的想象？他先前服用的药物影响力有这么强烈？不过，他发现了某个细节——违常之处——证明自己的记忆全然为真。

没有灰尘。

一切都太干净了，里面的东西还没有染上荒弃多时的痕迹。

他从沙发上扯下一块布，披在肩上取暖，然后，找到了某个电灯开关,但是没有通电。所以他只好一路摸索,拾级上了二楼找厕所。

他在某间套房里找到了厕所。

微弱的天光从百叶窗透了进来,马库斯在洗手台前洗了好几次脸,然后,望着镜中的自己。双眼周边因为遇袭而变得乌紫,现在他只希望自己没有任何的脑部损伤。

他想起了科斯莫·巴尔蒂提的语音留言:"还有一件事,我发现了一条有利线索……我还得向我的消息来源查证,所以现在还不能说。"

"科斯莫?"马库斯再次低声呼喊这个名字。是科斯莫告诉他这个派对的消息,然后又想法子把他弄入这栋别墅,难道科斯莫背叛了他?

不过,他凭直觉认定科斯莫与此毫无关联。他之所以会出事,是因为他跟踪了那个神秘人。也许他头部受创的原因并不是这个,而是因为画出颠倒的十字所显现的挑衅意图,不过,神秘人并不明白那个手势的意义。马库斯虽然因为吞了药而记不得对方的脸,但依然记得那个人停下脚步回看他时的疑惑模样。

有其他人明白它的意义,蓝鞋人。

他应该通知克莱门特,然后查出科斯莫是否摆了他一道。不过,此时此刻,他只想尽快离开这栋别墅。

过了一会儿,他走入某个休息站的餐厅。站在柜台后方的女子,见到他的神情俨然同见到死尸一样。

马库斯依然脚步蹒跚,他费了好一番气力才把车开来这里,现在的模样一定很狼狈。他在口袋里找铜板,拿出了两欧元,放在柜台上。

"麻烦给我一杯淡咖啡。"

在等咖啡的空当,他抬头看着餐厅角落的壁挂电视。

有名记者站在荒郊野外,后方有许多警察来来去去,马库斯认出了桑德拉。

"……昨晚遇害的两名警官是斯蒂芬诺·卡波尼与琵雅·利蒙蒂,"记者继续说道,"杀人魔的犯案手法与第一起案件高度相似:对男子的胸部与女子的腹部开枪,也许是因为他发现女警有配枪。不过,他并没有立刻杀她灭口,她受伤之后,又被他绑在树干上面,继续拿刀残害。根据我们从法医那里得到的消息,她被折磨了很长一段时间。在之后的各节新闻中,我们将持续提供更详尽的报道……"

马库斯发现角落有公共电话。他忘了刚才点的咖啡,赶忙走向电话亭。他拨打语音留言电话,正打算留言,却发现有一通未听取的留言在等着他。

他按了密码,静静等候,本以为一定会听到克莱门特的声音,却没想到开口的是科斯莫·巴尔蒂提。这是他继昨晚之后的第二通留言,这次完全不像第一次那么冷静自持,反而流露出极度焦虑,真正的恐慌。

"我们必须马上见面……"那声音极度惊恐,"状况比我想象的更糟糕……"他语气激动,听起来像是在哭泣,"我们有危险了,而且十分危急,"他继续说道,"我现在没办法告诉你,所以请你一听到留言就赶快来我的夜店。我会等你到八点钟,之后我就得带我的女儿与太太离开罗马。"

留言结束。马库斯看了一下时间,七点十分,他还有机会,但必须加快脚步。

现在,马库斯真正想知道的并不是科斯莫发现的秘密,而是他为什么如此害怕。

第三章

桑德拉与琵雅·利蒙蒂是旧识。

她们经常闲聊，上次还交换了关于某间体育用品店的心得。琵雅常去健身房，打算开始上普拉提课。

她未婚，但从她所说的那些话来判断，她的确很想与男友共组家庭，要是桑德拉没记错的话，他的名字应该是伊万。她说她男友爱吃醋，占有欲很强烈，所以她才会申请转内勤，这样一来，他至少知道她人在哪里。琵雅虽然怀抱身着制服执外勤的梦想，但她是沉浸在爱河中的小女人，所以要是能调职成功，她一定会很开心。桑德拉永远忘不了她的灿烂微笑，还有，她在总部餐厅喝咖啡的时候，总是喜欢加颗小冰块。

那天早上，拍完了琵雅的裸露残尸之后，桑德拉发现自己很难静心思考。她像机器人一样完成工作，仿佛她的某个部分因为恐惧而变得麻木无感。她不喜欢那样的感觉，但要是少了那一层意外的保护壳，她最多只能撑几分钟。

昨晚，杀人魔发现自己的对象是两名警察之后，立刻对琵雅展开残暴攻击。先对她腹部开枪,让她无法反击,然后捆绑她,脱掉她的衣服,凌虐她长达半小时以上。斯蒂芬诺·卡波尼的"待遇"就好多了,根据法医验尸的结果,凶手对他胸部开了一枪,打中动脉,立刻死亡。

中央指挥部依照一小时一次的固定通信频率,想要以无线电联络这两名警察,却一直没有得到响应。等到他们派出警车到现场查看时,才发现了这场骇人听闻的惨剧。

虽然警察总部采取了所有的预防措施,避免走漏消息,但媒体还是知道了消息。

这起双尸案的地点靠近亚壁古道。根据道路监视器的画面,当晚此处的车流量异常大。目前,这是警方唯一掌握的诡异线索。

副局长莫罗暴跳如雷,这证明了"挡箭牌作战计划"是一场灾难,而且两名警员殉职更是警方的一大挫败。

除此之外,杀人魔也犯下了侮辱尸体的罪行,他在琵雅·利蒙蒂的脸上涂了腮红与口红。也许,他也在这次犯案时拍下了照片,当作自己恶行的纪念品。

这一次也一样,没有凶手的DNA,也没有指纹。

在莫罗的带领下,桑德拉与中央统筹侦案小组从犯罪现场回到了总部。那里早就聚集了一堆文字与摄影记者,就是准备堵莫罗的。他奋力挤到电梯门口,全程不愿发表任何声明。

在大厅的人群之中,桑德拉注意到乔治·蒙蒂菲奥里的母亲。这位坚持警方必须将她爱儿衣物发还给她的母亲,双手捧着一个塑料袋,拼命想要吸引莫罗的注意力。

莫罗面向其中一名手下,低声吩咐他:"赶快把她撵走,态度要温和，但一定要保持坚定。"

桑德拉偷听到这段话，觉得对她很不好意思，但她也能谅解莫罗的不耐。这位母亲充满悲痛，虽然行为疯狂，其情可悯，但他们有两名同人遇害，实在没有时间安抚她。

"我们的办案进度又重新归零。"大家一进入项目室之后，莫罗立刻开口，然后，他面向记载案情要点的白板，加上了刚才在最新犯罪现场发现的线索。

奥斯提亚松林凶杀案：

物品：背包、登山绳、猎刀、鲁格SP101手枪。

登山绳以及插在年轻女子胸腔的刀，均有年轻男子的指纹，因为凶手下令他捆绑女友，拿刀杀她，唯有如此才能救他自己一命。

凶手朝男子颈后开枪。

在女孩脸上涂口红（拍下她的照片？）。

在受害者身边留下某个盐制品（洋娃娃？）。

警员利蒙蒂与卡波尼凶杀案：

物品：猎刀、鲁格SP101手枪。

凶手朝斯蒂芬诺·卡波尼警员胸部开枪，一枪毙命。

对琵雅·利蒙蒂腹部开枪，然后脱掉她的衣服，把她绑在树干上凌虐，最后以猎刀结束她的性命，在她脸上化妆（拍下她的照片？）。

莫罗忙着写下重点，桑德拉立刻发现这两起命案现场的相异之处。第二起命案的线索比较少，而且没有什么特殊之处。

这一次凶手什么也没留，看不到恋癖，看不到作案特征。

莫罗写完之后，开始对大家发表讲话："我要大家前往街头，把这座城市里有性犯罪前科的每一个变态或疯子全部挖出来。严厉逼问，让他们吐出所知的一切。我们必须再次审视他们的犯罪档案，逐字阅读，清查他们过去这几个月在干什么，如有必要，甚至要往前清查他们在这几年的活动。我要知道他们电脑里藏了什么东西，他们访问过哪些网站，自慰的时候是看哪些龌龊的东西。我们要取得他们的通话记录，拨打的那些电话，每一通都不能放过，直到挖出线索为止。我们要让他们觉得自己被逼到了墙角，脖子已经可以感受到我们的鼻息。凶手不可能是哪个突然冒出来的家伙，他一定有前科。所以，现在就仔细研究我们手边的数据，找寻我们可能忽略的小细节，务必要给我找出这个人渣的线索。"莫罗伸拳，往桌面上重敲一下，作为这番长篇大论的句点，会议到此结束。

对于桑德拉来说，这只证明了他们现在一筹莫展。这令她突然觉得很不安。她相信不是只有她有这种感觉，同事们也都一脸茫然。

当大家陆续离开项目室的时候，她看到了警司克雷斯皮，这位资深警官状甚疲惫，仿佛这几天的事件已经把他逼到了崩溃的临界点。她开口问道："阿斯托菲的住所状况如何？"

负责搜索这位法医住所的是克雷斯皮，他回道："完全找不到与凶案有关的线索。"

桑德拉吓了一跳："那他的行为又该作何解释？"

"我不知道。整个小组把他家都翻遍了，就是找不到。"

不可能，她不相信。"他明明可以把黛安娜·德尔高蒂欧从鬼门关前拉回来，却见死不救。然后，他又掩藏销毁了某件证物，如果没有牵涉个人利害关系，他不可能成为凶案共犯。"

克雷斯皮发现她有点儿太大声了，赶紧抓住她的手臂，把她拉到一旁，避开众人："你听我说，我不知道阿斯托菲的脑袋里到底在想什么，不过，你仔细想想：他为什么要毁弃一个盐娃娃？其实，他就是个孤单害羞的人，我们坦白讲，根本没有人喜欢他。也许他有什么不为人知的原因，对于警方或人类怀恨在心，谁知道呢？某些有反社会性格的人就是如此，会做出大家难以理解的可怕行为。"

"你的意思是阿斯托菲疯了吗？"

"发疯，不至于，但可能一时失去理智，"他停顿了一会儿，"我曾经逮捕过一个儿科医生，每相隔一百一十一张处方笺，就会故意给错药，许多小孩因此生病，但没有人知道原因。"

"为什么是一百一十一？"

"没有人知道为什么。这是他露出马脚的唯一线索。就其他方面来说，他的确是个好医生，而且远比其他医生都细心多了，搞不好他只是需要偶尔解放一下自己的黑暗面。"

桑德拉并不相信这种说法。

克雷斯皮把手搁在她的手臂上头："我知道你听了一定很不舒服，因为当初是你发现了他的恶行。不过，连环杀人犯不会有共犯，你也很清楚这一点：他们总是独来独往。而且，阿斯托菲正好认识凶手，又刚好被叫到犯罪现场验尸的概率微乎其微。"

她虽然满心不情愿，但依然得承认警司的话有道理。不过，这也让她觉得面对恶徒的暴行，自己变得更加软弱无力。她不知道马库斯现在人在哪里,她很想找他谈一谈,也许他可以提振一下她的信心。

马库斯终于赶到了SX夜店,距离八点钟也只剩下几分钟而已。在早上这种时候,这条马路荒无人迹。他走到大门口,按了对讲机,但等不到人应答。

他觉得科斯莫搞不好已经不耐久候,决定提早与家人逃亡。这家伙吓得要死,人在觉得自己性命不保的时候会产生什么样的念头,谁也料不准。

不过只要有线索,无论机会多么渺茫,马库斯绝对不会放过。所以,他确定四下无人之后,立刻从口袋里拿出随身携带的小型伸缩式螺丝起子,打开了门锁。

他走向通往红色房门的那道深长水泥走廊,通常大亮的日光灯管暗淡无光。他重复先前的步骤,从前门进入夜店。

只亮了一盏灯,来自中央舞台。

马库斯走过去,一路小心翼翼,不想被沙发或桌子绊倒。他走到了后方,也就是科斯莫办公室的位置,不过,却在门口停下脚步。

这样的寂静,有点儿不太寻常。

他还没有碰门把,已经有了不祥的预感,房门的另外一头或许有具尸体在等着他。

他终于走进去,在幽暗光线之中看到科斯莫·巴尔蒂提的尸体趴在办公桌上面。他继续往前,打开桌灯,科斯莫紧握着手枪,太阳穴吃了颗子弹,双眼瞪得很大,左脸倒在一片血泊之中,血水早已流到办公桌边缘,滴到了地板上。看起来像是自杀,但马库斯知道并非如此。现场并没有挣扎的痕迹,不过,科斯莫绝对不会自戕,毕竟他现在有了女儿,提到她的时候他充满了骄傲,他断无可能弃她而去。

他遭人杀害,是因为他发现了重大的秘密。在最后一通语音留言中,他的话语令人心惊。

"状况比我想象的更糟糕……我们有危险了,而且十分危急。"

科斯莫指的是什么?到底是什么事让他这么害怕?

马库斯盼望科斯莫死前曾经留下线索,所以他开始搜寻尸体附近的区域。他戴上乳胶手套,打开办公桌的抽屉,搜寻死人衣服的口袋,在家具与摆设品之间四处摸索,还把垃圾桶整个翻了过来。

不过,他隐约觉得先前已经有人做过一模一样的事了。

当他发现科斯莫手机不见的时候,更加证实了自己的想法。是不是凶手取走了手机?搞不好里面有科斯莫为了收集线索而拨出的通话记录。也许吧,由于他拨打了这些电话,发现了重大秘密,也引来了杀机。

也许吧。

马库斯觉得这都只是臆测,就他所知,科斯莫也许从来不用手机。

不过,办公室里倒是有室内电话。马库斯拿起话筒,按下最后一通电话的回放键。响了几声之后,一名女子接起电话:"科斯莫?是你吗?你人在哪里?"

对方声音充满焦虑,马库斯挂了电话。应该是科斯莫的太太吧,他迟迟未归,想必让她坐立难安。

他最后一次环顾整个房间，但里面没什么值得特别注意的东西。当他正准备离开的时候，他又望了一眼科斯莫脖颈上的纳粹图腾刺青。

几年前，马库斯救了他的性命，或者，应该说给了他扭转人生的机会。那个充满仇恨的符号已经再也无法代表科斯莫·巴尔蒂提了，不过，发现尸体的人一定会觉得这家伙其实是表里并无二致的恶徒，也许不愿给予死者应得的怜悯。

马库斯举起手，为他做了赐福的手势。有时候，他会想起自己其实也是个神父。

第四章

这个秘密包含了三个层次，第一个是"盐之童"。

虽然有人企图挖掘这个谜团，但还有另外两个层次无法破解。还没有人这么厉害。

不过，巴蒂斯塔·艾里阿加依然十分紧张，他梦到了米恩，他年轻时在菲律宾杀死的好友。过去这几天，他经常想起米恩，也许这是他焦虑的主因。不过，只要好友在他的心中徘徊不去，艾里阿加就无法平静。这绝对不是什么好兆头，仿佛米恩想要警告他什么似的，危险宛若风暴云雨，在他周边不断厚积。然而，与他现在必须要努力捍卫的秘密相比，他年少时的这个可怕秘密根本只是小儿科罢了。

一连串事件发生得太快，他已经启动风险管控措施，但他不知道该怎样减缓它的运作速度。

昨晚又有一起凶案，造成双人丧命。

死亡事件并不会让他心生愤慨，而且无辜者丧命也不会引发他任何的悲悯，世道就是如此，他不是伪善者。看到其他人丧命，我们掉泪，其实都是为了自己，这并不是什么高尚的情操，只是纯粹担心自己哪一天可能也会面临相同灾祸的恐惧。

对他来说，唯一的重点就是这次有两名警员遇害，会让状况变得很棘手。

不过，他必须承认，他们运气不错。法医自杀，这一连串事件也因而紧急刹车。这个白痴阿斯托菲事迹败露，但的确有远见，知道要自行了断，以免警方查出他居间所扮演的角色。

可艾里阿加还是得确定是否有人在追踪"盐之童"的事，不过，他知道过不了多久，他们就会进入死胡同。

到时候，他们就可以高枕无忧，秘密不会外流。

许多年前，曾经出现过一起失误：被严重低估的危险因子。修补它的时候到了，而事情的发展速度太快，所以他必须要知道警方办案的确切进度。

只有一个办法可以找出答案：他原本打算在罗马的时候一直隐姓埋名，现在也只能放弃了。

至少，必须让某人知道他已经到了这里。

俄国饭店位于狒狒街的底端，这条优雅的街道连接人民广场与西班牙广场，路名源于一五七一年兴建某座小喷泉里的西勒努斯雕像。这座雕像的脸雕得实在太丑了，罗马居民立刻把它与小狒狒联想在一起。

巴蒂斯塔·艾里阿加走入饭店，帽檐压得低低的，以免引起别人注意。他直接走向史特拉汶斯基酒吧，这个高档地点可以提供高级鸡尾酒与美馔佳肴，而且自春季开始，就可以在这家豪华大饭店的花园里喝酒用餐。

酒吧里正在举行一场商业早餐会,有位七十多岁的先生,态度文雅,仪表堂堂,做东款待来自中国的商业伙伴。

他名叫托玛索·奥吉,罗马人,祖先居此已历经好几个世代,他出身贫寒,不过,在无耻资本家一心致富、在罗马四处掠夺的那个时代,他因从事建筑业而发了大财。奥吉与许多位高权重人士为友。而他自己的专长是投机与贪污,已经是大师等级。当局对他多次发动调查,怀疑他与犯罪组织共谋图利,但他最后总是能够全身而退,声誉完全不受任何影响。

说来也奇怪,像他这种经历过各种风暴却依然屹立不倒的人,总是能让别人更加敬重,而且越来越有权势。其实,托玛索·奥吉早已是众人公认的,能在罗马呼风唤雨的重要人物之一。

艾里阿加比他小十岁,却嫉妒他的处世仪态。那一头整齐后梳的银发,还有让他看起来健康又容光焕发的低调晒痕,艾里阿加马上就认出身着高雅卡拉契尼西装与英国定制皮鞋的奥吉。他向一名服务生要了纸笔,写了几句话,指向他希望转交的对象。

托玛索·奥吉一收到字条,脸色立刻大变,晒痕与笑意立刻消失,取而代之的是焦虑的苍白脸色。他与宾客们暂时告退,走向洗手间,似乎是刚刚接获了什么指令。

他一打开门,看到艾里阿加,立刻就认出了他:"所以真的是你。"

"除了你,不能让别人知道我在罗马。"艾里阿加马上开口,同时脱掉帽子,锁门。

"不会有人知道,"奥吉向他保证,"但我外面有客人,我不能让他们等太久。"

艾里阿加走到他的面前,直盯着他的双眼,"我不会耽搁你太久时间，我只有一个小小请求。"

奥吉个性狡狯，瞬间明白艾里阿加的"小小请求"恐怕没那么简单，不然他也不会纡尊降贵，躲在厕所里与他对话，这根本不是他的风格。"什么事？"

"'罗马杀人魔'，我要你给我警方的调查报告。"

"你在报章杂志上面看到的那些信息还不够吗？"

"我想要知道没有透露给媒体的所有细节。"

奥吉哈哈大笑："这案子的主导人是副局长莫罗，他是中央统筹侦案小组的獒犬，没有人能够接近他。"

艾里阿加语露轻蔑："这就是我来找你的原因。"

"这次连我也爱莫能助，抱歉。"

艾里阿加摇头，频频发出不爽的咂舌声："老哥，你让我大失所望，我本来以为你很有办法。"

"哦，这一点你错了，有些人我就是动不了。"

"就连你有那些人脉和生意一样？"艾里阿加总是喜欢提醒别人，别忘了他们有多么下流鬼祟。

"就连我有那些人脉和生意一样。"奥吉完全无惧，大胆重复了一次，显露满满的自信。

艾里阿加面向挂在洗手台前面的大镜子，盯着奥吉的映影："你有多少个孙子？十一个，还是十二个？"

"十二个……"奥吉开始变得不安。

"美好的大家庭，恭喜恭喜。告诉我，他们几岁了？"

"最大的刚满十六岁。你问这个干什么？"

"要是他知道祖父喜欢与他年纪差不多的年轻女孩，你觉得他会作何感想？"

奥吉火气都上来了,但还是得勉强维持镇定,现在他落居下风:"都是陈年旧事了……艾里阿加,你这一招还要玩几次?"

"我早就不想这样了,老哥,但你似乎恰恰相反,"艾里阿加又转身面向他,"我看到你上次度假时在孟加拉国拍的那些照片,你厉害,与那名未成年少女手牵手合影。而且,我还知道那个住在罗马郊区的女人的地址,她让你每个星期四下午陪伴她女儿,正好让你趁机爽快。请教一下,你是去当她的家教吗?"

奥吉揪住他的衣领:"我绝对不会再让人勒索我。"

"你大错特错,我早就不干勒索这种事了,我只是拿回属于我的权益而已。"他一派冷静,推开奥吉的手,"还有,你要记得:我比你更了解你自己,你也许会生气,但还是会乖乖听我的吩咐。因为你知道我现在不会拆穿你的丑闻,你知道我会放过你,除非你又去搞未成年少女,我才会向媒体揭露一切。不过,老哥,你告诉我,你真能忍得住那种诱惑吗?"

奥吉不发一语。

"你烦恼的不是颜面尽失,而是再也无法纵欲……是不是被我说中了?"巴蒂斯塔·艾里阿加弯腰捡起自己的帽子,刚才掉到地上的时候,他没注意到,现在,他又把它戴好,"等到你死掉之后,你的魂魄会下地狱,你自己也知道这一点。但只要你还活在人世,就只能由我宰割。"

第五章

"挡箭牌作战计划"遭到媒体曝光。

第二起双尸命案之后，才不过短短几小时，媒体就开始严厉批判中央统筹侦案小组，尤其是副局长莫罗。小组的工作表现惨遭炮轰，最常出现的字词是"能力不足"与"效率不彰"，社会大众原本对殉职警察充满怜悯，现在也转为不断高涨的怒火。

恐惧在人们心中留下了阴影，杀人魔是这场游戏的赢家。

莫罗被迫中断"挡箭牌作战计划"，以免引发更多争议。然后，他把自己以及亲信关在总部里，想要找寻新的办案角度。

"怎么了？"马克斯的语气流露出一丝焦虑，"你不会有危险吧？"

"不要听信电视节目里的任何话，"桑德拉回道，"他们根本不知道自己在鬼扯什么，只是想要让社会大众为自己的新闻买单，所以会使用恐惧策略。"她知道自己这番话没什么说服力，但也不知道有什么更好的方法能让他安心。

"你什么时候回来？"

"等到这里一结束,我就马上回去。"这也是谎言。其实,他们的工作量并不大,只是在重复研读案件的关键要素,把性犯罪前科犯找来问话。除此之外,他们完全没有任何头绪。

"你还好吗?"

"我没事。"

"维加,才不是这样,我从你的语气中听得出不对劲。"

"没错,"她老实招认,"都是因为这件案子,如此残暴的案情让我很不习惯。"

"你这几天一直很躲避这个话题。"

"抱歉,但我现在不能讨论这件事。"她特地躲到大厅打电话,现在她已经没有办法忍受与别人在一起相处。到了晚上,总部人没有那么多,她就趁机为自己多争取一点儿隐私。不过,现在她很后悔打电话给马克斯,她担心他会发现她态度转变的真正原因:"我怎么可能永远坚强不摧?你说是不是?"

"那为什么不辞职?"

他们以前就讨论过这个话题。他认为解决一切问题的良方就是桑德拉换工作,他真的不明白怎么会有人选择这种周边充满死人的工作。

她努力耐心解释:"你有你的学校、历史课、学生……我也有我的专业。"

"我尊重你的工作。我只是说,也许你可以考虑过另外一种生活,仅此而已。"

他的这段话多少算是中肯,因为桑德拉陷得太深。她觉得腹部承受了深沉的压力,仿佛那里有巨大的寄生虫吸光她的元气,反而将焦虑灌注在她的体内。"我先生过世的时候,每个人都说我应该换工作,我的家人与朋友的看法都是如此。我十分固执,我告诉他们我可以撑下去。其实,在过去这三年中,我一直在回避暴力案件。万一躲不过的时候,我就躲在相机后面,结果就是我想要尽量躲开血腥场面,自然无法像以往一样称职,所以我才没有在第一时间发现黛安娜·德尔高蒂欧还活着。马克斯,这都是我的错,我明明在那里,却仿佛不在现场。"

马克斯在电话另一头叹气:"维加,我爱你,我知道我这么说可能有点儿自私,但你依然在躲藏,我不知道你到底在回避什么,但你真的有事瞒着我。"

桑德拉知道他说出这些话其实是为了她好,因为他的确对于两人的未来感到忧心忡忡:"也许你说得没错,都是我的问题。但我答应你,等到整起事件结束之后,我们再好好谈这件事。"

这些话果然让他安心了:"快回家吧,我在等你。"

桑德拉挂了电话,站起来,盯着掌心里的手机。她真的没问题吗?这一次,发问的人是她自己,而不是马克斯,但她一直没办法回答他,现在她也没办法给自己一个答案。

今天过得十分漫长,而且已经很晚了,但莫罗的人马依然全员留在办公室,打算拼到最后一刻才离开,而且,现在还牵连到两名同人身亡。

就在桑德拉准备搭乘电梯回到项目室的时候,她发现乔治·蒙蒂菲奥里的母亲依然坐在大厅访客区的一张塑料椅上,一脸耐心期盼的模样。几小时之前,她拼命想要交给莫罗的那个塑料袋,则搁在她的大腿上面。

桑德拉背对着她,担心蒙蒂菲奥里太太曾经看过她与莫罗在一起,等一下会跑过来找她讲话。她按下电梯按钮,不过,当电梯门打开的时候，她却没办法踏进去。门又关上了，她转身，朝那名女士走去。"晚安，蒙蒂菲奥里太太，我是桑德拉·维加，我现在与中央统筹侦案小组一起办案，有什么我可以帮忙的地方吗？"

桑德拉伸手致意，她也握了一下，但似乎不是很相信桑德拉的话，也许是因为她不相信真的有人会注意到她："我和你的一些同事讲过话了，大家都叫我等，但我真的没办法了。"

她的声音听起来很虚弱，桑德拉担心对方随时会昏倒。"餐厅已经关门了，不过还有自动贩卖机。要不要吃点儿东西呢？"

那女士叹了一口长气："失去儿子让人异常心痛。"

桑德拉不明白这句话与她的疑问有何关联，但那女士还是继续说下去。

"不过，却没有人告诉我确切的真相，这对我是一大折磨。"她的眼眸中有酸楚，但也看得出她意识清楚，"早上起床、走路，甚至进厕所或是盯着墙壁，都让我觉得很痛苦。现在，我看着你，我觉得连睁眼闭眼都很难受，你能想象那种感觉吗？"

桑德拉回道："是，我懂。"

"那就不要问我是否需要吃东西，我有事要说，听我讲完就是了。"

桑德拉懂了：这位母亲不需要同情，而是关注。"好，我在这里，请告诉我吧。"

那女士把那个塑料袋拿到她面前："弄错了。"

"哪里搞错了？我不明白……"

"我要的是乔治的衣物。"

"是，我知道。"桑德拉记得那些以透明塑料袋包裹的东西，里面是黛安娜与她男友的衣物。莫罗曾经让她看过这些东西，而且告诉她乔治的母亲坚持要拿回儿子的遗物，他还说，这是悲伤引发的荒谬举动之一。

"我检查过了，"她打开塑料袋，让桑德拉看到里面的东西——白衬衫，"这不是我儿子的衣服，他们给我的是别人的衣服。"

桑德拉仔细看了一下，的确就是她当初在现场拍照时看到的那一件，与其他衣物一起散落在汽车后座上。

但这位女士很坚持："也许这是其他死亡男孩的衣服，现在他母亲一定觉得奇怪，不知道她儿子的衣服到底在哪里。"

桑德拉很想告诉她，并没有其他的死亡男孩，也没有其他伤心欲绝的母亲。悲痛对她所造成的影响太可怕了，所以桑德拉努力展现耐心："蒙蒂菲奥里太太，我确定我们没有弄错。"

不过，她现在却把那衬衫从塑料袋里取出来："你看看，这衬衫是中号，乔治总是穿大号。"然后，她又指了一下袖口，"而且这里也没有他名字的前缀字母。他的每一件衬衫都有，全是我亲自绣上去的。"

她十分严肃。要是换作其他时候，桑德拉一定早就想办法甩开她了，态度温柔但坚定。不过，她的心中却突然涌起不祥的预感，背脊一阵颤抖，要是没弄错呢？

那么，合理的解释也就只有一个了。

桑德拉冲入项目室，直接走向那块书写案情关键要素的白板，她拿起白板笔，写下了这几个字：

杀人之后，他换了衣服。

莫罗本来把双脚搁在办公桌上面，此刻，他坐直身子，盯着她，目光满是疑惑。现场的每一个人都不知道现在出了什么状况。

莫罗问道："你怎么知道？"

桑德拉将包有那件衬衫的塑料袋拿给他看："乔治·蒙蒂菲奥里的母亲把这东西带过来，她说这不是她儿子的衣服，还说一定是搞错了。她说得对，只不过动手脚的人不是我们。"这个重大发现让她颇为激动，"我们给她的是奥斯提亚松林车内的那一件，但其实在更早之前，衬衫已经被换过了。在一片漆黑之中，凶手误拿了乔治的衬衫，以为那是他自己的衣服，这只有一种合理的解释……"

"他在现场换了衣服，"莫罗开口，现在他有了新的领悟，烦扰他一整天的沮丧心情也瞬间烟消云散，"也许是因为衣服沾了血迹，更衣之后就比较不会启人疑窦。"

"没错。"桑德拉神色兴奋，这是其他凶手经常使用的预防措施，不过，在这起案件之中，却可能带来意想不到的重大突破，"所以，要是袋子里的衬衫是凶手所有……"

莫罗比她抢先一步说出口："……那么就会有他的DNA。"

第六章

他窝在街上静静等待，距离SX夜店的出口并不远，期盼有人会发现科斯莫·巴尔蒂提的尸体。

最后，一名在夜店工作的女孩发现了这起惨剧。马库斯听到尖叫声，立刻掉头离开。

他必须继续追踪这位线人所提供的情报。不然的话，数年前马库斯救了科斯莫一命，现在他又葬送了自己的性命，都会变得毫无意义可言。

不过，科斯莫到底发现了什么害自己丧命的重大秘密？

下午时，马库斯回到自己位于赛彭提路的阁楼住处。他必须好好整理自己的思绪。偏头痛强袭他的太阳穴，他得躺在行军床上休息。后脑勺遭人攻击的部位很疼，进入派对现场前所服用的药物依然让他的胃很不舒服，经常会恶心想吐。

这个房间的墙面就像牢房一样，什么都没有，只看得到一张照片：监视器拍下的梵蒂冈花园修女命案的凶手，带着灰色肩包的男子，马库斯追查他一年多了，但依然一无所获。

"恶魔在此。"

马库斯把照片挂在墙上，提醒自己谨记在心。不过，在他闭上双眼的那一刻，他想到了桑德拉。

他很想再找她讲讲话。他曾经和哪个女人在一起过吗？他不记得了。克莱门特告诉他，他们在多年前起誓成为神父，那时候，他还是个住在阿根廷的年轻人。成为别人爱慕向往的对象，到底是什么感觉？

他想着想着就睡着了，然后，一场梦让他辗转难眠，那是不断循环的梦境：就在快要结束的时候，又从头开始。在亚壁古道那栋别墅里，带着相机的神秘男子正快步穿越花园，每当马库斯快要赶上他，看清他脸庞的那一刻，就会有人偷袭他的后脑勺。那一夜，死神对他发出了警告。那一夜，死神穿的是蓝鞋。

当他再次睁开眼睛的时候，天已经黑了。

他坐直身子，看了一下时间，已经过了十一点，睡了这么久是好事，他的头痛暂时缓解。

他在小小的浴室里简单地洗了个澡。他知道自己应该吃点儿东西，但他不饿。他换上干净的衣服，一如往常，暗黑色系，地板上那个敞开的行李箱里的其他物品，也是同一色调。

他得去一个地方。

他把当初克莱门特交给他的钱，藏在阁楼的某块砖头下方。他总是把钱拿来执行任务，自己却很节俭，不太需要花钱。

他拿了一万欧元之后，出门去了。

半小时之后，他到了科斯莫·巴尔蒂提住所的大门口。他按了电铃，静静等待，发现窥视孔后面出现动静。虽然没有人开口询问，但马库斯知道大门的另一头是科斯莫的太太，这种时候有人来访，也难怪她会担心。

"我是科斯莫的朋友，"这是谎言，他们从来就不是朋友，"大约在三年前，我救了他一命。"

他心想，这句话应该有机会成为解除女子心防的关键，他也只知道科斯莫这件事而已，希望这个人曾向另一半分享过这段秘辛。

对方迟疑了好一会儿，他听到开锁的声音，门口出现了一名年轻女子，一头及肩长发，明亮的双眼早已哭得红肿。

她立刻说道："他提过你的事，"她的掌心里有一坨捏皱的手帕，"科斯莫死了。"

"我知道，"马库斯说道，"所以我才会过来。"

公寓里一片漆黑。那女子请他保持安静，以免吵醒宝宝，然后，她带他进入厨房。他们坐在这个小家庭平日用餐的地方，上方有一盏低垂的吊灯，散发出温馨的柔光。

那女子要帮马库斯煮咖啡，但他婉拒了。

"反正我本来就要喝咖啡，"她很坚持，"你要是不想喝也没关系，但我现在就是坐不住。"

"科斯莫并非自杀，"当她背向他之后，他说出了这句话，他看到她的背脊立刻变得僵直，"他帮我忙，所以才遭人谋杀。"

那女子沉默了好一会儿才开口："是谁？为什么？他从来没有做过真正的坏事，这一点我十分确定。"

她看起来快要落泪了，马库斯希望她千万不要哭出来："我最多只能告诉你这些。这是为了你和你小孩的安全着想，你一定要相信我，关于这件事，你知道得越少越好。"

在那个当下，他原本以为她会作出激烈反应，捶打他，把他轰出去，但她并没有。

"他很担心，"她气若游丝，"昨天他回来的时候，叫我开始打包。我问他为什么，他却顾左右而言他。"咖啡壶开始微热，她面向马库斯，"你千万不要因为他死掉而感到愧疚，当初多亏有你，他才能多活这三年，经历了改变，与我相爱，让这小女孩降临世界的三年。我想，无论是任何人换作他，都会作出一样的抉择。"

但这番话并没有让马库斯比较好受："他可能死得很冤枉，所以我才会来这里……他有没有给我留下任何信息？字条或电话号码什么的……"

那女子摇摇头："昨晚他很晚才回来。他告诉我要打包，但没有提要去哪里。我们本来要在今天早上离开，我猜他想出国，至少我是这么觉得。他在家里只待了一小时，哄宝宝上床，还给了她一本童话故事书。我想他内心很清楚可能这就是永别了，所以特别为她准备了礼物。"

听到这一段，马库斯心中涌起一股莫名的无力感与怒火，他必须转移话题才行。"科斯莫有没有手机？"

"有，但警察没在他的办公室找到，车子里也没有。"

这个消息让他一惊。手机消失不见，证明他的谋杀假设果然没错。

科斯莫一定曾经联络过他的线人，是谁？

"你救了科斯莫，而科斯莫救了我，"那女子说道，"我觉得，冥冥之中，要是有人做了好事，那么善行就会继续传递下去。"

马库斯很想附和她，但他真正想说的其实是只有恶行才具有这种本领,这句话宛若回声,在他脑海中回荡不已。科斯莫·巴尔蒂提明明无辜,却必须为做过的坏事付出代价。

"反正你得离开了,"马库斯说道,"这里不安全。"

"但我不知道该去哪里,我也没有钱!科斯莫把一切都押在那间夜店,但生意也不好。"

马库斯把带过来的一万欧元放在桌上:"这应该够你生活一阵子。"

那女子望着那一沓钞票,然后又开始低泣,马库斯在这种时候应该起身去拥抱她才是,但有些姿势他就是不知该怎么做才好。他经常看到别人表露同情,但是他自己做不来。

炉火上的咖啡壶开始冒出蒸汽,汁液溅了出来,那女子却动也不动,马库斯起身,帮她将咖啡壶移开炉口,开口说道:"我最好还是趁现在离开。"

那女子一边低泣,一边点头,马库斯准备独自走向大门口。当他回到走廊的时候,发现卧室房门留了一点儿缝隙,稀淡的月光穿透进来,他立刻趋前一探。

里面有盏星星状的灯,柔和的光线照亮了昏暗的室内空间。有个金发女婴在小床里睡得酣熟。她含着奶嘴,侧身而眠,双手紧偎在一起。她早已踢开了被子,马库斯走过去,做出了连自己都吓一跳的动作,为她掖被。

他站在那里盯着她,心想这算是多年前救了科斯莫·巴尔蒂提的回报吗?如果真是如此,那么,追根究底,这个新生命降临世间也得归功于他。

但他提醒自己,邪恶是王道,良善是例外。

所以,没有,他与这一切无关。他决定要尽快离开这套公寓，因为现在他觉得浑身不自在。

不过，正当他打算朝门口走去的时候，他却瞄到这个小房间里的桌面上放着一本书，这就是科斯莫昨晚送给女儿的童话故事集。看到那个书名时，他仿佛吃了一记重拳。

《玻璃之童的精彩故事》。

某个闷热的夏日午后,克莱门特为他上了第三堂课。

他们相约在巴贝里尼广场见面,然后又沿着同名街道往前走,进入通往特莱维喷泉的小巷。他们穿过一大群围在那座古迹旁边的观光客,大家都忙着拍照,把铜板丢入池中,只要遵从这套祈福仪式,有生之年一定会回到罗马。

游客们看到这座永恒之城时都瞠目结舌,因为它的壮丽而敬畏不已,马库斯望着他们,很清楚自己与其他人类之间的遥远距离。他的命运,就像是从墙面拂刷而过、宛若在逃避阳光的幽影。

那天,克莱门特似乎出奇地镇定。他对训练充满了信心,而且十分笃定,过没多久,马库斯就可以执行任务。

他们的步行终点是巴洛克风格的圣玛策禄堂。凹形的立面设计,仿佛想要伸臂拥抱信众。

克莱门特开口:"这间教堂可以让你上到宝贵的一课。"

他们一进去,就感受到一股凉意,宛若大理石正在吐纳。这间教堂并不大,有一座中殿,俯瞰两侧,各有五间礼拜堂。

克莱门特直接走向中央祭坛，上面悬挂着一座雄伟的深木色十字架雕像，十四世纪锡耶纳学派的艺术作品。

"你看看那耶稣，"他说道，"很美，是不是？"

马库斯点点头，但他不确定克莱门特指的是艺术品，还是以神父的身份指称那座象征物的神灵。

"根据罗马居民的说法，那个十字架是神迹。我们现在所看到的这座教堂，是在一五一九年五月二十三日恶夜大火之后所重建的建筑，当时从火海中抢救下的唯一对象，就是你现在所看到的祭坛。"

这故事让马库斯深受震撼，现在他看待这件艺术品的目光已经截然不同。

"还不只如此，"克莱门特继续说道，"一五二二年，瘟疫侵袭罗马，造成数万人丧命。居民想起了这个神迹十字架，决定扛着它出游，当局大力反对，担心跟在后面的队伍反而会助长瘟疫肆虐，"克莱门特停顿了一会儿，"这次出游长达十六天，罗马的瘟疫就此消失。"

听到这种出乎意料的神示，马库斯已经无法言语，那块木头所展现的神力更让他震惊不已。

"不过，等一下，"克莱门特立刻警告他，"还有另一个故事与此作品息息相关……仔细看看十字架上的耶稣受苦脸庞。"

那脸庞的苦痛症状栩栩如生，仿佛可以听到从木头里传出的呻吟。那眼睛、嘴唇、皱纹，忠实呈现了死亡时的起伏心绪。

克莱门特转趋肃穆。"我们依然不知道此作品的雕刻者是谁。不过，据说他十分虔诚，希望信徒看到会感动，同时，也希望它的写实程度能震撼人心。所以，他成了杀人犯。他找了一个穷困的烧炭人当模特，然后，以极为缓慢的速度进行虐杀，就是为了捕捉他死前的神情与苦痛。"

"为什么要告诉我这两个故事？"马库斯问道，仿佛他已经猜到了对方的意图。

"因为数百年以来，人们对这两个故事一直津津乐道。当然，无神论者喜欢讲述的是比较可怕的那一个，而信徒们喜欢的是第一个……但他们也没有对第二个故事嗤之以鼻，因为人性就是喜欢邪恶的奥秘。不过，重点来了，你相信哪一个故事？"

马库斯沉思了一会儿："不，真正的问题是：能够从邪恶的事物之中孕育出良善吗？"

克莱门特似乎很满意这个答案："善与恶从来就不是黑白分明的。孰善孰恶，通常需要判断，而标准则由我们决定。"

"标准则由我们决定……"马库斯重复了一次，仿佛正在消化那些字句。

"当你在检视犯罪现场的时候，那也许是某个无辜者的溅血之处，但你不能只专注在'这是谁''为什么遇害'，反而应该去想象带领犯罪者走到这一步的各种过往，绝对不能忽略那些爱他或者曾经爱过他的人。你必须要想象他大哭大笑、快乐或是悲伤的情景，依偎在母亲怀中时的孩童模样。还有长大成人之后，外出购物或是搭乘公交车、睡觉、吃东西的画面。还有情爱，因为这世界上绝对没有人感受不到情爱，就连最残暴的恶人亦是如此。"

马库斯明白了这堂课的真谛。

"想要抓到恶徒，就必须了解他的所爱。"

第七章

　　副局长莫罗上了东区的环状快速道路,他开的是一辆无警方涂装标志的车,就是警方要秘密执行监视或是跟踪任务时所使用的那种车辆。它们的来源通常是罪犯的车辆,被查扣之后,就成为警察总部的资源。

　　莫罗开的这一辆,原车主是毒贩。它外表看起来就像是一般的房车,但配有升级引擎与双层车壳设计,在那两层的空隙之中,海关发现了五十公斤的高纯度毒品。

　　莫罗还记得那个夹层,他当时心想,真是夹带走私品的完美空间,绝对不会引人注目。

　　他为了误导记者,刚刚离开警察总部的时候,特意走圣维塔利路上的侧门。他们现在一天到晚堵截他,想要从他口中听到有关那两名殉职警察的说辞,顺便好好修理他一下。表面上,他根本不会理会这种争议。在他辉煌的警界生涯中,曾经多次遇到媒体掣肘、质疑他的办案行动,这当然会对他的自尊造成小小的伤害,但这毕竟是成名的代价之一。不过,这一次状况却大不相同，要是记者们发现他用尽心机保护的这个秘密，那么他所付出的代价将会相当惊人。

白亮的朝阳照耀着罗马的清晨，但是并没有带来暖意。车阵以蛇行般的速度缓慢前进。莫罗望着车阵里其他车辆中乘客的面容，开始心想：有些事情还是不要知道比较好。这些人不会懂的，最好还是让他们平静地过日子，何必要拿连自己都无法解释的事物打扰他们。

莫罗花了将近一小时才到达目的地：一套水泥公寓，周边全是一模一样的同款建筑物，都是在同一个年代兴建完成的，当时投机开发商大举入侵了这座城市的某些区域，造成了这样的结果。

他把车停在小巷里。他的一名手下早已在那栋公寓的入口等候。他一看到莫罗，立刻趋前，莫罗把钥匙交给了他。

那名警官说道："他们都在上面。"

"很好。"莫罗讲完之后，随即走向大门入口。

他进入狭窄的电梯，按下十二楼的按钮。到达该楼层之后，他认出了他充满好奇的那一户的大门，按了电铃，一身白袍的鉴识人员帮他开了门，让他进去。

莫罗问道："进展如何？"

"已经快结束了。"

这里弥漫着一股臭气，鉴识小组使用的化学试剂的确刺鼻，不过，除此之外，还有一股隐约的气味——宛若积累多时的底层——绝对是陈年尼古丁与霉味。

这套公寓内部一片幽黑，面积并不大。一道狭长的走廊，有四个房间。入口处有个柜子与一面大镜子，角落的衣帽架上挂着好几件外套。

莫罗进入走廊，站在每个房间门口查看里面的状况。第一间是书房，书柜里放满了有关解剖学与医学的书籍，还有一张书桌，桌上铺满了报纸，上头放了一个尚未完成的三桅帆船模型，旁边有黏胶、刷子以及伸缩灯。

此外，还有飞机、船只以及火车的模型，有的排列在层架上，其他的则四处散落，就连地板上也有。莫罗认出了第二次世界大战期间英军的德哈维兰DH95火烈鸟运输机、腓尼基双层桡桨船，还有最早期的电力机车头。

这些模型的表面都覆盖了一层厚灰，让这个房间简直像是垃圾场。不过，也许这样说也没错，等到他一完成模型，马上就失去了兴趣。莫罗心想，他做出这些东西，也找不到人可以炫耀，看看烟灰缸里的那些烟屁股吧，时间与孤单早已互相结盟，香烟就是明证。

鉴识小组人员拿着紫外线灯具与照相器材，忙着在这一大片废墟里搜证，简直就像是身处在缩小版的灾难现场。

厨房里有两名鉴识人员正忙着清出冰箱里的物品，予以分门别类。这款冰箱型号想必已有三十年以上的历史，厨房里同样混乱，似乎多年来从未整理过一样。

第三个房间是浴室，白色瓷砖，发黄的陶瓷浴缸，马桶上方有一摞杂志，旁边有好几卷卫生纸。洗手台上方的架子几乎空空如也，只有剃须泡沫与塑料刮胡刀。

莫罗离婚之后，也同样一直维持单身。不过，他觉得很纳闷儿，怎么会有人邋遢到这种地步。

"阿斯托菲一个人过日子，公寓里恶心死了。"

开口的是警司克雷斯皮,他是这次搜索行动的负责人。

莫罗面向他:"你没有让维加知道这里的状况吧?"

"报告长官,没有。当她问我的时候,我说我们没有发现任何重要的证物。我告诉她,阿斯托菲疯了,他从犯罪现场偷走证物,也不过就是某种毫无意义的疯狂行为而已。"

"很好。"莫罗虽然这么说,但他怀疑桑德拉·维加不会对这种说法照单全收。她很聪明,这种答案绝对不会让她满意。不过,也许可以让她安静一阵子。"邻居们对阿斯托菲事件的反应呢?"

"有些人甚至不知道他死了。"

葬礼就在那天早晨举行,但没有人出席。莫罗心想,好惨,没有人关心这名法医之死。这个人在自己周边造出一种空无的环境,刻意与人疏远,加上长年的冷漠,更让它坚不可摧。唯一与他产生关联的人类,只有他解剖台上的那些尸体而已。不过,从阿斯托菲的住所状况看来,他在自杀之前早已加入了那一群静默幽魂的行列。

"他有没有立遗嘱?遗产要给谁?"

"他没有留下任何交代,而且他没有亲戚,"克雷斯皮回道,"很难想象有人这么孤僻吧?"

不行,莫罗真的无法想象。不过,他知道这样的人的确存在。这也不是他第一次见识到这样的住所以及具有隐形本领的独行者。平常大家都不会注意到这些人,直到他们死了,尸体传出恶臭,才会有邻居惊觉状况不对劲。然而,等到时过境迁之后,他们什么都不会留下,又回到了无名状态,仿佛从来不曾出现在这个世界上一样。

不过，阿斯托菲却留下了一个东西，让他一辈子也无法忘怀的物品。

克雷斯皮问道："要不要看其他的部分？"

莫罗想起刚才开车时的心得，有些事情说出来就太危险了，还是不要知道比较好。不过，他是那种绝对不逃避的人。"好，我们过去看看吧。"

卧室位于走廊尽头，是最后一个房间，他们就是在这里发现了那个东西。

房内有阿斯托菲睡觉的单人床，一旁是大理石桌面的床边桌，上面摆放了一个还需要上发条的老闹钟、阅读灯、水杯，还有必备的烟灰缸。看起来十分笨重的深木色衣橱、破旧的丝绒布手扶椅，还有置衣架。

普通到不行的卧房。

"我开的是有双层车壳的无涂装标志房车，"莫罗说道，"等一下把东西带回总部的时候，完全不会有任何人看到。好，现在把一切都告诉我……"

"我们已经检查过每一个柜子和抽屉里的东西，"克雷斯皮说道，"那个疯子从来不丢东西，搞得我们像是在帮他整理垃圾一样。他会囤积东西，但没有任何纪念品，我印象最深刻的就是完全找不到他孩童时代或父母的照片，也没有朋友写信给他，就连明信片也看不到。"

莫罗环顾四周，同时重复了那句话：他会囤积东西，但没有任何纪念品。真的有人能够在没有任何既定目标的状况下，过着这样的生活吗？但也许这就是阿斯托菲企图营造的假象。

一个充满黑色秘密的世界，隐藏在人间。

"我们翻遍了整套公寓，正打算离开……"

"到底发生了什么事？"

克雷斯皮转身，面向房门旁的那堵墙。"这里有三个电灯开关，"他继续说道，"第一个是顶灯，第二个是床边桌的小灯，但第三个呢？"他停顿了一会儿，"许多公寓都有久未使用的电灯开关，到了最后，根本想不起原本的用途是什么。"

不过，这个开关的状况并非如此。莫罗伸手，关掉顶灯与床边桌小灯的开关，卧室里瞬间一片漆黑，然后，他打开了第三个开关。

有道微光渗入房内，是从一堵墙的踢脚板透出来的，是一道非常狭长的光，从一个角落直射到另外一头。

"这道墙的材质是薄木板，"克雷斯皮说道，"房间原本比较大，靠着隔板弄了另一个空间。"

莫罗深叹一口气，不知道接下来会看到什么。

"入口在右侧。"克雷斯皮指着墙面的某个低处，有一个像是小门的装置，宽度大约是五十厘米，高度不超过四十厘米。他走过去，用掌心推了一下，门锁瞬间打开，露出了通道。

莫罗蹲在地上，朝里面张望。

"等等，"克雷斯皮说道，"你要知道，我们正在处理的是……"

就在这时候，克雷斯皮关掉了开关，墙壁另一头的光源消失了，然后，他把手电筒递给莫罗。

克雷斯皮开口："等你准备好了，跟我讲一声。"

莫罗转向那黑漆漆的入口，他趴在地上，靠双臂支撑重心，钻了进去。

他到达另一头的空间，顿时觉得自己与外头的世界彻底隔绝了。

"还好吗？"虽然克雷斯皮站在墙壁厚度只有几厘米的另一边，但那声音仿佛是从远方传来的一样，模糊不清。

"嗯。"莫罗站起来，打开了手电筒。

他先照向右侧，然后是左侧。那东西在左边的底端，在这个狭长空间的另外一头，他看到了。

一张小木桌。上面有一个算是风格独特的结构物。它看起来像是蜘蛛网或是鸟巢一样轻盈，约三十厘米高，由树枝叠错而成。

莫罗小心翼翼趋前，想要搞清楚这个作品的意义。从形状看不出任何端倪，仿佛是随意拿树枝堆在一起的，他又想到刚才在书房看到的胶水与刷具，开始自言自语，好一个完美的模型作品。不过，等到他站在那些东西的正前方时，他才发现自己大错特错。

那些东西不是树枝，而是骨头。细小，发黑，不是人骨，而是兽骨。

莫罗觉得奇怪，怎么会有这种东西？到底是什么样的人会有这种构想？

他发现有个灯泡从天花板垂落而下，正好停在这个可怖雕塑品的后面。

他朝外头大吼："我准备好了。"

他关掉手电筒，克雷斯皮又打开了外头的灯源。灯泡亮了，散发出淡黄色的光晕。

莫罗不解，到底是什么事这么奇怪？

警司说道："现在转身。"

他转过身，吓了一大跳，这是他一辈子都无法忘记的场景。

在对面的墙上，可以看到他自己的影子与那个兽骨拼架的投影交叠在一起。

那些骨头并非随便乱堆而成，它映在墙上的影像可为明证。

那是一幅巨大的人像，人身上是一个狼头。

没有眼睛，只有两个大窟窿的狼头。但更可怕的是它张开了双臂，那幅景象让莫罗大受震慑。

怪兽的幽影正拥抱着他的影子。

第八章

桑德拉在共和国广场地铁站的长椅上看到了他。他试图隐身在人群之中，但显然是在那里等她。

她下车之后，发现马库斯立刻走开，显然是要她跟在后头。她乖乖照做，拾级而上，从出口离开，看到他左转。她刻意与他保持距离，而他前进的速度也从容悠缓。然后，她看到他停在一扇标示"员工专用"的金属大门前面，不过，他还是进去了，没过多久，她也进入门内。

他们来到楼梯的天井处。

"我的判断没错，有人从犯罪现场取走了证物，对不对？"马库斯的声音回荡在工作人员楼梯的天井之中。

桑德拉的态度立刻变得十分警觉："我现在不能告诉你调查案的事。"

他回答的态度宛若天使般温柔和蔼："我不希望勉强你。"

他让她动怒了："所以你早就知道了……你知道有人偷走证物，怀疑是警方内部的人在搞鬼。"

"对，但我希望由你自己去发现真相，"他停顿了一会儿，"我看到了那名法医自杀的消息，也许他没有办法忍受差点儿害黛安娜·德尔高蒂欧死去的罪恶感……"

桑德拉很想告诉他，那家伙完全没有罪恶感，但她相信马库斯早就知道答案了。她回道："你不要再耍我了。"

"是某个盐做的东西，对不对？"

桑德拉吓了一跳："你到底是怎么……"但没过多久，她变得滔滔不绝，"阿斯托菲想要毁了它，以免被我们找出来。我碰到了一下，感觉像是个小洋娃娃。"

"应该是某种小雕像。"马库斯说完之后，从外套的口袋里拿出了他在科斯莫·巴尔蒂提女儿房内看到的那本童话故事书。

"《玻璃之童的精彩故事》，"桑德拉念出书名之后，望着他，"这是什么意思？"

马库斯没回答。

桑德拉开始翻阅那本书。页数不多，大部分都是图画，故事讲述的是一个与众不同的小男孩，因为他是玻璃材质，非常脆弱，但每当他有哪个部位受到损伤的时候，就可能害其他小孩有血光之灾。

马库斯早已知道结局："他将会变得和其他人一样。"

"什么？"

"这算是某种教学用的寓言故事：在书末有两张空白页，我想那是为了让看过这本书的小孩写下答案。"

桑德拉继续翻阅，果然，最后出现的不是图画，而是横线，就像是作业簿一样。原本的字迹早已被擦掉了，但还是可以看到铅笔痕迹。桑德拉合上书，检查封面，"没有作者的名字，就连出版社也没有。"

马库斯早就注意到这个诡异之处。

"这本童话故事和那个盐娃娃有什么关系？"

"因为有人牺牲生命给了我这条线索。"马库斯没有提到圣亚博那大教堂的录音带，也就是奥斯提亚松林年轻情侣遇袭的五天前，凶手告白的内容，"我看到了他。"

桑德拉不可置信："怎么……"

"我看到凶手了，他随身带着相机，他一看到我就立刻逃走。"

"你有没有看到他的脸？"

"没有。"

"是在哪里发生的事？"

"亚壁古道的某栋别墅。那里举行了一场派对或神秘仪式，有人聚在那里庆祝惨死事件，他在现场。"

亚壁古道，正好也是参与"挡箭牌作战计划"的两名警员的遇害地点。"你为什么没有阻止他？"

"因为有人阻拦我，狠敲我的后脑勺。"他还记得那个穿蓝鞋的人。

桑德拉依然不明白。

"法医偷走了物证，我的线人被谋杀，我也被袭击……桑德拉，有人在保护这个杀人魔。"

桑德拉心中涌起某种不安感：警司克雷斯皮曾经向她信誓旦旦地保证，阿斯托菲与这起案件无关，他会做出那种行为纯粹是因为疯狂，因为他们彻底搜查了他日常的一切，一无所获。难道他对她说谎？"我们有他的DNA。"她发现自己脱口而出，但根本不知道自己为什么要这么做，或者，其实她心里有底：现在她只信任这位圣赦神父。

"相信我，光凭这一点根本抓不到他。我们现在要对付的已经不是他一个人了。黑暗世界里还有其他的力量在积极运作，'强大的'势力。"

桑德拉猜马库斯应该是有事情要请她帮忙，不然他也不会开口要见她。

"有个朋友曾经告诉我，如果要抓到恶徒，就必须先了解他的所爱。"

"你真觉得那样的人具有爱的能力吗？"

"也许现在已经没了，但以往是有的。桑德拉，这是有关孩子的故事。要是我能够找到'盐之童'，就能够找出长大成人的他，或是知道他变成了什么模样。"

"你想要我帮什么忙？"

"被杀死的那名线人，名叫科斯莫·巴尔蒂提。他们想要伪装成自杀，这种障眼法确实行得通，因为根据他太太的说法，他早已债台高筑。不过，我知道并非如此。"马库斯十分激愤，他认为自己也有部分责任。"凶手杀死科斯莫之后，拿走了他的手机，可能是因为他打了那些电话，找到了这本书，显然他曾经与某人见过面。"

桑德拉知道他讲这番话的用意："要拿到电信公司的通话记录，必须取得法官的批准。"

马库斯看着她："要是你真心想帮我，一定要想办法取得这份资料。"

桑德拉斜靠着铁楼梯的栏杆，觉得自己仿佛被两根铁棒慢慢夹紧,就像老虎钳一样。其中一边是她的工作本分,而另一边则是应行的义理,现在她不知该如何选择是好。

马库斯站在她面前:"我一定可以阻止他。"

桑德拉很了解被指派负责侦办科斯莫死亡案件的那名警探的性格。当然,这起案件会被判定为自杀,然后迅速结案归档。

这件事她没办法请同事帮忙,就连找借口也不行。她负责拍照,不会有什么正当借口,反正,说出来也不会有人相信。

虽然这不是什么大案子,但她无法阅读档案数据。全部的文件都储存在总部的数据库,只有负责承办的那些警官和检察署负责处理档案的人员才拥有密码。

早上,桑德拉离开项目室好几次,前往底下的楼层,也就是她同事办公室的所在地。她在那里东晃西晃,与其他警察闲聊,目的只是注意他的动静。

那个房间的大门总是敞开着,而且她发现那名警探习惯用便利贴抄写东西,办公桌上贴得乱七八糟。她灵机一动,等到他外出吃午餐的时候,她赶紧拿起相机。她时间不多,随时可能会被人看到。趁走廊上没人的时候,她溜进他的办公室,对着办公桌一阵猛拍。

回到楼上之后,她在自己的电脑上检查那些照片,希望可以找到值得继续研究下去的数据。她希望这名警探为了避免忘记密码,已经随手把它抄了下来。

她在一张便利贴上找到了一组代码,然后坐在项目室唯一连接警察总部数据库的电脑前面,输入之后,档案出现了。

她需要加快速度。万一被这里的人看到,可能会引人怀疑。

幸好，莫罗与克雷斯皮得在外头待好几小时。

她早就猜到了，科斯莫·巴尔蒂提的资料乏善可陈，贩卖毒品与经营卖淫的前科，以及他的档案照。她看到科斯莫脖子上的纳粹图腾，觉得不太舒服，她不知道马库斯对这个人的信任程度有多深，因为他似乎真的很伤心。其实她自己很清楚，这也许只是她的偏见，虽然科斯莫在自己身上刺下了象征仇恨的烙印，但搞不好他其实面恶心善。

桑德拉觉得自己得赶紧抛下这些念头。她继续研究档案，并没有看到向法官申请死者的通话记录。她填好表格，标示为紧急需求，发送，搞不好承办的警探根本不会发现这件事。

检察署核准了，大约在下午三点钟，电信公司寄来了她所需要的数据。

她仔细检视科斯莫在有生之年最后一天所拨出的那一长串电话号码，立刻发现这个人为了收集资料十分忙碌。他所联络的那些对象有各式各样的前科，他不知道马库斯要怎么找他锁定的那个人，因为每一个看起来都有嫌疑。不过，她发现其中一个号码至少出现了五次，她赶紧将号码与持有人姓名特别标示出来。

过了半小时，她依照指示，将通话记录、科斯莫·巴尔蒂提最频繁联络并带有前科的对象数据印出纸本，投入圣宗徒堂的邮筒。

第九章

　　桑德拉·维加果然信守承诺。其实，她的贡献度远超过了马库斯的要求，连名字都给了他。

　　尼可拉·卡维。不过，根本追踪不到他的下落。

　　手机关机，而且当马库斯去他的公寓找人的时候，发现这家伙应该已经离家好几天了。

　　尼可拉·卡维，三十二岁，不过根据前科资料，他大部分时间都待在感化院和牢里。他犯下了多起罪行：贩毒、窃盗、持械抢劫以及重伤害。

　　最近，为了维持生计以及能够继续吸食毒品，他开始卖淫。

　　马库斯前往他钓客的场所——男性专属的夜店，男妓习惯出没的地点，开始找人，还花钱收集线报。他最后一次现身，已经是四十八小时之前的事了。

　　马库斯推断尼可拉应该是死了，不然就是因害怕而躲起来了。

　　他决定根据第二种假设继续追查下去，因为这一定可以找出证实的方法。如果他已经有两天不曾出现在日常活动的地点，那就表示他的毒品已经用光了，必须赶快出来找地方买毒。

答案就是毒品。长年的毒瘾逼他必须冒险。

马库斯认为尼可拉应该没有存款——他很清楚毒虫的习性。他们会为了吸毒而花到一毛不剩。他已经好几天没工作了，必须找到客户，才能弄到买毒品的钱。马库斯当然可以去男妓的聚集地找尼可拉，不过，到了最后，他铁定会去的地方也只有那里而已。

皮内托区是毒贩们的领地。夜幕低垂，马库斯开始在那里四处寻觅，希望能够找到人。

大约在七点半，逐渐有了冰凉夜气，他找到了一个位置，距离毒贩做生意的街角只有几米之隔。交易的一切过程和手法十分巧妙，这些毒虫知道不能排队买毒，不然看起来就太可疑了，所以他们站得远远的，以众星拱月状散落在毒贩周边。认出这些人十分容易：他们的动作紧张不安，目光只会锁定单一目标。然后，他们一个接着一个地冲破轨道，靠近毒贩，拿了东西就走人。

马库斯发现这里出现了一个身着黑色运动衫的魁梧男子。他的兜帽盖住头，双手插在口袋里。在这种低温之下，身穿这种轻薄的衣物，让马库斯觉得奇怪，这个人的穿着打扮，就像是在极为匆忙的状况下被迫出门一样。

那男子与毒贩完成交易之后，迅速走人。在他转身之际，马库斯看到了对方兜帽下的脸。

他就是尼可拉·卡维。

马库斯跟了过去，他知道他们不会走太远的。果不其然，尼可拉进了一间公厕，准备享用毒品。

马库斯也走近公厕，没过多久，他进入门内，恶臭立刻扑鼻而来。这地方脏得不得了，但尼可拉毒瘾难耐，得赶紧纾解一下。他钻入一个厕间，上锁。马库斯静静等待，一会儿之后，一阵灰烟出现在厕所的上方。又过了几分钟，那男人终于现身，走到洗手台前面，开始清洗双手。

马库斯躲在他后方的一个角落，他知道尼可拉看不到他。就是这家伙，拥有保镖般的肌肉，现在少了兜帽，露出的大光头与结实的脖颈甚是吓人。

"尼可拉。"

那男子突然转身，眼睛瞪得硕大。

马库斯举起双手："我只是想找你聊一下。"

尼可拉看到面前站了陌生人，立刻往前扑击，靠着魁梧身材，撂倒了马库斯，使出宛若美式橄榄球的擒抱。马库斯突然无法呼吸，往后倒在脏臭的地板上，但还是想办法伸手抓住了尼可拉的小腿，绊倒了他。

对方"砰"的一声落地，但这家伙虽然个头高大，身手却很敏捷。他又站了起来，踢了一下马库斯的肋骨，那股重击害他眼前一阵黑。他很想要开口制止尼可拉，但对方伸出大脚踩住了他的脸，然后再次举脚，打算使出全力死压下去。马库斯趁隙以双手抓住尼可拉的小腿，再次让他失去平衡。这一次，他整个人倒向一个厕间，门都被撞凹了。

马库斯想要起身，他知道自己时间不多。他听到尼可拉在呻吟，但这家伙意识清醒，过不了多久就会恢复正常，又会欺身上来。马库斯以双手撑地，挺起身子，觉得这间厕所一直在摇晃。他好不容易站起来，但双腿实在撑不住。终于，他的重心稳住了，发现尼可拉倒在一只马桶前面，他的大头撞个正着，额头血流如注。

马库斯心里有数,自己能够让对方动弹不得,纯粹是好运,不然尼可拉早就杀死他了。马库斯走到那个昏茫的大块头旁边,朝他的肋骨回踢了一下。

尼可拉像个小男孩一样在鬼吼鬼叫。

马库斯蹲在他身边:"如果有人说只是想找你谈一谈,你就应该先听他们说话,如有必要再出手,懂吗?"

尼可拉点点头。

马库斯把手伸入口袋,摸弄了一会儿,丢了两张五十欧元的钞票给他:"你要是帮我忙的话,可以拿到更多的钱。"

尼可拉又点头,眼眶盈满泪水。

"科斯莫·巴尔蒂提,"马库斯说道,"他来找过你,对不对?"

"那个大浑蛋把我害惨了。"

这句话证实了马库斯的假设:尼可拉担心自己会遭遇不测,所以才会装作人间蒸发。"他死了。"马库斯讲出这句话之后,看到尼可拉的脸上满是惊慌与害怕。

尼可拉走回洗手台前面,想要用卫生纸擦拭额头的伤口。"我听说有人在打听某个喜欢尖刀与摄影的变态,立刻就联想到那个情侣案的杀手。所以我找到了这个在四处探问的家伙,要从他身上捞点儿钱。"

科斯莫·巴尔蒂提不够小心,他四处找寻线报,但除了尼可拉,还有别人听到了风声,某个危险人物:"其实你什么都不知道,对不对?"

"没错,但我可以瞎编故事,我接过一个客人,正好跟这个变态的特征很吻合。相信我，我遇到过一堆怪人。"

"但科斯莫不相信你的话。"

"那浑蛋打了我一顿。"

尼可拉这种体格，再加上刚才他待人的那种方式，让马库斯实在很难相信这种说法。"就这样？"

"还没，"显然尼可拉的恐惧与此有关，"过了一会儿，他提到了'盐之童'，我也想起了我放在家里的那本旧书。我告诉他这件事，然后我们两人开始讨价还价。"

难怪科斯莫在遇害前打了那么多通电话给他。

"他付钱给我，我把东西给他，皆大欢喜。"

就在这时候，尼可拉突然转身，拉起毛衣，让马库斯看他的背脊：右肾的位置贴了一大块纱布。"我们完成交易之后，有人想要刺杀我。幸好我比对方高壮，拨开他的手，然后我赶紧逃走。"

又来了，有人企图掩盖这起事件，不计任何代价。

马库斯现在要问的是关键问题："科斯莫为什么要买那本书？他为什么不觉得那纯属巧合，与'盐之童'无关？"

尼可拉露出微笑："因为我的说法真实可信。"他的脸上露出了痛苦的神情，但那是一种昔日的伤痛，与他额头的伤完全无关，"你无能为力——无论你想要逃往哪里，你的童年永远紧紧相随。"

马库斯明白了，他在说他自己。

"你有没有杀过自己所爱的人？"尼可拉微笑，摇摇头，"我曾经很爱那个浑蛋，但他马上就发现我跟其他小孩不一样。他狠狠揍我，想要改变连我自己都还不是十分明了的某个天性。"他吸了一下鼻涕,"所以,有一天我发现他藏枪的地方,趁他在睡觉的时候,拿枪毙了他。爸爸,晚安。"

马库斯真心觉得他可怜:"但是你的前科里根本没有提到这件事。"

尼可拉笑了一下:"他们不会把九岁的小孩送入监狱,连法院受审都不用。他们直接把你交给社会福利机构,然后把你关进大人拼命要知道你为什么会做出那种事,究竟是否会再次犯案的那种地方。没有人想要拯救你,他们只会给你洗脑,塞给你一大堆的药,还振振有词地说是为了你好。"

马库斯觉得这与他要追查的真相有关:"那地方叫什么名字?"

"克洛普精神病院,"马库斯看到对方的脸色一暗,"我枪杀父亲之后,有人打电话报警。他们把我和一名心理医生关在同一个房间里,但我们几乎没有交谈。然后,他们把我带走,那时候是晚上。我问那些警察我们要去哪里,他们说不能告诉我。他们还说,我永远不能离开那个地方,而且,当他们讲出这句话的时候,我看到他们脸上露出微笑。但我反正也不想逃跑,因为我根本不知道该去哪里。"

马库斯看到他的脸庞闪过一抹幽影,仿佛这些字句又让他的记忆重现,马库斯静静等待对方说下去。

"待在那里的那些年,我一直不知道自己在哪里。我觉得那间精神病院搞不好在月球。"他停顿了一会儿,"就连离开那里之后,我也经常怀疑,那里究竟是真实的,还是出于我的想象。"

那句话撩起了马库斯的好奇心。

"说出来你一定不信,"尼可拉苦笑,面色又变得严肃,

"那就像是生活在童话故事里……但永远找不到出路。"

"讲详细一点儿。"

"里面有个医生，克洛普教授，他是心理学专家，发明了某种他称之为'治疗小说'的东西。根据不同的个人心理状况，每个病患都被分配某个角色与故事。我是玻璃之童，因为我很脆弱，但也危险，此外还有尘之童、草之童、风之童……"

马库斯问道："盐之童呢？"

"在他的故事中，他比其他小孩聪明，不过，大家却因为某个理由而对他唯恐避之不及。他会造成食物无法入口，植物与花朵枯萎，仿佛只要他碰过的东西都会被摧毁。"

马库斯心想，令人头痛的神童。"他是出了什么状况？"

"可怕至极，"尼可拉说道，"性变态、潜在攻击性、高超的欺瞒技巧，除了这些，还加上非常高的智商。"

马库斯心想，这样的描述与那名杀人魔十分吻合。莫非尼可拉小时候就认识他？要是他曾经遭人以刀子要挟，逼他噤声，那么很可能就是他没错。"谁是盐之童？"

"我记得很清楚，"尼可拉的回答燃起马库斯的希望，"他是克洛普最喜欢的小孩，棕色的眼睛与头发，相貌很普通。他当时应该是十一岁，但我进去的时候，他已经在里面待了好一阵子了。害羞、畏缩，永远沉浸在自己的世界里。他很瘦小，是霸凌者的完美欺凌对象。但他们不碰他，他们很怕这家伙。其实我们大家都很怕他，我也说不上来为什么，但我们就是觉得这家伙很恐怖。"

"他叫什么名字？"

尼可拉摇头："老哥，抱歉，我们大家都不知道彼此的真名，这是心理治疗的一部分。在你接触其他病患之前，必须历经一段很长的独处时间，克洛普与他的同事会在这个过程中说服你忘记以前的自己，彻底消除以往的犯罪记忆。我猜他们这么做的目的是想要重建小孩的内心，让他们可以重新开始。我一直不记得我的真名，也不记得我对我父亲做了什么，一直到我十六岁，听到法官在众人面前念出我的真名，让我回到真实世界的那一天，才想起了一切。"

现在马库斯已经掌握了足够的线索，不过，他还有最后一件事想要搞清楚："尼可拉，你到底在躲避谁？"

尼可拉面向水龙头，清洗双手："我刚才说过了，盐之童让大家都吓得要死——而且里面个个都是危险人物，都是完全不考虑后果就犯下可怕罪行的小孩。要是那个貌似脆弱无助小孩在外面伤人，我觉得也没什么好意外的。"他望着马库斯在镜中的映影，"我觉得你也应该提防他。不过，他并不是那个要刺杀我的人。"

"所以你看到那人的脸了？"

"他从后面袭击我。但他的手像是老人一样，这一点我十分确定。此外，我还发现他穿的是可怕的蓝色鞋子。"

第十章

阿斯托菲的公寓被称为第二十三号现场。

因为这是某一系列悬案的最新案件。那天晚上，在局长办公室举行的秘密会议中，莫罗向与会者仔细解释了一切。

与会者都是重要精英。除了局长，坐在会议桌前的人还包括来自内政部的某位高官、全国警政署署长、检察署代表以及警司克雷斯皮。

"二十三起案件，"莫罗说道，"第一起发生在一九八七年，一名三岁男童，从一栋高楼住家的十六楼阳台坠落，当时大家认定是一场悲惨意外。过了几个月，又有一名年纪稍小的女童坠楼身亡，地点是同一地区的一栋建筑。在这两起案件中，有个共通点相当怪异：尸体右脚的鞋子都不见了。跑到哪里去了？它们并非在坠落过程中遗失。根据其父母的说法，家里面也找不到那只鞋子。后来，有个为这两户家庭工作的保姆遭到逮捕，结果在她自己的物品中冒出了那两只鞋，而且，还有一本日记，里面有这样的内容。"

莫罗拿出从练习簿纸页所取得的复印资料,拿给与会者观看。正是阿斯托菲公寓里的那个人形阴影,那个狼头人。

"那女人供出是她把那两个小孩从他们家的阳台丢下去的,但是她没有办法解释这幅画的来源,她说画的人不是她。不过,既然她已经招认,调查案也就到此结束,没有人继续追问细节,承办的警察多少有些担心,这恐将成为被告宣称自己心理不正常的借口。"

那一小群听众专注聆听,没有人胆敢打断他。

"自此之后,"莫罗继续说道,"这个图像陆续出现,可能以直接或间接的方式,总数高达二十二次。一九九四年,一名男子在公寓里杀害妻小之后也跟着自尽。警方并没有立刻注意到异状。后来是因为检方想要确认凶手是独自犯案还是有共犯,要求鉴识部门进行补充搜证的时候才发现真相。化学试纸显示曾经有人在凝雾的浴室镜子上面画出这个图像,但不知道究竟是何时的事。"莫罗从手边的文件中取出了当时所拍下的照片,不过,他还没有说完,"而且,二〇〇五年的时候,我们也发现某人的坟墓上出现了这个图案的喷漆,那名死者是在狱中遭谋杀的恋童癖犯人。令人纳闷儿的是,当局担心坟墓遭到破坏或报复,下令不可注记姓名,所以没有人知道死者的身份,而这真的是巧合吗?"

无人开口应答。

"我可以再继续讲一小时,不过,其实为了避免出现模仿犯,这个不断重复出现的影像悬案一直是不曾公开的秘密,我们担心有人会因此受到刺激而犯罪,并且以同样的图案作为宣示记号。"

"我们内部有人涉案,是一名法医。真是太可怕了。"开口的是局长,他提醒在场的每一个人,在阿斯托菲公寓里发现了它,事态相当严重。

"你认为这个图案与情侣遇袭案有关吗?"询问的是内政部高官,也就是这个房间里位阶最高的人士。

"虽然我们还不清楚,但想必有关联。"

"你认为这个符号代表的是什么?"

莫罗知道讲出答案有其风险,但他已经别无选择。大家不愿面对真相,实在也拖得太久了:"是某种秘教的图腾。"

就在这时候,警政署署长插话进来:"诸位,拜托,我不希望有人误会我的意思,但我们必须小心为上,这个'罗马杀人魔'已经引发了很大的争议,现在舆论气氛紧张,大家都觉得不安全,而媒体更是在帮倒忙,一直让我们很难堪。"

警司克雷斯皮说道:"这种案子要追查出结果,得花许多时间。"

"我知道,但这状况很棘手。社会大众的想法很简单,也很实际。他们不想付太多的税金,但他们想要确定缴出去的钱得到了妥善的运用,能够抓到罪犯。他们需要立刻知道答案,根本不管我们要怎么办案。"

内政部高官也同意这种说法:"要是我们花太多精力去追这个秘教,而且消息走漏出去的话,媒体会讲我们一事无成,所以只好去抓鬼之类的垃圾话,我们将会成为笑柄。"

莫罗静静聆听这些人你来我往,因为他知道这就是过去没有人敢继续深入挖掘的真正原因。他们恐惧的不只是自己可能会搞得一脸狼狈,还有其他因素。只要是想为自己博取好名声的警察,绝对不会想要从秘教的角度切入办案:那样案情将会陷入胶着,也会让自己的仕途蒙上一层阴影。除此之外,也不会有高阶长官愿意授权这样的调查:他们的风险是失去公信力与权力。不过,还有一个更关乎人性的原因,抗拒面对某些议题的天性,也许是那种恐怕真有其事,说不出口的非理性恐惧。所以,他们总是选择放弃,这一点大错特错。

不过,现在莫罗不想惹事,他开口附和长官:"诸位,我明白各位的担忧。我向各位保证,我们一定会小心处理。"

局长起身,走到了窗边,闪电照亮了黑夜的地平线,向这座城市发出了大雨将至的警告。"我们有凶手的DNA,是不是?我们专心追这一条线,一定会抓到他的,其他的就不要管了。"

克雷斯皮觉得这牵涉他的工作内容:"我们已经把所有性犯罪的前科犯叫来总部报到,采集了所有人的唾液样本,进行基因档案比对,希望能够找到符合的嫌犯。不过,这不是短期之内能够完成的工作。"

局长伸手,往墙面重重一捶:"妈的!当然要迅速破案!不然这起案子要花我们数百万欧元!因为光是去年在罗马地区就有超过两万起性犯罪案件!"

性犯罪是最常见的犯罪类型,只不过警方一直对数据保密,以免某些变态觉得自己有机会逍遥法外。

"要是我的理解没错的话,"那位内政部高官说道,"第一起犯罪现场找到的那件衬衫上的DNA,目前只能证实是男性,并没有找到什么基因特点能够锁定特定嫌犯,是这样没错吧?"

克雷斯皮老实承认:"对,没错。"但现场所有人都非常清楚,意大利当局的基因数据库里面,只有那些必须作DNA测试的嫌犯数据,大部分罪犯被逮捕时都只留下指纹而已。"我们搜寻到现在,还没有得到任何成果。"

其他人又回头继续讨论其他的可行办案方向,而莫罗依然在回想他在阿斯托菲公寓密室墙面上看到的那个黑影。在这个房间里,没有任何人想要碰触狼头人。他又想到了那个法医所堆筑的兽骨雕刻品,想必需要无比的耐心才能完成。所以,如果只是单纯的情侣遇袭案,莫罗的心情就不会这么忐忑了。但没这么简单,"罗马杀人魔"案件的背后还有极其可怕的真相。

是大家都捂起耳朵、不想听的故事。

巴蒂斯塔·艾里阿加站在自己寒碜的小旅馆房间的窗前,手里拿着一张照片。暴风雨来袭之前的那道短暂闪电,照亮了那张阿斯托菲公寓里的兽骨雕刻图像。

床上散落了"罗马杀人魔"一案的完整调查报告。这是他的"朋友"托玛索·奥吉依照先前的要求为他准备好的资料,甚至还包括了机密文件。

艾里阿加忧心忡忡。

第一层秘密是盐之童,第二层则是狼头人。不过,调查者必须先了解这两层秘密的意义,才能够进入第三层。

艾里阿加努力安慰自己,不会的。不过,他却听到了米恩在讲话,那位身材高大的好友出声提醒他,其实,警方已经快要挖出真相了,一切岌岌可危。多年来,睿智的米恩扮演了他内心中评估最坏状况的声音,在他年轻的时候,他一直对其置之不理。不过,那一段菲律宾的岁月早已结束,现在他已经成了另一个人,所以他必须聆听自己的恐惧。

根据档案里的资料,调查小组几乎找不出什么办案的线索。

他们是有凶手的DNA，但艾里阿加并没有把它放在心上，光是靠科学办案，他们永远找不到杀人魔，警察不懂该从什么角度切入办案。

所以，他现在唯一伤神的是那个再次出现在重案现场的秘教符号。他告诉自己，反正这次就与先前一样，他们终究会收手，因为，就算他们挖出了真相，也没有任何准备，不敢面对一切。

不过，真正的麻烦是副局长莫罗。他个性固执，不追根究底决不罢休。

狼头人。

艾里阿加绝对不能让他们破解那个符号的象征含义。不过，此时外头开始下雨，这样的噩兆，不禁让他心头大惊。

万一噩兆应验，接下来会出什么事？

第十一章

根据官方说法，克洛普精神病院并不存在。

马库斯心想，这个收容孩童杀人犯的地方，想必是秘密之地。永远不会有人叫他们杀人犯，但杀戮明明就是他们的天性。

尼可拉·卡维是这么说的："那就像是生活在童话故事里……但永远找不到出路。"

完全找不到什么收容未成年重犯的精神病院，没有地址，就连平常总是能搜寻出极机密资料和蛛丝马迹的网络，也找不到任何线索。

连约瑟夫·克洛普的资料也不多，这名出生于奥地利的医生创设了这个处所，专门治疗那些犯下可怖罪行，但往往自身对其严重性浑然不觉的小孩。

有人提到克洛普发表过某篇文章，主题是稚龄犯罪的形成过程以及孩童的犯罪能力。除此之外什么都没有，没有生平介绍，就连专业简历也付之阙如。

马库斯能够继续追踪的唯一线索，就是某篇盛赞童话教育功能的文章。

他相信这个机构之所以如此神秘，是为了保护年轻病患的隐私。社会大众的变态好奇心一定会摧毁他们的复原契机。但不可能完全没有人知道这地方，一定有为它提供日常必需品的供货商，也会有足以证明活动的税务数据以及审核文件。而且，里面一定有以正常方式雇用、发放薪水的员工。所以，有可能是名称不一样，另有假名，以免引人注意。

根据这些线索，马库斯注意到了哈默林精神病院。

"哈默林"这名字起源于格林童话故事《吹笛人》里出现的小镇。根据故事内容，吹笛人首先以笛声解救了小镇居民，让他们躲过鼠疫，但镇民不愿付钱，他因此诱拐了村里所有的小孩，以示报复。

马库斯心想，挑选这个名字很诡异。那样的童话故事，完全没有任何令人开心的元素。

哈默林精神病院位于罗马西南区，一栋二十世纪初期兴建的小型房舍。四周有公园，在手电筒的强光照射之下，看得出久未养护的痕迹。这栋灰色石材的建筑物并不高，只有三层楼而已。前面的窗户被木板条封住，一切看来早已废弃多时。

马库斯站在雨中，透过生锈的铁门向内张望。他又想到了尼可拉·卡维对于盐之童的那段简单描述，棕色的眼眸与头发，相貌很普通。害羞又畏缩，但依然有办法让人不寒而栗。他为什么会进入精神病院？到底是犯下了什么严重罪行？答案可能就在那座建筑物里面。在这种深夜时分，这个地方的外观既阴森又悲伤，就像是小孩的秘密一样，也驱散了人们好奇打探的念头。

但马库斯已经迫不及待。

他翻过大门，落在湿干夹杂的落叶堆上头，强风方向来回变换，宛若小孩的幽魂在玩捉迷藏一样。淅沥的雨声之中，也掺杂了他们的笑声。

马库斯走向精神病院的前门。

建筑物立面的下方布满了喷漆涂鸦，又一个荒弃多时的象征。前门被木板条封死，所以马库斯开始在这栋建筑物四周绕了一会儿，想要找到进去的方式。一楼某扇窗户的窗框有破洞，他爬到了被雨淋湿的壁带，抓住窗台，引体向上，小心翼翼以免不慎滑脱，终于钻入那个狭小的开口。

他进入屋内，水珠不断滴落在地板上。他先是从口袋里拿出手电筒，打开光源，映入眼帘的是一个类似食堂的地方。有三十多张同款的塑料椅，放置在数张小圆桌的旁边。整齐的排列方式与这地方的残破外貌形成了强烈反差，这样的桌椅摆设，仿佛是依然在等待某人的到来。

马库斯跳下窗台，将手电筒对准地板，地砖褪色的程度参差不一。现在，他准备检查其他房间。

看起来都一样。也许是因为除了某些家具的残破躯壳之外，全部都空荡荡的，没有门，墙壁依然一片白，因为湿气的关系，油漆没有剥落。空气中有股持续不散的霉味，屋内回荡着雨滴的声响，这间精神病院就像是被暴风雨凌虐的远洋游轮残骸。

马库斯的脚步又为这个场景注入了新的声响——悲伤、孤单的步伐，宛若迟到许久的宾客。他不知道这地方出了什么事，到底受到了什么样的诅咒，下场居然如此不堪。

与此同时，他也感受到一股奇怪的悸动，再次逼近真相。他想到了自己在亚壁古道别墅派对看到的鬼祟身影,那个人也曾经出现在此,与马库斯意外相遇那晚的多年之前,这里早已充满了他留下的足印。

他开始爬楼梯,前往上面的楼层。楼梯看起来颤颤巍巍,似乎稍微承压就会坍塌。他在梯台停下脚步,眼前出现一道短廊,他开始检视全部的空间。

生锈的双层床铺,好几张破烂的椅子。这里也有一间超大的浴室,设有多处淋浴设备与更衣间。不过,引起马库斯关注的是位于末端的一个房间,他走进去之后,发现这里与其他房间大异其趣,墙上贴满了某种类似壁纸的东西。

他的四周都是著名童话故事的场景。

他认出了站在姜饼屋前面的汉塞尔与葛丽特、白雪公主、参加舞会的灰姑娘、带着食物篮的小红帽、卖火柴的小女孩。这些角色画像似乎都是出自某本褪色的旧书,不过,似乎有些不太对劲,马库斯拿着手电筒逐一扫视,终于发现了问题在哪里。

他们的脸上看不见任何喜悦。

这些人物完全没有理应在童话故事里出现的笑颜。盯着他们,会感受到某种焦躁不安。

一阵雷声大作,比先前响得更惊天动地,马库斯觉得必须要离开这个房间了。不过,就在这时候,他觉得鞋底踩到了东西,他把手电筒往下一照,看到地板上有许多蜡油的滴痕。马库斯看到了走廊里的那道痕迹,通往楼下的方向,他决定继续跟下去。

那道蜡痕把他带到了楼梯下方的一个狭窄空间,最后一滴落在一扇小木门前面。想必当初的执烛人曾经进入里面。马库斯试了一下把手，门没有锁。

他拿出手电筒往前一照，映入眼帘的是许多小房间与走道。他估算这里的面积比楼上那两层还要大，仿佛这栋建筑物的主体在地底下，而露出表层的只有一小部分而已。

马库斯继续往前走，此处唯一的导引就是这些蜡痕，要是没有它们的话，他一定会迷路。这里没有地砖，反而铺的是橡胶，他还闻到了一股强烈的煤油臭气，应该是老旧锅炉发出的味道。

精神病院以前的家具都堆放在这里。除了在黑暗中逐渐腐烂的床垫，还有许多被潮气默默侵蚀的家具。这间地下室宛若巨大的胃，在缓缓消化这些东西，最后，所有的痕迹都将消失无踪。

不过这里也可以看到许多玩具。生锈的弹簧娃娃、小汽车、摇摇马、木房子，还有掉光了毛但两个眼球依然炯亮的泰迪熊。哈默林这个地方是监狱与精神病院的混合体，但这些东西提醒了马库斯，这也是收容小孩的地方。

他继续走了一会儿，蜡痕的方向通往其中一个房间。马库斯把手电筒往里面一照，不敢置信。

档案室。

里面塞满了档案柜与一摞摞的档案，墙壁旁边、正中央，到处都是，高度直达天花板，混乱至极。

马库斯把手电筒照向抽屉的标签，仔细查看，每一个都有日期。根据这些数据，他推算出哈默林精神病院一共运作了十五年。然后，因为不明原因而关闭。

马库斯开始检视文件，随机取出，他相信自己只要瞄一下就会知道是否值得追查下去。不过，他看了几行之后，发现眼前这一堆杂乱无章的东西，并不只是病历与官方文件的档案库而已。

而是约瑟夫·克洛普教授的日志集。

这里可以解开他的所有疑问。不过,这么丰富的数据库却也成为找寻真相的最大阻碍。马库斯没有任何的筛选依据,只能依赖运气。他开始翻阅克洛普的笔记。

"青少年就和成人一样,都具有杀戮的天性,"这位心理学家写道,"通常在青春期的时候就已经可以看出来。比方说,许多冷血校园枪击案的凶手都是十多岁的孩子。也有通过混帮派杀人才能与团体产生更加紧密关系的男孩。"

不过,克洛普还进一步分析了更年轻族群的杀人现象,那个阶段,他们拥有的是天真无邪又纯净的心灵。

童年时期。

第十二章

在哈默林精神病院运作的那十五年中，曾经有三十多名孩童被转介进来。

罪行都一样：杀人。不过，倒不是所有病童都真的杀了人。其实，某些只是显现出"明显的杀人倾向"，或者在得逞之前遭到拦阻，不然就是杀人未遂。

要是把这些罪犯的年纪纳入考虑，三十，其实是个可观的数目。他们的罪行记录并没有照片，也没有提到姓氏。

每个小孩都有专属的童话故事，以掩盖他们的真实身份。

"孩童杀人的时候，手法比成人还要残酷：纯真是他们的面具，"约瑟夫·克洛普写下了这些话，"他们刚来到这里的时候，貌似完全不知自己的行为或是差点儿犯下的过错有多么严重。不过，他们的无辜样貌可能是某种假象。试想孩童凌虐小昆虫的例子，大人会斥责他，但觉得那只是游戏，因为大家都认为未成年人还无法完全判断是非。不过，小孩多少知道自己做了坏事，而且隐约感受到一种虐杀的愉悦。"

马库斯开始随机翻阅。

草之童,十二岁,完全没有任何情感。其实,他的单亲妈妈根本不知道该怎么处理这小孩,干脆把他丢给他的叔伯。有一天,他在儿童游乐园遇到了一个五岁男孩,趁着那小男孩的保姆分神的时候哄骗小男孩,把他带到了某处废弃工地,又把他带到几米深的槽桶旁边推了下去。小男孩断了两条腿,但并没有立刻断气。接下来的那两天,大家都忙着找人,误以为他被大人绑架,而真正的罪犯却回到工地好几次,坐在槽桶旁聆听下方传来的哭喊与求救的声响——宛若被困在玻璃罐里的苍蝇。第三天,就再也听不见任何哀号了。

尘之童,七岁,几乎一直都是独生子,所以,弟弟的报到,让他无法接受——这是阻断家庭感情锁链的敌意陌生人。一天,他趁母亲在忙的时候,把小婴儿从摇篮里抱出来,进入浴室,丢入装满水的浴缸,企图淹死他。母亲发现他一脸冷漠,盯着自己的弟弟不断挣扎。她在最后一刻把婴儿救了回来。虽然罪证确凿,但尘之童总是坚称不是他干的。

根据克洛普的说法,有时候他们是在解离的状况下犯案。"在完全脱离现实的行为发生之际,他们眼中的受害者不是人类,而是对象。少年犯没办法想起自己的作为,也不会流露出任何的同情与懊悔。"

马库斯知道当局为什么对于这些案件如此低调。这是禁忌,要是把这些犯案内容泄露出去的话,一定会弄得人心惶惶。所以他们才会设置特别法庭,而且这些文件是最高机密,必须完全隐匿一切。

一共有三名风之童,都是十岁。他们加害的对象是一名五十岁的男子,他是个业务代表,有妻子与两个小孩。一个寻常冬夜,他开车行经高速公路准备返家。他的风挡玻璃被天桥上丢下的石头击破,穿过他的头骨,在他的脸上留下一个大凹洞。桥上的某台监视摄影机拍下了那三名年轻嫌犯的画面,最后把他们全揪了出来。显然他们玩这种死亡游戏已经有数个礼拜,造成诸多车辆受损,但一直没有人发现是他们干的好事。

火之童是个八岁小孩。当他拿烟火灼烧自己手臂的时候,他的父母原本以为是意外,然而,其实他正在实验火焰的神奇魔力——在那样的痛楚之中,蕴含了某种舒畅快感。他一直在注意一个住在停车场,以废车为家的游民。他从父亲的车库里偷了一桶汽油,对着那辆汽车纵火,最后那游民没死,但伤势严重,身体灼伤表面积高达百分之七十。

约瑟夫·克洛普在评注这些罪行的时候,并没有表现出愤慨,反而想要挖掘他们的深层动机。"许多人觉得纳闷儿,被视为'纯洁'的小孩,怎么会犯下杀人这种兽行?不过,这与成人犯下的杀人案不一样。成人犯罪案中角色黑白分明——杀人犯与受害者。然而在孩童杀人的案件中,杀人者也是受害者。他们通常没有父亲,或是性格严厉,或是与他们不亲。不然,就是有一个支配欲强烈或是情感淡薄的母亲,甚至会性诱儿子。遭受家庭虐待或是暴力、被父母鄙视的孩童,通常会觉得自己犯了过错,这一切都是自己活该。所以他才会挑选与他年纪相仿的人或毫无抵抗能力的柔弱之人,杀害对方,因为他早就学到最弱者永远是得屈服的那一方。其实,少年杀人犯是借由这种方式惩罚自己,还有他对于羞辱的无能为力。"

锡之童的案例就是如此,他小时候遭受到双亲的虐待,他们将自己的挫败发泄在他的身上。这对父母在自己的人际圈中备受敬重，所以根本不会有人起疑。在陌生人的眼中，他们的独子个性别扭，或者，纯粹就是个倒霉的小孩，因为他总是会发生造成瘀伤或骨折的"小意外"。后来，那个孤单的孩子终于找到了好友，这段关系在他的生活中产生了正面效应，他开始变得开心，感觉与一般人无异。然而，某一天，他诱哄自己的朋友进入自己祖母房子的地下室，把他绑起来，以重锤敲断了他的四肢，然后又拿刀子划了他好几刀。最后，他拿了一块尖锐的铁片，刺穿对方的腹部——"我必须这么做，不然他死不了。"

得了失忆症的马库斯，对于自己先前的生活一无所知，童年记忆亦然，他现在必须努力回想自己是在什么时候明白了善恶的意义，叩问自己在小时候是否有明辨是非的能力。他完全没有办法回答这个问题，所以他又继续找寻自己最关心的那个案例。

不过，在那些文件中，依然没有提到盐之童与他所犯下的罪行。马库斯再次检视周边的柜子与一摞摞的文件，这样找下去，一定会拖很久。他开始拿着手电筒四处扫视，期盼会出现惊喜。然后，他站在一个抽屉半开的木桌前，凑前细看，发现里面放了一堆老旧的录像带。他把它们逐一抽出——某些卡在里面，简直不动如山——但他最后还是把它们全部放在地板上面，弯腰检视。

每卷录像带都有侧标——"攻击型精神变态""反社会人格违常""因暴力而恶化的智能迟滞"……至少有三十卷。

马库斯开始在这些病症项目中找寻可能符合尼可拉·卡维所描述的那个盐之童：性变态、潜在攻击性、高超的欺瞒技巧、非常高的智商。他太过专注，手电筒不慎从手中滑落到地上，当他向前准备捡起的时候，发现光束正好映亮了墙角里的某个东西。

那边的地面上有张床垫、一堆毛毯,还有一张贴墙而立的椅子,上面放置了一些蜡烛与露营炉。他闪过的第一个念头,这是流浪汉的床铺,但他发现椅脚边有东西。

一双蓝鞋。

他没有时间多作反应,因为他觉得背后一阵发毛,他把手电筒的光束移过去,是个老人。

他有一头宛若月光的白发,深邃的蓝色眼眸,脸上皱纹密布,让他的面孔宛若一张蜡质面具。他望着马库斯,嘴角露出诡异的微笑。

马库斯缓缓站起来,但那个老人动也不动,而且一只手一直藏在背后。

当初就是他杀死了科斯莫·巴尔蒂提,刺杀尼可拉·卡维,在亚壁古道的别墅偷袭他的后脑勺。然而,现在的马库斯手无寸铁。

那个老人终于拿出了藏在背后的东西。

小小的蓝色塑料打火机。

他拿在手中,画了一个颠倒的十字,立刻消隐在一片黑暗之中。

马库斯赶紧拿起手电筒想要找人,却只看到一个人影匆匆离开房间。他迟疑了一下,还是决定跟过去,当他进入走廊之后,惊觉老旧锅炉的煤油味突然变得越来越浓烈。在这座迷宫中的某个地方,冒出了小小的火焰,光亮清晰可见。

马库斯踌躇不前。他必须立刻离开,不然就会困在这里被活活烧死。不过他也知道,要是没找到答案而离开,将再也没有办法阻止邪魔肆虐罗马。所以，他明明知道自己生命有危险，但还是退回了档案室。

他埋首在那堆录像带里面，逐一检视，觉得不重要的就立刻丢掉，终于，他找到了让他眼睛一亮的带子。

上面的标签写着："学者症候的精神变态"。

马库斯把它放到外套里面，急忙冲了出去。

地下室的走廊看起来都一样，刺鼻的浓烟迅速弥漫开来。马库斯以衣领掩盖口鼻，努力回想刚才进来的路径，但实在太难了，他把手电筒光束往前一照，迎面而来的是一堵被熏黑的墙。

为了让呼吸更加顺畅，他赶紧趴在地上。他发现周遭的温度越来越高，火焰从他后方追烧过来，困住了他。他抬头，发现烟朝同一个方向蹿升，似乎是觅得了出路，所以他也跟了过去。

他胡乱摸索，经常被迫停下来，靠在墙边咳嗽。不过，经过一段宛若漫漫无尽的摸索之后，他终于找到了通往一楼的楼梯。他开始往上爬，火焰几乎快要将他包围。

到达一楼之后，他才惊觉浓烟也马上就要吞噬这个地方，所以他不能从一开始进来的那条路逃出去，恐怕再往前走几步路就呛死了，完全没有活命的机会。他知道，自己要想活着逃出去，就必须上楼，赶上浓烟上蹿的速度。

他又回到了二楼，趁着还憋了一点儿气，赶紧冲到那间有童话场景的房间。不过，高热早已先他一步蹿入房内，令人难耐，壁纸与图画开始从墙面上慢慢剥落。

马库斯发觉自己所剩时间无多，所以开始猛踢窗户的木板条，一、二、三……现在走廊上已经可以看到火焰。终于，木板条破了，碎裂一地，马库斯抓住窗台，打算越窗进入外头的暴雨黑夜之中，就在这个时候，壁纸与童话图案大片剥落，露出了后头的某个人形，状甚威猛，宛若恶灵升起。

那个男子不是人类，只有窟窿双眼与狼头。

第十三章

到了一大早，彻夜狂袭罗马的暴雨已经成了一段模糊记忆。

微淡的阳光洒落在城外的圣保罗教堂上，此地面积辽阔，仅次于圣彼得大教堂。

里面有使徒圣保罗之墓，根据传说，他就是在距离这里不过数米的地方被斩首而殉教的。它位于台伯河的左岸，就在奥勒良城墙的另一头，因此才会得到这个名号，此地经常用来举办重大仪式，比方说国葬。现在举行的是警官琵雅·利蒙蒂与斯蒂芬诺·卡波尼的葬礼，两天前的那个夜晚，"罗马杀人魔"对他们下毒手，两人因而殉职。

教堂里挤满了人，根本没办法进入。前来致哀的人有高阶警官、各政府机关的代表，也有许多平民特地前来向惨剧的受害者致意。

教堂柱廊下方站满了全国性媒体的新闻工作人员，准备进行全程报道，入口外头则有身着全套制服的警察排成一列，向棺木行最后一次致敬礼。

桑德拉与其他同事待在外头,她眼观一切,充满了挫败感,想必凶手看到这个由他一手造成的场面,一定十分开心。

桑德拉身着便服,随身带了一台小型的数字照相机,可以拿来拍摄与会者。其他的警方摄影师也混在教堂内外的人群里,与她执行相同的任务,就是要找出是否有形迹鬼祟的人,他们希望凶手在这场葬礼中现身,享受依然逍遥法外的快感。

桑德拉心想:他没这么笨,他不在这里。

她上一次参加的葬礼是自己丈夫的。不过,她对于那漫长一日的记忆与失去戴维的痛苦无关,在进行葬礼的时候,她的心中一直记挂的是自己已经正式成了寡妇,这是一个与她格格不入的字眼儿,尤其是她还这么年轻。一想到这个词就让她很不舒服,虽然还没有人这么在她面前讲出,她却已经忍不住开始这么看待自己了。

她解开了自己深爱的那个男人的死因之谜后,依然没有办法摆脱那个称号,就连他不安的残魂也一样徘徊不去。她心想,虽然大家都不想承认,但有时候我们深爱之人死亡的阴影会一直追着我们,就像是无法还清的债务一样。正因如此,当她真正放下戴维时所产生的那种释然,让她记忆犹新。

然而,她依然需要一些时间,才能接纳另外一个男人走入她的生命之中。不同的爱,而且是截然不同的爱人方式。浴室里出现另一支牙刷,身旁的枕头有了新的气味。

不过,她现在对马克斯的感觉反而没那么笃定了,而且她也不知道该怎么告诉他才好。她越想要说服自己,马克斯就是她的良人,提醒自己这男人有多么完美,就越想要把他对她投注的一切尽快画上句点。

在同事琵雅·利蒙蒂的葬礼日,这些念头也变得越来越强烈。如果她是那个待在车里、等待杀人魔上钩的诱饵,又会是什么状况?在她生命的最后时刻,心头会出现什么样的影像?又会有什么悔恨?

桑德拉不敢回答自己的问题。不过,也许是因为这些纷扰的思绪,当她举起数字相机,对准某一小群人拍照的时候,她恰巧发现取景框里出现了琵雅的男友伊万,也不知道为什么,他在葬礼结束之前就匆匆离开教堂,形迹诡异。

她的目光紧紧跟随着他,看到他走过柱廊,转入某条小巷,走向停车处。虽然她与他相隔了一段距离,但是依然可以看出他心情低落,也许是因为承受不住悲伤而赶紧逃开。然而,就在上车之前,他做出一个奇怪动作,让桑德拉吓了一跳。

他怒气冲冲地从外套口袋里取出手机,把它扔进了垃圾桶。

桑德拉想起了马库斯提到的违常状况,这的确是异常行为。她迟疑了一会儿,决定过去找那个男人讲话。

在这起悲剧发生之前,她也只见过他一次而已,当时他正在等琵雅下班。不过,在过去这两天中,他经常来总部,此一事件似乎让他坐立不安,觉得自己多少该负起一些责任,因为他没有保护好自己的女朋友。

"嘿,"桑德拉开口,"你是伊万吧?"

他转身看她:"对,没错。"

"我是桑德拉·维加,是琵雅的同事。"她觉得自己有义务讲清楚自己为什么想要找他,"很不好受,我知道,两年多前我先生过世,我也经历了同样的痛苦。"

"很遗憾。"他只说出了这几个字,也许他不知道还能说什么。

"我看到你跑出教堂。"桑德拉发现她在讲话的时候,伊万不假思索,目光立刻飘向刚才把手机丢进去的那个垃圾桶。

"对……我实在受不了。"

桑德拉错了,他的声音里没有苦痛或是愤怒,纯粹就是匆忙而已。"我们会抓到他的,"她说道,"他绝对不会逍遥法外,最后我们一定会逮到这些恶徒。"

"我相信你们一定办得到。"伊万虽然这么说,但根本言不由衷,他似乎完全不在乎。

他的语气和态度与她先前对他的印象大相径庭:完全不是那个不惜一切得正义的男朋友。现在,桑德拉觉得他企图掩藏什么秘密,也许正是他频频偷瞄那个垃圾桶的原因。

"可否请教你为什么离开丧礼现场?"

"我刚才已经告诉你了。"

她很坚持:"我要知道真正的理由。"

他火大地回道:"不关你的事。"

桑德拉默默盯了他好几秒,她知道这对他来说就像是永无止境的凝视一样。"好吧,你遭逢这种不幸,我深表同情。"她说完之后,转身离去。

"等等……"

桑德拉停下脚步,再次回头。

"你跟琵雅很熟吗?"现在他的语气变得不一样,增添了忧伤。

"我很想多认识她一点儿,可惜不是很熟。"

"这附近有间咖啡店,"他低头望着自己的鞋子,又问了一句,"要不要聊一下?"

一开始的时候,桑德拉真不知该如何回应是好。

"我没有要搭讪的意思,"他高举双手,仿佛在道歉,"但我一定得讲出来才行……"

桑德拉紧盯着他,不知道他到底背负了什么沉重的心事,理应有人为他卸除重担,也许向陌生人吐露会轻松一点儿。"我现在得值班,你先走,我等一下就过去。"

过了一小时,桑德拉想办法抽身离开了现场。在这段时间中,她一直在想他的苦闷到底是什么,是否比她的心事更加沉重——也就是她一直无法鼓起勇气向马克斯说出的实话。然后,她依约进入咖啡店找他。

她看到他坐在一张小桌前,已经点了杯烈酒。他一看到她,整个人又回过神来,眼中流露出一股诡奇的期待。

桑德拉坐在他对面:"好,所以是出了什么事?"

伊万翻了个白眼,仿佛在搜寻合适的措辞:"我是渣男,真的是超级大废渣,但我的确很爱她。"

她不知道他为什么要以这种方式开场,不过她没有打断他,让他继续说下去。

"琵雅个性很温柔,绝对不会伤害我。她说我们的关系远胜过一切,她一直在等我开口求婚,我却毁了一切……"

桑德拉发现他不敢直视她的双眼,她伸手过去,轻握他的手:"要是你不再爱她了,也不是你的错。"

"我的确爱过她,"他刻意强调,"但她死掉的那一晚,我背着她在外头'偷吃'。"

听到这种真相,桑德拉吓一大跳,她慢慢抽回了自己的手。

"我和其他女人有一腿。我们搞在一起已经有一阵子了,而且,这也不是我第一次劈腿。"

"我觉得我不该听这种事。"

"啊,我觉得你得听我讲完,"他仿佛在恳求她,"那天晚上,我发现琵雅得值班,而且没办法打电话给我,我就趁机与另一个女人幽会。"

"真的,到此为止吧。"她不想再听下去了。

"你是警察,对吧?那你得听我说完才是。"

看到他的这种态度,桑德拉很疑惑,可她还是让他继续说了下去。

"我之前不敢说出来,因为我担心别人会觉得我这个人是垃圾。我们的朋友会怎么说我?她的父母会怎么说?其他人呢?这个案子已经上了电视,所有不认识我的人都觉得自己有权评论我这个人,我就是胆小怕事。"

"你到底隐瞒了什么事?"

伊万望着她,眼神充满恐惧,桑德拉担心他可能会掉泪。

"琵雅死掉的那天晚上,我接到了她手机拨出的电话。"

一阵寒意从桑德拉的大腿直蹿背脊,原来杀人魔在第二个犯罪现场并非什么都没留下,还是有东西的。"你说什么?"

他摸了摸口袋,拿出一部手机,很可能是刚才她看到他丢进垃圾桶的那一部。他把它慢慢推到她面前。"我当时关机了,"他说道,"但后来我发现有语音留言。"

第十四章

他躲在某间"接力赛小屋"里。

梵蒂冈有许多这样的地产,散落在罗马各地,它们是安全的处所,通常都位于寻常住宅里的空屋,有需要的时候,可以在里面找到食物与药品、休憩的床、联网的电脑,最重要的是,安全的电话。

前一天晚上,马库斯利用这部电话找克莱门特,他说有事必须一谈。

克莱门特大约在上午十一点现身。当马库斯开门的时候,宛若看到了镜子里的自己,因为他光从克莱门特的表情上就可以猜到自己到底有多狼狈。

"是谁对你下这种毒手?"

在亚壁古道别墅派对的那个夜晚,马库斯头部受伤;后来,又被尼可拉·卡维修理;最后,他差点儿被火烧死,幸好及时从窗户逃走。这一跳让他的脸布满了擦伤,而且因为吸入浓烟,现在呼吸依然有困难。

"没事。"他向带着黑色行李箱的克莱门特打招呼,请他进入屋内。两人进入这间屋子里唯一摆设了家具的那个房间,坐在马库斯凌乱的床边。在刚才那几小时中,他拼命想要入睡,可就是睡不着。

克莱门特把行李箱放在马库斯身边,开口说道:"你应该去看医生。"

"我吃了两颗阿司匹林,这样应该就够了。"

"至少你该吃点儿东西吧?"

马库斯没回答,朋友的关切之意反而让他开始恼怒。

"你还在生我的气?"克莱门特指的是梵蒂冈花园修女遇害的调查案。

马库斯立刻回道:"我现在不想谈这件事。"不过,每当他们见面的时候,他眼前一定会浮现修女残缺尸身的画面。

"你说得没错,"克莱门特说道,"我们必须要处理这个'罗马杀人魔',现在这案子比什么都重要。"

他摆出心意决然的模样,马库斯也就随便他了。

"奥斯提亚松林案发生的两天之后,又出现了警察双尸案,"克莱门特说道,"两天过去了,要是这个凶手有特定计划的话,昨天应该会犯案。"

"但昨晚下雨。"

"那又怎样?"

"记得盐之童吗?他怕水。"

前一天晚上,当他从哈默林精神病院跑出来的时候,他突然想到了这一点。不断杀戮的冲动,是连环杀人犯的特征,它有好几个特定阶段：构想、计划、行动。然而，凶手犯案之后，通常能够靠行凶的回忆平复犯罪冲动，可以安分好一阵子。但这两起凶案的间隔如此之近，显现凶手心中早已有了相当精密的计划。现在所发生的命案，只是凶手血腥之旅的初始阶段而已，他的最终目的依然隐晦不明。

换言之，杀人的冲动之所以会被触发，并不是因为需求，而是某一特定目的。

不论"罗马杀人魔"的目的是什么，他对于自己分到的角色，态度相当慎重。他想要传达的信息是：哈默林精神病院的盐之童其实并没有痊愈，而且，反而成了升级版的杀人魔。

"他是照着剧本行事的，"马库斯说道，"而下雨也是其中的关键因素之一。我已经查过气象预报，今天晚上会下雨。要是我的猜测正确，那么明天与后天之间的这段时间，他一定会再次犯案。"

"所以我们还有多少时间？"克莱门特问道，"只有三十六小时？我们必须在三十六小时之内搞清楚他的思维。不过说真的，他非常聪明，他喜欢杀人，制造惊奇，他想要散布恐慌，但我们依然不明白他的动机。为什么要挑情侣下手？"

"那个盐之童的故事……"在约瑟夫·克洛普教授主持的哈默林精神病院中，以故事书作为治疗方式的背景故事，马库斯全告诉了克莱门特，"我想这个杀人魔想要向我们说出他自己的故事。这些凶案正好就是童话里的章节，他正在说故事，其实想要揭露的是充满痛苦与暴力的某段过往。"

"残暴叙事者。"

依照杀人魔的行凶方式与动机，通常可以将他们分为好几个类型。"残暴叙事者"被认定为"幻想型"之下的次类型,"幻想型"会与"另一个自我"进行沟通,接受指令,受其控制而行凶。有时候,它所呈现的形式是"幻觉"或是"幻听"。

不过,叙事者需要听众,他们仿佛一直在寻求大众对于他们所作所为的认可,就算是以恐惧的形式呈现也没关系。

难怪杀人魔会进入告解室对着录音机留言,时间点就是在第一起攻击案的前五天。

"以前……夜晚出了事……大家都冲向他的落刀之处……他的时间已经到来……小孩们死了……错误的爱给了错误的人……他对他们冷酷无情……盐之童……要是没有人阻止他,他绝对不会停手。"

"他在圣亚博那大教堂说话的时候,采用的时态是过去式,就像是童话故事一样,"马库斯说道,"还有,第一个句子,前面的部分没有录进去,完整的版本应该是'很久很久以前'。"

克莱门特慢慢懂了。

"除非我们搞清楚他故事的真义,否则他绝对不会罢手。"马库斯继续说道,"但我们现在遇到的麻烦不只是这个杀人魔而已。"

现在,宛若是双面迎敌。一边是冷酷杀人犯,而另一边是一群想要竭尽所能掩蔽一切的人,杀死追凶者或是误导他们的办案方向,即便是牺牲自己的性命也在所不惜。所以,他们也只能暂时放下这个残暴叙事者,全力对付另外一群人,马库斯也把他的最新发现告诉了克莱门特。

一开始是法医阿斯托菲,他偷走了第一个犯罪现场的某个证物,很可能是一个盐制的小雕像。然后,又提到了科斯莫·巴尔蒂提,以及他如何找到了某个正确的办案方向,也就是尼可拉·卡维卖给他的那本有关"玻璃之童"的故事书。

科斯莫四处探问引来了杀身之祸,凶手还把现场搞得像是自杀。此人还企图拿刀杀死尼可拉·卡维,也曾经在亚壁古道别墅的派对上袭击马库斯:穿蓝鞋的男子,住在哈默林精神病院地下室的蓝眼老人。

马库斯说出了自己的结论:"有人企图掩盖真相,或者,其实是要保护那个杀人魔,阿斯托菲与那个老人就是明证。"

"保护?你为什么会有这种想法?"

"这只是我的直觉而已。杀人魔需要观众,记得吗?他想要享受满足的快感。所以我确定我那晚在亚壁古道别墅看到了他,他带着相机,以隐身的方式享受他杀人之后的欢庆活动。当他发现我注意到他的时候,他立刻逃跑。我继续跟随他,灵机一动,模仿阿斯托菲在奥斯提亚松林里挖出盐制小雕像时的动作,颠倒的十字。"

"然后呢?"

"我本来以为会看到对方出现某种反应,那个拿相机的男人却一脸困惑地望着我,那手势对他来说似乎不具任何意义。"

"然而那个蓝鞋老人认出了这个动作,所以才攻击你,害你不省人事,躺在别墅花园里,是这样吗?"

"正是如此。"

克莱门特思索了好一会儿:"这个杀人魔受到保护,但他自己浑然不知……为什么?"

"我们会找出答案的,"马库斯信心十足,"我觉得我去了哈默林精神病院那一趟之后,找到了正确的办案方向,"他开始在房间里来回踱步,想要厘清昨晚自己所见到的一切,"那个老人在地下室画出颠倒的十字之后立刻逃逸,放火。表面上看是丧失理智的举动,但我认为这根本不是发疯,这其实是示威。没错,他想要让我看到他捍卫这个秘密的决心有多么强烈。我觉得他应该是死了。我站在那栋建筑物外头,等了好一会儿,确定没有人出来。其实,连我自己也差点儿没命。"

"与阿斯托菲一样,他宁可自我了断,也不愿意讲出实情。"克莱门特虽然这么说,可还是很困惑,"到底会是什么秘密?"

"那间精神病院某个房间的墙壁上贴满了童话人物,而壁纸下面其实藏了一个人形图像:狼头人。我需要请你帮我研究一下:你必须找出这个图案的象征,以及代表了什么意义。我相信背后一定有缘由。"

克莱门特也认同他的看法:"你在精神病院里只发现了这条线索吗?"

马库斯指了一下他朋友带来的那个黑色行李箱:"你有没有带录像机?"

"依照你的交代,我带来了。"

"我找到了一卷录像带,这是我从火场里唯一抢救出来的数据,我觉得应该可以派上用场。"马库斯把它从椅子上拿起来,交给他的朋友,让他端详上面的标签。

学者症候的精神变态

他开始解释:"这些未成年病患不会使用真名,也不知道彼此的身份。克洛普为每个小孩取了不同的绰号,且与挑选给他们、用以做心理治疗的童话故事有关，他的目的是重建小孩的内心世界。比方说，尼可拉·卡维'脆弱又危险'，就像玻璃一样；而童话故事里的盐之童比其他小孩都聪明，但也正因如此，大家都对他唯恐避之不及：他碰触的一切，都会被他摧毁殆尽。尼可拉甚至提到他的同伴智商非常高……"

克莱门特渐渐明白马库斯想要表达什么了："耶稣形容自己的门徒为'地上的盐'，正好凸显了他们知识的价值：上帝向他们揭示了真理。自此之后，盐就成了知识的同义词。当然，盐之童比其他小孩聪明多了。"

"学者症候的精神变态，"马库斯说道，"我想这卷录像带会让我们看到杀人魔小时候的模样。"

第十五章

罗马的科技分析实验室是全欧洲最先进的研究机构之一,从解码DNA到电信侦查都属于它的工作范围。

这个单位的负责人是李欧波多·史特里尼,三十五岁的科技专家,秃头,戴着厚重的眼镜,白皮肤。"窃听与电话录音的内容,我们在这里解码,重建对话,"他向桑德拉解释,"比方说,要是某段录音出现间断,我们可以利用这里的设备,把原来的词语一字不差地填回去,这就好比我们可以将昏暗环境中拍摄的照片,还原为像在大白天拍的影像一样。"

桑德拉问道:"怎么可能呢?"

史特里尼有些得意,走到了房内的一台终端机前面,对着屏幕拍了两下:"感谢这套强大的顶尖软件系统,我们的误差是零点零零九。"

这些电脑是这里真正的秘密。这间实验室具有独一无二——无论是国家机关还是私人企业都没有的科技配备。这个广大的空间位于警察总部的地下室,没有窗户,为了避免这些精密的仪器受损,所以通风系统维持恒温。支持这套科技的众多服务器,则埋在这栋圣维塔利路古老建筑地下七米的深处。

对于桑德拉来说,这地方宛若混合体,像是生物实验室——摆放了显微镜与其他设备的平台,但也像是电脑与电子仪器中心——到处都是焊接工具、零件以及各式各样的器材。

目前实验室正在处理"罗马杀人魔"的DNA,素材正是来自凶手于奥斯提亚凶案的情侣车内不慎留下的那件衬衫,同时他们也在忙着检测从阿斯托菲公寓里采集到的物证。不过,李欧波多·史特里尼记得很清楚,根据警察总部高层的指示,这个部分属于机密,所以,桑德拉·维加只不过是个鉴识拍照人员,绝对不是因为这个原因特地前来。

"这名凶手的DNA看不出任何端倪,"史特里尼说完,双手一摊,"无论是与其他案例或是类似案情的前科犯数据进行比对,都找不到吻合之处。"

"我需要你帮个忙。"桑德拉打断他的话,把琵雅·利蒙蒂男友伊万交给她的手机送到他面前。

"这是要我干吗?"

"里面的语音信箱,有一封留言来自那位两天前遇害的同事。首先,我要请你听一下。"

史特里尼从桑德拉手里接下那部手机,俨然把它当成遗物一样慎重。然后,他沉默不语,盯了一会儿,走向一台终端机前面,连接手机,在键盘上按了好几个指令,开口说道:"我准备撷取留言。"然后,他按下了直接连接语音信箱的按钮,又调高了桌上喇叭的声量。

语音留言开始。电子人工女声讲出欢迎词,宣布语音信箱里有一封已经储存的留言,接下来,是留下录音的日期与时间:凌晨三点。终于,开始播放录音内容。

史特里尼原本以为会听到琵雅·利蒙蒂的声音,结果,居然只是一段冗长的沉默,持续了三十秒,然后,就此断线。

"这是什么意思?"他面向桑德拉,"我真的搞不懂。"

"所以我才没有立刻通知莫罗,就连克雷斯皮也不知道这件事。"桑德拉简要叙述了自己在琵雅葬礼过后与她男友见面,以及她发现这通语音留言的过程,"我希望你可以帮我确定一下,这是不是弄错了,也就是说,不小心误触按键的意外留言,或者是录音质量不佳,也许是因为那里没有信号……"

史特里尼立刻听懂桑德拉的意思了,她真正想知道的是那段沉默的语音文件之中是不是还有其他的信息。

"我想我很快就可以告诉你答案。"他讲完这句话之后,立刻开工。

在接下来的那几分钟里,桑德拉看着史特里尼在屏幕上将留言拆为好几段音轨,看起来就像是地震仪图表一样。他将每一段震动以及噪声的音量放大,所以就连最微小声音的音波都在剧烈晃动。

"我已经把背景噪声增强到最大,"史特里尼说道,"录音质量不佳的可能性已经可以排除了。"他按下一个按钮,再次播放留言内容。

现在可以清楚地听到树林间的窸窣风动,桑德拉觉得自己仿佛亲临现场。某个森林夜间的秘密声响,当下没有任何人。她感受到一股莫名的恐惧,因为其实真的有人在那里。

"有人刻意打了这通电话,"史特里尼说道,"他沉默不语了三十秒,然后挂电话,为什么要做这种事?"

桑德拉回得很简短:"时间序列。"

史特里尼一时没听懂。

"这通语音留言只是要告诉我们,当时是凌晨三点钟。"

"那又怎样?"

桑德拉拿出带在身上的一张纸:"中央指挥部与那两名警察的最后一次无线电通联是刚过凌晨一点钟,而根据验尸报告,斯蒂芬诺·卡波尼在几分钟之后身亡,而琵雅·利蒙蒂则是被凌虐了至少半小时才遇害。"

"这是在她死亡之后才拨出的电话。"史特里尼听到真相后,又惊又惧。

"来电的那一刻大约就是我们的人过去查看,发现那两具尸体的时候。"

之后的推论已经不需要明说了,凶手带走了琵雅·利蒙蒂的手机,又在其他地点打了这通电话。

"犯罪现场的物品清单里并没有琵雅的手机。"桑德拉为了证明自己所言不假,还准备把物品清单拿给他看。

但史特里尼起身,不肯瞄那张清单:"你为什么来找我?为什么不直接去告诉莫罗或是克雷斯皮?"

"我告诉过你了,我需要确认。"

"确认什么?"

"我认为杀人魔想要让我们仔细研究那通沉默的语音消息。可以帮我追踪到来电地点吗?"

第十六章

他把带子放入录像机,按下播放键。

屏幕顿时成了淡灰色雾面,持续了许久,在这段过程中,马库斯与克莱门特都不发一语。终于,有东西出现了,影像上下震晃,目前正在上带——看起来随时可能会断片。不过,画面逐渐稳定,色泽褪淡,显现出某个场景。

是那个壁纸贴有童话人物的房间,地上放了一些玩具,角落里有具摇摇马,正中央有两张椅子。

坐在右边那张椅子上的男子约四十岁,双腿交叠在一起。淡金色的头发,络腮胡,戴着深色镜片的眼镜。他身着白袍,看来应该就是约瑟夫·克洛普教授。

左边那张椅子上坐的是一个瘦弱的小男孩,他弯着腰,双手置于膝上。他穿的是白色衬衫,袖口与领口的扣子全都扣得整整齐齐,下半身是深色长裤与皮靴。淡褐色头发,剪的是鲍伯头,刘海儿盖住了双眼,目光低垂。

"你知道你在哪里吗?"克洛普的口音带有一点儿德国腔。

男孩摇头。

镜头摇晃了一阵子，仿佛有人依然在调整镜头。果然没错，没过多久，又有一名男子在镜头前现身，他也是一身白袍打扮，手里拿着一份档案。

"这是阿斯托菲医生。"克洛普介绍了这名日后将会成为法医的年轻人。阿斯托菲拿了张椅子，走过去，最后坐在他旁边。

这也证实了马库斯先前的假设，他果然没猜错：阿斯托菲与这起案件有关，而且他认识这个杀人魔。

"我们希望你能够开心，这里到处都是你的朋友。"

那小孩不发一语，但克洛普又向敞开的大门那里招招手，三名护士进来，一名红发女护士，还有两名男护士，全部走到后面，贴墙而立。

其中一名男护士没有左臂，而且也没有安装义肢。马库斯认出另一个男护士："那就是在精神病院放火的老人，在亚壁古道别墅偷袭我的也是他。"同样的蓝色眼眸，但身体结实多了，当时应该还没有超过五十岁。这又证明了他的另一项假设：杀人魔的这群保护者，打从他小的时候就认识他了。

"这位是乔瓦尼，"克洛普开始介绍那个人，"这位是奥尔佳小姐，那个有大鼻子的瘦子是费尔南多。"

听到这个梗，大家都笑了，只有那小孩除外，他依然低头望着自己的脚。

"我们会先和你相处一段时间，之后你就可以与其他小朋友在一起。你等着看吧，现在你可能不喜欢这里，但到最后一定会改变心意。"

马库斯认出了录像带里的其中两名主角，同时他也默默记下其他人的姓名与面孔。克洛普，金发；费尔南多，残疾；奥尔佳，红发。

"我已经把他的房间准备好了，"那女子露出友善的微笑，看起来是在与克洛普交谈，其实是在对那小孩喊话，"我把他的东西都放在抽屉里，但我想等一下我们可以一起去玩具储藏室挑选他喜欢的东西，教授，你觉得如何？"

"我觉得这主意不错。"

男孩没有任何反应。克洛普又做出手势，那三名护士离开了房间。

马库斯发现他们都很亲切体贴，与墙上那些毫无喜乐表情的童话人物形成强烈对比。

克洛普开口："现在我们要问你一些问题，可以吗？"

男孩突然面向摄影机。

克洛普又唤回他的注意力："维克托，你知道你为什么会来这里吗？"

克莱门特开口："他名叫维克托。"他在强调现在他们已经知道了杀人魔的姓名，不过，马库斯这时候比较感兴趣的是屏幕里所发生的事。

那男孩再次望向克洛普，但还是没有回答第二个问题。

克洛普依然坚持不懈："我想你知道，但你现在不想讲，对不对？"

依然没反应。

"我知道你喜欢数字，"克洛普转变话题，"他们说你数学很厉害，要不要露两手给我看？"

就在这时候，阿斯托菲起身离座，走出了画面范围。没过多久，他又回来了，把一块黑板放在维克托的身边，上头写了一个开根号的题目。

$$\sqrt{787470575790457}$$

然后，他放下粉笔，又坐回座位。

"要不要解一下？"克洛普询问小男孩，他刚才根本没转头看阿斯托菲做了什么事。

维克托迟疑了一会儿，起身，走到黑板前面，写下了答案。

28061906.132522

阿斯托菲瞄了一下档案，又拿给克洛普，让他看到答案正确无误。

克莱门特大吃一惊："他是个小天才！"

"很好，维克托，"克洛普兴高采烈，"非常好。"

马库斯知道有人对数学或音乐、绘画别具天赋。某些人拥有不可思议的计算技巧，还有的人只需要一天的时间就能够学会如何完美演奏乐器，也有一些人只要看过某个城市几秒钟，就能够画出一模一样的景观。通常这样的独特本领与自闭症或阿斯伯格综合征之类的心理疾病息息相关。在过去，他们被称为厉害的白痴，但现在则多以"学者"这种比较妥当的说法称呼这些人。虽然他们天赋异禀，但他们通常没有办法融入周遭环境，有明显的语言与认知迟缓症状，还会出现强迫症问题。

想必维克托也是其中一分子，他想起了这男孩的称号：学者症候的精神变态。

小男孩回到座位上，又恢复成原来的姿势，身体前倾，双手夹在膝盖间。不过，他又开始盯着摄影机。

克洛普语气温柔："拜托，维克托，看着我。"

他的眼神专注，让马库斯浑身不自在，那男孩的目光仿佛能够穿透屏幕直视他不放。

过了一会儿，维克托乖乖听从那名心理学家的话，转头看着他。

克洛普说道："现在我们得聊一下你妹妹的事。"

这句话对男孩完全没有发生任何作用，他依然坐在那里，动也不动。

"维克托，你妹妹怎么了？你记得她出了什么事吗？"克洛普停顿了一会儿，才问出这个问题，也许是想要刺激他作出反应。

一段时间过后，维克托才开口，但声音实在太微弱了，根本听不清楚。

克莱门特问道："他刚才说什么？"

克洛普追问："可以麻烦你重复一次吗？"

男孩提高音量，但也只是大声了一点儿而已，他羞怯地回道："不是我。"

那两名医生没响应，只是静静等待男孩说出更多的话，但他没有说。维克托只是再次转头，第三次面向摄影机。

克洛普问道："你为什么要盯着那边？"

男孩缓缓举起手臂，指着某个东西。

"我真的不懂，那里什么都没有。"

维克托不发一语，但还是盯着不放。

"是不是看到了什么东西？"

维克托摇摇头。

"难道你……看到了人？"

维克托依然动也不动。

"你搞错了，那里没有人，这里只有我们而已。"

但男孩依然盯着那个方向，马库斯与克莱门特都浑身不自在，觉得维克托其实正死盯着他们不放。

"我们还是得找时间聊一聊你妹妹的事。"克洛普说道，"这件事很重要。但今天就到此为止吧。如果你想留在这里玩的话，也没有关系哦。"

那两名医生迅速交换了一下眼色，起身，走向门口。他们离开了房间，让那小男孩独自待在那里，但没有关摄影机，马库斯觉得这举动很诡异。维克托依然盯着摄影机，面色毫无变化。

马库斯想要仔细研究男孩的双眼，里面到底蕴含了什么秘密？他到底对他妹妹做了什么？

差不多过了一分钟，带子已经播放到最后，录像结束。

"现在我们知道了他的名字。"克莱门特甚是满意。

现在他们有了两条可靠的线索，除了这卷录像带，还有杀人魔在圣亚博那大教堂告解室的录音内容，也就是侦查的起点。

"以前……夜晚出了事……大家都冲向他的落刀之处……他的时间已经到来……小孩们死了……错误的爱给了错误的人……他对他们冷酷无情……盐之童……要是没有人阻止他，他绝对不会停手。"

录音带与录像带正好是故事的始末端点，杀人魔的孩童时代与成人时代。中间发生了什么事？起点之前呢？

"圣亚博那大教堂的告解室本来是黑帮分子向警方举报的管道，"马库斯作出结论，想要厘清思绪，"教堂是安全的庇护所，是中立地带，杀人魔很清楚这一点，所以我们可以认定他犯了罪。"

"看来他离开哈默林精神病院之后就犯下多起重案，"克莱门特开口，指向屏幕，"毕竟我们都心里有数：大部分的未成年犯罪者在长大成人之后，依然会继续犯案。"

"他们的命运与别人截然不同……"其实马库斯比较像是在自言自语，他觉得自己已经快要抓到某个关键点了。由于他刚才看了录像带，现在，那段告解室录音带里的某句话，也有了截然不同的意义。

小孩们死了。

当他第一次听到这句话的时候，他原本以为杀人魔在向父母们喊话，这是残忍的警告，让他们提前感受日后丧子的苦痛。

他搞错了。

"我现在知道他为什么专挑情侣了，"他从思绪中回过神来，"与性爱或是变态都没有关联，在录音带里面，他把自身故事的受害人称为'小孩'。"

克莱门特听得十分专注。

"克洛普在录像带中询问维克托有关他妹妹的事，也许这男孩正是因为妹妹的事而进入哈默林精神病院的：他伤害了她。但是，他的回答是：'不是我。'"

"继续说下去，我想听你的想法……"

"我们追查的这个杀人魔是残暴叙事者，他透过一连串的谋杀案，对我们讲故事。"

"的确！小孩们！"克莱门特自己抓到了重点，"在他的幻想世界中，情侣就代表了兄妹。"

"为了犯案，他必须等受害人在偏僻地方独处的时候下手，出其不意。你想想看：找到一对恋人，远比找到一对兄妹容易多了。"

如果将维克托与妹妹之间的过往联结到现在的惨案上，也可以证明凶手为什么对女性受害人比较残暴。"'不是我。'他依然认为自己是不公平事件之下的受害人，而且这是他妹妹的错。"

"现在，他要那些年轻人付出代价。"

现在马库斯精神都来了，他起身，在房间里来回踱步："维克托对他妹妹施暴，所以被送进了哈默林精神病院，不过，待在那里并没有让他洗心革面，反而让他成了罪犯。所以，等到他长大之后，又犯下了其他恶行。"

"要是我们知道是哪一起的话，"克莱门特觉得可惜，"就可以找出他的真实身份。"

但这是不可能的，维克托在童年时犯下的罪行记录已经被永久注销，警方的数据库里完全找不到孩童犯罪的蛛丝马迹。所有的数据都被隐匿，这世界无法接受纯粹的灵魂以冷静无情的手法犯下恶行。

"还有一个办法，"马库斯信心满满，"他的第一个受害人。他们只隐藏了凶手的身份，不过，要是我们能够查出维克托的妹妹出了什么事，就一定能够找到他。"

第十七章

语音留言里的那一阵静默,代表了某种邀约。

杀人魔仿佛开了口:"过来看看吧。"

李欧波多·史特里尼找到了琵雅·利蒙蒂手机来电的位置,罗马东南方的阿尔巴诺山区。桑德拉立刻通知莫罗与克雷斯皮。中央统筹侦案小组也启动了紧急措施,距离日落只剩下不到一个小时,所以他们得加快脚步。

十多辆警车以及武装车辆的队伍离开了位于圣维塔利路的总部,电视台的面包车也立刻紧随其后。空军总部派出两架奥古斯塔直升机随队护行,他们穿越了罗马市中心,沿路警笛大作,引来路人侧目。桑德拉·维加透过车窗,看到了民众焦虑的脸庞:他们盯着车队,被刺耳的声响吓得站在原地不动,宛若被恐惧下咒。推着娃娃车的父母们,还有选择在这种紧张时刻造访罗马、绝对不会忘了这次假期的那些观光客,无论男女老幼,大家的心情都一样,无法遏制的恐惧。

桑德拉坐在第二辆车的后座,旁边是莫罗。他之前请她一起过来,却没有多说什么。现在他若有所思,但紧张不安的情绪显而易见,不时还会透过后视镜凝望那些电视转播车的卫星天线。那些记者就像野兽一样,迫不及待地想要扑向猎物。

桑德拉可以猜到莫罗的心事,他充满焦虑,不知道警方这次该怎么全身而退。因为虽然没有人愿意承认,但截至目前,他们在这场比赛中屡战屡败。当然,上级可能夺走他的办案主导权,也是他忧心忡忡的原因之一,这个案子实在太诱人了,其他人都想要插手。比方说,宪兵队的项目小组,他们也负责处理重大案件,早就想要进来分一杯羹。

整齐的大型车队经过二一七号省道的时候,有道冷气团笼罩罗马,带来了张狂的低层云,在他们的上方迅速翻涌,宛若幽影部队,正逐步逼近即将没入地平线的夕阳。

大自然的时钟对他们十分不利。

阿尔巴诺山区其实是在数千年前坍塌的巨大休眠火山。各个火山口有的成了平原,有的成了小型的淡水湖,四周有连绵蓊郁的丘陵环绕。

这地区有人居住,而且有好几座城镇。李欧波多·史特里尼没办法做到精准定位,只能给他们半径三米的圆周范围,搜寻困难。

大约过了二十分钟,他们到达一个开阔的乡村地带。领头的那几辆车停在一个林区的外缘,而载运特别小组成员的武装车辆则各自找寻合适的停车位置,部署前线攻击。

莫罗透过无线电下令:"好,我们开始搜查。"

武装警察从面包车里出来,身着防弹背心,带着半自动机关枪,在树林外头一字排开。然后,听到某一特殊指令之后,他们全部隐入森林之中。

莫罗一手紧抓无线电,站上一个小丘,静静等待。桑德拉一直盯着他,心想怎么会有人能够熬过这么多次准备面对可怕结果的时刻?电视台面包车被警察封锁线阻隔,停在他们后面一百米的地方,他们已经在忙着架设摄影机,准备做现场联机。

为了应对夜间工作,他们也开始陆续架设泛光灯的支架。灯具连接柴油发电机,每盏灯之间相隔约十米。最后的天光即将消散,警司克雷斯皮下令开灯,一连串的机械咔咔声响在山谷里回荡,白色强光照亮了丰富的植被。

与此同时,直升机开始在天空以强光扫视树林,提供给地面武装警察一点儿能见度。

已经过了快三十分钟,没有任何动静,大家都觉得不会立刻传出消息,但真的找到了,莫罗的无线电出现汇报。

"长官,我们找到了利蒙蒂警官的手机,我想你最好过来看一下。"

直升机的灯光从树梢的隙缝洒落而下——微弱的光束让森林增添了一股神秘气息。桑德拉跟在莫罗与克雷斯皮的后面,在其他警员的护卫之下,他们进入深林。

只要有直升机经过,桨叶的嘈杂噪声就会掩盖他们的脚步声,然后又慢慢消失,不禁让桑德拉联想到大教堂里的回音。在他们前方约一百米处,有人用手电筒上下摇晃了好几次,向他们示意要往那个方向前进。

他们到达现场后,发现中央统筹侦案小组的一群人正在现场等候,立刻围住长官。

莫罗问道:"在哪里?"

"就在那里。"开口的那名警官指向地面的某个位置,拿手电筒照了一下。

没错,有部被泥土覆盖的手机。

莫罗从口袋里拿出乳胶手套,戴在右手上,蹲下来,仔细观察那部手机:"再多给我一点儿光。"其他手电筒的灯光立刻聚过来。

智能手机,装在全国警政署的深蓝色保护套里面。莫罗认得这东西,因为这是当局推出的商品之一,大家都可以在官网买到,就像是T恤、帽子以及其他用品一样。警员可以免费拿到这些东西,以免大家自行使用颜色太过明亮的配件,与制服不相称。在那个保护套里面,唯一的装饰物就是某一角悬挂的心形小吊饰。

那颗心不断发出闪光,仿佛真的在跳动一样。

"因为它闪个不停,我们才注意到它,"那名警官说道,"可能是提醒快没电了。"

"应该是吧。"莫罗低声回道,继续盯着那部手机。然后,他伸出一根手指挑高手机检视屏幕,上头除了泥巴,还沾有血迹。

桑德拉心想,是琵雅·利蒙蒂的血。

"通知鉴识部门,采集手机上的指纹,清查全部区域。"

刚才那名警官以无线电向莫罗通报的时候,是这么说的。

"我想你最好过来看一下。"

但问题来了,大家一开始以为会在这里找到其他的东西,不过,除了那部手机,什么都没有。

杀人魔为什么要把他们引来这里?

莫罗蹲在那里,目光先飘向桑德拉,然后是警司克雷斯皮:

"好，我们把警犬带过来。"

警犬队的六名警官带领六只寻血犬，以手机寻获地点为中心，沿着假想的网格线开始搜寻。

狗儿们压低身体，以"之"字形的方式逆风前进。

这些寻血犬在最近被媒体封为"分子神犬"，因为它们可以在最艰困的状况下追踪气味的分子。它们和其他品种的狗儿不一样，因为就算是犯罪现场许久之前留下的气味，它们也能够闻得出来。最近警方才刚刚利用这些狗儿，在北部找到了一名奸杀小女孩的疯子：它们带领警察到达嫌犯的工作地点，于是，就在平面摄影记者与电视台摄影机的面前，上演了一场逮捕秀，也让它们意外赢得了好名声。

不过，这些狗儿在警界的绰号依然是"嗅尸犬"。

就在这个时候，一只警犬停下来，立刻转身望向自己的训练员，这是它嗅到异状的信号。训练员举起手臂，这是为了要进行确认。狗儿充满信心地吠了两声，从蹲姿改为四脚趴地的姿势，等待领取奖赏。

"长官，这里有状况。"训练员呼叫莫罗，然后给狗儿一口干粮，把它带离刚才发现异状的那一块地方。

莫罗与克雷斯皮一起走过去，两人都蹲了下来。克雷斯皮把手电筒对准地面，莫罗则伸手清理地面的树枝与枯叶，然后，他以掌心抚摩了一下光秃秃的泥巴地。

地面有轻微的凹陷。

莫罗怒气冲冲："见鬼！"

桑德拉站立的距离与他们相当接近，已经猜到发生了什么事。底下躺了一具尸体。她之所以这么清楚，不只是因为寻血犬的缘故。被埋在土里的尸体，要是没有棺木的保护，过了一阵子之后，就会因为泥土的重量而造成胸廓弯曲，引发泥地凹陷。

克雷斯皮走过去找她："维加，恐怕你得准备上场了。"

桑德拉穿上白色连帽工作服，调整录音机的麦克风，让它靠近嘴边。

特勤小组已经离开，将现场让给鉴识人员以及挖尸人员。泛光灯就绪，四周以桩柱标示出工作区域。

桑德拉开始拍摄现场。他们清除了泥土——靠着小铲的辅助，动作谨慎——有东西露了出来，首先是牛仔布的碎片，可以立刻看出是长裤。

埋尸的深度只有半米而已，所以其他的部分也不难找。运动鞋、运动短裤、棕色的棉麻腰带、绿色帆布外套。尸身正面朝上，大腿微屈，贴向躯干的方向，看来埋尸者当初挖坑的时候并没有算好深度。当然，胸廓的地方已经坍塌，宛若一个巨大的裂口。

桑德拉继续拍照，在忙着挖尸的同事之间来回穿梭，现在他们已经把小铲丢到一旁，改以刷子清理泥土。

死者头部还在泥土里，而其双手，也就是唯一没有被衣物遮盖的部分，宛若两块深色的木头。那种埋法，也加快了尸体腐化的速度。

现在，准备要处理脸部，这个动作必须十分小心。终于，出现了头盖骨，上头还有毛发，一坨黑色的头发。

法医仔细检视了前额叶、双颊、下巴等区域的骨头之后，开口说道："男性，年龄不明。"

"右侧太阳穴有子弹进口。"桑德拉对着自己的录音机讲话,同时立刻想起杀人魔惯用的鲁格手枪——也算是他的犯罪印记。至于子弹的出口,想必一定是在头盖骨的后方。

她拉长伸缩镜头,拍摄特写,发现骨骸脖子下方的泥土有东西凸出来。

她告诉鉴识人员:"尸体下面还有东西。"大家看着她,表情惊愕,过了好一会儿之后,又开始继续挖掘。

副局长莫罗站在几米之外的地方,双手交叠在胸前,静止不动,盯着同人们的一举一动。他看到他们把那具尸体从坑内移了出来,小心地放在一旁的防水布上面。

就在此时,露出了下方的第二具尸体。

"女性,年龄不明。"

她的身材比她的同伴娇小多了。她身穿印花紧身裤、粉红色运动鞋,腰部以上全裸。

桑德拉想到了先前的女性受害人。黛安娜·德尔高蒂欧也是裸体,因此引发失温,让她逃过死劫。琵雅·利蒙蒂也是先被凶手剥光衣服之后,才遭到凌虐,最后再被以猎刀断气。不过,他总是让男性受害人立刻毙命。乔治·蒙蒂菲奥里被歹徒劝诱,拿刀刺向黛安娜,最后自己的脑袋吃了颗子弹,宛如遭到处决。斯蒂芬诺·卡波尼是胸腔中弹,也几乎是立刻死亡。现在,这个躺在坟穴旁的男人是子弹穿入太阳穴,状况应该也差不多。

也许这个杀人魔就是对男人不感兴趣,那为什么还要挑情侣下手?

第二名受害者的胸廓也因为泥巴的重量而塌陷,法医仔细分析她的尸身。"左侧的部位,"他说道,"第八与第九根肋骨出现带有颗粒的微小沟痕,应该是被刀刺入的痕迹。"

又来了，杀人魔的犯罪模式再次获得确证。

法医正打算继续开口，但数米之外的嗅尸犬又在兴奋地狂吠。

第二个坟穴里有两个背包，一红一黑，一个比较大，另一个比较小，都是死者的遗物。凶手当初在挖第一个坑的时候，空间不足，所以只好另外挖坑，这应该是最合理的解释。

负责处理尸体的人员打开女子的黑色背包，逐一取出里面的物品，桑德拉发现莫罗脸色大变。

他的脸色沮丧至极，拿起了某个她熟悉的物品。

验孕棒。

沉默宛若传染病一样扩散开来，树林里的每一个人都不发一语。

莫罗轻声说道："是那一对搭便车的背包客。"

第十八章

"生命就是一长串的第一次。"

桑德拉不记得这是谁说的了,但当她离开这个犯罪现场的时候,这句话立刻浮上心头。她一直觉得这句话很正面,让人充满了希望与期待。

凡事都有第一次。比方说,她记得她父亲教她骑自行车的场景。

"好,既然学会了,以后就再也不会忘记了。"他说得没错,虽然她当时对他所说的话感到半信半疑。

她也记得自己的初吻,她一辈子也忘不掉。不过,要是这段回忆能从脑海中永远消失的话,她觉得也很好,因为那男孩长满了青春痘,而且嘴巴里还有草莓口香糖的气味,一点儿也不性感。

某些第一次,却也是最后一次。桑德拉忍不住想到自己与戴维的婚姻之路,那绝对是无法复制的经验,这也正是她绝对不会嫁给马克斯的原因。

反正,所有的第一次,无论好坏,都会留下不可磨灭的记忆，带来奇特的魔力。而且，它们也蕴含了宝贵的一课，必能成为未来的助力，毫无例外。不过，那晚她在树林里目睹的那个第一次，却是个例外。

杀人凶手的第一次。

伯恩哈德·耶加与安娜贝尔·迈耶分别是二十三岁与十九岁。他来自柏林，而她来自汉堡。他才刚拿到建筑学位，而她还在上学，两人认识不过几个月而已，就已经开始同居。

两年前的那个夏天，他们靠着一路搭便车的方式到了意大利。不过，在这里晃悠了两个礼拜之后，这一对小情侣却人间蒸发。在最后一次与家人打电话的时候，伯恩哈德与安娜贝尔宣布他们马上就要有小孩的喜讯。

凶手在这对情侣身上学到了杀人的第一课。

他们已经大略检视了现场，每一个人都看得出来，这种犯案模式与其他案例完全一致。只不过，这次的犯案手法比较粗糙，仿佛是刚进贸易圈的菜鸟，明白做生意的基本道理，但经验不足，无法以最高标准完成任务。

而这个杀手的状况在于细节。

让男性死者致命的那颗子弹是从太阳穴贯入，这个位置通常不会造成立刻死亡。而女性受害人的腹部刀痕是随机分布，看来他下手的时候十分匆忙，无法享受到行凶的乐趣。

此外，还有关于那胎儿的事。

凶手不可能事先知道安娜贝尔已经怀孕，她才刚怀孕，不可能出现任何明显的身体曲线改变。也许她告诉过他，但已经为时晚矣，也许他是后来才发现验孕棒的。等到他发现了那个细节之后，才惊觉自己犯了错：他挑选的这对情侣，并不符合他一开始幻想的角色。

杀人魔的计划里，并没有小孩。

也许这就是他决定埋尸的原因。第一次犯案就犯下错误，他不想让这个世界看到这个秘密，最重要的是，他自己也不愿面对。

不过，他现在的技巧已经相当纯熟，现在，发生了那两起几乎是典范的谋杀案之后，每个人都见识到他的厉害，以恐惧与哀伤向他"致敬"。现在，他决定揭露自己的不完美处女作，仿佛现在已经再也不需要羞愧了。

因为，现在看来，当初的"误差"也有了其他的价值，搞不好会变成他最伟大的功绩。

意大利每年都会发生许多失踪人口案件，通常警方在不久之后就会放弃侦办，只能期盼哪天会瞎猫碰上死耗子——但这样的好运从来不曾降临。而那两名年轻人的失踪案件，倒没有就此画上句点。

安娜贝尔·迈耶是德国知名银行家的第二个小孩，她父亲位高权重，对政府与意大利当局强烈施压，一定要找到他的女儿。媒体相当关注这个案子，当局也派出最老成练达的警官承办此案，也就是副局长莫罗。

由于这对年轻人一直在搭便车，所以警方也检视了从一般道路与高速公路监视摄影机所拍下的画面，长达数百小时的影带，对于这类案件来说，他们所动用的人力与资源实属罕见。失踪案并不是杀人案，而且没有证据显示这是绑架案，但他们已经投入了庞大的时间与金钱。

最后，警方克服万难，发现伯恩哈德与安娜贝尔在七月的时候曾经出现在佛罗伦萨外的某个休息站，地点在A1高速公路，也就是大家俗称的"阳光公路"。他们拦了许多车，询问是否能载他们顺道去罗马。加油站休息区的监视摄影头捕捉到这两名年轻人登上一辆小型车的画面。警方追查车牌之后，发现那是一辆赃车。摄影机没办法拍出驾驶员的脸，不过，幸亏莫罗有办案天分，警方还是追查出了窃贼。

这家伙是个有窃盗与抢夺前科的蠢蛋，他擅长的伎俩就是好心免费载送天真无知的观光客，然后拿枪威胁他们，逼他们交出财物。警方发动大规模搜索，终于成功逮捕了他。在他的公寓里面，找到了一把已经磨去编号的贝雷塔手枪，以及那两名德国年轻人的财物——伯恩哈德的钱包与安娜贝尔的金项链。

警方的推论是伯恩哈德比劫匪高大，曾经强力抵抗，逼得劫匪只能射杀他了事。陷入惊慌的劫匪，也杀死了那女孩，然后弃尸。嫌犯被逮捕之后，承认自己曾犯下抢案，但宣称自己从来没有枪杀过任何人，他抢完之后就将那两人丢在某个空旷的乡下地区。

桑德拉发现，劫匪当初指称的那个地方，与埋尸处的距离只有几百米。

不过，两年前并没有人在找寻他们的尸体，因为劫匪在一审的时候就大翻供，他承认自己犯下这起双尸案，还宣称把尸体丢入了河中。

潜水员搜遍了整条河流，也没找到尸体。不过，法院的态度却是他们激赏被告配合司法体系的态度，最后判处其无期徒刑，而且给了他额外的机会。在不久的将来，可以申请提出参与半自由刑制度。

看来当初的自白显然是凶手的律师精准策略的其中一部分：嫌犯并不是凶手，但面对沉重逼人的证据，他们还是建议他认罪。这是司法系统的问题之一，但当时那两名年轻人的父母，甚至连那位高权重的银行家也一样，对于这个结果都很满意，因为至少找到了一名能够判处最大量刑的罪犯。他们找不到一个真正能够悼念自己小孩的地方，那至少也算得上是一点儿小小的安慰了。意大利当局善尽职责，向德国政府展现了他们的效率，各方不断恭贺副局长莫罗，也让他的声望大幅跃升。

皆大欢喜，现在却发生大逆转。

令人难堪的真相已然浮现，桑德拉背起装备，准备回到车内。

与她相隔几步的莫罗十分狼狈，他为了应付来自国内外的各大媒体，正在发表第一次声明。在泛光灯的照耀之下，他的脸庞显得异常疲惫。他的后方是发现尸骸的树林，前方的麦克风也堆挤如林。

"伯恩哈德·耶加与安娜贝尔·迈耶，"为了方便记者取镜摄影，他缓缓念出姓名，"二十三岁与十九岁。"

有名记者问道："他们是怎么死的？"

莫罗想要找寻那名记者的面孔，但不断闪烁的闪光灯让他根本睁不开眼，他也只能放弃了。"我们认为这是杀人魔犯下的第三起双尸命案。不过，由于受害者是在两年多前失踪的，而且尸体已经腐化得相当严重，其实可以判定他们是第一起命案的受害人。"

凶手在这两年过得好好的，而且现在成了杀人魔。

桑德拉想起马库斯曾经说过，有人在保护这家伙。谁会做出这样的事？为什么？也许是因为有人居然要袒护凶手，而不是无辜的年轻人，这让她愤怒异常。

阿斯托菲也参与了他们诡谲的掩护恶行，被她揪出了真相。警司克雷斯皮向她保证阿斯托菲没有涉案，那纯粹只是个人的疯狂行为罢了。不过，马库斯对于这种说法不以为然，所以桑德拉现在也只信任他一个人。

不论其他的共犯还有什么人，她都想要与他们正面对决。她打算让他们知道，有人知道他们的阴谋。阿斯托菲自杀，警方无意继续追查下去，但她还是想要传达这个信息，她相信马库斯一定也赞成她的看法。

她看到警司克雷斯皮离开树林之前画下十字，就在这时候，她灵机一动。

桑德拉心想，生命就是一长串的第一次，而且她躲在相机的屏障之后也未免太久了，也许，该冒险的时刻已然到来。

所以，她趁着电视摄影机在拍摄莫罗的时候，走到他的背后，确定自己会入镜，然后，她举起右手，重复自己在奥斯提亚松林目睹阿斯托菲所做的动作，也画了一个颠倒的十字。

第三部

学者症候的精神变态

马库斯第四堂课的上课地点，位于全世界最大的教堂。

圣彼得，举世无双。现在这座重建的大教堂是由建筑师伯拉孟特所设计，含柱廊的长度是两百一十一米，而如果把圆顶最上方的十字架也计算进去，高度则有一百三十二米。

内部的每一件艺术品、纪念铜像、柱子、中楣、壁龛，都有历史典故。

克莱门特第一次带马库斯进去的时候，是六月的一个闷热的周四，里面有信徒，也有观光客，但实在很难判别到底谁怀抱着虔诚之心，谁又是纯粹欣赏而已。这里的祈祷气氛和其他地方不一样，完全感受不到神秘的灵气。

其实，天主教最重要的象征，就是历任教皇大肆欢庆的世俗权力。他们在过往代表了使徒圣彼得，表面上掌管的是性灵事物，其实却完全投注在物质事物之中，就像其他的君王一样。

如今，教皇的时代早就结束了，但是历任教皇留下的陵寝依然是历史的见证。在伟大艺术家的巧手之下，他们似乎在彼此竞争，企图为自己的一生留下最光辉璀璨的印记。

虽然这一切与上帝没什么关系，但因为有了艺术家的加持，马库斯觉得也就不需要苛责这些人的虚华行为了。

罗马的地底蕴含了许多奇迹。除了永恒之城挟其文明统治世界的遗迹，也有许多的坟地，有些是天主教时代的遗迹：地下墓穴。而圣彼得大教堂就盖在其中一座地下墓穴的上方。

有问题的正是那一座地下墓穴，据说里面埋藏的是上帝最钟爱的使徒。不过，直到一九三九年，庇护十二世才授权开挖，企图找出圣彼得的遗骸是否真的埋在地底之中。

在挖掘的时候，他们在数米深的地方发现了一堵红色的墙，还有一座神殿，上面刻有一句古希腊文：

ΠΕΤΡ（ΟΣ）

ΕΝΙ

"圣彼得在此。"

不过，神殿底下的墓穴里却什么都没有。而过了多年之后，才有人想起来当年在挖掘地点附近恰巧找到的某些东西，全都放在某个储藏间里。

它们被丢在一个普通的鞋盒里。

鞋盒里有人类与动物的骨骸、衣物的碎片、泥巴、小片的红色泥浆，还有中世纪的钱币。

专家们判定这些人骨属于某名男性，体格相当高大结实，死时的年纪在六十岁到七十岁。衣服的碎片是金缕紫衣。红色泥浆则是护卫神殿的那片红墙的掉落物，而泥巴则与坟地的一模一样。然而，这些中世纪的钱币，很可能是由老鼠带来的，他们是在同一处发现了它们的残骸以及那名死亡男性的遗骨。

"这就像是惊悚小说的情节，"克莱门特讲完故事之后，说出了结语，"我们永远不知道这名男子是否真的就是使徒圣彼得，可能是随便一个同姓名的人，甚至可能是人渣或恶徒。"他张望四周，"而且，每年总有数千人在他的坟前下跪祈祷，他们是在向他祈祷。"

不过，马库斯知道他朋友的故事一定别有寓意。

"然而，真正的重点其实是：什么才是人的真貌？我们没有办法知道对方到底是怎样的人，我们只能以他的行为当作判断依据，是非就是我们的准则，但那样就足够了吗？"克莱门特突然转趋严肃，"现在，也该让你见识一下人类历史上最重要的犯罪档案库了。"

天主教是唯一有告解仪式的宗教：人们向神父说出自己的罪行，换取宽恕。不过，有时候犯罪者的恶行重大，神父无法赦免他们，这就是所谓的"弥天大罪"，有关"严重事项"的罪行，是在"知情与明知故犯"的情形下犯罪。

一开始是杀人罪，后来也出现了背叛教廷与信仰的罪行。

要是遇到这样的案例，神父就会将告解内容誊写下来，交给高层：他们是一群高阶神父，被召到罗马，判决这类事件。

灵魂法庭。

它建立于十二世纪，名为"圣赦神父门徒团"。惊人的大批朝圣者蜂拥进入永恒之城，差不多就是在这个时候，有许多人是特地来此寻求赦罪。

当时，审查是教皇的专属权力，豁免与宽恕也必须由教廷的最高统治者执行，但这种任务对他来说负担太大。所以他开始授权给某些红衣主教处理，他们就此成立了圣赦神父团。

　　起初，等到法庭宣布判决之后，这些告解文字就会被焚毁。但经过多年之后，圣赦神父团决定建立秘密档案库……"他们的任务从未中止，"克莱门特说道，"近千年来，人类所犯下的最可怖恶行全部留存在那里，有些甚至是从来没有人看过的档案。它不像警方的数据库那么单纯，而是有史以来最庞大、不断更新的邪恶档案库。"

　　但马库斯依然不明白这与他有何关联。

　　"你以后可以好好研究这个邪恶档案库。我会给你一些参考案件，到最后，你将会成为某种测绘专家或犯罪学家，就和你失去记忆之前的角色一样。"

　　"为什么要这么做？"

　　"因为你日后就可以把自身所学应用在这个真实世界。"

　　原来这就是他训练课程的真谛。

　　"邪恶无所不在，但我们通常看不见，"克莱门特继续说道，"邪行外显的症状，就是几乎觉察不出的违常。马库斯，你和别人不一样，你能够辨识得出来。马库斯，你要记得，邪恶不是抽象观念，它是一种具体的面向。"

第一章

整间病房笼罩着绿色微光。那是医疗器材的灯源。背景传来自动呼吸器活塞的声响,它连接的另一头是病床上那个女孩的气管。

黛安娜·德尔高蒂欧。

她的嘴巴张得大大的,口水从下巴流淌而下。头发侧分,让她看起来像是个早熟的孩子。她的双眼虽然是睁开的,但脸上看不到任何表情。

走廊另一头传来两名护士走过来的声响,她们正在闲聊,其中一个和男友出了问题。

"我告诉他,我不管他以前是不是固定与朋友在周四见面,现在他有了我,我就是第一位的。"

"他什么反应?"另一名护士的反应显然是觉得有趣。

"一开始的时候有点儿不爽,但最后还是让步了。"

她们手握堆满床单、导管以及插管的推车进入病房,现在必须进行为病患洁身的例常工作,其中一个打开了电灯开关。

"她已经醒了。"另一名护士发现那女孩睁开了双眼。

不过，拿"醒"这个词形容黛安娜，恐怕不是很贴切，因为她处于植物人昏迷状态。出于对她家人的尊重，媒体绝口不提这件事，而且他们也不想惹恼以为女孩存活是某种奇迹的那一大群人。

两名护士提到她的也只有这一句话而已，随后她们又开始聊自己的生活。

"所以喽，就跟我刚刚讲的一样，我发现无论自己要争取什么，一定得用这种态度对付他。"

她们一边聊天，一边为黛安娜更衣擦洗，又帮她安装新的呼吸器插管，然后在手写板上面勾记所有事项。为了更换床单，她们让女孩暂坐轮椅，其中一名护士顺便把手写板和笔放在女孩的大腿上头，因为她们也不知道要搁在哪里是好。

大功告成，她们又把女孩移到病床上。

这两名护士准备要推着推车离开病房，两人又开始叽叽呱呱地聊自己的私生活。

"等一等，"其中一个说道，"我忘了拿手写板。"

她回头，从轮椅上拿起手写板，随便瞄了一下，却逼得她必须凝神细看，吃惊得说不出话来。她望着黛安娜，那女孩躺在床上，一如往常，动也不动，而且没有任何表情。然后，她又盯着自己面前的手写板，无法置信。

手写板所夹的那张纸上出现了字迹，笔触稚拙抖晃，只有一个词：

他们

第二章

餐厅里的电视机定频在二十四小时新闻台,在这一时段的新闻中,他已经看到这条新闻出现三次了。

要是用餐时不必看到这种画面,他当然乐意之至,不过,他其实忍不住:虽然他想要注意别的地方,但只要一分心,目光就会自动回到屏幕前面,电视固然无声,但他依然会作出相同的反应。

李欧波多·史特里尼觉得这都是仰赖科技所引发的结果。大家再也无法忍受与自己独处,而这正是他当天最深的感触。

其他客人的目光也紧盯着电视屏幕——带着小孩的一家人、提早出来吃午餐的上班族。杀人魔的行径吸引了这座城市每一个人的注意力,媒体也深谙此道,比方说,现在正不断播放森林里找到的那两具骸骨。这条新闻内容其实很贫乏,但电视台就是执意播放,大家也乐此不疲。就算有人转到其他频道,播出的也是相同的东西,这已经成了某种集体精神病。

这就像是盯着某个水族箱,对,恐怖水族箱。

李欧波多·史特里尼坐在餐厅的后方,平常他习惯落座的那个位置。他昨晚为了那些最新物证工作了一整夜，但还是没有办法拿出什么具体成果。他已经累得半死，早上才过了一半，他决定先休息一下，简单吃点儿东西，再继续回去工作。薄肉排加腌菜三明治、一份薯条，再加上一瓶雪碧。

他正准备吞下最后一口三明治的时候，一个男人在他对面坐了下来，挡住了他看电视的视线。"嘿！"对方露出微笑，态度很友善。

史特里尼愣了一下，他从来没见过这个人。

"能不能打扰一下？"

史特里尼语气很冲："我不会买东西。"

"哦，别误会，我来这里的目的不是推销，"巴蒂斯塔·艾里阿加满口保证，"我来这里是为了送礼。"

"你给我听好，我没兴趣，我只想赶快吃完东西。"

艾里阿加脱掉帽子，又伸手拍了几下，仿佛在去除看不见的微尘。他很想告诉这个白痴，他讨厌这地方，因为他讨厌提供油腻食物有害血压与胆固醇数值的廉价餐馆。而且，他也讨厌通常会在这种地方出现的一家大小，他无法忍受吵闹、泛满油光的双手，还有那些为人父母者的荒谬欢喜。不过，自从昨晚发现了那两名德国便车背包客的遗体之后，他决定采取一些激烈措施，因为他的计划可能面临失败。他很想把一切告诉自己面前的这个白痴，不过，他只说了这句话："李欧波多，听我说……"

史特里尼听到自己的名字，愣住不动，三明治停在半空中："我们认识吗？"

"我认识你。"

史特里尼有了不好的预感："你找我到底要做什么？"

艾里阿加将帽子放在桌上,双手交叠:"你是警察总部科技分析实验室的所长。"

"如果你是记者的话,那你就找错对象了,我绝对不会透露任何消息。"

"看得出来,"艾里阿加立刻回道,佯装自己充分谅解对方毫不妥协的立场,"我知道你们有严格的规定,我也很清楚你绝对不会逾矩。但我不是记者,你之后一定会把你知道的一切都告诉我,而且是心甘情愿的。"

史特里尼斜眼瞄了陌生人一眼,他疯了吗?"我连你是谁都不知道,为什么要把机密内容告诉你?"

"因为,从此时此刻开始,你我就已经成了朋友。"艾里阿加说完之后,对他展露出温善无比的笑容。

史特里尼大笑:"够了,你可以滚了吧?"

艾里阿加装出生气的姿态:"你只是还不认识我而已,不过,当我的朋友有诸多好处。"

"我不需要钱。"

"我讲的不是钱,李欧波多,你相信有天堂吗?"

史特里尼的忍耐力已经到了极限,他把剩下的三明治放在餐盘上面,准备离开:"我还有警察身份。你这个白痴,我可以逮捕你。"

"你爱你的祖母埃莉奥诺拉吗?"

史特里尼定住不动:"你什么意思?"

艾里阿加立刻发现光是提到她的名字,就已经能够让这位所长停下脚步,可见对方想要进一步搞清楚状况。"九十四岁……真的很高寿,是吧?"

"对，没错。"

他的语气已经变了，现在温顺又困惑。艾里阿加乘胜追击："要是我没弄错的话，你是她唯一的孙子，而且她相当疼爱你。李欧波多是她先生，也就是你祖父的名字。"

"对。"

"她曾经答应过你，日后你可以继承她那套位于琴托切莱区的住宅。三房，一套卫浴。而且，她还存了一点儿小钱，三万欧元吧，我有没有弄错？"

史特里尼的眼球暴凸，脸色煞白，已经说不出话来了："对……或者应该说，不是……我不记得了。"

"你怎么可能不记得？"艾里阿加假装生气，"都是因为有了那笔钱，你才能娶到自己心爱的女人，而且，你们现在就住在你祖母的房子里。但实在很遗憾，你夺走了那老女人的性命才换来这一切。"

"你究竟在说什么？"史特里尼动怒了，死抓住他的手臂不放，"我祖母死于癌症。"

"我知道，"艾里阿加紧盯着史特里尼暴怒的双眼，"甲基汞是一种很有趣的物质：只要对着皮肤挤上几滴，它就会立刻穿透细胞膜，引发不可逆转的致癌进程。当然，你得等上好几个月，但效果绝对不成问题。不过，老实说，耐心不是你的强项，不然你也不会越俎代庖，抢夺上帝的工作。"

"你怎么——"

艾里阿加推开史特里尼掐住自己臂膀的那只手："我知道你一定这样想过：九十四岁也活得够久了。毕竟，埃莉奥诺拉已经没有办法自理生活，而身为她的财产继承人，照顾她的责任自然落在你肩上,也就等于浪费你的精力与时间。"

现在,史特里尼陷入极度恐惧。

"由于这名死亡女子年事已高,医生们也没有探究她的癌症成因,没有人起疑心。所以我知道你在想什么:你觉得自己做得神不知鬼不觉,就连你太太也不知道。但如果我是你的话,绝对不会询问我到底是如何发现之类的问题。还有,既然你也不确定自己能不能活到九十四岁高龄,我建议你还是把这种时间省下来吧。"

"你打算勒索我?"

艾里阿加觉得史特里尼的脑袋真是不灵光,居然会问出这种问题。"我告诉过你了,我来这里的目的是送礼,"他停顿了一会儿,"这份礼物就是我会缄默不语。"

史特里尼决定直接切入重点:"你要什么?"

艾里阿加把手伸入口袋,摸出了纸笔,写下了一个电话号码:"你随时都可以打电话给我。关于'罗马杀人魔'那个案子,你的实验室有任何分析结果,要让我第一个知道。"

"第一个知道?"

他的目光已经离开了那张纸:"没错。"

"为什么?"

现在得进行最困难的部分了:"因为我可能会要你销毁证据。"

史特里尼瘫在椅子上,目光朝天:"见鬼,你不能叫我做这种事。"

艾里阿加依然不失镇定:"她过世之后,你本来希望给她火葬,对不对?不过埃莉奥诺拉很虔诚,所以早就在维拉诺墓地买了位置。要是有人挖出她的尸体,找寻残留毒物,发现了类似甲

255

基汞之类的不正常物质,那就真的很遗憾了。老实说,我想他们一定会问你的,因为在你的实验室里找到这种东西,也不是什么太困难的事。"

史特里尼只能乖乖听从:"让你第一个知道……"

艾里阿加露出他标志性的残酷笑容:"我们这么快就达成共识,让我很欣慰,"然后,他看了一下手表,"我想你也该走了,还有工作得完成吧?"

史特里尼迟疑了一会儿,还是起身,走到收银台前面买单。艾里阿加十分开心,离开自己的座位,一屁股坐在史特里尼刚才坐的地方。他忘了自己的高胆固醇与高血压,拿起剩下的肉排三明治,正打算大咬一口的时候,那台依然保持静音的电视却吸引了他的目光。

荧幕上出现的是同样的旧画面,副局长莫罗对一群记者发表声明,距离埋藏那两具骨骸的树林并不远。艾里阿加打从昨晚开始看到这些画面已经不下十数次了,不过,他到现在才注意到这名副局长后面有状况。

他背后有名年轻女警,画下了颠倒的十字——从右至左,从下往上。

他知道那女子是谁,三年前,在某起重要案件中,她扮演了关键角色。

她在干什么?为什么要做出那种手势?

巴蒂斯塔·艾里阿加心想,不能说她聪明,也不能说她笨。反正,她是真的不知道这个动作会害她陷入可怕的险境。

第三章

当天下午，这个消息已经传到了各大媒体的编辑部。

警方之所以会透露这件事，是想挽回一点儿社会大众的信心，也希望能够转移发现双尸事件的注意力。

黛安娜·德尔高蒂欧，那名胸腔受伤、暴露在空地寒夜之中却奇迹生还的女孩，已经清醒，而且试图与外界沟通，她靠的是书写，只有一个词：

"他们。"

不过，最残忍的真相是，黛安娜也只不过稍微清醒了片刻而已，随后又陷入昏迷状态。对于医生们来说，这种现象相当正常，他们不希望让任何人因此燃起希望。在类似事件出现之后，随即开始稳定复原的例子少之又少。不过，大家已经开始讨论她康复的事，没有人胆敢戳破众人的幻梦。

桑德拉心想，天知道她在那样的沉眠状态之下，做的是什么样的噩梦。

她在手写板纸张上所写下的字，可能只是精神错乱的结果，或某种条件反射，就像是你把球丢给某个昏迷的病患，对方马上接住球一样。

医生们也再次给了黛安娜纸笔，但最后只是徒劳无功。

桑德拉继续玩味那个词：他们。

"就侦办案件的观点来看，这完全没有任何价值，"警司克雷斯皮说道，"医生说这个词可能与任何一段记忆有关，也许是过往生活的某段插曲突然涌上心头，然后她写下了'他们'。"

黛安娜在手写板上写下这个词，并非针对某个问题，也不是听到护士聊天之后的反应，她们只是在聊其中一人的男友而已。

一些记者大胆臆测，"他们"意指在奥斯提亚松林的那一晚，攻击黛安娜与其男友的凶手不止一人。不过，桑德拉立刻就推翻了这种可能性：她拍到的那些证据，尤其是地面的足印，证明涉案者只有一人。除非他有可以飞天的同伙……所以这只是媒体在鬼扯罢了。

所以，项目室白板上的关键词还得继续加下去。

奥斯提亚松林凶杀案：

物品：背包、登山绳、猎刀、鲁格SP101手枪。

登山绳以及插在年轻女子胸腔的刀，均有年轻男子的指纹，因为凶手下令他捆绑女友，拿刀杀她，唯有如此才能救他自己一命。

凶手朝男子颈后开枪。

在女孩脸上涂口红（拍下她的照片？）。

在受害者身边留下某个盐制品（洋娃娃？）。

行凶后更衣。

警员利蒙蒂与卡波尼凶杀案：
物品：猎刀、鲁格SP101手枪。
凶手朝斯蒂芬诺·卡波尼警员胸部开枪，一枪毙命。
对琵雅·利蒙蒂腹部开枪，然后脱掉她的衣服，把她绑在树干上凌虐，最后以猎刀结束她的性命，在她脸上化妆（拍下她的照片？）。

便车背包客凶杀案：
物品：猎刀、鲁格SP101手枪。
射杀伯恩哈德·耶加的太阳穴。
乱刀刺向安娜贝尔·迈耶的腹部。
安娜贝尔·迈耶怀有身孕。
掩埋受害者的尸体与背包。

　　大家都看得出来，最后一起双尸案的关键要素——其实，就时序来说，是第一起——寥寥可数。的确，仔细研究这三起命案现场，仿佛案情的关键要素一直在逐步递减。

　　在便车背包客的这起命案中，关键要素之一就是凶案发生许久之后才被曝光。这两名德国年轻人背包里的东西已经送入实验室，克雷斯皮希望李欧波多·史特里尼能够给他们一点儿好消息，最重要的是：找出证据。

　　他觉得纳闷儿："他们为什么开会开了这么久？"就在项目室召开会议之前，副局长莫罗突然被叫到局长办公室。

　　桑德拉不知道答案，但上级的这种举动也不难想象。

"'跨部门会商'是什么意思？"

全国警政署署长的话讲得很明白："也就是说，这起案件的负责人，再也不是只有你一个。"

不过，莫罗不是很高兴："我们不需要别人，可以自己应付得很好，但还是谢谢了。"

"拜托不要再惹麻烦了，"局长开始插嘴，"我们已经面对了很大的压力，你也知道大家都在盯着我们：内政部、市长、社会舆论，还有媒体。"

他们待在局长的总部顶楼办公室已经长达半小时。

莫罗问道："现在是什么状况？"

"表面上，宪兵队的项目小组将会支持我们调查。我们必须将手中握有的线索全数提供给他们，将来他们给我们同样的回报。这是任务小组，内政部长的构想，等一下他会召开记者会宣布消息。"

莫罗真想破口大骂，狗屁。这种案件能否破案，又不是靠人力部署，其实，多驾马车通常反而会妨碍办案，分散主导权就是浪费时间。"任务小组"只是一种安抚媒体的说法，是警察在动作电影里才会讲出的那种话。实际上，警察都是在默默办案，一点一滴摸索。这是信息战，牵涉的是线人与线索，宛若在织布，必须慢慢来，充满耐心，只有等到最后才会水落石出。"好，这是官方说法，实情又是什么？"

局长紧盯莫罗的双眼，他看起来快要发飙了："我就直说好了。两年前，因为那起德国便车背包客双尸案，你把一个无辜的人送入监狱。现在这人渣想要控告政府，他的律师已经发表声明，讲出了这样的话：'两年前，我的当事人被迫自白，因为他是这个司法体系与警方肤浅办案手法的受害人。'你想一想，好嘛，小偷突然之间成了英雄！今天早上，某个在线媒体针对你的办案手法举办了投票，要不要我告诉你最后的结果？"

"长官，也就是说，你打算把我踢出去？"

"莫罗，这是你咎由自取。"

莫罗虽然心里难受，却不想表现出来："好，如果我没有误解的话，从现在开始，我们必须与宪兵队合作，可实际上是由他们主导，而任务小组的说法只是为了挽救颜面而已。"

"你觉得我们喜欢这样吗？"全国警政署署长开口，"从现在开始，我必须向某个宪兵队的将军报告办案进度，我必须对他和颜悦色，假装我们地位平等。"

莫罗发现这两个人摆明了就是要让他死路一条。多年来，他对他们忠心耿耿，表现优异，却多被他们拿去揽功。现在，对于他即将成为唯一的牺牲品，他们却根本不在意。"接下来呢？"

"今天下午要把数据全部交过去，"局长说道，"你必须向宪兵队的同侪报告案情的一切细节，回答他们的所有问题，然后移交所有证物。"

莫罗觉得腹部突然一阵抽痛："我们也必须让他们知道那个狼头人的事吗？这应该是机密，不是吗？"

"那部分我们先保留，"全国警政署署长说道，"得更加小心。"

"同意，"局长继续说道，"我们不撤项目室，但再也不会继续扮演积极角色，因为所有的人力都会立刻被分发到其他的案子上。"

又一个为了挽救面子的谎言。

莫罗突然冒出一句:"我辞职。"

局长立刻回戗:"不可以,现在不行!"

这些浑蛋利用他的战功而仕途高升,如今却因为他两年前犯下的某个错误而打算把他一脚踢开。要是有一个无辜的人自认杀害那两名便车背包客,借以换取减免徒刑,他又能怎么办?出问题的是体制,不是他。"我要交出辞职信,谁都不能阻拦我。"

局长盯着他,仿佛马上要气炸了,但出口干预的却是全国警政署署长。"这样太不理智了,"他态度冷静,"只要你依然待在警界,理所当然会受到官方的保护,但要是你离开,马上就成了平民,那么他们就可以控告你两年前犯下的疏失。而且,大家会开始怀疑你为什么离开。你马上就会成为攻击者的完美目标,他们会把你碎尸万段。"

莫罗发现自己的背已经紧贴墙面,他露出浅笑,摇头:"你们早就开始设计我了。"

"我们就静静等待风暴平息,你暂时躲在暗处,卸下自己的重担与光环。然后,你可以慢慢回到岗位,我保证你的前途不会受到任何影响。"

莫罗心想:你的话还能信吗?但他知道自己已经毫无选择:"是,长官。"

他们看到他回到项目室的时候,脸色铁青。大家原本在窃窃私语,突然全都安静下来,虽然他还没有开口,但大家已经准备聆听他发表谈话。

"我们出局了,"他开门见山,"现在,我们任务中止,案子移交给宪兵队的项目小组。"抗议声此起彼伏,但莫罗扬手,示意大家安静，"我可以告诉各位，我比大家更愤怒，但我们无能为力：一切就此结束。"

桑德拉不敢置信，他们居然会把莫罗踢出去。宪兵队一定会从头开始，浪费宝贵时间，而杀人魔很快就会再次犯案，她相信这样的决策一定是出于政治考虑。

"我要感谢各位一直到最后一刻的努力不懈，"莫罗继续说道，"我知道大家在过去这几天牺牲睡眠，也几乎没有私人生活，我也知道许多同人已经干脆放弃计算加班时数。虽然不会有其他人感谢各位的付出，但我可以向各位保证，你们的辛苦，绝对不会被遗忘。"

莫罗继续滔滔不绝，桑德拉开始观察同事，他们一直无暇顾及的疲惫，突然之间全部涌现在脸上。她也觉得失望，但同时也松了一口气，仿佛突然之间放下重担。她可以回到马克斯身边，过着原来的生活。才不过六天而已，感觉却像是好几个月。

她沉浸在自己的思绪之中，莫罗的声音变得越来越模糊。桑德拉觉得自己的思绪已经飘忽到远方，她发觉制服口袋里传出震动，她赶紧拿出手机，盯着屏幕。

她收到了一条短信，来自一个她不认识的号码，令人完全摸不着头绪的问题。

你崇拜他吗？

第四章

　　维克托的妹妹名叫哈娜，他们是双胞胎。

　　她在九岁的时候死亡，她哥哥进入哈默林精神病院也差不多是在那个时候。马库斯心想，这两起事件必有关联。

　　他们是安纳托利·尼可莱耶维奇·阿格波夫的子女，这位苏联外交官在冷战期间被派驻罗马大使馆。苏联经济改革到来，他依然留在原来的职位，而他过世也约莫是二十年前的事了。

　　克莱门特依据马库斯的直觉，搜索的是那个女孩的资料，而不是维克托所犯下的罪行，所以，他也因此查到了这对双胞胎兄妹的身份。

　　当马库斯询问他是怎么找到的时候，他只是淡淡解释，梵蒂冈保有苏联时代派驻罗马人士的所有档案。不过，显然是有高层将信息透露给他。在这些机密文件中，提到了"疑似凶案"，但就官方数据显示，哈娜是自然死亡。

　　这就是从梵蒂冈的档案里面看出的矛盾之处。

　　不过，克莱门特挖到的线索还不只这些，他还找出了当时阿格波夫管家的姓名,这名女子目前住在由慈幼会修女们所经营的养老院。

马库斯搭地铁,打算去拜访她,希望能够问出更多的案情线索。

前一晚下雨,所以盐之童也不会有杀戮的念头。不过,他却让警方找到了树林里的那两具尸骸。马库斯听到这个消息的时候,倒不觉得惊讶。这名残暴叙事者又为他现在的故事添加了新的章节。而他的真正意图是要让大家知道他的过往,所以马库斯必须尽可能挖出他的童年内幕。

雨势的阻力很快就会消失无踪,所以他可能会在今晚犯案。

不过,马库斯知道自己也得提防那一群在掩护凶手的人。他从哈默林精神病院抢救出了那卷录像带,他相信他们就是画面里的同一批人。

最老的那名护士想必已经死于精神病院的那场大火,阿斯托菲医生也一样不在人世。不过,第二名护士,也就是那个单臂人,以及红发女子依然活着,当然,还有克洛普。

克洛普就是这一切的幕后操盘人。

马库斯到了中央车站,换乘通往皮耶特拉塔的地铁。大部分乘客都忙着阅读地铁出口发放的免费报纸,这是有关黛安娜·德尔高蒂欧"苏醒"新闻的号外版,她在纸上写下了一个词语:

他们。

虽然记者们有不同的想法,但马库斯觉得她并不是指奥斯提亚松林的案件有多名凶手。那不是帮派杀人,而是个人犯案,搞不好他马上就可以更清楚凶手的底细。

几分钟之后，他到达目的地。这栋养老院是一栋素净的白色建筑，新古典风格。全栋共有四层楼，还有一座以黑色栏杆围起的花园。克莱门特已经事先打过电话，让修女们知道马库斯即将造访。

马库斯一身神父打扮。这一次，他的伪装与他的真实身份正好完全相符。

养老院院长带领他进入老人们的起居室。现在正好快六点了，晚餐时间。有些人散坐在电视机附近的沙发上，还有些人在玩牌。一名淡蓝发色的女子正在弹钢琴，摇头晃脑，沉浸在对过往的回忆之中，露出微笑，后面还有两个人在跳着类似华尔兹的舞蹈。

"费里女士就在那里，"院长指着一名坐在轮椅上的老太太说道，她待在窗户旁边，无神的目光飘向窗外，"她精神有问题，经常胡言乱语。"

她名叫弗吉尼娅·费里，已经八十多岁了。

马库斯走过去，开口打招呼："晚安。"

那女子缓缓转头，想要知道是谁向她打招呼。她的绿色眼眸宛若猫儿，在淡白色肌肤的映衬下显得格外突出。她的皮肤布满了小小的褐斑，在这个年纪也相当正常，不过，她的脸庞倒是出奇地光滑。她头发稀疏，没有梳理，身穿睡衣，但紧抓着大腿上的小皮包，仿佛随时准备离开。

"我是马库斯神父，可否和您聊一会儿？"

"当然没问题，"他没想到她的声音这么尖亮，"你来这里是主持婚礼吗？"

"什么婚礼？"

"我的婚礼，"她立刻答道，"我打算要结婚了，但修女们不赞成。"

马库斯想起院长刚才说这女人神志不太清楚，果然没错，但他还是想试试看："你是弗吉尼娅·费里女士，对吗？"

"对，就是我。"从她的语气中听得出她有些疑心。

"在二十世纪八十年代的时候，你担任阿格波夫的管家，对吗？"

"我在他们家待了六年。"

马库斯心想：很好，我找对人了。"可否请教你几个问题？"

"好啊。"

马库斯拉了张椅子，坐在她身边："阿格波夫先生是怎样的人？"

那位老太太沉思了好一会儿，马库斯担心她可能记忆衰退，可他猜错了。"他个性严厉，非常苛刻，我觉得他不喜欢住在罗马。虽然他为苏联大使馆工作，但几乎都待在家中，关在书房里不出来。"

"他妻子呢？他有太太吧？是不是？"

"阿格波夫先生是鳏夫。"

马库斯记住了这些线索：安纳托利·阿格波夫个性孤僻，逼不得已成为抚养两个小孩的单亲爸爸。也许他并不是个称职的父亲。"费里女士，你在他们家里扮演什么角色呢？"

"我负责掌管仆人，"她的语气充满骄傲，"包括园丁，总共有八个人。"

"所以那是栋大房子？"

"超大，是罗马郊区的别墅，我每天早上得花一个小时才能到达那里。"

马库斯吃了一惊:"你的意思是你没有住在里面?"

"阿格波夫先生在天黑之后就会赶人,不准任何人继续留在那里。"

马库斯心想,真是诡异。他的脑中浮现出空荡荡的巨宅,里面只住了一个严厉的男子与他的两名子女。显然这不是什么可以开心地度过童年的好地方。"可不可以多讲一点儿那对双胞胎的事?"

"维克托和哈娜?"

"你跟他们熟不熟?"

她露出苦笑:"大部分时候,我们看到的都是哈娜。有时候她会偷偷地从父亲身边逃开,溜进厨房找我们,或是看着我们做家务,她是光之童。"

马库斯喜欢这样的形容词。不过,从父亲身边逃开?这又是什么意思?"所以她父亲有强烈的控制欲……"

"那两个小孩没上学,也没有请家教,阿格波夫先生亲自当他们的老师,而且他们也没有朋友。"她回头望向窗户,"我的未婚夫随时可能会出现,也许这一次他会送花给我。"

马库斯没理会这件事,又继续追问:"维克托呢?跟我说说他的事,好吗?"

那女子又看着他:"说出来你也许不信吧。在这六年中,我只看到过他八次,至多九次吧。他总是把自己关在房间里,我们偶尔会听到他在弹钢琴。他弹得很好,而且还是数学天才。有个女佣曾经整理过他的东西,发现了一摞又一摞的计算纸。"

学者症候的杀手,学者症候的心理变态。"你有没有和他讲过话?"

"维克托不说话,他总是很安静,只是默默地观察一切。有两次我看到他躲在房间里,不说话,只是盯着我不放。"回想起这段回忆,似乎让她打了个冷战,"他妹妹却很活泼,我觉得她过着这么孤单的生活,让她十分痛苦。不过,阿格波夫先生很宠爱她,她是他的心头肉。我只看到他笑过一次,那次就是和哈娜在一起。"

对于马库斯来说,这也是一条重要线索。他们父亲的注意力全部倾注在哈娜身上,而不是维克托。对于九岁的小孩来说,这可能已经构成了杀人动机。

那位老太太又开始恍神:"总有一天我未婚夫会来接我,把我带走。我不要死在这里,我想要结婚。"

马库斯又把她拉回到原来的主题上:"那两个小孩之间的关系如何?"

"阿格波夫先生从不掩饰他偏爱哈娜,我想维克托很伤心。比方说,他不肯和他父亲、妹妹一起用餐,阿格波夫先生会把他的食物送进他的房间。我们偶尔会听到那两个小孩在吵架,但他们也会一起玩,他们最喜欢的游戏就是捉迷藏。"

"费里女士,哈娜是怎么死的?"

"啊,神父,"她惊呼一声,双手紧握在一起,"某天早晨,我与其他仆人一到达那栋别墅,就发现阿格波夫先生坐在外头的阶梯上,双手捂住脸,哭得悲痛欲绝。他说他的哈娜死了,突如其来的高烧夺走了她的生命。"

"你相信他的话吗?"

她脸色一沉:"本来是信的,但我们后来看到女孩的床上有血,还有一把刀。"

马库斯心想:刀子,杀人魔拿来对付女性受害者的武器也是刀子。"难道没有人报案吗？"

"阿格波夫先生是位高权重的人，我们能怎么办？他立刻将棺木运回俄罗斯，让哈娜得以埋在她母亲的身边。然后，他辞退了所有的人。"

阿格波夫应该是运用自己的外交豁免权，暗地搞定了一切。

"他把维克托送入寄宿学校。自此之后，把自己关在家里，直到老死。"

马库斯很想告诉她，那不是学校，而是专门收容孩童重刑犯的精神病院。他心想，如此一来，维克托就不需要接受审判了，他的父亲已经自行作出判决，对儿子施以严惩。

"神父，你是因为那男孩才过来这里的吧？"老太太的目光开始充满焦虑，"他是不是做了什么坏事？"

马库斯没有勇气告诉她全部的真相："恐怕是的。"

她点点头，若有所思。马库斯心想，她仿佛早就心里有数了。

"想不想看他们长什么样子？"马库斯还没开口，她已经开始把手伸入放在大腿上的皮包，找到了一本花朵封面的小笔记本。她翻了一下，抽出一些老照片，找到了那一张，交给了马库斯。

因为时光久远而褪色的照片，拍摄日期在二十世纪八十年代，看起来应该是靠着自拍定时器留下的影像。在正中央的是安纳托利·阿格波夫，五十多岁，头发后梳，留有黑色的山羊胡。他右边是哈娜，身穿红色丝绒小洋装，头发不算长，但也不是短发，以缎带将刘海儿梳高，照片中唯一微笑的人就是她。左侧是维克托，西装领带打扮，刘海儿遮住了双眼，神情忧郁。马库斯认得这小孩：在哈默林精神病院的那卷录像带中，马库斯曾经见过他。

维克托。

他面色悲伤，目光直视镜头，就像是克洛普在询问他时的那段录像内容一样。马库斯不禁又觉得浑身不自在，那小孩的双眼仿佛透过镜头，直接透视未来，死盯着马库斯。

然后，马库斯发现了一个诡异的细节。安纳托利·阿格波夫伸手握住的是儿子，而不是哈娜。

最得他宠爱的小孩不是她吗？他一定是疏忽了什么……这是一种示爱的姿态，还是某种彰显权威的方式？那只人父之手其实是狗链？

马库斯询问老太太："可以给我吗？"

"神父，你会还给我吧？"

"一定，"马库斯起身，"费里女士，非常感谢，你帮了大忙。"

"等等，难道你不想见一下我的未婚夫吗？"她面露失望之情，"他马上就过来了。他每天傍晚都会在这个时候过来，站在花园外的街道，盯着我的窗户，想要确定我是否平安。然后，他会对我挥手，每天都一样。"

马库斯回道："改天吧。"

"修女们都觉得这是我瞎编的故事，把我当疯子。这是真的，他比我年轻，虽然他缺了一条手臂，但我还是很喜欢他。"

马库斯愣住了。他想起自己昨天在录像带里看到的那名哈默林精神病院的男护士。

费尔南多，那个独臂人。

"可不可以让我知道你未婚夫傍晚来看你的时候都站在哪里？"马库斯问完之后，立刻面向窗外。

老太太露出微笑，因为终于有人相信她的话了："就在那棵树的旁边。"

费尔南多还没搞清楚状况，马库斯就已经扭住他，把他压制在地，以前臂扣住他的脖子。

"你一直在监视那老太太，因为你要确保没有人找她问话，对不对？因为你知道真相，你知道维克托的事……"

那男人咳嗽不止，双眼暴凸，以残存的微弱气息问道："你是谁？"

马库斯的施力更凶狠："谁派你过来的？是不是克洛普？"

那男人摇头："我求求你，克洛普与这件事完全无关。"他的残肢在黑色外套里晃啊晃的，不断拍打地面，宛若离水的鱼在死命挣扎。

马库斯放开手，让他说话："那就好好解释给我听……"

"这是我自己的主意。乔瓦尼警告我有人在四处打探消息，而且那个人不是警察。"

乔瓦尼就是那个睡在哈默林精神病院地下室的老人，穿着蓝鞋的男子。

"我觉得在查案的这个人一定会过来找管家，所以我才会到这里，"他开始大哭，"我求你，我想要说出来，我想要脱离这一切，我再也没办法忍受了。"

但马库斯不相信费尔南多讲的是真话："我怎么知道我可以相信你？"

"因为我要带你去见克洛普。"

第五章

收到短信后的那天下午,她就再也没理会那条诡异的短信了。

她一下班立刻离开总部,前往健身房,发泄过去这六天来累积的紧张感,耗尽体力,全身疲累,也让她心头的烦忧烟消云散。

包括莫罗与中央统筹侦案小组的挫败、案件必须移交给宪兵队、黛安娜·德尔高蒂欧逐渐康复的假象。

其实她并不想回家。她与马克斯的日常生活让她很害怕。她第一次发现两人之间真的不太对劲。她不知道出了什么事,最重要的是,她也不知该怎么告诉他。

她从淋浴间出来,走到更衣室,打开自己的置物柜,发现又有一条短信,同样的陌生号码,同样的一句话。

你崇拜他吗?

一开始的时候,她觉得是有人误发短信给她,但现在她开始怀疑对方其实就是针对她而来。

在回特拉斯提弗列区的途中,她拨打了那个发送者的号码,但只听到一连串的铃响,让人一肚子火。她不是那种为了好奇心而穷追到底的人,所以干脆直接放弃。

她把车停在离家数米之外的地方,决定在里面待一会儿再下车。她双手紧握方向盘,透过风挡玻璃,盯着自家公寓那扇已经开了灯的窗户。她看到马克斯正在厨房里忙,他身穿围裙,眼镜架在额头上方,应该是忙着煮晚餐。看来他似乎还是维持一贯的随性调调,搞不好还在吹口哨。

她心想,我该怎么说?连自己都搞不清楚的事,我又该怎么解释?

但无论如何,她还是得说出来,所以她深呼吸,下了车。

马克斯一听到钥匙转动的声音,就如往常一样,立刻冲到门口迎接她:"累吗?"他亲吻她的脸颊,取下她的健身袋,没等她回应,他立刻又加了一句:"晚餐快准备好了。"

"嗯。"桑德拉费尽力气,只能挤出这句话,但马克斯并没有注意到她的异状。

"我们今天在课堂上举行了一场重要的历史科考试,我出了有关文艺复兴的考题,这些学生全都给了我完美答案,我统统给了他们高分!"他的语气宛若刚成交了数百万欧元生意的商人。

马克斯对工作的热情令人无法置信,他的薪水付了房租之后就所剩无几。不过,对他来说,身为历史老师的意义远胜任何财富。

有天晚上,他梦到了某些号码。桑德拉怂恿他去买彩票,可他不愿意:"要是我变成有钱人,却继续当个单纯的老师,感觉会变得很奇怪。那样的话,我就得改变自己的生活,而我现在过得很满意。"

"才不是这样,"她当时对他吐槽,"你还是可以继续做现在的工作,但再也不用担心未来了。"

"不过,这世界上还有什么比未来的悬念更加美妙?这当然也包括所有的波折与焦虑。当人们再也不需要担心未来的时候,仿佛已经提早完成了人生目标。我有历史相伴,过往是我需要的唯一确证。"

对别人来说,这个男人看起来缺乏野心,可桑德拉对他深深着迷。对她来说,马克斯和大多数的人不同,因为他很清楚自己要什么,而且这样的自觉也让他过得心满意足。

几分钟之后,她坐在餐桌前。马克斯在忙着沥干意大利面的水分。他在厨房里的动作充满了自信。从诺丁汉搬来罗马之后,他已经学到了意大利料理的精髓。她却恰恰相反,只能勉强搞定两颗白煮蛋而已。

今天晚上,马克斯一如往常在餐桌上点了玻璃罐里的蜡烛,这早已成了某种固定的浪漫仪式。他会先拿打火机点亮蜡烛,对她微笑,然后才把晚餐送上桌。此外,他还开了一瓶红酒:"我们等一下可以喝得烂醉,直接睡在沙发上面。"

面对这样的一个男人,她要怎么说出很难跟他继续相处的真心话?她觉得命运真是捉弄人。

他煮了她最爱的料理:诺尔玛意面。而第二道主食则是煎小牛肉佐火腿与鼠尾草。和完美男人住在一起的麻烦之处,就是会觉得自己很贫乏。桑德拉知道她配不上这样的细心呵护,不安感越来越强烈。

"我们先说好，"马克斯开口，"今晚不要聊谋杀案，拜托。"

下午的时候，桑德拉曾经打电话告诉他这案子已经转给宪兵队。她一直不会在他面前提起自己工作的事，对于那些可能会对他敏感心灵造成不适的丑陋细节，她觉得还是不要提比较好。今晚她很害怕因接不上话而出现空当，更担忧自己因此无法讲出那个难以言说的话题。"好啊。"她还是答应了，勉强挤出微笑。

马克斯坐在她对面，握住她的手："你不用再碰那件案子了，我真是替你开心，快吃吧，不然马上就凉了。"

桑德拉低头望着盘子，她担心自己再也无法抬起目光。不过，当她拿起餐巾的时候，这个世界却出其不意，狠狠压住她的头顶。

餐巾下面有个丝绒小盒，看来里面有戒指。

桑德拉觉得眼泪马上要泉涌而出，她拼命忍住，但还是憋不住泪水。

"我知道你对婚姻的想法，"马克斯不知道她哭泣的真正原因，"我们刚认识的时候，你就告诉我，在戴维死后，你绝对不会再嫁给任何人。我一直尊重你的想法，从来没有提到结婚的事。但我现在改变想法了。你不想结婚，可以告诉我为什么吗？"

桑德拉只是点点头。

"没有什么能够天长地久，"他停顿了一会儿，"如果说我的生活中有什么体悟，那就是我们无论规划得有多么完善，对未来的想象有多么完美，也无法决定我们以后的动向。不可能，它们只能由我们当下的感觉所定夺。所以，就算与我的婚姻没办法长达一生一世，也没关系，重要的是我现在想娶你，我已经准备好了,即使未来可能会不幸福,我也要争取当下的美好感觉。"

与此同时,桑德拉依然盯着那个盒子,没有勇气把它拿起来。

"那不是什么大钻戒,"他说道,"不过,反正任何钻戒盒都无法容纳真心的价值。"

"我不想结婚。"她的声音很轻柔,宛若在低声呢喃。

"什么?"马克斯是真的没听到。

桑德拉抬起被泪水刺痛的双眸:"我不想嫁给你。"

也许马克斯在等待她的解释,但她不发一语。他立刻脸色大变,不只是失望,简直就像是有人宣告他的生命只剩下几天而已。"是不是有别人?"

"没有。"她立刻就给了答案,她根本不知道这算不算真话。

"那是为什么?"

桑德拉拿起刚才放在柜子上的手机,点开短信栏,让他看那两封不明来电者发来的短信。

马克斯念了出来:"你崇拜他吗?"

"我不知道是谁发给我的,我也不知道对方的动机。要是换作别人,一定会很好奇这条浪漫短信所隐藏的秘密,可我没有,你知道为什么吗?"她没等他回答就继续说下去,"因为这让我想到我们两人之间的事,逼我必须自问我真正的感受。"她停顿了一会儿,吸气。"我爱你,马克斯,但是我并不崇拜你。我觉得如果要结婚,或者只是在一起一辈子,需要的不只是爱情而已,然而,现在的我,完全感受不到它的存在。"

"你的意思是我们结束了?"

"我不知道,真的,但我的感觉差不多就是这样了,抱歉。"

两人静默了好一会儿,然后,马克斯起身,离开餐桌。"我有个朋友在海边有房子，只在夏天度假使用。我可以问他是否能让我住一晚，甚至让我多待几天。桑德拉，我不想失去你，可我现在也不想待在这里。"

她懂得他的心情。她有点儿想抱他入怀，但她知道这个举动并不恰当。

马克斯吹熄餐桌上的蜡烛，开口说道："竞技场（Colosseo）。"

桑德拉望着他："什么？"

"那不是史实，而是传说，"他开始解释，"竞技场本来算是恶魔信徒的某种殿堂，针对那些想要加入邪教的圈外人，他们会以拉丁文询问某个问题：'Colis eum？'也就是说：'你崇拜他吗？'当然，这里的他指的是恶魔……Colis eum的发音接近竞技场（Colosseo）。"

听到这样的解释，不禁让桑德拉惴惴不安，她什么也没说。

马克斯离开厨房，临行前拿走了他放在餐桌上的戒指盒。这是他听完桑德拉讲的话之后唯一作出的反应。这更可以看出他个性有多么良善：换作是其他男人，面对自己受辱，早就表现出高傲的不屑态度。马克斯不是这种人。不过，桑德拉宁可被他甩巴掌，也不希望以这样的方式学习到什么是爱与尊重。

除了挂在玄关的外套，马克斯带走的唯一的东西，就是那枚戒指了。然后，他离开了公寓。

桑德拉发现自己僵住不动。她盘中的意大利面已经变凉，餐桌中间的蜡烛依然有一缕灰烟袅袅升起，蜡烛的甜香弥漫整个空间。她不知道这是不是已经走到了最后一步，她开始想象没有马克斯的生活，把他从自己的行为习惯里抽离出来，很痛苦，但还不够痛，难以让她追出去向他忏悔，承认她大错特错。

所以，过了好一会儿之后，她恢复镇定，拿起手机，准备回复那条短信。"你崇拜他吗？"她只回了一个词：竞技场。

过了几分钟之后，她收到了另一条短信。

凌晨四点。

第六章

莫罗一个人待在项目室。

他就像是一个已经战败但不愿马上返乡的老兵,依然坚持守在空无一人的战场上,四周只有同僚的鬼魂相伴,静候永远不会出现的敌人。因为,他唯一懂的事就是战斗。

他站在写满案情关键要素的白板前面,告诉自己,答案全在你的面前,你却以错误的方式进行解读,所以才会输得一塌糊涂。

便车背包客凶杀案,害得他被踢出这个任务小组,因为他两年前在找不到尸体的状况下,将一个无辜者以谋杀罪送入牢中,这浑蛋当初没杀人,却自己吞了下来。

莫罗知道这种惩罚是意料中的事。然而他不能放弃,这不是他的风格。虽然"罗马杀人魔"一案已经没有他的舞台,但他不能放慢脚步,停下一切。他就像是一辆以极速冲往目的地的汽车,这就是他的方向,这就是他所受过的训练,他无法刹车,也不能冒险遭警方逼退。几小时前,他主动提出辞职,全国警政署署长却悍然否决,语带威胁,也以利相诱。

"只要你依然待在警界,理所当然会受到官方的保护,但要是你离开,马上就成了平民,那么他们就可以控告你两年前犯下的疏失……我们就静静等待风暴平息,你暂时躲在暗处,卸下自己的重担与光环。然后,你可以慢慢回到岗位,我保证你的前途不会受到任何影响。"

真是鬼扯,反正长官的说法听听就好,他十分清楚,最后只会剩下他一个人,大家都会背弃他,而且会把大部分的罪责丢给他。

杀人魔比他们厉害,莫罗虽然愤怒,但多少还是觉得对手可敬。在奥斯提亚松林的那个案件中,他留下一堆线索与证物,包括他行凶后换衣服,不慎拿了受害者的衣服,因而留在后座的那件衬衫上面有他的DNA。自此之后,什么都没有,或者,应该说近乎没有。

不过,清单上还漏了一个部分,那个符号:狼头人。

莫罗记得阿斯托菲公寓里那个兽骨雕塑品的投影,也记得自己一看到它时的那股战栗。

他的上司不希望宪兵队知道这件事。他还记得他们在那天下午的对话内容,当他询问是否要把那个符号的线索一起移交给宪兵队项目小组的时候,得到了这样的答复。

"那部分我们先保留,"全国警政署署长说道,"得更加小心。"局长也立刻附和。

不过,"那部分"可能是让莫罗再次回到场上的机会。毕竟,没有人对他下禁令不得调查那个符号,所以,就官方角度而言,他还是有权查案的。

"二十三起案件……"他自言自语,在二十三起案件中,那个拟人图像如果不是犯案情节的一部分,就是与牵涉罪行的某个事物或某个人有关，为什么？

他想起了部分案情。把小孩从窗户丢出去、留下他们的鞋子作为纪念品的那个保姆认了罪，却无法解释为什么自己的日记里会出现狼头人的绘图。一九九四年，发生某男子杀死全家人之后又自杀的案件，他们家中的浴镜上也有这个图像。到了二〇〇五年，他们发现某名恋童癖的坟墓遭人喷漆，也是这个图案。

互无关联的事件，发生年代与犯案者都大不相同。唯一的共通之处就是这个符号，仿佛有人想要在这些案件中留下记号，而不想为自己留名。

这比较像是一种……洗脑改宗的过程。

其他作奸犯科的人知道犯罪之后，一定会得到襄助，这就是那个符号要传达的信息。就像是"罗马杀人魔"得到了阿斯托菲的帮忙，替他从犯罪现场取走证物，还对黛安娜·德尔高蒂欧见死不救，企图弥补凶手的疏失。

莫罗相信别的地方也有类似阿斯托菲这样的人，全心奉献邪恶，宛若把它当成了信仰。

要是他能够拆穿他们的面具，那么他就可以扳回一城。

他把李欧波多·史特里尼找来，因为他们先前请他检验阿斯托菲公寓里的那具兽骨雕塑，除了莫罗的亲信与警司克雷斯皮，他是唯一知道狼头符号案情的人。

他看到史特里尼进来了，也带着他所要求的那些档案，但脸上表情很奇怪，充满了焦虑。

史特里尼发现莫罗在打量着他，也许莫罗发现了他的局促不安。自从他在午餐时间与那个东方面孔的神秘男子交谈过后，他的生活就此天翻地覆。当他知道这个案子移交给宪兵队的时候，心情才稍稍平复了一点儿。现在他必须把所有的分析素材交给项目小组的科学实验室，换言之，他的新"朋友"，那名勒索者就再也没有办法要求成为"第一个知道"的人或是让他销毁证据，至少，他的期盼是如此。因为，他的心中有个微弱的声音在不断告诉他，无论发生什么事，那个在小餐馆遇到的男人握有他的把柄，一定会持续要挟他，直到他完蛋为止。"都在这里。"他把档案放在桌上之后，随即离开。

莫罗立刻忘了史特里尼与他的紧张态度，因为眼前就是关于狼头人那二十三件刑事案件的摘要内容。他开始仔细阅读，想要搜寻相关线索。

比方说，在那起灭门血案中，鉴识人员是在补充搜证的时候，才在浴室发现了狼头人符号，并在地板上发现了清晰的右手掌痕。报告里也提出了可能的原因：凶案发生了好几天之后，有人进入屋内，打开浴室的热水，在布满蒸汽的镜面上画了那个符号。在这过程中可能因为水汽而滑倒，为了缓冲跌倒的力道，立刻伸手支撑，所以才会在地板上留下掌痕。

不过，那样的假设也有矛盾之处：人滑倒的时候不太可能只靠单手支撑身体，自我保护的本能反应应该是使用双手才对。当时警方无法解开这个谜团，所以手印之谜就和那个镜中符号一样，全被他们抛诸脑后。因为，莫罗记得很清楚，警方不喜欢处理与邪教有瓜葛的案件。

他想要仔细研究那个恋童癖的墓碑。而在他的同事们乏善可陈的报告中，只提到"不知名人士蓄意破坏的行为"。不过，根据笔迹鉴识专家的看法，这些字句是出于"矫正右撇子"之手。以往有一些教师会强迫左撇子的小孩使用另外一只手。莫罗记得，这种事会发生在教会学校，因为里面有一种离谱的迷信传说，左手是邪魔之手，左撇子必须"予以教化"，改为使用右手。然而，除了这一个细节，这个案件也看不出任何特殊之处。

而保姆案的资料更是少得可怜。整起调查案的重点都放在小孩的鞋子上，也就是那女人将小孩抛出窗外之前留下的变态纪念品。至于日记里的那幅画，根本可说是毫无线索可言：那女人声称不是她画的，警方也就相信了这样的说辞。无论是不是她画的，都不会对审判造成任何改变。其实，要是那名保姆坚持自己心理不正常，反而可能会影响刑期。

"庭上！我看到一个狼头人，是他叫我杀死小孩的！"

正当莫罗打算跳过这段内容的时候，却意外发现令人眼前一亮的线索。他的同事当时调查过某名曾与被告约会的男子，根据那名保姆的说辞，他们不是男女朋友，只是发生过性关系而已。他们怀疑那名男子也参与犯案，所以把他叫来侦讯，其实并没有什么实证，自然也无法起诉他。不过，档案里也收录了他的供词。

让莫罗吓一大跳的并不是那男人的无聊供词，而是供词内容所附的身份文件。

在特征的那一栏，注明了他没有左臂。

莫罗立刻想到了浴室地板上的印记，难怪只有右手的掌痕：因为他是独臂人！那个恋童癖坟墓的案子，更证明了他的直觉没错：涂鸦者使用的是右手，笔触却不自然……失去左臂的左撇子正好符合这样的描述。

莫罗立刻开始搜寻保姆那个朋友的详细信息，除了名字，还有地址。

第七章

暗夜降临。

天空清朗无云,明月引路。马库斯相信在接下来的几小时之中,凶手一定会再次犯案,所以他必须尽量从这个独臂人身上挖出线索。

费尔南多虽然少了一只手臂,但依然是技术高超的驾驶员。

马库斯问道:"讲一点儿维克托的事吧?"

"你已经去找过那个老管家,所以你就等于什么都知道了。"

"再多讲一点儿,比方说,有关哈默林精神病院的事。"

费尔南多扭动方向盘,来了个急转弯:"会进入那里的小孩不是已经犯下了罪行,就是显露出犯罪倾向,我想你早就知道了这一点。"

"对。"

"你应该不知道他们并没有接受任何矫正治疗。克洛普希望保有他们的作恶能力,他认为这算是某种天赋。"

"目的是?"

"我们见到克洛普之后,你就会明白一切了。"

"为什么不现在告诉我?"

费尔南多不再盯着眼前的马路,反而瞄了他一下:"因为我想让你亲眼看到。"

"这是不是与狼头人有关?"

这一次,费尔南多不肯直接回答问题了。他只肯这么说:"你必须要有耐心,再等一下就是了。你绝对不会后悔的。你不是警察吧?所以你一定是私家侦探……"

"多少算是吧,"马库斯回道,"维克托人在哪里?"

"我不知道,其他人也不清楚。小孩一离开哈默林精神病院,回到真实世界中,我们就与他们断了联络,"他露出微笑,"但我们知道迟早都会听到他们的消息。许多人在出去两三年之后就会接连犯案,我们会在报纸或电视上看到新闻,克洛普很欣慰,因为他达到了目的:把他们锻炼成完美的邪恶工具。"

"所以这就是你们保护维克托的原因?"

"我们过去也会保护其他人,但维克托是克洛普的骄傲与喜悦:学者症候的精神变态,完全没有感受力。他的邪恶与聪明都高人一等,教授知道盐之童终将做出惊人之举。当然,你看看最近出的事就知道了。"

马库斯不知道这个人讲了多少实话,但他别无选择,只能顺着他的话继续追下去:"我在养老院外头把你扑倒在地的时候,你说你知道有个非警界人士在调查这起案件。"

"警方根本不知道盐之童的事,不过我们知道有人在追查这条线索。我负责站在那个老女人的窗外,想要知道是否有访客找她。我告诉过你了,我想要脱离这一切。"

"参与的还有谁？"

"乔瓦尼，你见过的那个老护士，他已经死了。"就是穿蓝鞋的那个男人，"然后，是阿斯托菲医生，也死了。此外，还有另一名护士奥尔佳，以及我与克洛普。"

马库斯在测试他，想要确定他提到了那卷哈默林精神病院童年录像带里面的所有人。"没有别人了吗？"

"没了，就这样。"

他们转向匝道的环状斜坡，往市中心方向驶去。

"你为什么想要脱离他们？"

费尔南多哈哈大笑："因为一开始的时候，我和其他人一样，被克洛普的想法深深打动。在认识教授之前，我是个人渣，后来他给了我目标与理想，"然后，他又继续补充下去，"还有纪律。克洛普深信童话的宝贵价值：他说它们是人性最忠诚的镜子。要是你移除了童话里的坏人，那些故事就不好玩了。你有没有发现这一点？没有人想要听那种只有好人的故事。"

"他为每个小孩量身打造某个故事：以他们为主角的童话，不过，里面只有坏人。"

"对，他也为我编了一个故事：《隐形人》……大家都看不到这个人，因为他平平无奇，没有任何长处。他想要受人注目，他希望大家都回头多看他一眼，他不甘心自己只能当个无名小卒。他买漂亮的衣服，改善外貌，但效果不好。所以你知道他决定怎么办吗？他知道增添无益，必须狠心丢弃某个部分。"

马库斯心里一阵发毛，他已经猜到故事的后半段了。

"所以他砍掉了一只手臂，"费尔南多说道，"而且学习到如何以单手处理一切。你知道后来怎么样吗？大家都会注意他，觉得他可怜,而他们不知道他内心蕴含了巨大力量,有谁能像他一样做出这种事?他现在达成了自己的目标:现在他知道他比任何人都强壮,"然后,他又重复了那个字眼儿:"纪律。"

马库斯非常惊骇:"现在你要背叛教导你一切的那个人?"

"我并没有背叛克洛普,"他的态度变得冷漠,"但是实现理想需要付出,我已经为了这个目标作出了诸多奉献。"

目标?马库斯心想,到底是什么样的目标会让一群人去保护行凶恶徒?

"还很远吗?"

"快到了。"

他们到达吉朋纳利路附近的某处空地,停好车子之后,徒步前往鲜花广场。

这地方听起来像是个广场,其实与其他广场截然不同,因为它原本是一片荒野,后来周边才出现了豪宅与其他建筑,广场也应运而生。

虽然这个名称会让人想到乡村美景,但其实这里是古罗马时代"杰雷拉"酷刑的发源地。他们以绳子鞭打犯人,直到四肢断落。此外,这里也是执行火刑的地方。

因为主张"异端邪说"而遭到定罪的乔尔丹诺·布鲁诺,就在这里被活活烧死。

马库斯只要经过这个广场,一定会抬头仰望这位多明我会修士的黄铜雕像,头上戴有斗篷风帽,眼眸深沉凝定。身为自由思想家,布鲁诺挑战了宗教法庭,他宁可面对火噬,也不愿意否定自己的哲学思想。马库斯与他有诸多类似之处:两人都深信理性的力量。

费尔南多走在他前面,身体倾斜,剩下的单臂大力摇晃,仿佛在行军,身上穿的外套十分宽松,就像是小丑装一样。

他们的目的地是一栋建于十七世纪的豪奢别墅,数百年来已历经了多次翻修,依然保留着当年的贵气。

罗马到处都看得见那类贵族宅邸。从外观来看,似乎状态颓败,就像是住在里面的那些人一样:都留有伯爵、侯爵、公爵这种除了曾在历史上保有一席之地,其实已经毫无价值的称谓。不过,这些豪宅里面的古董家具与艺术作品,会让所有的博物馆与私人收藏家都心生嫉妒。如卡拉瓦乔、曼特尼亚、本韦努托·切利尼等级的艺术家们愿意出借他们的天赋,美化当时那些贵族的住所。现在,能够欣赏到这些大师之作的人也只有他们的子孙,他们就像自己的祖先一样,靠着过往特权得到的不义之财,过着挥霍遗产的日子。

马库斯问道:"克洛普怎么能够住得起这样的地方?"

费尔南多面向他,露出微笑:"老弟,人生有很多你根本不知道的事。"说完之后,他又加快了脚步。

他们穿越一道边门,费尔南多按下一个电灯开关,照亮了一小段通往一间地下室套房的阶梯。这是管家的住所,还有另外一道阶梯通往上面的楼层。

"欢迎来到我家。"费尔南多指了一下几乎占满全部空间的单人床与小厨房。衣服挂在开放式衣橱里,还有好几柜的食物,大多是罐头:"在这里等我。"

马库斯抓住他的手臂:"想都别想,我要跟你一起去。"

"我发誓绝对不会耍你,但如果你想跟着就一起来吧。"

马库斯打开手电筒，两人一起开始爬楼梯，走了无数级阶梯之后，到达梯台，没有门，已经无路可进。

"这是在开玩笑吗？"

费尔南多被逗乐了。"相信我吧。"他伸出手掌，推了其中一堵墙，果然有道小门开了，"你先请。"

马库斯推了一下费尔南多的背，逼他先进去，自己随后跟上。

他们进入了一个大房间，里面没有家具，风格十分富丽堂皇。除了老式金属暖气管与装有百叶窗的大窗户，唯一的设备就是墙上的大型镀金框镜子，映照出手电筒的光束与他们两个人。

他们穿过的那道小门正好与壁画融为一体，创造这种秘密信道的原意是让仆人们方便进出豪宅，可以安静地现身与退下，绝对不会打扰到主人。

马库斯低声问道："有谁在家？"

"克洛普与奥尔佳，"费尔南多回道，"只有他们两个，他们住在东厢，如果要到那里，我们得……"

他来不及讲完，因为马库斯立刻朝费尔南多的脸挥拳，他跪倒在地，伸手捂住大量出血的鼻子，马库斯又对他的腹部补了一脚。

马库斯又问了一次："有谁在家？"

"我告诉过你了。"费尔南多发出哀号。

马库斯硬是把费尔南多扳过去，从对方的屁股口袋里拿出手铐。刚才爬楼梯的时候，他早就注意到了。现在，他把手铐狠狠丢到费尔南多的脸上："你对我撒了多少谎？我一直在听你的话，但我觉得你对我不老实。"

"为什么这么说？"费尔南多对着大理石地板啐了一大口血。

"你真以为我这么天真？相信你这么轻易就出卖你的老板？"

你为什么要把我带到这里来？"

这一次马库斯狠狠踢他的侧边，费尔南多倒吸一口气，在地上打滚，正当马库斯准备继续踢他的时候，费尔南多赶紧伸手阻止他："好……是克洛普要我把你带来这里的。"

马库斯不知道该不该相信这种说法，费尔南多趁隙利用他的单臂爬到墙边，躲在那面镀金框巨镜的下面。

"克洛普找我做什么？"

"他要见你，我发誓我真的不知道为什么。"

马库斯又朝他走过去，费尔南多伸手阻挡，担心自己又会被狠踢。马库斯却揪住他的衣领，拿起地板上的手铐，把他拖到暖气管旁边，铐住了他。然后他转身，准备走向通往其他房间的那扇大门。

费尔南多在他后面哀号："克洛普一定会很不高兴的。"

马库斯真希望能让他闭嘴。

"没有家具的房间，你唯一能够铐我的地方就是暖气管，"费尔南多哈哈大笑，"真有创意！"

马库斯握住门把，往下一拉，门开了。

"我是隐形人，隐形人知道纪律就是他的力量。要是他保持纪律，大家就会发现他有多么强大。"然后他又开始哈哈大笑。

马库斯语带威胁："闭嘴！"他打开了门，在准备要离开之前，朝那面镀金框巨镜瞄了一下。他觉得自己出现了幻觉，因为被铐在暖气管上的那个独臂男多了一只手。

他有两只手，而他的左手紧抓着某个东西。

镜子里有针筒在发光，电光石火之间，马库斯发觉它刺入了自己的大腿里，股动脉的高度。

费尔南多说道:"要让每个人看不出你真正的面目。"现在,针筒里的药水慢慢渗入马库斯的血液之中,他必须抓住门把,不然马上就要摔倒了,"每一天都要重复相同的练习,付出努力与用心,就连你也无法参透。不过,你现在正好可以看个清楚。"

马库斯现在才明白这个计划有多么缜密。费尔南多在养老院外的现身,马库斯以为是自己意外看到的、对方屁股口袋里露出的手铐,还有空无一物的房间,但暖气管正好在门旁边:这是完美的陷阱。

马库斯知道自己就要晕厥过去,就在他失去意识之前,他又听到费尔南多在讲话。

"纪律,老弟,重点是纪律。"

第八章

一轮满月,垂目凝望这个古迹区的狭窄街道。

莫罗走到那座独臂人管家的十七世纪别墅前面,他的住所在地下室。莫罗还不想直接过去,他宁可先耐心等待,打探四周的状况。他不确定那个男人是否在家,不过,至少他已经确定了目标的藏身地点。明天,他会发动奇袭搜索。

他转身,回到自己的停车处,却突然停下脚步,因为他发现别墅的侧边有动静,有人打开了深木色的双开门。过了一会儿,一辆旅行车从以往停放马匹与马车的马厩里开了出来。

那辆车经过莫罗的面前,看到有个独臂男在开车,他鼻子肿胀,鼻孔里塞满了沾满血迹的棉花球。旁边坐了个五十多岁的女人,一头红色的短发。

他们在这么晚的时候到底要去哪里?莫罗并没有多想,因为光是看到眼前的画面,就已经让他立刻拔腿,朝自己的停车处狂奔而去。他还抄小巷近路,希望可以在他们钻入这座城市中心的历史迷宫之前赶紧追过去。

车子在石板路上颠簸前行,对于被五花大绑又塞住嘴巴的马库斯来说,虽然只是轻微震晃,却宛若重锤朝他的太阳穴直接敲下去。他蜷曲成胚胎的姿势,双手被反绑在后,小腿也被牢牢缠缚。他们在他的嘴里塞入的那条手巾,让他几乎无法呼吸,这也可能是因为刚才费尔南多在奥尔佳帮忙把他塞入车里的时候,为了报复,先揍了他鼻子一拳。

让马库斯倒地的迷药依然让他昏昏沉沉,不过,现在他的位置可以多少听到那两名哈默林精神病院前护士的对话。

费尔南多问道:"好,所以我表现还不错吧?"

"当然,"那红发女子回他,"教授已经听到了一切,他对你的表现相当满意。"

她说的是克洛普吗?所以他的确在那栋豪宅里,也许费尔南多并没有对他撒谎。

奥尔佳说道:"但把他带入房子里太危险了。"

"我早已精心布局设下陷阱,"费尔南多替自己辩护,"而且我别无选择,要是我建议去其他的偏僻地方,他才不愿意跟我去。"

"他一定问了你很多问题,你说了什么?"

"只有他早就知道的那些部分。我一直随口敷衍,他也信了,我想可能是因为他在找寻确证。你也知道,这家伙很聪明。"

"所以他什么都不知道?"

"我觉得是毫不知情。"

"有没有仔细搜身,确定他身上没有任何证件?"

"没错。"

"没有名片,也没有哪个地方的收据?"

"没有,"他向她保证,"他的口袋里除了手电筒,就只有一双乳胶手套、伸缩式螺丝起子,还有一点儿钱而已。"

马库斯心想,这个浑蛋还漏了一个东西,就是挂在他脖子上的大天使米迦勒圆形垂饰。

"哦,他还有那位父亲和双胞胎的照片,一定是养老院的阿格波夫管家给了他这个东西。"

"销毁了没有?"

"我把它烧了。"

马库斯再也不需要了,他记得一清二楚。

"而且他也没有武器。"费尔南多的报告到此结束。

"奇怪,"奥尔佳说道,"据我们所知,他并不是警察。从他身上的那些东西看来,他应该是私家侦探,那他到底是为谁工作?"

马库斯希望他们追根究底找出答案之后才会取他性命,如此一来,他就可以多争取一点儿时间。可是药物的强大作用害他无法构思计划,他知道自己快完蛋了。

莫罗与那辆旅行车保持约三百米的距离,只要他们依然还在市区,他就可以利用其他车辆作为屏障,他们也没办法从后视镜瞄到他。现在他们走的是罗马周边宽敞的多线道环状快速道路,他得更加小心,话说回来,跟丢的后果可能会更可怕。

换作其他状况,他一定早就以无线电呼叫支援了,但现在并没有任何罪证,而且他也不觉得跟踪他们会发生什么危险。其实,在被长官踢出杀人魔的案子之后,他更急着证明自己的价值,尤其是证明给自己看。

伙伴，我们看看你是不是宝刀未老。

有人打算为非作歹的时候，他总是能够嗅到犯罪气息，这是他的专长。也不知道为什么，他就是觉得自己面前的这两个人正在密谋某项计划。

应该是非法之事。

他发现他们的速度明显趋缓。奇怪，这段路看不到任何的出口指示牌。他也放慢速度，礼让某辆卡车超前，让自己躲在后面。他等了几秒钟，转动方向盘，查看货车前头的动静。

已经看不到那辆旅行车了。

他又多转了两次，还是没看到。他们到底到哪里去了？正当他满腹狐疑的时候，那辆旅行车出现在他右侧后视镜中，停在路边，而他正好从一旁驶过。

"你想逼我停下来？"

费尔南多在大吼，但马库斯被绑住的双腿依然猛踢车体。

"混账，我已经停车了，你现在是想要我开回去吗？这样对你恐怕不好吧？"

奥尔佳的大腿上放着黑色包："也许我们现在应该给他第二剂。"

"他必须先回答才可以。我们必须问出他到底知道什么，然后再把该给他的那一针打下去。"

该给他的那一针，马库斯心想，就是准备要让他断气了。

"你要是不闭嘴的话，我就拿千斤顶打断你的两条腿。"

这样的威胁果然发挥了作用，马库斯又踢了两脚之后，乖乖停下动作。

"很好，"费尔南多说道，"看来你已经慢慢了解状况。要是我们能加快速度，对你也是好事一桩，相信我。"

他又继续上路。

莫罗再次放慢速度，切入路肩，双眼紧盯后视镜。

跟上来啊，让我看到你们，浑蛋，快回到路上。

他发现远方出现了两个车头灯，祈祷是那辆旅行车，果然没错。他精神大振，准备让他们超过去，然后自己继续尾随。就在他等待的时候，另一辆车头灯大亮、猛按喇叭的货车开入路肩，逼得他只好提前离开，要是不移动的话，铁定会发生车祸。

结果，那辆旅行车又落在他的后头。

他只能再次冒险一赌，看看对方会不会超他的车，他也别无选择了。他祈祷不要在这时候有出口，他的愿望却得不到回应，因为那辆旅行车走的是开往萨拉里亚的方向，最后，真的消失不见了。

"不！该死！不可以！"

他猛踩油门，极速前进，找寻另外一个可以回头的出口。

马库斯虽然处于很不舒服的位置，但也知道他们已经驶向另一条路。不只是因为车速减缓，而且现在的路面也似乎没那么平整，遇到了更多的颠簸与坑洞，害得他频频撞到后车厢的壁面。

然后，他听到了开入泥巴路的声响，错不了。飞溅的小石头不断弹向车底，宛若爆米花在不断噼啪作响。

前面那两个人不再说话，害得他再也无法得知宝贵的心理定位信息，等到他们到达之后，打算做什么？他盼望能够提早知道，而不是被迫瞎猜。

车子急拐弯,停了下来。马库斯听到奥尔佳与费尔南多下车,关门。现在,他听到车外传来模糊的对话。

"帮我打开后车厢,把他塞进去。"

"你的另一只手臂呢?偶尔用一下都不行?"

费尔南多摆出卖弄学问的模样:"纪律啊,奥尔佳,纪律。"

马库斯听到履带在移动的声响,然后,费尔南多又回到车内,再次发动引擎。

开了三千米之后,莫罗总算能够掉头,往相反方向驶去,他的目光不断在风挡玻璃与左侧来回游离,想要找到那辆旅行车的下落。

就在刚才跟丢的那个出口附近,他发现了对方的踪迹,所幸正值满月,让他看到了车尾灯。那辆车在某座山丘的顶端,两侧似有道路围绕。

从这么远的地方观察,很难说那就是他在追的旅行车,但他已经看到那辆车开进了某间铁皮屋。

莫罗加速,找寻出口,继续跟踪下去。

有人打开了汽车后车厢,拿着手电筒对准马库斯的脸。他出于本能,赶紧闭上双眼,全身往后缩。

"欢迎,"费尔南多开口,"现在我们总算可以好好聊一聊,让你作一下自我介绍了。"

费尔南多抓住缠绑他的绳子,准备把他拖出后车厢,在这个时候,奥尔佳开口:"不需要。"

费尔南多转身,一脸诧异地望着她:"你这话什么意思?"

"我们现在已经接近尾声，教授说直接杀死他就是了。"

费尔南多一脸失落。马库斯觉得纳闷儿，到底是什么到了尾声？

费尔南多开口："我们还是得对付那名女警。"

哪名女警？马库斯不禁全身颤抖。

"那个之后再说，"奥尔佳回道，"我们还不知道她会不会惹麻烦。"

"你也看到她在电视上画出了那样的十字，她究竟是怎么知道的？"

他们在说什么？会不会讲的是桑德拉？

"我查过资料了，她不是警探，而是鉴识摄影人员。不过，我们要是有疑虑的话，我已经知道该怎么对付她了。"

现在马库斯十分确定他们说的就是她，但他现在想救人也无能为力。

奥尔佳打开随身带的包，拿出一把小型自动手枪："费尔南多，你的旅程也在此结束。"然后，她把武器交给了他。

费尔南多又露出失落的表情："难道不是我们同归于尽？"

奥尔佳摇头："这是教授的决定。"

费尔南多接过手枪，双手捧着，站在那里仔细端详。许久之前，自杀的念头就已深埋在他的心头，他已经完成应尽的义务，他坦然接受，这也是服从纪律的表现。毕竟，他自我了断的方式比乔瓦尼与阿斯托菲来得轻松多了。被活活烧死，或是从窗户一跃而下，都是可怕的自尽方式。

"你会告诉教授我的表现一直很好吧？"

奥尔佳满口答应："一定转达。"

"如果我请你帮忙扣下扳机,你也会这么说吗?"

奥尔佳走到他面前,拿回手枪:"我会告诉克洛普,你十分勇敢。"

费尔南多微笑,看来是心满意足。他们两人都画了颠倒的十字,然后,奥尔佳向后退了好几步。

莫罗把车停在一百米远的地方,开始爬坡。他已经快要到达丘顶,十分接近那间貌似废弃仓库的小屋,就在这时候,他看到有光线从一扇破窗透了出来。他拿出手枪,继续往前。

旅行车的车灯以及手电筒的光照亮了仓库内部。他发现屋内有三个人,其中一个在后车厢里被五花大绑,还被塞住了嘴。

靠,他在心里咒骂,果然没错:那两个人——独臂男与红发女子——的确打算作恶。他没办法听清楚他们到底在讲什么,只看到那女子拿着枪,往后退,现在瞄准了那个独臂男。他不能再等下去了,赶紧以手肘撞破玻璃,拿枪对着她:"住手!"

仓库内的三个人同时转身,望向他的方向。

"把手上的东西丢掉!"

那女人犹豫不决。

"我说丢掉!"

她乖乖听从,举起双手,费尔南多也一样,高举他的独臂。

"我是警察!这里是怎么回事?"

"感谢老天!"费尔南多惊呼,"这个臭女人逼我,要我绑住我的朋友,"他指了指马库斯,"然后她命令我开车过来这里,准备杀死我们两个人。"

马库斯盯着带枪的那个男人,是副局长莫罗,他认得这位警官,但他不喜欢莫罗听到费尔南多谎言之后的迟疑眼神。他不会相信这种话吧?

莫罗坚定了态度:"你根本在胡扯。"

那个假残废发现自己瞎编的故事唬不了人,他得想出其他说法解套。"这附近还有一个她的同伙,他随时可能会过来。"

马库斯现在明白了他的把戏:费尔南多希望莫罗去搜寻那名同伙,如此一来,就得请他拿奥尔佳的手枪盯着她,幸好,莫罗没那么天真。

"我绝对不会让你碰那把手枪,"莫罗继续说道,"而且也没有同伙:我盯着你们到达这个地方,除了那个在后车厢的男人,从头到尾就只有你们两个而已。"

但费尔南多依然不肯放弃:"你说你是警察,那你一定有手铐。我屁股口袋里也有手铐。那女人可以把我铐在车上,我也可以把她铐在那里。"

由于药物作祟,马库斯实在猜不透费尔南多在打什么主意,他开始猛踢后车厢。莫罗问道:"你朋友是怎么回事?"

"没事,都是因为她给他下了药。"他指了指刚才奥尔佳高举双手而滑落在地的黑色皮包,里面正好有针头露出来,"他先前也出现过相同反应,逼得我们只好暂停在路肩。我觉得应该是抽搐反应,他得去看医生。"

马库斯希望莫罗不会中计,只能拼命猛踢。

莫罗说道:"好,我们看一下你的手铐。"

费尔南多慢慢转身,同时撩起外套,露出了屁股口袋里的东西。

"奵,现在把它拿出来,但是你必须铐住你自己,你不准接近她。"

费尔南多拿出手铐,然后蹲在旅行车的挡泥板旁边。把手铐的其中一边扣住拖车架。然后,靠着膝盖稍微出力,铐住自己的右腕。

不要!马库斯在心里狂吼,千万不要!

这时候,莫罗也把自己的手铐丢到窗户的另一头,对红发女子下令:"现在轮到你了。"

她拿起手铐,走到一个车门旁边,把自己铐在门把上。莫罗盯着她,确定她乖乖听令照做,而马库斯看到费尔南多的左手从袖子里伸出来,抓住地上的手枪。

这不过是一瞬间的事而已。莫罗正好及时发现费尔南多的动作,朝他的颈部开枪。但费尔南多没有立刻断气,倒下的时候动作敏捷,还开了两枪,一枪打中莫罗的侧边,逼他整个人向后旋身。

那红发女子依然行动自如,她绕到车子旁边,蹲在一旁,潜入驾驶座,发动引擎。莫罗虽然受伤,但还是对她开火,却没有办法阻止她离开。

车子冲破了铁皮大门,把马库斯从后车厢抛了出去。在他落地的那一瞬间,感觉到一股剧痛,他短暂失去了意识。等到他稍微恢复之后,看到费尔南多仰躺在一片深色血泊之中——死了。然而,莫罗还活着,他一只手紧抓着枪,另一只手拿着手机,正在拨号。他持枪的那只手臂却紧挨着胸膛,马库斯发现莫罗的身体侧边正在大量出血。

子弹打中锁骨下动脉,莫罗心想,自己马上就要死了。

莫罗好不容易按下了紧急求援代码,把手机拿到耳边。"代号二七二四,"他开口说道,"我是副局长莫罗。发生枪战,有人受伤,请追踪来电……"他还来不及说完,手机已经滑落而下。

马库斯与莫罗都躺在地上,相隔了好几米,彼此对望。就算马库斯没有被捆绑,他也帮不了莫罗。

他们两人互相凝视了好一段时间。这片乡野又恢复了平静,月光流泻,宛若沉默的旁观者。莫罗正在与死神拔河,马库斯想以目光鼓励他。他们并不认识彼此,也没有说过话,但他们都是人,这一点已经足够了。

马库斯看到了生命之光从对方眼眸消失的那一刻。十五分钟之后,终于听到山丘另一头传来鸣笛声。

奥尔佳成功逃逸。但马库斯心系的是桑德拉,还有,她恐怕已经陷入危境。

第九章

低垂在地平线上的满月,随时可能会没入竞技场的环廊线之中。

凌晨四点钟,桑德拉走在帝国广场大道上,走向那个世界公认的象征罗马的历史遗址。如果她在学校时的课堂记忆没错的话,竞技场是在公元八〇年的时候正式启用,长度为一百八十八米,宽度为一百五十六米,高度为四十八米,而竞技的场地部分长八十六米,宽五十四米。有首儿歌方便记诵这些数字,不过,真正让桑德拉吃惊的是它可以容纳的观众数量多达七万人。

其实,竞技场是大家对它的昵称,它原来叫作弗莱文圆形剧场。这个建筑物的大门口本矗立着尼禄皇帝的黄铜巨像(colosso),因而产生了现在的名称(colosseo)。

在竞技场里面,人畜死亡之道并无二致。角斗士(gladiatore)——这个名称源于他们拿来战斗的利剑(gladio)——他们彼此残杀,或是与来自罗马帝国最偏远角落的野生动物进行搏斗。社会大众喜爱暴力,某些角斗士广受欢迎的程度宛若现代的运动冠军,当然,死后就没有这等名声了。

久而久之,竞技场成为基督徒的象征,这起源于某段完全没有历史根据的故事,异教徒曾经把基督徒送去喂狮子,这个传说的功能,应该是强化了真正受到迫害者的那些记忆。每一年,在天主教复活节之前的那个周四到周五的夜晚,教皇会带领众人从竞技场出发,举行"拜苦路"仪式,纪念耶稣殉道。

不过,桑德拉却忍不住想到马克斯在离开前告诉她的另一个传说版本。问题是:"Colis eum?"而答案是:"我崇拜魔鬼。"给她发送陌生短信的那个人,吩咐她在这种时候到这里来,如果不是超有幽默感,那就是十分严肃。桑德拉曾经在奥斯提亚松林里看到阿斯托菲画出那个颠倒的十字,她倾向于认定是第二个假设。

竞技场正对面的地铁站出入口依然紧闭,前方的小型广场上空无一人,现在没有观光客,也没有打扮成罗马百夫长,与观光客合照赚钱的那群人,只看得到远方出现了好几组清道夫在打扫,准备迎接下一批观光客。

现场如此空旷,桑德拉确定自己一定可以看到那个邀请她来这里的人。虽然她维持训练的频率只有一个月打靶一次,为了以防万一,她还是带了自己的公务配枪。

她等了快二十分钟,但没有人出现。正当她觉得自己被人愚弄,打算离开的时候,她转身,发现竞技场的铁栏杆处出现了一个洞,难道有人提前为她做好了准备?

不可能,她告诉自己,我绝对不会进去。

她真希望马库斯能够陪在她身边,有他在,就能赐予她勇气。她心想,你可不能一路走到这里,最后却掉头而去,好,那就继续吧。

桑德拉拿出手枪，紧握在身体侧边，钻入那个洞里。

她进入了观光客路线的某段走廊，顺着那些方向指示牌前进，同时侧耳倾听，能够让她知道自己并非孤单一人的任何声响都好。正当她准备踏上通往座位区的石灰华阶梯时，她听到一个男人的声音。

"维加警官，别怕。"

声音来自底层，在竞技场下方与周边的交错通道中。桑德拉陷入犹豫，她不太敢下去。

但那个人依然很坚持："你想想看，如果我要对你设下陷阱，当然不会挑选这个地方。"

桑德拉思索了一会儿，觉得不无道理。她站在台阶顶端发问："所以为什么要选在这里？"

"你还没搞懂吗？这是测试。"

她开始步下台阶，速度缓慢。现在她是脆弱的目标，可她别无选择。她的双眼开始努力适应黑暗环境，到达底层之后，她四处张望。

对方开口："站在那里就好。"

桑德拉转向某个方向，看到了一团人影。那男人坐在某个数百年前从巨柱掉落的柱顶上面。她看不清楚他的脸，但注意到他戴着帽子。

"那我通过测试了吗？"

"我还不知道……我看到你在电视里画了颠倒的十字。告诉我，你是他们当中的一分子吗？"

他们。这个词让她联想到黛安娜·德尔高蒂欧在手写板上留下的字,不禁让她忍不住全身颤抖。

"你猜到了我的短信谜底,你怎么会知道答案?"

"都是靠我的男友,他是历史老师。"

巴蒂斯塔·艾里阿加知道她所言不假。他在搜寻她电话号码的时候,也一并收集了她的背景资料。

"他们,指的是恶魔的崇拜者?"

"维加警官,你相信有恶魔吗?"

"不太相信,我为什么要相信这种事?"

艾里阿加没回答,又继续丢问题:"你到底知道什么?"

"我知道有人在保护'罗马杀人魔',但我不知道原因。"

"你有没有报告上级?他们怎么说?"

"他们不相信我。我们的法医阿斯托菲博士破坏侦查,然后又自杀,可他们认定他只是发疯了而已。"

艾里阿加发出轻笑:"我想你的上级有事瞒着你。"

桑德拉早就起疑了,听到有人就这么大声说出来,不禁让她火冒三丈:"什么?你指的是哪一件事?"

"狼头人……我想你从来没听过吧?它是一个会以各种不同形式出现的象征符号,但一定与犯罪有关。二十多年来,警方一直在秘密累积这些案件,目前收集了二十三起。不过,我可以向你保证,还有更多未曝光的案件。其实,除了那个象征物,这些案子毫无共通之处,而就在几天前,他们也在阿斯托菲的公寓里发现了这个东西。"

"为什么要搞得这么神秘?我不懂。"

"这样的秘教活动究竟是为了什么?幕后指使者又是谁?警方一直摸不清头绪。而且,光是想到要面对完全无法以纯理性观点理解的事物，就迫使他们必须要保守秘密，不能透露更多案情。"

"但你知道原因吧？"

"亲爱的桑德拉，你是警察，你认为大家都站在好人那一边是理所当然的事，要是有人告诉你其实恶人也有支持者，你一定会吓一大跳。我不希望改变你的想法，不过某些人认为唯有强力捍卫人性的邪恶元素，才能延续我们的物种。"

"我真的还是听不懂你在讲什么。"

"你仔细看一下这个地方。竞技场是残虐死亡事件的集中地：遇到这种事，大家应该逃之夭夭，他们却趋之若鹜，仿佛参加派对一样。我们的祖先是不是禽兽？你觉得经过了千百年之后，人类的本性有任何改变吗？现在，大家黏在电视机前面，充满着同样的病态好奇心，紧追'罗马杀人魔'一案，简直把它当成了马戏团一样。"

桑德拉必须承认，这样的比拟不算失当。

"恺撒四处征战，嗜血程度与希特勒并无二致。不过，现在的观光客却会购买印有他图像的T恤，数千年之后，他们会不会也对希特勒做出一样的事？其实，我们对于过去的罪行总是睁一只眼闭一只眼，现在你可以看到许多家庭来到竞技场，站在这个充满死亡与暴行的地方，微笑着拍照留念。"

"我同意你有关人类天性残酷冷漠的观点，但为什么要保护恶人？"

"因为，这样一来，我们就能永远拥有进步的载体：事物必须被摧毁之后，才能得到更好的重建成果，而且大家总是希望十全十美，目的就是要征服别人，不会被别人踩在脚底下。"

"恶魔与这件事有什么关系？"

"不是恶魔，而是信仰。这世界上的每一种宗教都认为自身掌握了绝对的真理，可它们通常会相互矛盾。没有人想要找寻普世真理，但对于自己相信的总是深信不疑。神只有一个，你不觉得这观念很荒谬吗？对于恶魔的信徒来说，神跟恶魔又有什么不一样呢？他们不觉得自己有错，完全不认为自己的所作所为有哪里出了问题。他们认定血腥杀戮具有正当性，就像是其他为了理念而发动战争的人一样。"

"所以他们是……恶魔的信徒？"

艾里阿加讲出了第二层的秘密。不需要继续画蛇添足。那些在狼头人符号中觉察自我的就是撒旦信徒，不过这种表达方式的含义太深广复杂，超出了一名年轻女警的理解范畴。

还有第三层秘密，依然是无解谜团。

所以巴蒂斯塔·艾里阿加只是简单回道："对，他们就是撒旦的信徒。"

桑德拉很失望，因为副局长莫罗居然对她隐瞒了部分案情，搞不好警司克雷斯皮也有份儿，他们轻视了阿斯托菲的角色与她所揭露的真相。不过，她更失望的是，原来那些保护杀人魔的只是一般的邪魔崇拜者。要不是因为有人遇害死亡，她一定会因为这种荒谬的真相而哈哈大笑。

"你找我要做什么？为什么要把我拉来这个地方？"

现在，是他们这场相会的关键时刻。巴蒂斯塔·艾里阿加有任务交给她，相当棘手的重责大任，他希望她千万不要失手。

"我想要助你一臂之力，阻止盐之童继续为非作歹。"

第四部
光之童

第一章

　　他喝了两杯伏特加，睡意浓重，但根本不想上床。

　　夜店里挤满了人，他是唯一在桌前自己喝闷酒的客人。他一直在玩弄那栋滨海别墅的钥匙。他找朋友帮忙的时候，只说不知道能不能借用几天，等他找到别的栖身之所就会立刻归还。他朋友把钥匙交给他的时候，什么都没有多问，反正，他的表情已经说明了一切。

　　马克斯很清楚，自己与桑德拉之间已经就此画下句点。

　　他的口袋里还放着被她拒绝的那只戒指盒，其实，她根本没打开，连里面的戒指长什么样都没看到。

　　"该死！"他一口喝光了杯中剩下的伏特加。

　　他给了她所有的爱，奉献了一切，所以他到底是哪里出了错？他原本以为一切都很顺利，不过，她前夫总是阴魂不散，横亘在他们两人之间。马克斯不认识戴维，连对方的长相也不知道，他却永存于世。要是戴维没死，要是他们与这世界上的无数夫妻一样，只是单纯离异，也许她就能产生解脱感，能够给予他所应得的爱。

对，这就是重点：他值得她寄托所爱，这一点他十分确定。

虽然道理站在他这一方，但也不知道为什么，他想要惩罚自己。他的问题就是他太完美了，他自己很清楚这一点。他早就应该为自己多提出一些要求，而不是一直像水蛭一样紧黏着她。要是不对她那么好，事情也许就会有所改观。毕竟，戴维一直很自私，不肯为了她放弃那份必须进入全球艰险之地的记者工作。虽然桑德拉不喜欢他长时间在外旅行、毫无音信，也不知他是否安好，就连人是死是生都不知道，但戴维依然故我。

"该死！"这次他痛骂的对象是戴维的幽魂。他应该多跟戴维学一学，也许他就不会失去她了，想到这一点，就应该再惩罚自己多喝点儿伏特加。

他明天一早还有课，但已经完全不放在心上，正当他打算要点一整瓶的时候，他发现吧台有名女子正盯着他，她正在啜饮鸡尾酒。是个美女，不是那种浮夸型的，他心想，这是某种不经意的性感。虽然酒杯空空如也，他还是举杯向她致意，他不是会做这种事的人，但现在哪管那么多。

她也举起自己的鸡尾酒杯回礼，然后，走到了他的桌前。

"你在等人吗？"她开口问道，"让我陪你一会儿，好吗？"

马克斯吓了一跳，不知该如何应答才好，最后，他回道："好，请坐。"

"我叫明娜，你呢？"

"马克斯。"

"明娜与马克斯：正好是双M。"她自己觉得这句话很俏皮。

他听出对方有东欧口音："你不是意大利人。"

"其实我是罗马尼亚人。你的口音也不像是意大利人,我没猜错吧?"

"我是英国人,但我已经在这里定居多年。"

"我整个晚上都在注意你。"

奇怪,他明明是在不久前才发现有这个人的。

"我猜你应该是在生气吧?"

马克斯不想告诉她实话:"我今晚约的那个女人放我鸽子。"

"那么,今晚就真的是属于我的了。"她露出淘气的微笑。

现在,他才开始仔细端详她:黑色深V的时髦洋装,精致的美甲,红色的指甲油搭配纤细的双手,左腕有只厚重的金色手环,脖子上的钻石不知道究竟有几克拉。他发现她的妆有点儿太浓了,不过她的气味绝对是出自法国香水。他心想,好出众的女子。他觉得自己并没有性别歧视,但他必须承认,有时候他觉得女人想要过好日子,一心依赖的就是他们的伴侣,也许因为有太多女人一知道他只是个老师,立刻就掉头闪人。所以他通常会精算一下,才会考虑要不要继续深入了解对方,而且,如有必要,必须要避开这些女人,以免被她们甩掉。最好还是不要对眼前这一位抱持幻想:因为他负担不起。他等一下会请她喝杯酒,但不会有任何期待,只要能够短暂做伴就够了。之后,两人就会分道扬镳。

他指了指那杯鸡尾酒:"要不要我再请你喝一杯?"

明娜再次微笑:"你口袋里有多少钱?"

这么直接的提问,他一时反应不过来:"我不知道,为什么要问这个?"

她凑到他面前,两人脸部的距离只有几厘米,他已经闻到了

315

她的香甜气息。"你是真的不知道我是做什么的？或者你是打算和我玩游戏？"

妓女？他无法置信。"不，抱歉……只是……"他想要为自己辩驳，却口拙难言。

这反应引来那女子开心大笑。

然后，他又恢复镇定。"我有五十欧，但我可以去提款机取钱。"马克斯不敢相信自己居然说出这种话，某种越轨的欲望突然抓住他不放。他想要撕毁自己与桑德拉之间的那份无意义合约。就是它让他总是一厢情愿地遵守约定，过着忠贞不贰，甚至有些无聊的生活。

明娜也在这时候评估这笔交易，她的双眼紧盯着他，似乎比别人更能看透他的心思。"你知道吗？你人不错，"她开口说道，"我会给你折扣，反正我今天也没做到生意。"

马克斯兴奋得跟小孩一样："我的车停在外面，我们去找个安静的地方吧。"

她摇摇头，摆出臭脸："你觉得我看起来像是会在车里玩的人吗？"

的确不像。

"而且，最近还有那个疯子……"

她说得没错，他忘记有"罗马杀人魔"了。当局建议情侣们不要选择偏僻地点窝在车内做爱。不过，他还有萨包迪亚的别墅。是有点儿远，但他可以多付她一点儿钱，劝她接下这笔生意。虽然是冬天，而且有点儿冷，不过他可以生火。"我们走吧，我带你去海边。"

火光噼啪作响，卧室已经暖了，他没有丝毫的良心不安。他打算背叛桑德拉，不确定这算不算是"真正的"背叛。她并没有明讲她不爱他了，可她那些话的含义就是如此。他也不想追问自己，要是学生们看到他现在的模样，会作何感想：躺在别人家的床上，等待高级伴游女郎从浴室出来，准备与她上床。

不，就连他自己也看不下去，所以只要罪恶感开始喊话，他就立刻将它消灭。

驱车前往萨包迪亚的途中，明娜在座位上睡着了。他一直在偷瞄她，想要搞清楚这个三十五岁或三十六岁、戴着面具引诱男人的女子，到底是怎样的人。他很好奇她的生活与梦想。她是否曾经与人谈过恋爱，或者依然有男友？

到达之后，她立刻四处张望。这栋别墅位置优越，直接面海，左侧是奇尔切奥峰与国家公园，今晚正好有映亮一切的明月，这是马克斯永远负担不起的豪华全景，不过，这倒是立刻打动了明娜。

她询问厕所的位置，然后脱掉了高跟鞋，爬上二楼，这景象让他看得很陶醉，简直像是天使登上天堂。

双人床的床单很干净。马克斯脱了衣服，把衣物收得整整齐齐，就像是在家里一样，他却没有意识到这一点。这是他的习惯，良好教养的一部分，与他决定要做的事大相径庭，这个举动完全背离了他一向谨慎小心的性格。

明娜已经事先讲得很清楚：在一起的时间至多一小时，不能接吻，这是规矩。然后，她拿出包里的一盒避孕套，确定他使用方式无误。

马克斯关灯，静静等待，心情紧张不安，因为她随时可能会出现在门口,也许只穿着内衣而已。到处都闻得到她的香水味,让他迷乱又兴奋。他已经什么都不管了,只要不会想到桑德拉带给他的痛苦就好。

当他看到黑漆漆的门口出现闪光的时候,原以为是自己的幻想在作祟。但过了一会儿,又出现了一道闪光。所以他不假思索,立刻望向窗外,天空清朗,地平线上无风无雨,而且明月依然高挂天空。

第三道闪电出现的时候,他才发现那是相机闪光灯。

而且,朝他节节进逼。

第二章

他们把他关在某个无窗的房间里。

一开始的时候,警方派了医生为他检查健康状况,之后,马库斯就被移到这里,关上门之后,马库斯就什么也不知道了,也没办法见到别人。

这里几乎没有任何家具,只有他坐的那张椅子以及金属桌。唯一的光源是天花板上的日光灯管,墙上有台换气扇,吹送新鲜空气进入房内,不断发出恼人的低鸣声。

他已经完全丧失了时间感。当他们向他询问基本数据的时候,他提供的是自己一贯使用的假身份。由于他身上没有证件,所以讲了一个电话号码,这是遇到类似紧急状况时的专线。这通电话应该会通达阿根廷驻梵蒂冈大使馆某名官员的语音信箱。其实,会听到留言的将是克莱门特,没过多久,他就会现身在警局,带着伪造的外交护照,证明马库斯是艾方索·贾西亚,代表布宜诺斯艾利斯政府从事宗教活动的特使。从理论上说,意大利警方应该会释放他,因为他拥有外交豁免权的掩护身份,可这次的情况相当严重。

事涉副局长之死,而马库斯是唯一的证人。

他不知道克莱门特是否已经在想法子把他弄出去。警方可以把他一直关下去,但他们其实只需要花个二十四小时就会发现,根本没有什么为阿根廷政府工作的艾方索·贾西亚,他的假身份就会穿帮。

不过,马库斯现在担心的不是自己,而是桑德拉。听到费尔南多与奥尔佳的对话内容之后,他知道她现在的处境也很危险。天知道她现在状况如何,也不知道她是否安全,他绝对不能让她出事。所以,他已经心一横,不管克莱门特了,只要警察再度出现,他就会供出所有的实情。换言之,就是说出自己也在调查"罗马杀人魔"事件,而且有一群人正在保护这名凶手。他会告诉他们要去哪里找克洛普,如此一来,他应该有机会保护桑德拉,他不知道他们是否会相信他的说法,但他会竭尽一切努力,绝对不能让他们轻视他的供词。

对,桑德拉的安危远胜过一切。

自从接到半夜吵醒他的那通电话,警司克雷斯皮一直忙得团团转,不曾稍歇。他的身体需要咖啡因,太阳穴因为头痛而不断搏动,而他连吃颗阿司匹林的时间都没有。

位于帕里奥利区欧几里得广场的警局一片慌乱,大家在莫罗陈尸的仓库与警局之间来回奔波。不过,克雷斯皮发现目前还没有人向媒体透露消息,大家都十分敬重莫罗,不想就此摧毁了过往记忆,所以大家对于他的死讯依然三缄其口。可是,能撑多久呢?到了中午,全国警政署署长就会召开记者会宣布消息。

然而，有太多需要寻求解答的问题。莫罗跑去那个偏僻的地方做什么？距离他几米之外的地方还有另一具尸体，那又是谁？到底发生了什么事引发交火？地上还有轮胎痕迹，也就是说，除了莫罗的车子之外，还有第二辆车：是不是有人开了那辆车逃逸？还有，那个遭人捆绑、被塞住嘴巴的神秘阿根廷外交官，又扮演了什么角色？

他们把他带到了位于欧几里得广场的警局，除了最靠近事发现场的地利之便外，也可以避免将消息走漏给一听到风声就会猛扑而来的那些记者。这里成了他们的项目室，他们还不知道这是否与"罗马杀人魔"一案有关，但绝对不会让宪兵队处理他们自己同人的命案。

反正，宪兵队项目小组也已经焦头烂额了好几小时，因为他们正忙着处理另一个案子。

克雷斯皮听说昨晚并不平静。凌晨四点钟过后没多久，紧急报案专线接到一通奇怪来电，某名女子，操明显的东欧口音，十分惊慌，她说萨包迪亚海边城镇的一栋别墅里发生了凶案。

当宪兵队到达那里的时候，在卧室里发现一名男性尸体。胸口直接中枪，行凶武器是鲁格SP101手枪——那名杀人魔使用的就是这一款。

但宪兵队不确定这纯属巧合，还是模仿犯作案。那名女子成功逃脱，在报警之后却人间蒸发。现在他们全力找寻她的下落，与此同时，也在别墅内搜寻可能留下的DNA，与目前他们掌握的凶手资料进行比对。

莫罗的案子还没有曝光，社会大众却已经知道萨包迪亚出了凶案，目前还没有公布死者身份。克雷斯皮知道这正是记者还没有听闻莫罗死讯的主因。

他们正忙着追查杀人魔最新犯案的受害者姓名。

所以,还有充分的时间可以好好询问艾方索·贾西亚,许久之后才会看到某个大使馆官员现身,要求以外交豁免权释放他。那男人已经讲出一个电话号码,供警方确认他提供的背景资料,克雷斯皮小心翼翼,不想打那通电话。

他要自己来,让那男人供出一切。

他得赶紧来杯咖啡。所以他在冷冽的罗马早晨,穿越欧几里得广场,前往同名的咖啡店。

"警司!"他听到有人在呼喊他。

克雷斯皮正准备进入咖啡店,立刻转身。他看到一名男子挥舞手臂,朝他走来,看起来不像是记者,铁定是菲律宾人,克雷斯皮猜他应该是在帕里奥利区某栋豪宅工作的用人。

"早安,警司克雷斯皮。"巴蒂斯塔·艾里阿加到了他面前,立刻开口。刚才他一路跑过来,所以有点儿上气不接下气。"能不能和你聊一下?"

克雷斯皮不耐烦地回道:"我在赶时间。"

"我不会耽误你太久时间,真的,我请你喝杯咖啡吧。"

克雷斯皮想要尽快摆脱这个讨厌鬼,然后静静喝完他的浓缩咖啡:"喂,我不想没礼貌,但因为我连你是谁、为什么喊得出我名字都不知道,我告诉过你了,我没时间。"

"阿曼达。"

"抱歉。"

"你不认识她,她是个聪明伶俐的女孩。她十四岁,还在念中学。她与同龄女孩一样,心中拥有无数的梦想与计划。她非常喜欢动物，现在也开始喜欢男生。有一个男生很喜欢她，她也注意到他了，希望他可以赶快表白，也许明年她就终于有机会献出自己的初吻。"

"你到底在说谁？我根本不认识什么阿曼达。"

艾里阿加伸手扶额："哦，对嘛，我怎么这么笨！你不认识她，因为，其实呢，根本没有人认识她。阿曼达应该在十四年前出生才是，但她的母亲走过郊区某条人行道的时候，被某人开车碾过，迄今依然找不出当年的肇事凶手。"

克雷斯皮顿时陷入沉默。

艾里阿加瞪着他，目光严厉。"阿曼达是那女人为自己女儿所取的名字，难道你不知道吗？显然，你一无所知。"

克雷斯皮的呼吸变得急促，他望着自己面前的这名男子，完全说不出话来。

"我知道你是十分虔诚的人，每个星期天都会去望弥撒、领圣体。但我到这里来不是为了对你作出宣判。其实，你每天晚上睡得好不好，或者是否每天都在反省自己的过错，要向同人自首，都不关我的事。警司，我需要你。"

"你要我做什么？"

艾里阿加打开咖啡馆的玻璃门，又摆出一贯的虚假仁善语气："就让我请你喝杯咖啡吧，我会仔细解释一切。"

没过多久，他们已经坐在咖啡馆的上层空间。除了几张桌子，还摆设了两张丝绒沙发。室内主调是灰黑色，唯一的色彩是覆盖一片墙面的大型摄影海报：主角是电影院里的观众，应该是在二十世纪五十年代，他们全都戴着立体眼镜。

在这群动也不动的安静观众面前，艾里阿加继续说了下去。

"你昨天晚上找到的那个人，被五花大绑，还被堵住了嘴，出现在副局长莫罗的死亡地点……"

克雷斯皮吓了一大跳，他觉得很离奇，对方怎么会知道这件事。

"嗯？"

"你得放走这个人。"

"什么？"

"你明明已经听到我讲的话了。现在，立刻给我回警局，至于借口我就让你自己决定了，你就是得把人放走。"

"我……我没办法。"

"你当然办得到。又不是要帮他越狱，只需要让他知道出口在哪里就是了。我向你保证，你绝对不会再见到他，就像他从来不曾出现在那个犯罪现场一样。"

"但迹证并非如此。"

艾里阿加老早就想到了这一点：当李欧波多·史特里尼一大早吵醒他，让他第一个知道莫罗死讯的时候，他就下令销毁现场有生还者的一切证据。"别担心，我向你保证，绝对不会有任何问题。"

克雷斯皮的表情很难看。从他紧握双拳不放的那种模样来看，艾里阿加知道克雷斯皮位阶这么高，自然无法接受这种勒索。

"如果我决定回警局，供出我十四年前所犯下的罪行呢？还有，因为你企图勒索公职人员，立刻逮捕你呢？"

艾里阿加高举双手："决定权当然在你。其实，我也不会拦阻你。"然后，他哈哈大笑，"你觉得我来到这里，难道会没有把这种风险纳入考虑吗？我没有这么笨。而且，你仔细想想，我运用这种方法说服别人也不是第一次了吧？你一定觉得奇怪，我是怎么发现的你以为只有自己知道的秘密……这个嘛，别人也有相同的疑问。还有，某些人并不像你这么耿直，我告诉你，他们绝对会无所不用其极地死守他们的秘密。还有，如果我开口要他们帮忙，他们才不敢随便拒绝。"

"什么样的忙？"克雷斯皮渐渐进入状态，其实，他已经开始犹豫不决。

"警司，你拥有美满的家庭。要是你决定秉持良心行事，那么必须付出代价的并不是只有你一个人而已。"

克雷斯皮松开了拳头，垂头丧气。"所以，从现在开始，我得一直回头张望，担心你会回来找我，因为你以后可能还是会找我帮忙。"

"我知道这听起来很可怕。不过，你不妨以另外一个角度思考：偶尔不安一次，总比整个余生活在羞耻之中好多了。最重要的是，你还不用因为过失杀人和见死不救而入狱。"

第三章

桑德拉不在家。

马库斯原本以为她应该已经开始值班,所以曾打电话到总部,他们却说她今天休假。马库斯急疯了,他必须要找到她,确保她平安无事。

在十点多的时候,他联络了克莱门特。他的朋友透过平常使用的语音信箱,将最新的案情发展告诉了他。昨天晚上杀人魔应该是在萨包迪亚犯案,一名身份尚未被确认的男子遇害,与他在一起的那名女子成功逃脱并报警,随后人间蒸发,现在没有人知道她跑到哪里去了。为了厘清案情,他们决定在普拉提区的某间"接力赛小屋"见面。

马库斯先到达约定地点,静静等待。他不知道警方为什么这么随便就放走了他。警司克雷斯皮带着一些表格进来,要马库斯逐一签名。当时的他有些恍神,似乎对于自己的行为有些心不在焉。然后,克雷斯皮告诉马库斯,他现在是自由之身,可以走了,但如果他们需要再找他问话,一定要随传随到。

马库斯先前已经给了他们假的电话号码和住址，他觉得现在的程序未免太不寻常了，而且怎么如此草率？尤其是他还目睹了某位副局长的死亡。没有警车带他前往他先前说出的地点，确认他说的到底是不是实话。没有人建议他找律师，最重要的是，没有任何检方人员聆听他的说法。

起初，他怀疑这是陷阱，后来又推翻了这种想法。有人为他说情，而且不是克莱门特。

马库斯已经对听到的种种托词感到十分厌倦，必须时时监看后方也让他疲惫不堪，最重要的是，一直不知道自己这些任务背后的真正动机是什么。所以，当克莱门特一进来，马库斯立刻就逼问他："你到底对我隐瞒了什么？"

克莱门特态度警觉："你在说什么？"

"这整起事件。"

"拜托，现在请你先冷静下来。我们来仔细梳理整个过程，我想你一定是弄错了。"

"他们都自杀了，"马库斯怒战他，"你知道我在说什么吗？克洛普的那些门徒，也就是保护杀人魔的那些人，心意十分坚决，笃信教义，为了达成目标宁可自杀。起初我以为法医跳楼或是老先生放火自焚都只是附带的后果，纯属意外，但已经无法避免，我告诉自己：他们退无可退，情愿一死。可我错了，他们是真心想死，这等于是某种殉教。"

克莱门特吓到了："你怎么会这么说？"

"我亲眼看到了，"他想起费尔南多，还有奥尔佳给了他手枪，讲出克洛普认为他自尽的时候也该到了，"我起初就起了疑心。你给我听了圣亚博那大教堂告解室里的杀人魔录音带，说服我开始调查,你提到了'罗马现在弥漫着岌岌可危的气氛……'到底是谁陷入危机?"

"你明明知道。"

"不,我现在已经什么都不知道了。我觉得我从一开始的任务就不是要阻止杀人魔。"

克莱门特打算进厨房,借机脱身,不想继续讨论这个话题:"我去泡咖啡。"

马库斯抓住他的手臂,拦下了他:"答案就是狼头人。他们是一个组织,算是一种秘教:真正目的其实是要阻止他们。"

克莱门特望着紧掐着自己臂膀的那只手,面色吃惊又失望:"你应该控制一下自己。"

但马库斯坚决不让步:"过去三年来一直透过你对我下令,我从来没有见过的那些长官,对于那些遭到杀害的情侣或是很可能即将遭遇不测的人,根本没有兴趣。他们认为唯一重要的是打击这个邪教,然后,他们又再次利用我。"这就像是梵蒂冈花园被分尸修女的那起案件一样,他办案的时候遇到重重阻力,依然耿耿于怀。

"恶魔在此。"那名可怜修女的同修姐妹曾经说了这么一句话,她说得对,恶魔的确入侵了梵蒂冈,不过,也许时间点发生在惨案之前。

"现在的状况就与当初那个背着灰色肩包的人一样,你是他们的同伙。"

"你这样说就太过分了。"

"是吗?那就证明给我看。我要和长官讲话。"

"你明明知道这是不可能的事。"

"对,没错,我们无权过问,无权知悉,只能遵守,"他引用了克莱门特最爱挂在嘴边的话，"可这一次我一定要追根究底，我要知道答案。"他揪住克莱门特的衣领，他是马库斯一直当成朋友的人，当初他躺在某家医院的病床上，什么都不记得的时候，是克莱门特帮他恢复记忆，给了他名字。克莱门特是他一直信赖的人，然后，马库斯把克莱门特硬是推到墙边。这个动作就连他自己也吓了一大跳，他不敢相信自己居然会做出这种事，但他已经越界，无法回头。"过去这几年来，我详读圣赦神父的人类犯罪档案，我已经学到辨识邪行，而我也发现我们都背负了某些罪责，光是知道事实，无法就此得到宽恕，迟早都得付出代价，我不想为别人的罪行赎罪。到底是谁决定我的一切？那些掌控我生死的高阶神父，所谓的'上层'究竟是哪些人？我要知道答案！"

"拜托，放开我。"

"我把我的生命交付在他们的手中。我有权知道！"

"拜托……"

"我不存在，我同意当个隐形人，我放弃了一切，所以你必须告诉我到底是谁……"

"我不知道！"

脱口而出的这几个字，听得出气急败坏，也有失望。马库斯盯着克莱门特，眼睛里有泪光：他说的是真话。他朋友痛苦地承认真相，说出了"我不知道"，这是一种针对他残酷逼问的宣泄式响应，也让他们之间出现了某种鸿沟。他本来预期多少会听到一些答案，就算是命令来自教皇，他也早有心理准备，但他万万没想到会听到这句话。

"我的指令来自语音信箱，就像我在找你的时候一样。出现的总是同一个声音，我只知道这么多。"

马库斯惊骇万分，放开了他："怎么可能？我所知的一切都是你教给我的：是你让我知道了圣赦神父的秘密，你解开了我任务的谜团，我以为你经验丰富……"

克莱门特走到餐桌前坐下来，双手掩面："我原本是葡萄牙乡下的神父。有一天，我收到一封信，上面有梵蒂冈封印：原来是一项我无法推辞的任务。里面载明了指示，告诉我要如何追踪到住在布拉格某家医院里的男人，他失去了记忆，我得交给他两个信封。其中一个是假的身份护照与一笔钱，可以展开新生；而另一个则是前往罗马的火车票。要是他选择后者的话，我就会接获进一步的指示。"

"你每一次都会教我新的东西……"

"都是我现学来的。"克莱门特叹道，"我一直不明白他们为什么要挑我。我没有特殊天赋，也从来不曾表现出任何的企图心。我在自己的堂区过得很开心，与我的会众相处融洽。我为老人办踏青活动，教导小孩教义。我为大家举行受洗、证婚，每天都会主持弥撒，而我却得放弃一切。"他抬头望着马库斯，"我想念自己的过往，我和你一样孤单。"

马库斯不可置信："原来从头到尾……"

"我懂，你觉得自己遭到背叛，但我不能就这么离开。遵守命令，保持沉默，那就是我们的义务，我们是教会的仆人，我们是神父。"

马库斯把脖子上的米迦勒圆形垂饰扯下来，丢到他面前："你可以告诉他们，我不再盲从听令，也不会继续当他们的仆人，他们得另觅人选。"

克莱门特的表情很受伤，依然不发一语。他弯腰，捡起那枚圆形垂饰，然后，望着马库斯走出去，关门离开。

第四章

他打开赛彭提路阁楼房间的大门,她在里面。

马库斯没问她是怎么找到他住的地方,也不觉得她能够进来有什么好奇怪的。桑德拉一直坐在行军床上等他,一看到他就立刻站了起来。他出于本能反应,立刻走到她面前,而她也出于本能反应,紧紧抱住了他。

他们一直维持这个姿势,静静拥抱。马库斯看不见她的脸,但闻得到她的发香,也感受得到她的体热。桑德拉的头紧贴在他的胸前,聆听他的神秘心跳。他心情十分平和,宛若在这世界上找到了自己的依归。她发觉其实自己一开始就对他产生了情愫,只是先前一直不愿承认。

他们抱得更紧了,可能是因为两人都知道,他们最多也只能到这个程度而已。

先挣脱的是桑德拉,只是因为他们得合力完成任务:"我有事要告诉你,现在时间不多了。"

马库斯也知道,但他一时之间还是无法看着她的双眼。不过,他发现她盯着墙壁上的那张照片,背灰色肩包的那个男人,梵蒂冈花园修女谋杀案的凶手。她还没开口问他,他已经先丢出了问题:"你是怎么找到我的?"

"我昨晚遇到了一个人,他知道你的一切,是他派我来找你的。"桑德拉不再盯着那张照片,开始把竞技场发生的事告诉他。

马库斯实在很难相信她所说的话。有人知道一切,不只是他的地址,还包括他的任务目标。

"他也知道我认识你,"桑德拉说道,"将近三年前,你帮助我找寻我丈夫死因的真相,他也一清二楚。"

他怎么会知道这么多事?

那男子也向她证实,保护盐之童的那群人是某一秘教,桑德拉继续详细解释细节,不过她认为那个陌生人还有事情瞒着她。

"他披露了一部分真相,目的似乎是掩盖整个秘密。仿佛是被情势所逼一样……反正我的感觉就是如此。"

其实,一切摆在眼前。无论这男人是谁,他知道许多内情,也知道该如何予以运用,马库斯甚至怀疑自己意外获释,都是因为此人在幕后操盘。

"最后,他告诉我,他要帮助我阻止杀人魔犯案。"

"要怎么帮?"

"他派我来找你。"

我是答案?我就是破案的方法?马库斯不敢相信自己听到的话。

"他说,只有你能搞清楚凶手的故事。"

"故事?他使用的是这样的措辞?"

"对,为什么这么问?"

马库斯想到了，残暴叙事者。所以果然没错：维克托想要讲故事给他们听。他想起阿格波夫管家给他的那张照片：父亲与双胞胎子女。安纳托利·阿格波夫握住的是儿子的手，而不是牵着哈娜。

桑德拉继续说道："他还说，把莫罗追查到的线索与你挖出的事实拼凑在一起，就可以知道真相。"

真相，那个陌生人知道真相。为什么不直接现身说出一切？对方怎么知道警方发现了什么？最重要的是，他自己又查出了哪些线索？

马库斯惊觉桑德拉并不知道莫罗出了事，现在，他也只能被迫在她面前讲出噩耗。

"不！"她难以置信，"不可能……"她跌坐在行军床上，目光空茫。她非常敬重副局长莫罗，这是警界的一大损失。像他这样的警察，一定会令人缅怀不已，他是可以扭转乾坤的那种人物。

马库斯不敢打扰她，只能等她自己平复，然后开口请他继续说下去。

他只淡淡说了一句："那我们就开始吧。"

现在轮到他说出最新进展，包括哈默林精神病院、克洛普及其党羽、狼头人、学者症候的精神变态。还有，杀人魔的姓名是维克托·阿格波夫，他在小时候杀死了自己的双胞胎妹妹，哈娜。

"所以这并不是性犯罪，"马库斯说道，"他挑选情侣，因为这是他重现童年经验的唯一方法。他认为害死哈娜的不是他，他想要将对自己妹妹所做的事，全部发泄在那些女性身上。"

"他是愤怒行凶。"

"没错，他的男性受害人待遇就截然不同：没有折磨煎熬，都是直接毙命。"

桑德拉已经听说昨晚萨包迪亚出了命案——现在罗马的每一个人都在议论这件事。"提到男性被害人,"她说道,"我在等你的时候,趁空打给在宪兵队工作的一位老友:因为现在完全没有办法从项目小组那里探听到任何消息。他们对于死者姓名严格保密,至于那名报警的女子,他们一无所知,只知道她操东欧口音。反正,他们已经确定凶手就是杀人魔:屋内有他的DNA。"

马库斯思索了好一会儿:"那女孩逃跑了,所以杀人魔没办法完成他例常的表演,但他还是坚持要让我们知道这是他下的毒手。"

"你认为这是故意的?"

"对,他不再小心翼翼。这是一种识别印记。"

对于桑德拉来说,这种推论很合理。"早在数天前,我们就已经开始收集性侵嫌犯或前科犯的生物样本:他可能猜到我们已经有了他的DNA,换言之,他什么都不在乎了。"

"在竞技场的时候,那个陌生人告诉你要让我知道莫罗掌握的所有线索。"

"对,"桑德拉四处张望这间几乎空荡荡的阁楼房间,"有没有笔可以让我写下来?"

马库斯给了她墨水笔。他三年前也是用这一支笔,只要梦中浮现了片段记忆,他就会立刻把它们写在行军床旁边的墙上。那些以颤抖之手写下的残缺记忆,他会保留在墙上好一阵子,然后,再把它们全部擦掉,希望可以忘得一干二净,但从来没有如愿,那些记忆是他必须承担的无期徒刑。

所以,当桑德拉写下项目室白板上的诸项证据时,马库斯感受到一种不安的情绪。

奥斯提亚松林凶杀案：

物品：背包、登山绳、猎刀、鲁格SP101手枪。

登山绳以及插在年轻女子胸腔的刀，均有年轻男子的指纹，因为凶手下令他捆绑女友，拿刀杀她，唯有如此才能救他自己一命。

凶手朝男子颈后开枪。

在女孩脸上涂口红（拍下她的照片？）。

在受害者身边留下某个盐制品（洋娃娃？）。

行凶后更衣。

警员利蒙蒂与卡波尼凶杀案：

物品：猎刀、鲁格SP101手枪。

凶手朝斯蒂芬诺·卡波尼警员胸部开枪，一枪毙命。

对琵雅·利蒙蒂腹部开枪，然后脱掉她的衣服，把她绑在树干上凌虐，最后以猎刀结束她的性命，在她脸上化妆（拍下她的照片？）。

便车背包客凶杀案：

物品：猎刀、鲁格SP101手枪。

射杀伯恩哈德·耶加的太阳穴。

乱刀刺向安娜贝尔·迈耶的腹部。

安娜贝尔·迈耶怀有身孕。

掩埋受害者的尸体与背包。

桑德拉写完之后，又继续写下她对最后一起攻击案所知的少数线索。

　　萨包迪亚谋杀案：
　　物品：鲁格SP101手枪。
　　持枪射杀一名男子（姓名？）的心脏。
　　与该名男子在一起的女子趁隙逃脱后报警，但警方找不到人，为什么？（操东欧口音）
　　凶手刻意在现场留下DNA：希望让别人知道这是他的罪行。

　　马库斯走到清单前面，双手叉腰，仔细端详那些重点。其实，他清楚一切，大部分的信息来自媒体，其余的部分则是他自己的发现。"杀人魔发动了四次攻击，但第一起凶案的元素比其他凶案来得更为重要，所以我们只需要利用这个案子来解密就够了。"
　　这些数据中，有些是马库斯之前并不知晓的。
　　"在奥斯提亚攻击案中，你在最后面写下'行凶后更衣'，那是什么意思？"
　　"我们就是靠这个方法找到了他的DNA，"桑德拉的语气里有一丝骄傲，这都得归功于她。她把来龙去脉告诉了马库斯，第一名受害者乔治·蒙蒂菲奥里的母亲，坚持要索回儿子的个人物品，然而，等她拿到之后，却又回到总部，她说那不是乔治的衬衫，因为上面没有他名字的前缀字母。大家都没理会她，只有桑德拉出于怜悯而趋前询问，但那位母亲是对的。"所以很容易就推论出当场的状况：凶手逼迫乔治杀死黛安娜·德尔高蒂欧，然后又对他的颈后开枪，更换衣服。所以他把自己的衣服留在后座，而那对情侣一开始为了做爱所脱去的衣服原本就搁在那里。等到凶手离开的时候，不小心穿上了受害人的衬衫，反而把自己的衣服留在了那里。"

马库斯思索了好一会儿，感觉有哪里不太对劲："为什么要这么做？为什么要换衣服？"

"也许是因为他担心自己的身上沾到了那两名年轻人的血迹，万一被人拦下来的话，比方说路上临检的巡逻警车，就不会令人起疑。要是你刚杀死了两个人，最好还是不要冒险，你说是不是？"

其实他抱持怀疑态度："凶手强迫那男孩杀死女友，然后又以行刑处决的方式杀死他，站在他后面，对他脑部开枪。整个过程都不会沾染到血迹……为什么要大费周章地换衣服？"

"你忘了他还进入车内，在黛安娜的脸上化妆？记得口红吗？要在她脸上涂抹，就必须非常靠近她胸腔的伤口。"

也许桑德拉是对的，更换衣服的这个举动搞不好只是某种预防措施，但未免太过了。"不过，奥斯提亚那个案子还是有个不寻常的地方，"马库斯说道，"黛安娜·德尔高蒂欧曾经短暂脱离昏迷，在苏醒的状态下写出了'他们'。"

"医生们说那只是某种无条件反射，书写时随机想起的过往记忆。而且我们确定只有维克托·阿格波夫涉案，你觉得在这种时候要把它当成重点吗？"

一开始的时候，马库斯也不觉得有什么重要性，可他现在有了其他想法。"我们知道有秘教参与这整起事件。会不会黛安娜也看到了其中某个成员？也许有人偷偷跟踪那个杀人魔。"他依然不相信费尔南多所告诉他的话：自从维克托离开哈默林精神病院之后，他们就与他失去了联络。

"好，那阿斯托菲为什么要在第二天从犯罪现场拿走那个盐制小雕像？要是真的有秘教成员在当晚现身，那时候就可以收拾残局了。"

这个推论也没错。不过，无论是更衣，还是"他们"一词都合不上案情的其他部分。

桑德拉问道："我们现在该怎么办？"

马库斯面向她，他依然闻得到她的发香，不禁让他全身一阵颤抖。他并没有外露情感，反而全心研究案情："你必须抢在宪兵队或是警方前面，先找到那个萨包迪亚女子，我们需要她。"

"要怎么找？我没有渠道。"

"她有东欧口音，而且我们找不到她的下落……为什么？"

"那个杀人魔可能已经找到她了，也在同一时间杀害了她，我们不确定。她的口音有何关系？"

"我们先假设她还活着吧，可能纯粹就是怕警察，她也许有前科。"

"你认为她是罪犯？"

"其实，我觉得她是妓女，"马库斯停顿了一会儿，"你设身处地想想看，她从杀人犯的魔掌中逃出来，又报了警，所以她觉得自己已经完成了应尽的责任。她有钱，又是外国人，只要想离开这里，绝对不成问题，她没有理由继续待在意大利。"

桑德拉也同意："更可怕的是，要是她看过杀人魔的脸，他知道有人能够认出他。"

"或者她一无所知,什么都没看到,纯粹就是躲起来了,等待一切风平浪静。"

"这些推论都没错。宪兵队与警方也会作出相同结论。"

"没错,然后他们就会从外围清查她的活动范围,不过,我们有某个圈内人士……"

"谁?"

"科斯莫·巴尔蒂提。"帮助他利用那本童话故事追查到盐之童的人,最重要的是,他生前经营一间提供虐恋表演的夜店:SX。

桑德拉问道:"死人要怎么帮我们?"

"他的太太,"马库斯曾经给了她一笔钱,希望她带着她两岁的女儿赶快离开罗马,现在,他反倒盼望她并没有听从他的建议,"你必须想办法找到她,让她知道是科斯莫的朋友派你过去的,也就是吩咐她要消失的那个人。这一段故事只有她知我知,所以她一定会相信你。"

"为什么你不跟我一起来?"

"我们现在有两个问题要处理,其中一个是竞技场的神秘男子:我们必须要知道他是谁,为什么要帮助我们,我担心这与他的私利多少有些关联。"

"另一个问题是什么?"

"我得前往一个地方,却一直拖到现在都还没去。为了解决第一个问题,也该动身了。"

第五章

那栋十七世纪的别墅的正门露出了些许隙缝。

马库斯推开之后,进入拥有秘密花园的巨大中庭。里面有树木与石材喷泉,摆设了女神采花的雕像。这栋雄伟的宅邸就矗立于这空旷之地,这里还有一个多利克柱式的观景楼。

这里的美景马上令人联想到其他更加辉煌奢华的罗马豪宅,就像是鲁斯波利宫或是多丽雅·庞菲利宫。

左侧是通往楼上的大理石巨型阶梯,马库斯开始拾级而上。

他进入大门口,迎面而来的是绘有壁画的空间,到处都看得见古董家具与织锦画。屋内有一种淡淡的气味,老房子的味道,闻得到木头、油画以及熏香。这是一种令人心情舒畅、蕴含历史与过往的气息。

马库斯继续往前走,经过了一个又一个的房间,每间都与第一间十分相似,它们互相连通,完全没有靠走廊连接,所以他觉得自己仿佛一直走在同一个空间。

墙上肖像画里那些早已散失名号的人物——淑女、贵族、骑士——望着他的步履，仿佛那一双双凝定的眼眸也随着他不断前移。

马库斯不禁心想，这些人到哪里去了？他们还剩下什么？也许就是一张画，乖顺画家所美化的某张脸孔，多少背离了真实。他们误以为这样一来，后人对他们的记忆将会长长久久，最后却化成了家具，就像是一般的摆设品。

正当他陷入沉思之际，有个声音正在呼唤他，持续不断的低沉声响，无限重复的单音节。像是某种加密信息、某种邀请，自告奋勇充当他的向导。

马库斯跟了过去。

他继续前行，声音变得越来越清晰，看来他已经越来越接近声源。他站在某扇半掩的房门前面，声音就在另一头，他跨步进去。

宽敞的房间，有一张四柱床。四周的丝绒布帘全部合上，所以无法探知究竟是谁躺在那里。不过，从旁边的那些现代电子设备来看，可以猜到许多线索。

心跳监测器——这就是引他过来的声源。此外，还有另一个生命征候的监测器——氧气瓶，管线藏在布帘的下方。

马库斯慢慢走过去，这时候才发现房间角落的扶手椅上躺了一个人。他停下脚步端详了一会儿，认出是奥尔佳，也就是那个红发女子，不过，她动也不动，双眼紧闭。

他趋前一看，才发现她不是在睡觉。她的双手置于大腿上面，依然拿着针管，很可能是自行注射，针头位置刚好就在颈静脉。

马库斯拨开她的眼睑，确定她的确已经断气之后，才回到床边。

他伸手推开其中一道丝绒布帘,心想马上就要看到第二具尸体。

床上躺着一名面色苍白的男子,凌乱稀疏的金发,眼睛睁得很大,氧气面罩盖住了他的部分脸庞,没死。毯子下方的胸膛还有缓慢起伏。他的身体皱缩——宛若被魔鬼下咒,就像是童话故事里的情节。

克洛普扬起疲惫的双眸,微笑着望着马库斯。然后,他把瘦骨嶙峋的手从毯子里伸出来,拿掉嘴上的氧气面罩,整个动作看起来颇为吃力。他低声说道:"正好赶上了。"

马库斯对于这个垂死之人毫无怜悯之心,立刻厉声问道:"维克托在哪里?"

克洛普轻轻摇头:"你找不到他的,就连我也不知道他人在哪里。如果你不相信我的话,我想你也很清楚,任何的折磨与威胁,对于我这种状况的人来说,早就没有任何差别了。"

马库斯发觉自己遇到了瓶颈。

"你不了解维克托,没有人了解他,"克洛普的讲话速度极其缓慢,"通常,我们要吃肉食,不会自己宰杀,对吧?但如果我们饿得受不了,会做出什么举动?还有,如果得靠吃人肉才能活下去,我们是不是也愿意默默接受?在极端的状况下,我们会做出平常做不出的事。所以,某些人杀人并不是某种自我选择,而是被迫如此。他们性格中有某些因子逼使他们杀人,想要从那股难以承受的压迫之中解放出来,唯一的方式就是乖乖顺从。"

"你在为杀人魔开脱罪行。"

"开脱罪行?什么意思?一出生就眼盲的人不懂什么是观看,其实,他根本不知道自己眼盲。同理可证,不知道良善为何物的人,自然也不知道自己是恶徒。"

马库斯弯腰,在他耳畔讲话:"省省力气,别对我训话了,不久之后,你的那些妖魔鬼怪就会在地狱里迎接你了。"

克洛普紧贴枕面的头转了过去,盯着马库斯:"你虽然讲出了这种话,但其实你心里根本不是这么想的。"

马库斯大惊,整个人往后一退。

"你不相信妖魔或是地狱,被我说中了吧?是不是?"

马库斯虽然不情愿,但还是必须承认对方说得一点儿没错。"你哪儿来的钱,能在如此奢华的豪宅里等死?"

"你就跟外头的那些笨蛋一样,一辈子都在自寻错误的疑问,等待永远不会出现的答案。"

"讲清楚,我很好奇……"

"你以为这只是少数几个人的举动,我、阿斯托菲、躺在那张扶手椅上的奥尔佳、费尔南多以及乔瓦尼。我们只是这个团体的一部分,我们纯粹就是提供榜样而已。还有其他人也站在我们这一边,他们依然躲在暗处,因为没有人了解他们,不过,他们受到我们的鼓舞,活力十足,他们支持我们,也会为我们祈祷。"

听到有这种渎神的祈祷者,让马库斯不寒而栗。

"以前住在这栋豪宅的贵族,是我们的支持者。"

"多久以前?"

"你觉得这一切都是到现在才一口气爆发出来的?在过去这数十年中,我们已经在诸多残虐命案之中留下了我们的符号,让众人能够得到体悟,从恹恹状态中苏醒过来。"

"你说的是那个狼头人。"马库斯想到了那名竞技场的陌生男子告诉桑德拉的话:保姆、恋童癖、杀死挚爱的父亲……

"不过,洗脑改宗是不够的,一定要传达出某种人人皆懂的信号,这就像是童话故事一样:永远需要一个坏蛋。"

"所以这正是成立哈默林精神病院的幕后原因:培养长大后会成为杀人魔的小孩。"

"然后,维克托出现了,我想他就是不二人选。我信任他,他也没有让我失望。等到他说完他的故事之后,你将会恍然大悟,也会惊愕万分。"

听到这些胡言乱语,马库斯突然心中一沉。"你将会恍然大悟,也会惊愕万分",俨然是某种预言。

克洛普问道:"你是谁?"

他的回答很诚实:"我以前是神父,但现在我不确定了。"

克洛普哈哈大笑,但笑声立刻转为一阵急咳,他恢复正常之后,开口说道:"我想要送你个东西……"

"我不想拿你的东西。"

可克洛普没理他,以近乎无力可撑的姿态,将手臂伸向床边桌,拿出一张折好的纸卡,交给了马库斯。

马库斯心不甘情不愿地收下克洛普的礼物,将它打开。

是一份地图。

罗马的街道图,以红线标示出某条路线,起点是芒奇诺路,终点是西班牙广场,就在著名的西班牙阶梯的下方。

"这是什么?"

"你故事的最后篇章,无名童……"克洛普把氧气面罩戴回去,闭上双眼。马库斯站在原地,盯着他随呼吸起伏伏的胸膛,过了好一会儿之后,他觉得自己的忍耐已经到达了极限。

这个老人将不久于人世。孤单地死去,是他应得的报应。没有人救得了他,就算克洛普在最后一刻幡然悔悟也没有用。马库斯当然不愿为他做出最后的赐福手势,宽恕他的罪行。

所以,他离开了那张临终床,打算就此离开这里,再也不回头。此时,他的心中浮现出那张泛黄的老照片。

父亲与双胞胎子女。安纳托利·阿格波夫握住的是儿子的手,而不是牵着哈娜。

管家说男主人偏爱女儿,而不是儿子,如果这是真的,为什么会这样?

现在,该去拜访这一切事件的起始点,阿格波夫的别墅正在等着他。

第六章

她盯着桌上的电话，至少有两小时。

她在十几岁的时候经常做这种事，祈祷自己喜欢的男孩会打电话找她。她会运用心念，寄托目光，发挥神力，盼望心电感应的动能会驱使她仰慕的对象拿起话筒，拨打她的电话号码。

从来没有成功过。但她还是深信不疑，不过，现在等电话的理由已经大不相同。

打电话给我，拜托，快打给我……

桑德拉坐在科斯莫·巴尔蒂提的SX夜店办公室里。先前她遵照马库斯的指示，到了科斯莫的家，他太太正打算带着他们两岁的女儿前往机场，幸好她及时找到了她们。

桑德拉没有表明自己的警察身份，她依照马库斯的指示说明了来意。一开始的时候，科斯莫的太太不太搭理桑德拉，她不想碰这档子事，她也担心女儿，这一点自是情有可原。不过，当桑德拉说出另一名女性可能是妓女，生命有危险之后，她就展现出充分合作的态度。

桑德拉体悟到马库斯恐怕没有察觉到的细节：想必科斯莫的太太也曾经有过艰难人生，也许过往不是很光彩，才决定抛下一切。不过，她并没有忘记亟待援助却无人伸出援手的惨况，所以她拿出科斯莫的记事本，开始逐一拨打联络人的电话，她告诉每一个人的话都一样：要是有人认识萨包迪亚谋杀案的那名外国女子，一定要传话给她。内容很简单。

有人在找她，想要帮助她，而且绝对不会有警方涉入。

科斯莫的太太也只能帮到这个地步了。没过多久，她们到了SX夜店，她们先前为了安全考虑，留的是夜店的电话号码，因为地方好找又安全，是完美的会面地点。

之后，就是桑德拉坐在沉默电话旁的漫长等待过程。

当然，科斯莫的太太坚持要与桑德拉一起过来，她先把女儿交给了邻居照顾。自从科斯莫死后，这间夜店就一直关闭，她还没有机会进去过。

所以，当她们一进到科斯莫办公室的时候，臭气就马上扑鼻而来。一看到桌面与地板上深色的干涸污渍，科斯莫的太太脸色惊恐：那是科斯莫头部中枪之后流出的血液。警方立刻判定这是自杀事件，所以鉴识人员也只是执行一般检验流程，现场依然可以看到化学试纸。他们早已移走尸体，却没有人清理现场。其实，有专门处理这种业务的公司：靠着特殊产品，可以彻底消除惨案现场的各种痕迹。不过，桑德拉发现死者的亲属们总是需要别人提醒，才会想到可以委托第三方来清理现场。他们当然不想自己动手，也许是因为悲伤莫名，也许是因为大家总觉得理应会有别人处理这种吃力不讨好的工作。

所以，当桑德拉在盯着电话的时候，那女子拿了一桶水、抹布、地板清洁剂,忙着四处清理。桑德拉已经告诉她了,单靠这种方法无法去除这些污渍,必须找更强效的清洁剂才行。但她却说还是想试试看。现在的她震惊不已,一直来回擦洗,完全停不下来。

桑德拉心想,她太年轻了,不该就这么成为寡妇。她不禁想到自己当初不过二十六岁,却得面对戴维死亡的残酷现实。每一个人都有权以自身的独特疯狂行为面对丧亲之痛,比方说,她当时就决定让时间完全停摆。她不肯移动家中的任何东西,就连她最痛恨的一些老公生前的私人用品也堆得到处都是,大茴香味的香烟、廉价须后水,她担心会忘记他的气味。她不能忍受自己的至爱离世之后,他的其他部分也会从她的生活中消逝不见,就算是最微不足道或是最令人憎恶的习惯也不能放过。

现在,桑德拉觉得这女子很可怜。要是她没有依照马库斯信中的指令,要是她没有及时找到她的话,她们也不会进入这间办公室。这女子此刻应该已经到了机场,准备离开,就此展开新生,而不是弯腰趴在地上,清理她深爱男人的残尸污迹。

就在这时候,电话响了。

那女子立刻停下动作,仰头望着桑德拉,她立刻拿起话筒。

"你到底是谁?"打电话来的是一名女子。

是她,她一直在追查下落的妓女。听到对方的口音,桑德拉就猜到了:"我想要帮你。"

"你想要帮我,却拼命在找我?你知道我在躲谁吗?贱货。"

桑德拉发现这女子佯装强悍,但其实怕得要死。"冷静一下。好,现在听我说,"她必须表现出更强硬的姿态,这是唯一能够说服对方的方法,"我只花了两小时,打了几通电话,就追查到你的下落，你觉得杀人魔找到你又需要多久呢？有件事你可能没想到，我现在就告诉你吧：他是杀人犯，很可能与黑社会有渊源，所以我们也不能排除他已经找到不知情的人帮忙找人。"

那女子沉默了好一会儿。桑德拉心想，好预兆。"你是女人，我想我可以相信你的话……"这是观察心得，也是请求。

桑德拉现在知道马库斯为什么会将这个任务交给她，因为杀人魔是男性，会犯下凶残恶行的多是男性，所以女人毕竟还是比较可信的。桑德拉开口保证："对，你可以相信我。"

电话另一头又是一阵沉默，这一次拖得更久。"好吧，"那女子说道，"我们在哪里碰面？"

一小时之后，她到达夜店。她背了个小背包，里面放有她的私人物品。红色球鞋，宽松运动裤，蓝色兜帽上衣，外加男款的飞行皮衣，桑德拉发现对方并不是随便穿搭。这女子长得很漂亮，约三十五岁，也许其实更老一点儿，是那种会令人回头多看两眼的美女。但是她不想引人注目，所以才穿得这么邋遢。话说回来，她还是化了妆的，仿佛最娇柔的那一部分曾经极力抵抗，最后还是赢得上风。

她们坐在SX夜店大厅后面的其中一个小房间里。科斯莫的太太已经走了，留下她们两个人：她希望与这件事彻底划清界限，桑德拉也不能怪她。

"太可怕了，"那女子开始说起前晚的事，而且一直在啃指甲，红色指甲油被咬得乱七八糟也不管了，"我甚至不知道自己怎么会逃过这一劫。"

桑德拉问道："和你在一起的那男人是谁？"因为男性受害者

349

的身份依然成谜,根本没有任何媒体提到他的姓名。"

那女子怒气冲冲地看着她:"这很重要吗?我早就不记得他的名字了。就算我记得,我怎么知道那是不是真名?你觉得男人会对我这样的女人讲真话吗?尤其是那些有老婆、有女友的家伙。我觉得他就是那种人。"

她说得没错,不重要。"好,继续说下去吧。"

"他带我去了那栋豪宅,我说我得先去洗手间准备一下。这是我的老习惯,我想这次因而救了我一命。我待在里面的时候,出了怪事……我从下方门缝看到了闪光。我觉得是相机,但我猜是因为客人想要玩游戏。有时候我会遇到这种事,拍照这种怪癖我还是应付得来的。"

桑德拉想到了"罗马杀人魔",而且她早就发现他会拍下受害者的照片。

"当然,我会多收钱,反正我没问题。正当我要离开厕所的时候,我听到了枪响。"

她讲不下去了,那段记忆依然让她心有余悸。桑德拉只能开口鼓励她继续说下去:"然后呢?"

"我关了灯,蹲在门口,希望他千万不要发现我在那里。我听到他在屋内走来走去:因为他在找我。他马上就会看到我了,所以我必须当机立断。浴室里有一扇窗户,但太小了,我根本钻不出去,我也不想往下跳,搞不好会摔断腿,卡在那里动弹不得,万一他找到我的话……"她低垂目光,"我也不知道我哪来的勇气,拿起了衣服,因为我要是光着身子逃走,一定是跑不远的,毕竟外头天气那么冷。"然后,她继续说道,"遇到危险的时候,脑袋居然会变得这么灵光,真是十分不可思议。"

她开始岔题了,但桑德拉不想打断她。

"我打开浴室的门,屋里一片漆黑。我开始乱走,努力回想这里的空间位置。我看到走廊尽头的一个房间里有手电筒的光在晃动,他在那里。要是他立刻出来的话,一定会看到我。我只有几秒钟的时间冲到楼梯口:就在我和他的正中间。可我没办法横下心跑过去,我觉得我的每一个动作都会发出声响,一定会被他听见。"她停顿了一会儿,"我走过去,慢慢下楼,楼上频频发出剧烈声响,他找不到我,一定相当暴怒。"

"他有没有说什么?在找你的时候是否尖叫或破口大骂?"

那女子摇摇头:"他从头到尾都没讲话,这更让我觉得毛骨悚然。然后,我看到了大门,从里面锁住了,而且没有钥匙。我快哭出来了,差点儿就要放弃。所幸我打起精神,找寻其他的出口……就在这时候,他也走下楼梯,我听到了他的脚步声。我赶紧打开窗户,根本没看外头是什么地方就跳了出去,最后掉在软趴趴的东西上面,是沙地。我开始往下坡跑,一直冲到海边才停下来。我躺在地上,痛得要死。当我睁开双眼的时候,看到了满月。我早就忘记了月光,在它的照耀之下,我成了脆弱的目标。我抬头望向刚才跳出的那扇窗口,出现了人影……"她双肩陡然一沉,"我看不见他的脸,但他看得到我,他站在那里,动也不动,然后对我开枪。"

桑德拉问道:"对你开枪?"

"对,但没瞄准,差了一米,也许其实更接近。然后,我站起来继续跑,沙地拖慢了我的速度,我越来越慌张,我觉得他一定是打中了我,一直觉得背后一阵热辣——我也说不上来为什么,就是觉得有痛感。"

"他有没有继续开枪？"

"又开了三枪，之后就没有了。我想他一定是下山来找我了，但我往上逃，找到了大马路。我躲在垃圾桶后面，等待天亮，那几小时是我一生中最难熬的时候。"

桑德拉懂得她的心情："之后呢？"

"我拦了一辆卡车搭便车，在休息站打紧急专线报警。然后，我回家，希望那个人渣不会知道我住在哪里。我的证件放在随身包里，我和那个男人是第一次见面，而且我从来没去过那栋别墅。"

桑德拉仔细梳理来龙去脉，心想这女子真幸运。"你还没说出你的名字。"

"我不想说。这有问题吗？"

"给我个名字，至少可以让我知道该怎么称呼你。"

"明娜，叫我明娜就是了。"

也许这是她平常工作时的化名。"不过，我想要向你表示我的真实身份：我叫桑德拉·维加，我是警察。"

听到这段话，那女子立刻跳起来："妈的！你在电话里告诉我没有警察！"

"我知道，但请你冷静一下，我来到这里并非执行公务。"

她抓起背包，决定要离开："你在耍我啊？谁管你到底是不是在执勤？你是警察，没什么好说的了。"

"对，我现在已经老实告诉你了，其实我根本不需要向你透露身份。我现在和某人一起查案，他不是警察，你必须要见他一面。"

"他是谁啊？"她怒气冲冲，开始起了疑心。

"他与梵蒂冈关系深厚,我们可以帮你避一下风头,但你得帮助我们。"

那女子停下脚步。她终究没有其他选择:她很害怕,不知何去何从。她又坐了下来,就在这时候,她皮衣与兜帽上衣的袖口往上一缩,露出了她的左臂。桑德拉发现她的左腕有疤,就像是那些自杀未遂者留下的印记。那女子发现桑德拉盯着那里不放,又赶紧以衣服掩藏:"我通常会戴手镯遮盖它,以免被客户看到。"现在,她的声音多了一股哀凄,"我这一生已经过得够苦了……你说你可以帮我,所以我求求你,带我远离这场噩梦。"

"我会的,"桑德拉开口保证,"我们走吧。我带你去我家,那里比较安全。"说完之后,又主动帮明娜拿她装着私人物品的背包。

第七章

阿格波夫的宅邸位于一个与世隔绝、完全看不到时光痕迹的地方。周边的乡村景色，看起来依然与十八世纪末期一样——也就是这栋别墅兴筑完成的年代，森林与山丘之中隐藏了各式各样的危险。埋伏的匪徒可能会拦截没有提防的旅人，抢劫之后再残忍地割断他们的喉咙，以免日后遭人指证。这些尸体都被埋在无名氏墓地，从此再也无人问津。在古早岁月的月圆之夜，可以看到巫师们在远方点燃的火光，根据民间传说，罗马及其郊区总是到处可见巫师。在黑暗时代，巫师以火颂扬自己的魔神，而他们的下场也是被火活活烧死。

马库斯花了一个多小时才到达那里。今晚的月亮显然不如昨晚那么圆，刚过傍晚七点而已，已经爬到了清冷星夜的最高点。

从外观看来，这栋宅邸相当雄伟，与那位在此工作六年的管家所描述的一模一样。不过，那位住在养老院的老太太却没有讲出最令人称奇的那一面。

从远处观望，它宛若一座教堂。

马库斯心想，在这段悠悠岁月之中，不知道究竟有多少人误把这里当成秘教的祈祷之地。也许这是当初委托兴建的屋主刻意选择的，或是负责设计的建筑师的怪诞之作，哥特风格的立面，却有好几座仿佛能够登上天堂的小型尖塔。建筑物灰石面反射的月光，在屋檐下方营造出瘦长幽影，仿造教堂风格的玻璃窗也发出淡蓝清光。大门口有房屋中介公司的招牌，以大写字母标示"待售"，不过，下面可以看到先前的那些招牌所留下的痕迹，一直卖不出去。

豪宅大门紧闭。

房子四周的花园里种满了棕榈树——这个地方的奢华再次可见一斑。不过，这些树的外层都是硬厚的树皮，显然已经太久没有专人养护。

马库斯爬越栏杆，走过车道，登上通往游廊的阶梯，然后，站在大门口前面。他想起了那位老太太告诉他的事，当阿格波夫一家人住在这里的时候，她负责掌管八名用人，但只要天一黑，他们就得走人，等到第二天再过来。马库斯心想，要是阿格波夫还活着的话，绝对不会允许他在这种时候出现于此。

那一晚，在这间屋子里到底出了什么事？

马库斯带了手电筒，还有从车子里取出的千斤顶，他利用它打开了浅木色的大门，另一头可能蕴藏着问题的答案。

月光宛若猫咪，早已先他一步钻进了大门后方。迎接他的是宛若鬼故事一样可怕的吱嘎声响。其实，这也的确是马库斯此行的目的：唤醒某个小孩的幽魂，哈娜。

他想到克洛普生前使出的最后一招，想要转移他的办案焦点,也就是他送出的那份地图,想必又是另一种欺敌术。

"你故事的最后篇章,无名童……"但是他没有上当。

现在,他已经来到了这里,他希望也能在此发现自己正在找寻的故事。

他再次借用管家的叙述当作指引,当他询问阿格波夫是什么样的人时,她作出了这样的回答:"他个性严厉,非常苛刻,我觉得他不喜欢住在罗马。虽然他为苏联大使馆工作,但几乎都待在家中,关在书房里不出来。"

书房,第一个要好好研究的地方。

他在屋内四处摸索了好一会儿才终于找到书房。要辨别各个房间的差异其实并不容易,部分原因是里面的家具都铺上了避免沾尘的白色布罩。马库斯掀开了一些布罩,找寻线索,看到了日常用品、家具、设备都放置在原位,未来购买这栋豪宅的屋主——如果真有那么一天的话——将会继承阿格波夫家族的一切,但压根儿不会知道这一家人的过往,或是曾在这些物品之间发生的悲剧。

书房里有座大书柜,前方放置了一张橡木书桌,马库斯立刻掀开了所有的防尘布。他坐在书桌后方的扶手椅上——想必这里就是阿格波夫发号施令的地方——然后,他开始搜抽屉,右侧的第二个抽屉卡住了。马库斯靠双手使劲猛拉,终于开了,落地的声响在屋内发出回音。

在抽屉里的那一堆东西中有个相框,正面朝下,马库斯把它翻过来,他早就看过那张照片了:管家给了他,后来被费尔南多烧毁的那一张。

一模一样。

因为时光久远而褪色的照片，拍摄日期在二十世纪八十年代，看起来应该是靠着自拍定时器留下的影像。在正中央的是安纳托利·阿格波夫，五十多岁，头发后梳，留有黑色的山羊胡。他右边是哈娜，身穿红色丝绒小洋装，头发不算长，但也不是短发，以缎带将刘海儿梳高，照片中唯一微笑的人就是她。左侧是维克托，西装领带打扮，刘海儿遮住了双眼，神情忧郁。

父亲与两个长得几乎一模一样的双胞胎小孩。

马库斯再次注意到他当初皱眉的细节，安纳托利·阿格波夫握住的是儿子的手，而不是牵着哈娜。

他对此一直百思不得其解，根据管家的说法，那小女孩是父亲的心头肉："我只看到他笑过一次，那次就是和哈娜在一起。"

他又想到了当初自己的疑问，这是一种示爱的姿态，还是某种彰显权威的方式？那只人父之手其实是狗链？现在，他找不到任何解释，所以他把照片放入口袋，决定继续检查屋内的其他区域。

在巡视房间的时候，马库斯想起了女管家跟他提起有关双胞胎的事。

"大部分时候，我们看到的都是哈娜。有时候她会偷偷地从父亲身边逃开，溜进厨房找我们，或是看着我们做家务，她是光之童。"

光之童。马库斯当时喜欢这样的形容词。不过，从父亲身边逃开？这又是什么意思？先前的疑问再次浮上心头。

"那两个小孩没上学，也没有请家教，阿格波夫先生亲自当他们的老师，而且他们也没有朋友。"

当马库斯向管家询问维克托的事时,她是这么说的:"说出来你也许不信吧。在这六年中,我只看到过他八次,至多九次吧。"后来,她还说道:"维克托不说话,他总是很安静,只是默默地观察一切。有两次我看到他躲在房间里,不说话,只是盯着我不放。"

马库斯拿着手电筒巡照各个房间,依然觉得维克托无处不在,可能是躲在沙发或是窗帘后面。现在,他只是某道倏忽的幽影,可能是马库斯的想象,也可能是这栋房子的产物,因为悲伤小男孩的童年依然在此死缠不休。

他在楼上找到了那两个小孩的房间。

相邻的两个房间,而且十分相像。小小的床,搭配彩色镶木的床头板,小小的书桌椅。哈娜的房间主色是粉红色,而维克托的房间则是咖啡色。哈娜房间里有个扮家家酒的娃娃屋,里面的家具一应俱全,而维克托的房间里则有一架小型直立式钢琴。

"他总是把自己关在房间里,我们偶尔会听到他在弹钢琴。他弹得很好,而且还是数学天才。有个女佣曾经整理过他的东西,发现了一摞又一摞的计算纸。"

果然,都堆在那里。马库斯在书柜里看到那一摞摞的纸张,一旁还有代数、几何学的书籍,以及一个老旧的算盘。不过,在哈娜的房间,却有一只装满洋娃娃衣服的大衣柜。架子上摆满了五彩缤纷的蝴蝶结、闪亮的鞋子、小帽子,全都是父亲宠溺心爱小孩所送出的礼物。

维克托痛恨自己与妹妹之间的竞争关系,这是他杀害妹妹的完美动机。

"我们偶尔会听到那两个小孩在吵架,但他们也会一起玩,他们最喜欢的游戏就是捉迷藏。"

马库斯心想,捉迷藏,鬼魂最爱的游戏。他曾经询问过那位老太太:"哈娜是怎么死的?"

"啊,神父,某天早晨,我与其他仆人一到达那栋别墅,就发现阿格波夫先生坐在外头的阶梯上,双手捂住脸,哭得悲恸欲绝。他说他的哈娜死了,突如其来的高烧夺走了她的生命。"

"你相信他的话吗?"

她脸色一沉:"本来是信的,但我们后来看到女孩的床上有血,还有一把刀。"

马库斯心想:刀子,杀人魔最爱的武器,后来加上了鲁格手枪。也许,真的只是也许,那时候就有机会阻止维克托犯案,但当时没有人报警。

"阿格波夫先生是位高权重的人,我们能怎么办?他立刻将棺木运回俄罗斯,让哈娜得以埋在她母亲的身边。然后,他辞退了所有的人。"

阿格波夫想必是运用自身的外交豁免权粉饰一切。他把维克托送入哈默林精神病院,自此之后,一个人住在那栋房子里,终老至死。这男人早已成了鳏夫,不过,马库斯现在才发觉自己检查了这么久,居然完全找不到任何能够唤起对妻子与早逝母亲记忆的物品。

没有照片,没有遗物,什么都没有。

他这一趟豪宅之旅的终点是阁楼,里面堆满了老旧家具,不过,不仅如此。

还有一道上锁的门。

除了主要的门锁，还外加了三个尺寸不一的挂锁。这么多道防护措施，马库斯一点儿也不意外：他毫不迟疑，拿起一张老旧的椅子，狠敲那道门，一次、两次，又多加了好几次，那道门终于不敌猛力，破了。

他拿起手电筒一照，立刻就明白为什么这栋豪宅内完全看不到阿格波夫太太过往的痕迹了。

第八章

她回到了特拉斯提弗列区的公寓,在沙发上弄好了床被。

趁着明娜在洗澡的时候,桑德拉开始为她煮东西。她实在很想要动手翻这名女子的背包,也许可以找出她真实身份的文件,不过,她还是忍住了。对方开始信任她,桑德拉相信自己能够让她讲出更多的心事。

虽然她们相差了好几岁,桑德拉还比较年轻,她却立刻觉得自己像是大姐姐。她很同情明娜,觉得她处境堪怜,也许是因为悲情痛苦的过往所留下的后遗症。她不禁心想,自己在面对诸多人生选择的时刻,是否真的选择了正确的道路。

桑德拉摆好餐桌,打开电视,正在播新闻。当然,主题全围绕着杀人魔在萨包迪亚的最新恶行。记者们指出这次女性生还者成功逃脱,所以凶手算是失败了一半,而警方依然没有追查到遇害男子的身份。

她心想,显然宪兵队保密的能力比我们技高一筹。然后,她又想到刚才明娜所说的话,不知道那个男人是否有妻子或女友,也不知道是否已经接到了噩耗，桑德拉真心觉得对方好可怜。就在这时候，她发现明娜站在厨房门口，穿的是马克斯的睡袍，桑德拉先前好意借给她的衣物。她盯着电视，全身颤抖，桑德拉拿起遥控器，关掉电视，不想害她情绪更加不安。

"你饿了吗？"她问道，"坐吧，已经煮好了。"

她们用餐的时候几乎都没说话，因为明娜突然陷入沉默。也许是昨晚令人激动难平的回忆，最重要的是，她发觉自己逃过死劫的强烈意识感，开始在她的心头一一浮现。肾上腺素造成她情绪反应钝化，一直到刚刚才恢复正常，所以她处于惊吓状态也很正常。

桑德拉发现明娜用餐时一直把左臂放在餐桌下面，也许她不希望在SX夜店时的事件重演，不小心露出手腕上的疤，她深以为耻的那道痕迹。

"我结过一次婚，"桑德拉想要引发对方的好奇心，"我先生很好。他名叫戴维，已经死了。"

明娜不再死盯着盘子，扬起目光，面色诧异。

桑德拉回道："说来话长。"

"要是你不想说的话，干吗跟我提这件事？"

桑德拉把叉子放在桌上，望着明娜："因为做出激烈傻事，想要消除伤痛的人不是只有你一个。"

明娜用右手抓住左腕："大家说要是第一次失败的话，第二次会容易一点儿。才不是这样，但我一直不放弃，希望总有一天能够达成心愿。"

"不过，前晚凶手对你开枪的时候，你并没有等在那里吃子弹。"

这番话逼得明娜必须深思其中的含义，然后，她爆出大笑："你说得没错。"

桑德拉也跟着她一起哈哈大笑。

不过，明娜又转趋严肃："你为什么要为我做这么多事？"

"因为帮助别人会让我过得更开心。拜托，现在先让我们吃完晚餐吧，因为你得好好睡一觉。"

明娜不发一语，身体僵直。

桑德拉发现不太对劲："怎么了？"

"我没对你说实话。"

桑德拉虽然不知道谎言的内容，倒也不觉得惊讶："无论你撒了什么谎，都一定有补救的机会。"

明娜咬住下唇："其实我看到了他的脸。"

这句话把桑德拉吓得当场愣住："你的意思是你有办法指认他？"

明娜回道："是的。"

桑德拉立刻起身："那我们立刻去找警察。"

"不行！"明娜尖叫，伸手阻挡桑德拉，又柔声哀求，"拜托你别这样。"

"我们必须在你记忆消退之前立刻做出模拟绘像。"

"相信我，只要还有一口气，我绝对忘不了他的脸。"

"才不是这样，过了几个小时之后，记忆就会开始失真。"

"要是我去找警察的话，我就完蛋了。"

这话是什么意思？她为什么这么怕警察？桑德拉百思不解，但她还是得有所作为才行。"你的描述能力还可以吧？"

"嗯。问这个干什么？"

"因为我很会画画。"

豪宅阁楼的密室里有个三脚架，上头放了专业相机。镜头前方的摆设类似摄影棚，还有可以变换颜色的背景。此外，还有各种可以放在舞台上的家具——小凳、沙发、贵妃椅，甚至还有一套化妆台，桌面上的美妆工具一应俱全，各色腮红、粉饼、刷具、口红。

立刻吸引马库斯目光的其实是一根横杆上悬挂的那些女装。他拿手电筒照过去，一件件拨翻，各种颜色的高雅洋装，有的是晚礼服，有的是真丝，有的是缎料……马库斯立刻发现了让他惊骇的细节。

这些华服不是成年女人的衣装，而是小女孩的尺寸。

一股恐惧感油然而生，他知道真正令人惊恐的真相恐怕在墙角的幕帘之后。果然，当他拉开之后，证实了他心中的怀疑。这里是安纳托利·阿格波夫冲洗照片的暗房。好几个水盆、酸剂与化学药水、冲片罐、底片放大机、红光灯泡。

书桌一角堆了一大沓照片，也许是废弃的垃圾。马库斯走过去，把手电筒放在地上，这样才能靠双手逐一检视。

全是模糊、刺目、令人不舒服的照片，里面的主角只有一个人：哈娜，她穿的都是横杆上的那些衣服。

小女孩在微笑，她对镜头眨眼时的表情似乎很开心，但马库斯依然可以感受到她深层的不安。

表面上看起来没什么，当然没有任何与性有关的成分，似乎只是个游戏。不过，仔细观看，的确可以看出变态之处，这是一名丧妻男子把女儿当成替代品的病态行为，以某种猥亵的展示方式满足自己的疯狂。

难怪他天一黑就要赶走用人，他想要一个人偷偷搞这种事。

维克托是不是也遗传了父亲的变态性格，所以才会在女性受害人的脸上化妆，拍下她们的照片？

马库斯像机器人一样翻看照片，心中开始冒出怒火，他找到了另外一张家庭照，和养老院老太太给他的那一张非常相像，也就是他在安纳托利·阿格波夫书房抽屉里找到的那个相框里的那张。父亲与双胞胎子女，靠定时器拍摄，哈娜在微笑，而阿格波夫却只牵着维克托的手。

但在这张照片里，看不到那个小女孩。

只看到父亲与儿子，同样的构图，同样的姿势。怎么可能？马库斯决定要比对口袋里的那张照片。

除了那个明显的差异之处，一切都一模一样。比较这两张照片，可以看出正版是阿格波夫只与维克托在一起的父子照。

"上帝啊。"马库斯听到自己喃喃低语。

另外一张是拼贴图。

没有哈娜这个人。

第九章

　　光之童只存在于照片之中。

　　她是视觉幻象，是诈术的产物，其实并没有这个人。

　　在哈默林精神病院的那卷录像带中，九岁的维克托所说的都是实话：他并没有杀害他妹妹，原因很简单，哈娜并不存在。但克洛普与他的手下并不相信他的话，一直没有人信。

　　哈娜是安纳托利·阿格波夫病态幻想的成果。

　　"那两个小孩之间的关系如何？"

　　"我们偶尔会听到那两个小孩在吵架，但他们也会一起玩，他们最喜欢的游戏就是捉迷藏。"

　　捉迷藏。马库斯心想，那是管家的措辞。

　　其实从来没有人看到过这对双胞胎一起出现。

　　安纳托利·阿格波夫为了满足某种变态心理，自己编造出了这个女孩，或者，他纯粹就是疯了，而他强迫儿子穿上女孩的衣服，迎合自己的疯狂行径。

　　维克托慢慢发现他父亲偏爱的是幻想的妹妹，所以他开始说服自己是那个女孩，才能赢得父亲的欢心。

也就是在那个时候，他出现了人格分裂。

不过，他的男性心理特质并没有完全屈从，偶尔他会恢复成维克托，然后又开始饱受煎熬，因为他觉得自己完全得不到父亲的关注。

这种状况持续了多久，男孩又是从什么时候开始抵抗的，完全无法得知。不过，某一天，他的忍耐已经到了极限，决定要杀死"哈娜"，惩罚他的父亲。

马库斯还记得管家的说辞：安纳托利·阿格波夫十分哀伤，将女儿的尸首送回祖国，靠着自己享有的外交豁免权掩盖一切。

但马库斯现在明白了，棺材里没有人。

杀害哈娜之后，维克托达到目的：他解脱了。但他没猜到疯狂的父亲决定把他送入哈默林精神病院，让他与其他真正犯下可怕罪行的小孩在一起，由克洛普和他手下的人抚养长大。

马库斯不知道还有没有比这更悲惨的命运。维克托明明没有犯下任何错误，所受的虐待却接踵而来。

多年之后，这些伤痕让他就此成魔。

他专挑情侣下手，因为他在他们身上看到他自己与"妹妹"的影子。马库斯心想，他的行凶动机来自过往受到的不平等待遇。

不过，不只如此。

他必须先找桑德拉谈一谈。他把车开入休息区，准备打电话给她。

鉴识拍照的训练课程，也包括模拟绘像。

学员们必须轮流扮演目击者与画家的角色。原因很简单：他们必须要学习观察、描述，并且重新绘制。不然的话，他们只会永远靠相机完成所有的工作。其实，未来任务应该是由他们自己主导镜头，宛若以相机进行"绘图"。

靠着明娜提供的细节，桑德拉重建了杀人魔的面孔，这一点儿都不困难。画完之后，她把成果拿给明娜看："像吗？"

明娜凝神观看，回得斩钉截铁："对，没错。"

这时候，桑德拉也看得更加仔细，果然，他的平凡样貌让她吓了一跳。

这个杀人魔看起来就像是个普通人。

小小的棕色眼眸，宽额，略大的鼻子，薄唇，没有留胡须。这些模拟画像的面孔总是平淡无奇，看不出仇恨或愤慨，他们笔下那些嫌犯的邪恶心理状态，完全不外显，所以他们看起来一点儿都不吓人。

桑德拉对明娜微笑致谢："很好，你帮了大忙。"

"谢谢，"明娜回道，"我已经很久没听到别人称赞我了。"终于，她也露出微笑，现在她心情平静多了。

"快去睡吧，你一定很累了。"桑德拉继续扮演"大姐姐"的角色，然后，她进入隔壁房间扫描画像，准备寄给警司克雷斯皮，还有宪兵队。

她告诉自己，这是为了悼念莫罗副局长。

她还没来得及完成扫描，手机却在此时响起。未知号码，但她还是立刻应答。

"是我。"开口的是马库斯，语气很亢奋。

"我们有了杀人魔的模拟画像，"桑德拉颇为自豪，"我遵照你的指示，找到了萨包迪亚的那名妓女，她把嫌犯的长相细节都告诉我了。现在她在我家，我正准备要送出……"

"别管那个了，"马库斯有些焦急，"她看到的是维克托，但我们必须找寻哈娜。"

"什么意思？"

马库斯立刻将那栋豪宅里的线索、光之童的事全告诉了她："我的判断没错，全部的答案都在第一次的犯罪现场之中：奥斯提亚的松林。残暴叙事者故事的终曲刚好与开端一致。不过最重要的线索反而是那些看起来最微不足道的部分，黛安娜·德尔高蒂欧所写下的'他们'，还有凶手更换了衣服。"

"再讲清楚一点儿……"

"昏迷的黛安娜在短暂苏醒的时候想要告诉我们一件事：哈娜与维克托同时出现在犯罪现场，他们。"

"怎么可能？从头到尾就没有哈娜这个人啊。"

"凶手换了衣服，这就是关键！久而久之，维克托终于成了哈娜。其实，在他童年时代化身成为他妹妹的时候，他就不再是畏缩羞怯的男孩，反而变成了人见人爱的小女孩。在成长的过程中，他作出决定，为了得到别人的接纳，他要当哈娜。"

"不过，为了杀人，他又变回维克托，所以他必须更换衣服。"

"就是如此。杀人之后，他又变回哈娜。在奥斯提亚的凶案现场，警方在车内找到男人的衬衫，那是他不小心留下的证物，他误把乔治·蒙蒂菲奥里的衣服给拿走了。"

桑德拉作出结论："所以我们必须要找的是女人。"

"记得DNA吗？他根本不在乎警方与宪兵队已经掌握了那条线索，他知道自己有了安全的性别伪装，因为他们在找寻的对象是男人。"

桑德拉说道："不过,他杀人的时候是男人。"

"萨包迪亚现场留下的DNA不是识别印记,而是挑战。他仿佛要告诉我们:你们永远也找不到我。"

"为什么?"

"我猜他对自己的伪装充满信心,因为在过去这几年中,他做了变性手术,"马库斯很笃定,"哈娜想要消灭维克托,但他偶尔还是会再次现身。哈娜知道维克托会伤害她:就像他在小时候想要杀死她一样。所以,她让他杀害情侣,重现他当初战胜她的情景:这是能够让他乖乖不捣蛋的方法。他并没有把受害人当成情侣,而是哥哥与妹妹,记得吗?"

"你在说什么?我听不太懂。你的意思是维克托小时候想要杀死哈娜?"

"对,我想维克托小时候曾经有过自残行为,比方说割腕。"

夕阳西下,仆人们就离开了那栋房子。

维克托从自己卧室的窗户望出去,看着他们走过长长的车道直到大门口,他总是流露出相同的渴望:与他们一起离开。

但他走不了,他一直没有离开过这栋豪宅。

就连太阳也背弃了他,立刻消失在地平线的后方。恐惧出现了,每个晚上都是如此。他真希望有人会过来,把他带离这个地方,电影与小说里都有这样的情节,不是吗?只要主角遇到危险,就会有人前来拯救。维克托闭上双眼,全心祈祷愿望实现。有时候,他会告诉自己美梦即将成真,但从没有人来救他。

不过,倒不是每个夜晚都一样。有时候,时光会以另外一种方式慢慢流逝,他就可以全身心投入在数字的世界中——那是他最后的避风港。至于其他时候,屋内的沉静却总是被父亲的频频呼唤所打断。

"你在哪里?"他会以柔声不断呼唤,"我的小美女在哪里?我的可爱洋娃娃呢?"

这种温柔态度的目的是引他出来。维克托曾经躲父亲躲了好一阵子。有些地方，大家就是找不到——他与哈娜在这栋大房子里玩捉迷藏的时候，他会仔细找寻这些角落，但是你毕竟没有办法一辈子躲下去。

所以，时间一久，维克托学到了不要抵抗。他会进入他妹妹的房间，从衣橱里挑选衣服，穿上之后，扮成哈娜。然后，他会坐在床上，静静等待。

"我的可爱小美女！"他父亲会露出笑容，伸出双臂迎接他。

然后，父亲会牵着他的手，一起上阁楼。

"漂亮的洋娃娃必须要展现出美丽的那一面。"

维克托会站在小椅凳上面，看着父亲架好相机与灯光。他父亲是完美主义者，会逐一检视藏在秘密房间里的摆饰，挑出想要的那一个交给维克托，然后向他解释等一下应该做出什么样的动作。不过，他父亲会先帮他化妆，他特别喜欢用口红。

有时候，哈娜想拒绝，父亲就会立刻发脾气。

"是你哥哥给你洗脑的，对不对？每次都是他给我出乱子，这个没有用的小畜生。"

哈娜知道他可能会迁怒在维克托身上——他曾经在她面前刻意拿出自己藏在抽屉里的左轮手枪。

他还威胁放话："我会处罚维克托，就像我当初处罚他那没用的母亲一样。"

所以她就乖乖听话了——她一向如此。

"我的乖巧小美女，这一次我们不需要绳索。"

维克托一直觉得，要是他母亲还在的话，状况应该就不一样了。其实他记得她的部分并不多，比方说，她双手的气味，还有她把他拉到怀中，唱歌哄他入睡时的温暖胸脯，除此之外，就没有别的了。毕竟她只出现在他生命中的前五年而已。不过，他知道她长得很漂亮。"艳冠群芳的绝色美女。"父亲不对亡妻动怒的时候，依然会说出这样的话，他现在已经再也无法对她生气，再也无法对她不屑地吼叫。

维克托很清楚，她已经不在人世，他自己也就自然成为安纳托利·阿格波夫发泄仇恨的对象。

在莫斯科的时候，他母亲过世，他父亲立刻把她的痕迹消除得干干净净，只要能够想起她的所有物品，他全都扔了，包括让她更加美丽的化妆品、衣橱里的衣服、日常用品、摆在家中多年的装饰品。

还有那些照片。

他把它们全扔进壁炉里。他们的住所只剩下一大堆的空白。父子两人想要装作视而不见，但实在很难办得到。有时候，他们坐在餐桌前，两人的双眼都会同时盯着屋内某个空荡荡的角落。

维克托还是努力过着这样的日子，但是对他的父亲来说，这样的空白成了某种纠缠。

然后，有一天，他带着一件挂在衣架上的女装进入维克托的房间，黄底红花。他不发一语，示意他穿上那件衣服。

维克托依然很清楚地记得当时的感受。他在房间正中央，赤脚站在冰冷的地板上，安纳托利·阿格波夫神色严肃地盯着他。这衣服是他身材的两倍大，维克托觉得自己很滑稽，他的父亲却根本不在意这一点。

他父亲一直沉浸在自己的思绪里，最后终于开口："你的头发必须再留长一点儿才行。"

然后,他父亲买了相机,之后一切的必需品也都陆续到位,他渐渐成了专家。而且,他再也不会弄错衣服尺寸——就连这一点也变得十分在行。

阿格波夫开始为他拍照,起初他以为这是某种游戏。即便后来发现状况怪怪的,他还是乖乖遵从父亲的指示。他从来不问这种事究竟是对还是错,因为小孩子非常清楚,他们的父母亲永远是对的。

所以,他也不觉得有什么不好,他一直很害怕对父亲说不——他隐约觉得这样不好。但过了一阵子之后,他告诉自己,要是有哪个游戏会让你感到惧怕,也许那就不只是个游戏而已了。

当他父亲不再喊他维克托,反而叫他另一个名字的那一天,他就知道自己的不祥预感果然成真。这件事发生得相当自然,那名字掺杂在某个句子之间,就像平常讲的话一样。

"哈娜,现在请你转侧面好吗?"

这名字到底从哪里冒出来的?他的语气怎么如此温柔?起初,维克托以为是哪里搞错了。但后来这怪事不断发生,最后就成了惯例,当他询问父亲哈娜是谁的时候,父亲的回答简单明了:"哈娜是你妹妹。"

阿格波夫拍完照片之后,就会把自己关在暗房里冲洗照片。这时候,哈娜就会知道自己的任务结束了,她可以回到楼下,再次变回维克托。

不过,有时候虽然父亲没有主动要求,维克托也会自愿穿上哈娜的衣服,去找那些仆人。他发现他们对他妹妹态度友善,会对她微笑，和她讲话，对她充满兴趣。维克托发现当自己穿着那些衣服的时候，与陌生人的互动就轻松多了。他们再也不是充满敌意的冷淡之人，再也不会露出他憎恨至极的那种神情，他称为怜悯。他在母亲死掉的那一天，曾经在她脸上看到了那样的情态，那具死尸的目光盯着他，仿佛在对他说话："可怜的维克托。"

不过，他的父亲偶尔也会对他好声好气。有的时候，气氛变得不一样，维克托总是希望那样的时刻可以天长地久。比方说，父亲曾经希望两人为了画像一起拍照，那一次没有哈娜，只有父亲与儿子，而维克托当时好不容易才鼓起勇气，真正握住父亲的手。父亲居然没有推开他的手，真是太不可思议了，那感觉真的好幸福。

但改变都不会恒久。后来，一切恢复到原始样貌。哈娜又成了他父亲的宠儿。不过，自从与父亲拍下那张照片之后，维克托的心中有某个部分碎裂了，他的失望，成了他再也无法忽视的伤口。

一直当个惧怕的小孩，已经让他十分厌倦。

有一天，他把自己关在房间里——是个雨天，他讨厌雨水。他趴在地板上，专心地在解算式——这是他让自己放空的方法，什么都不必想，眼前出现的是一个一元二次方程：

$ax^2 + bx + c = 0$

为了解出未知的x，等式各项相加必须归零。所以得被消灭。他的脑袋对数学很在行，马上就想到了解答方法。等式左边就是他与哈娜，如果要得到零的结果，他们就必须消灭彼此。

所以，他灵机一动。

零是一个美妙的数字。它是某种宁和状态，完全不会受到侵扰。大家并不了解零的真正价值。对他们来说,零是死亡,但对他而言,零也可能是自由。在那一刻,维克托已经有所体悟,不会有人来解救他,继续奢望也没有用,不过,也许数学能够救他一命。

所以他进入哈娜的房间,穿上她最美丽的衣裳,呈"大"字形躺在床上。没多久之前,他偷了父亲的旧猎刀。起初,他只是把刀口搁在皮肤上,享受快感,很冰凉。然后,他闭上双眼,咬紧牙关,妹妹在他的内心世界里呼喊,求他不要这样,但他完全置之不理。他反而拿起刀子,朝自己的左腕划下去,任由刀口陷入皮肉,那股疼痛让人受不了,一股温暖黏稠的物质从他的指间滑落,然后,他渐渐失去了意识。

再也没有维克托,再也没有哈娜。

归零。

等到他再次睁开双眼的时候,发现他的父亲抱着他,拿了毛巾为他止血。父亲哭得歇斯底里,轻轻摇晃他。维克托发现父亲在讲话,一开始的时候,他完全听不懂。

"我的哈娜不见了,"然后他问,"你做了什么?维克托?你做了什么?"

后来,维克托才明白,在安纳托利·尼可莱耶维奇·阿格波夫的眼中,这个手腕上的小疤是他无法忍受的缺陷。他的小美女的雪白肌肤上怎么可以出现这种东西?从那天开始,他就再也不帮她拍照,自此之后,哈娜已死。

不过,死的只有哈娜,这是惊天动地的大消息。维克托虽然觉得自己不舒服,却享受到前所未有的快乐。

他的父亲却依然在仆人面前哭泣，一些人也一起感伤落泪。后来，安纳托利辞退了他们，永不再见。

这种新生活，没有恐惧的新生活，也只持续了一个月而已。但对于把棺木送到莫斯科、等待伤疤痊愈这两件事来说，时间已经绰绰有余。某个晚上，在维克托睡着之前，房门开了，走廊上的光线流泻进来，宛若银色刀锋一样。他认出站在房门口的剪影是父亲，他的脸庞正好落于幽暗地带，维克托看不见他的表情，乍看之下，他还以为父亲在微笑。

他动也不动。不过，后来还是开口讲话了，语气淡漠冷酷。

"你不能继续待下去了。"

这时候，维克托的心陡然一沉。

"有个地方专门收容你这种坏孩子，你必须过去。从明天开始，你就会住在那里，它将成为你的新家，你再也不能回到这里。"

第十章

"……我想维克托小时候曾经有过自残行为,比方说割腕。"

马库斯的最后几句话让桑德拉吓得气都快没了。

"我的天,他在这里。"

"你在说什么?"

她好不容易才咽下口水:"是她,那个妓女就是哈娜,赶快报警。"然后,她立刻挂了电话,因为她时间不多了。她在回想自己把手枪放在哪里,卧室。太远了,铁定来不及,但她还是得试试看。

她往门口走了一步,正打算继续朝走廊前进的时候,却愣住不动。那女人在那里,背对着桑德拉,而且已经换装。

她改穿男人的衣服,深色长裤,白色衬衫。

维克托转身,他手里拿着桑德拉的相机:"你知道吗?我也会拍照。"

桑德拉不敢动,但她注意到他打开了背包,早已拿出相机,还有一把旧猎刀,他把它们整整齐齐地放在沙发上面。

维克托发现她正盯着那些东西。"哦，对啊，"他说道，"昨晚我已经用过那把左轮手枪，现在它已经派不上用场了。"

桑德拉不断往后退，发现自己的背已经贴住了墙面。

"我刚听到你在讲电话，"维克托再次拿起桑德拉的相机，"但你觉得我会没猜到吗？这一切都经过精算，因为我是数学高手。"

无论对精神变态说什么，都可能引发他难以预料的反应，所以桑德拉早就决定要保持沉默。

"为什么不跟我说话了？"维克托嘟嘴，"你生气了？前晚我在萨包迪亚并没有犯下任何错误，我只是分开解题而已。"

他在说什么？到底是什么意思？

"消灭彼此，数值得零。"

桑德拉打了一个冷战，她轻声说道："马克斯……"

维克托点点头。

桑德拉双眼盈满泪水："为什么要挑我们？"

"那天晚上，警察在讲话的时候，我看到你画了一个颠倒的十字。那个手势是什么意思？我小时候被关在精神病院的时候，经常看到他们做出那个动作，但我一直不明白那代表什么。"

桑德拉依然沉默。

维克托耸肩，仿佛他完全不在意。"报纸与电视上只要出现有关我的报道，我一定紧盯不放。不过，你还有一点让我印象深刻，我看到你的时候，你正忙着把相机放回包里。我也告诉过你了，我喜欢相机，你是我玩游戏的完美目标。"他的脸色一沉，"这就像我父亲每次为了说服哈娜摆姿势拍照，对她所说的话：'这只是游戏而已，不需要害怕。'"

桑德拉的脚跟已经蹭到踢脚线了。她靠着触觉摸索，缓缓向右侧移动，紧贴着墙。

"你有没有注意到，人们垂死之前的行为和态度很奇怪？奥斯提亚的那个女孩一直尖叫，请她男友不要拿刀刺她。但我对他下令，他乖乖照做，我不觉得他爱她……那个女警，琵雅·利蒙蒂，却是另一个模样。到了最后，她很感谢我。没错，我一直折磨她，后来连我自己都嫌累了，我说要杀她灭口的时候，她真的向我道谢。"

桑德拉怒火中烧，因为她可以想象当时的情景。

"那个德国女孩，搭便车的背包客，我根本不记得细节了。她一直在求我，但我听不懂她讲的话。我后来才弄懂她想要讲的是她怀了小孩，至于马克斯……"

桑德拉不确定自己是不是想要知道他是怎么死的，一滴泪水滑落脸颊，维克托也看到了。

"你怎么会为他掉泪？他背着你偷偷嫖妓！"

他说话的语气让桑德拉怒火中烧。

"我编的那段从萨包迪亚别墅逃脱的故事，你还喜欢吗？哈娜的想象力非常丰富。在过去这些年中，她化身成许多不同的女性，欺瞒了她遇到的每一个男人，明娜是她最成功的角色。她喜欢和男人出去，要是我没有在她身上活过来，她就会继续与男人交往。"

桑德拉已经移动了一米左右的距离。

"等到她变性之后，她以为可以就此甩掉我，但我偶尔会回来。起初那几次，我只是一闪而过的念头，她脑海里的某个声音。一天晚上，她和一名客户在一起，我出现了，目睹一切。我开始尖叫，对着他的生殖器呕吐。"他哈哈大笑，"你应该见识一下那男人嫌恶的表情。他想要揍我,但如果他敢动手的话,我赤手空拳就能杀死他,他都不知道自己有多好运。"

桑德拉不确定维克托还会讲多久,她必须有所行动,时间迅速流逝,不会有人来救她。

现在,她距离大门口只有几步而已。要是她打算冲到楼下,他一定抓得到她,她也可以尖叫,引来别人的注意力。

"老实说,我真的无意杀你,但我不得不如此。因为每当我杀人之后,哈娜就会变得好害怕,就会让给我更多的空间。我相信随着时间慢慢过去,最后一定又只会剩下我而已,维克托……我知道大家都比较喜欢我妹妹,但我也发现还有别的方法可以吸引众人的目光……就是恐惧,那也算是一种感情,你说是不是?"

桑德拉冲向门口,维克托吓了一大跳,但还是跟了过去。桑德拉把他推开,他死抓住她的手臂,她只能拖着他进入玄关,他不断挥拳攻击她的背部:"你逃不了的,小美女,没有人能够离开这里!"

桑德拉开门,已经逃出了家门口。她想要大叫,却喊不出声音,想必是因为惊慌失措,而不是因为奔逃。

维克托抓住桑德拉的头猛撞地板,她的后脑勺不断受到重击,差点儿昏过去。虽然她眼前一片模糊,但依然看到他走回屋内。他去哪里?桑德拉想要靠手臂支撑起身,却又再次倒地,撞到了太阳穴。她的眼眶盈满泪水,透过那层流动雾幕,她看到他又朝她走来,整张脸因愤怒而扭曲。

他拿了刀子。

桑德拉闭上双眼,准备迎接第一刀。她并没有感受到疼痛,反而听到女人的尖叫声。她睁开双眼,看到维克托躺在地上,有个男人背对着她，压制住维克托，他拼命挣扎，凄惨尖叫，但对方不肯放手。

那女人的尖叫声突然变得雄壮，然后又转为娇柔，令人毛骨悚然。

那男子面向桑德拉："你没事吧？"她想要点头，但不知道自己能不能做出这个动作。

克莱门特想要让她安心，开口说道："我是圣赦神父。"

桑德拉从来没看过他的面孔，也没听过他的名字，但她信任他。对方又给了维克托一拳，他终于安静下来。"快离开，"她声音微弱，还是勉强说出口，"警察……你们的秘密……"

克莱门特只是微笑。

桑德拉这时才惊觉那把刀早已穿透了他的腹部。

第十一章

马库斯到达了特拉斯提弗列区,可没有办法穿越警方封锁线。

他站在边上,混在人群之中,身旁有许多围观者,还有早已冲到现场的摄影记者们。

没有人知道出了什么事,谣言满天飞。

有人说稍早之前有名男子被上手铐带走,宪兵队项目小组人员欣喜若狂地把他押上车,然后急速离去,前后还有车队闪着警示灯,警笛大作。

然后他看到两名急救人员把桑德拉送上了救护车,显然她出事了,不过基本上不会有大碍。

他松了一口气,可好心情持续不了多久。

他看到有人抬着担架从大门口的阶梯上下来。上头躺着一个男人,面戴呼吸器,是克莱门特。他找到了桑德拉?马库斯从来没有在他面前提过她……他看着他们把克莱门特送入第二辆救护车,不过,那辆车却停在原地。

为什么不走?还要待多久?

救护车车门紧闭，依然没有动静，不过可以看出里面有动作。终于，引擎发动，却没有开警笛。

马库斯猜测他朋友终究没能撑下去。

他很想哭，不断痛责自己，他们的最后一次会面，他居然把分别的场面弄得那么难堪。然后，他吓了一大跳，发现自己正在低声祈祷。

他在人群中开始念祷词，完全没有人注意到他。其他人都在忙自己的事，其实，这一直就是他的生活常态。

我是隐形人，他告诉自己，我不存在。

为了第五堂训练课，克莱门特在深夜时分，突然来到他的公寓。

他只丢了一句话："我们必须去一个地方。"

马库斯匆匆着衣，两人一起离开了赛彭提路的阁楼房间。他们在空寂的罗马市中心徒步漫行，到达一栋豪宅的大门口。

克莱门特从口袋里拿出一把老旧沉重的金属钥匙，钥匙表面被磨得十分光亮。他开了大门，让马库斯先进去。

这地方宽敞安静，就像是大教堂一样，一长排蜡烛映照着粉红色的大理石阶梯。

"过来吧，"克莱门特低声说道，"其他人已经到了。"

马库斯很疑惑，其他人？到底是哪些人？

他们步上巨大的阶梯，走过两旁有湿壁画的宽敞走廊，一开始的时候，他看不出画作的主题，后来，他才发现它们重现了福音书的著名段落，耶稣让拉撒路复活、迦拿的婚礼、耶稣受洗……

克莱门特发现马库斯看到这些画作之后，流露出怀疑的神情："就像是在西斯廷教堂一样，"他语气急促，"米开朗琪罗在那里画出了《最后的审判》湿壁画，用以提醒与训诫参加秘密会议、准备选出新教皇的那些红衣主教，接下来的任务十分重要。而这里的福音画也背负了相同的目的：提醒那些即将执行任务的人，仅能遵从圣灵的旨意。"

"什么任务？"

"你等一下就知道了。"

没过多久，他们走到有廊柱的大理石矮墙旁边，此处可以俯瞰下方的巨大圆形空间。马库斯正打算挨过去，克莱门特却立刻把马库斯拉到身边。"我们必须待在暗处。"

他们躲在其中一根廊柱的后头，马库斯终于能够好好往下张望了。

底下的大厅一共有十二间以圆形排列的告解室，正中央有个台座，上面放置了一个大型的金色分枝烛台，一共有十二根已经点燃的蜡烛。

马库斯立刻就注意到了，"十二"这个数字正好呼应了十二使徒。

过了一会儿，有一群人陆续入场，他们的头上全都戴着深色斗篷，几乎没办法看到他们的脸。每个人经过烛台前面的时候，都会以两根手指捻熄其中一根蜡烛，然后，他们各自进入告解室。

最后，只剩下一根蜡烛还亮着，一间告解室是空的。马库斯心想，没有人会熄灭犹大的蜡烛，不会有人接下他的位置。

那根蜡烛是屋内唯一的光源。

"你正在观看的仪式，"克莱门特低声解释，"名为'黑色祭仪'。"

等到大家都入座之后，另一名与会者入场，他戴的是红缎斗篷。

他手执发出灿光的大型蜡烛，照亮了整个空间，然后，又把它放在烛台顶端。这根蜡烛象征了耶稣，就在这个时候，马库斯终于恍然大悟他们身在何处。

灵魂法庭。

克莱门特曾经告诉他有关圣赦神父所保存的罪行档案，此外，他也向马库斯解释有关重罪的部分——弥天大罪——必须召开特殊法庭，成员可能是高阶神父或是一般神父，全部都是随机抽选的，他们将会聚在一起讨论是否要原谅那名悔罪者。

现在他将目睹一切。

身着红缎斗篷的男子首先念出了罪行的细节，然后严厉斥责犯罪者，他们永远不会报出这些罪犯的姓名。高阶神父被找来参与这种吃力不讨好但重要的工作，他们被称作"魔鬼辩护者"。

他平常还有另一项任务，对于那些终其一生都展现圣性的人物，教廷会讨论是否要予以宣福与圣化，而他们在这样的过程中必须要举出反证。不过，在"灵魂法庭"的仪式之中，魔鬼辩护者的确扮演的是魔鬼的角色。根据《圣经》，犯罪者要是得到赦免，魔鬼一定会很不高兴，因为地狱就此少了一名鬼魂。

灵魂法庭除了具有古老含义或是中世纪的象征性，也保留了老式慑人的空间，让它仿佛成了命运的利器。

审判的重点不在于罪行本身，而是犯罪者的灵魂，仿佛要定夺的是这个人是否依然还有资格与人类为伍。

等到魔鬼辩护者讲完之后，告解室的成员就会开始互相激辩。到了最后，就会以某种明确方式进行宣判。每个人都会起身，在离开房间的路途中，将会决定是否再次点燃刚才熄灭的那根蜡烛。如果愿意的话，他们会拿起某个小碗里的细枝，向代表耶稣的蜡烛焰光借火。

最后，分枝烛台燃亮的蜡烛数目，将会决定这名悔罪者到底得到的是赦免还是惩罚。当然，这是由多数决定的。要是正反数字相同，那么就算是赦免其罪。

他们马上就要开始进行审判了。

身着红缎斗篷的那个男人拿出一张纸，开始以洪亮的声音念出内容，整个空间都回荡着他的回音：今晚的罪行——弥天大罪——是关于一名杀害自己两岁亲生儿子的女人，根据她的说法，她罹患了某种严重抑郁症，害她深受其苦。

那个身着红缎斗篷的男子念完之后，准备展开对罪犯的控诉。不过，他在开口之前，拉开了兜帽，因为现场只有他可以露出自己的面孔。

魔鬼辩护者是东方人。

第十二章

　　红衣主教巴蒂斯塔·艾里阿加终于又把他的权戒戴了回去。

　　他的右手无名指与那块珍稀宝石相别的时间，也未免太久了一点儿。现在他终于可以离开这间待了好几晚的小旅馆房间，回到自己的顶楼豪宅，它的位置距离竞技场并不远，还可以俯瞰帝国议事广场。

　　既然已经抓到了盐之童，那么他的任务也几乎算大功告成。现在，让整个罗马知道魔鬼辩护者已经回到这座城市，自然也不成问题。

　　在过去这几天中，一直死缠着他不放的亡友米恩，到现在依然阴魂不散，但已经恢复到噤声不语的状态。现在，这早就不是艾里阿加的困扰了，因为他早已爬到了教廷的上层阶级。

　　艾里阿加在年轻时犯下了杀人罪，以残暴手法将米恩打死，他朋友是无辜的，只不过嘲弄了他而已，而他也因此入狱。他一直很抗拒服刑，觉得这对他并不公平，其间不断反抗各种威权。不过，这种言行只是青少年的躁动本质。其实，由于自己犯下的罪行，他的内心深处饱受煎熬。

有一天，他遇到了一位神父，一切就此翻转。

那位神父向他讲述有关福音与《圣经》的故事，对方循序渐进，充满耐心，终于说服艾里阿加放下心中的重担。不过，当他向神父告解己罪的时候，却没有立刻得到赦免。神父反而向他解释，必须把他犯下的大罪抄录下来，送交罗马的某个特殊法庭。他完成了，但多日没有回音，艾里阿加担心自己永远无法得到宽恕或救赎，不过，宣判结果终于出现了。

他的灵魂受到了赦免。

在那一刻，艾里阿加看到了修补人生的可能性。灵魂法庭是一项独特的利器，能够让他摆脱悲惨生活，逃离贫穷与卑微的宿命。那些针对人类灵魂的判决所隐含的力量何其强大！他再也不是那个酒鬼的猥琐废物后代——再也不是"马戏团小猴之子"了。

他说服那位神父带领他走上神职之路。他从来不曾因为哪个职业而产生这么强烈的动力，现在的冲劲全是因为良善的企图心。

在接下来的岁月中，他全心追求目标，也不断地自我否定。首先，他拼命抹去了过往的所有痕迹：没有人会把他与菲律宾小镇的某起凶案联想在一起。然后，他开始逐步往上爬，赢得了该有的位置。从小神父变成主教，又从蒙席当上了红衣主教。最后，他终于争取到他花了一生努力追求的高位。其实，根据他的专业能力，他们会挑中他也是理所当然的选择。

二十多年来，他一直负责执行法庭内的黑色祭仪。他负责撰写指控悔罪者的诸项罪行，所以他会知道他们最不可告人的秘密。他们全都被匿名保密，不过，巴蒂斯塔·艾里阿加却能够从他们的告解内容细节中辨识出他们的身份。

到了现在，他已经驾轻就熟。

久而久之，他也学会了要如何利用自己知道的一切换取好处。虽然表面上看起来是勒索，但他不喜欢这种称呼。每当他开始使用自己强大权力的时候，都是以教廷的利益为出发点，这种行为也可能会为他个人带来某些好处，而这一点就无关紧要了。

他根本不觉得那些悔罪者有哪里可怜。他们之所以会愿意告解，纯粹就是想要日后过着平静无波的生活而已。他们是懦夫，因为他们不敢坦然面对法律。而且许多人得到赦免之后，依然会故态复萌。

就艾里阿加的个人观点而言，告解圣事正是天主教的败象之一。偶尔来一次良心净化，就能够解决一切！

所以他剥削那些犯罪者，运用他们的恶行为自己谋利，完全不会有任何内疚感。每当他与这些人交手的时候，他们一听到他复述这些秘密就会无比惊骇。他们不知道他到底怎么得知了这些真相，因为他们根本忘了自己曾经向神父告解一切，可以看出宽恕对他们根本发挥不了什么作用。

他穿上日常的高级定制深色西装，配上的是神父白领而不是领带，最后戴上黄金与红宝石的十字架项链，然后，他望着镜中的自己，开始为米恩的灵魂低声念诵祷词。

他年少时曾经犯下重罪。但他并没有厚颜无耻到想要宽恕自己的地步。

等到他念完之后，他决定到外面走一走，因为距离圆满达成任务，还差最后一个步骤。

这个秘密包含了三个层次。第一个是"盐之童"，第二个是"狼头人"，这两个都已经曝光。

但第三个必须保持滴水不漏，否则教廷将付出惨痛代价，他也一样。

第十三章

马库斯已经思量了许久。

她早已入院接受检查,站在医院外头空等是没有用的。有一大群摄影师与文字记者守在外头堵她,希望能偷拍到照片或是发表简单谈话。

桑德拉是现在的焦点人物,当然,维克托·阿格波夫也是。

杀人魔已经被送入大牢,根据媒体获知的那一点儿消息,对于检方的讯问,嫌犯坚持不肯开口。所以大家才会聚焦于这名既是受害人也是女英雄的年轻女警。

他很想见她,与她讲话,但他不能就这么冲进去。克莱门特的死亡所带来的悲戚,一直缠绕不去。现在,他唯一的朋友死了,想要对抗孤独,只能靠桑德拉了。

马库斯原本一直以为自己形单影只,其实并非如此。也许是因为他先前误会克莱门特除了他们两人之间的关系之外,另有其他的交际圈:可以与其他人互动沟通,甚至一起开怀大笑或是吐露秘密。克莱门特认识他们的上级,似乎是一大优势。不过,克莱门特其实和他一模一样，无依无靠。但他们之间有个明显差异，克莱门特从来不曾有过任何抱怨，他不像马库斯一样，认定这是生活负担。

马库斯真希望当初能够体悟到克莱门特的孤寂感，分担他的苦楚，那么他也可以向克莱门特分享自己的心情，他们就能成为真正的朋友。

"我原本是葡萄牙乡下的神父。有一天，我收到一封信，上面有梵蒂冈封印：原来是一项我无法推辞的任务。里面载明了指示，告诉我要如何追踪到住在布拉格某家医院里的男人……我一直不明白他们为什么要挑我。我没有特殊天赋，也从来不曾表现出任何的企图心。我在自己的堂区过得很开心，与我的会众相处融洽……我们无权过问，无权知悉，只能遵守。"

克莱门特在前一晚牺牲了自己的生命，救了桑德拉。这就是马库斯想要见她一面的主因，他要把自己朋友的事告诉她。

他正在等她，这个地方可以避开群众与凑热闹的人，远离所有人的目光。他不知道桑德拉会不会猜到他在这里守候，但现在也只能衷心盼望。因为这是三年前他们初次见面的地方：圣王路易堂的圣器室。

"我来了。"他还没说话，她已经先开了口，仿佛他们先前早已相约，而她因为迟到而深感抱歉。

马库斯正准备朝她走过去，却突然停下脚步。上一次他们曾经互相拥抱，但现在这个举动不太合适。桑德拉一脸空茫，双眼早已哭肿。

"我是笨蛋。都是因为我犯了错，才害马克斯丧命。"

"我觉得这不该怪到你头上。"

"啊,但明明就是。要不是因为我在电视台录像的时候画出颠倒的十字,那个禽兽也不会挑中我们。"

马库斯对于这个部分并不知情。其实,他之前也不断自问,为什么维克托会挑选桑德拉?为什么要挑马克斯?他一直想不出答案。现在他明白了事发经过,决定还是保持沉默。

"他的学生们非常悲伤,心情很难平复。他们筹备了一场小型追思会,准备在学校体育馆办个简单的纪念仪式。"她稍作停顿,看了一下手表,"检方已经同意交还遗体,今天晚上,会有飞机带他回英国,"然后,她又继续说道,"我会和他一起飞过去。"

马库斯看着她,现在的他完全无法言语。他们两人之间只隔了几米而已,可彼此都不敢继续向前,仿佛隔了一道鸿沟。

"我必须和他一起过去。我得和他父母兄弟说说话,与他还来不及介绍给我认识的那些好友见面。这也是我第一次去探访他的出生地,大家都会看到我,以为我一直爱着他,但其实不是这样,我……"

她最后丢下的那句话,依然悬宕在两人之间的绝崖中。

马库斯问道:"你什么?"

这次轮到桑德拉沉默不语。

"你为什么会来这里?"

"因为我承诺别人要见你一面。"

马库斯听到这个答案,大失所望,要是她说出自己前来这里是为了他,那该有多好。

"你的朋友名叫克莱门特,对不对?他是圣赦神父。"

所以桑德拉知道是谁救了她……克莱门特违反了圣赦神父的

规定……"不能让任何人知道你的存在，绝对不行。只有在闪电与雷声的交接时刻，才能够说出自己的身份。"

桑德拉从口袋里拿出了一个东西，伸手交给他，却没有挪移半步："他断气之前，请我把这个交给你。"

马库斯趋前一步，看到她掌心里的东西，大天使米迦勒狂怒挥剑的圆形垂饰。

"他说这是很重要的东西，你一定知道了。"

马库斯想起自己把它扔到克莱门特面前时的那股暴怒，难道那次相见就是永别了吗？这个念头让他陷入更悲绝的深渊。

桑德拉开口："我得走了。"

她走到他面前，将克莱门特的圆形垂饰交到他手中，然后，她踮起脚尖，亲吻他的双唇，一个绵长无尽的吻。她说道："愿有缘来生再见。"

马库斯也作出同样的应诺："有缘来生再见。"

那天晚上，他回到赛彭提路的阁楼小房间，关上门，不急着开灯，屋内有从窗户透入的罗马市区屋顶的微光。

现在他真的是孤绝一人，漫无止境的孤单。

他心情悲凉。要是桑德拉继续吻下去，将那一场告别转换为别的故事，也许，索求他的爱，那他又该作何反应？他多年前已立誓投入神职，必须保持坚贞，他真的准备要违背誓言吗？之后又要做什么？

他是黑暗猎人，这不是某种职业，而是一种天性。

邪恶不仅仅是从负面效应与情绪衍生而出的行为模式，它是一种具体的面向。他能够辨识得出来，看到别人察觉不到的细节。

他眼前依然有好几个未解的谜团。

与桑德拉在竞技场见面的那个男人是谁？他怎么会对警方的办案过程如此熟稔？最关键的问题是：他怎么可能知道马库斯与圣赦神父的事？

他还是得找出这些问题的答案，黑暗猎人没有其他选择。不过，他会等到明天再开始，现在，他已经累过头了。

他打开行军床旁边的小灯，第一个映入眼帘的是那个背着灰色肩包男子的照片，杀害修女的凶手。他不禁开始回忆过往，当初自己就是因为那起梵蒂冈花园分尸案与克莱门特起了龃龉。最让马库斯难受的是，他坚持要见上级，他对待克莱门特实在太不厚道了，他朋友喊出"我不知道"的绝望之声依然在他心底回荡。

他想到了克莱门特死前想要还给他的圆形垂饰——大天使米迦勒，圣赦神父的守护者。现在，也该把它戴回去了。他把手伸进口袋摸了一下，拿出来的除了垂饰，还有一张折好的卡纸。他愣了一会儿才想起来那是什么东西，原来是克洛普交给他的地图。这两项物品都是来自垂死之人，马库斯打算丢掉那张纸，因为一想到要将这两者相提并论，就让他受不了。不过，在动手撕毁之前，他还是强逼自己再看最后一眼。

罗马市中心的路线图，从芒奇诺路到西班牙广场，拾级而上，就能到达山上的天主圣三堂，这条路线的总长度只有一千米多点。

克洛普曾经对他说过：你将会恍然大悟，也会惊愕万分。

不过，这是全罗马最负盛名、观光客最多的地方之一，到底会有什么故事？众目睽睽之下，究竟隐藏了什么秘密？

先前马库斯以为那是陷阱，是某种障眼法，为了要转移他的真正目标：找出维克托。不过，他现在却以另一个截然不同的角度看待这张地图：如果克洛普只是想要欺骗他的话，大可以把他送到这座城市最偏远的角落。不过，他的这个行为根本不合常理。

"你故事的最后篇章，无名童……"

马库斯仔细端详地图之后，发现了一个细节，或者，应该说是违常之处。红线标示的路线并非全部位于市区街道，有好几段直接画过建筑物区。

马库斯心想，不是在建筑物的上方。

地下。

路线在地底下。

第十四章

整个罗马出现了某种奇怪的现象。

大家都涌上街头,不愿入眠,这座城市正在欢庆噩梦终于结束。最特殊的现象是到处都看得到的自发式守夜祝祷,有人随便挑了个地方放置鲜花或点燃蜡烛悼念受害者,过了一会儿,那地方就会塞满其他的纪念物——毛绒玩具、照片以及小字条。大家停下脚步,手牵着手,还有许多人在祈祷。

所有的教堂都敞开了大门。平常是观光客专攻的那些知名地点,现在全部挤满了做礼拜的民众,再也没有人因为在众目睽睽之下感谢上帝而感到尴尬。

在马库斯的眼中,这是一种放肆欢乐的信仰,但是他没办法加入狂欢的行列,现在还不行。

芒奇诺路靠近威尼斯广场。

他等到了街道无人的短暂空当,准备钻进卡比托利欧水道的某个窨井里面,也就是克洛普地图路线的起点。他移开铸铁盖,发现有个可以通往深达数米之地的小梯。他到达底部之后,才打开手电筒。

灯光照亮了水道的狭窄通渠，渠道壁面累积了不同时期的沉淀物。一层又一层的强化水泥或霉菌，也有凝灰岩与石灰华，某层的材质是陶罐碎片。在古罗马时代，老旧无用的容器经常会被拿来当作建材。

马库斯继续前行，手电筒的灯光来回探照凹凸不平的地面与手中的地图。他多次遇到岔路，好几次差点儿迷了路。不过，当他到达一个定点之后，却发现自己站在一个隧道的入口，这应该是千百年前的开挖成果，与水道毫无关系。

他转入隧道，走了好几米之后，发现墙上刻满了古希腊文、拉丁文以及亚拉姆文，时间与湿气已经磨蚀了某些字迹。

他心想，这是地下墓穴。

这些是天主教徒或是希伯来人的坟地，罗马许多地方都有它的踪影。最早的地下墓穴可追溯至公元二世纪，因为当时颁布禁令，不准再把尸体埋在市区里。

居然有个地下墓穴如此接近西班牙广场，太怪异了。

天主教的地下墓穴通常都是圣者的专属之地。最有名的就是圣彼得的墓穴，就在天主教象征的大教堂下面数米之深的地方。他曾经与克莱门特造访过那个地方，他朋友甚至娓娓道出在一九三九年的时候，当局发现这位使徒残骸的来龙去脉。

马库斯继续前进，手电筒更加贴近墙面，希望能够找出这个地点的线索。

他在墙面下方看到了它，距离地面大概只有几厘米而已。他并没有马上认出来，乍看之下只是个小人的侧面轮廓，双腿大开，状似在走路。

然后，他看到了那颗狼头。

那个图案摆出"请跟我来"的姿态，马库斯继续往前走，他发现那个符号又重复出现了好几次，而且位置越来越高，体积也越来越大。当初绘制这幅古老壁画的人，想必是打算在这条路线的终点揭露某个重大秘密。

狼头人的尺寸开始变得跟他一样大，马库斯觉得它仿佛在自己的身边同行，那感觉令人浑身不自在。距离头顶上方数米高的地面上，人们怀着重新恢复的满心信仰四处欢喜游街，而地底下的他却与魔鬼并肩前进。

他走到了一个环状空间，貌似某种泉井的地方，可没有喷出口。天花板很低，马库斯发现其实整个人依然可以站得直挺挺的，完全不费吹灰之力，连弯腰都不需要。狼头人依然在周边的墙面上不断疯狂出现，马库斯拿起手电筒，逐一检视这些一模一样的图像，看到最后一个的时候，吓了一大跳。

这个人形不一样，狼头被取下来，放在旁边，宛若面具一样，而那个人像依然拥有人脸，马库斯十分熟悉的面孔，他看过的次数早已超过了万次。

没有戴面具的那张人脸是耶稣基督。

他的后方有一个男子在讲话："对，他们是天主教徒。"

马库斯立刻转身，手电筒的光也照了过去。对方立刻以手遮脸，纯粹是因为光线让他睁不开眼。

"可不可以请你把手电筒放下来？"

马库斯乖乖照做，那男人也放下了手臂。马库斯发现自己曾经与他有过一面之缘，在召开灵魂法庭的那个夜晚。

魔鬼辩护者。

不过,巴蒂斯塔·艾里阿加却是第一次见到马库斯:"我一直希望你不要走到这一步。"他心系的是秘密的第三个层次,如今却也曝了光。

"你说'他们是天主教徒',这句话是什么意思?"马库斯开口询问对方,此人虽然一身黑衣打扮,却戴有红衣主教的十字架与权戒。

"马库斯,他们相信耶稣上帝,就与你我一样,其实他们可能比我们都更坚贞,更狂热。"

那男人居然知道他叫什么名字。"那为什么要保护恶魔?"

"为了行善。"艾里阿加知道这种概念对于圈外人来说,一定觉得十分怪异,"马库斯,你也知道,神有好坏两面,既有慈悲之心也有复仇意志,既充满悲悯也冷酷无情。但在过往历史的某一个阶段,他们将上帝与魔鬼分隔开来……上帝只能是好人,被迫当好人。直到今天,我们依然必须为当初的那个决定、那个重大失误而继续付出代价。我们隐藏人性里的邪恶面,就像是把尘土藏在地毯下方一样。这到底是为了什么?我们赦免上帝的罪,只是为了要赦免自己犯下的恶行,这是一种极度自私的行为,你不觉得吗?"

"所以克洛普与他的那些门徒只是在假装崇拜撒旦。"

"如果真正的上帝有善恶两面,那么反过来看,撒旦不也值得崇拜吗?就在公元一〇〇〇年之前——也就是公元九九九年的时候——某些天主教徒成立了'犹大协会'。他们秉持的是《圣经》里已经写得十分清楚的事理——要是没有犹大的话,也不会发生基督殉教。犹大——邪魔——有其必要。他们很清楚,必须要靠邪魔，才能够壮大众人心中所怀抱的信仰。所以，他们创造了让大家大受震撼的符号。如果我告诉你'666'不是魔鬼数字，而是颠倒的天使数字'999'呢？颠倒的十字依然是十字！大家都看不到这一点，也不明白个中道理。"

"犹大协会……"马库斯重复了一次，想到了克洛普的秘教，"邪魔可以壮大信仰。"他自己作出了结论，惊骇莫名。

"你自己也看到了今夜外头的景象。你有没有仔细观看那些祈祷众生的脸庞？有没有注意他们的眼神？他们好开心。有多少灵魂因为维克托的关系而得到拯救？你去向他们劝善，大家根本不会理你，只有彰显恶行才能唤起他们的注意力。"

"而那些死者呢？"

"如果上帝依照自己的形象创造了人类，那么想必他自己也有邪恶之处。军队为了存续，一定需要战争。要是没有邪魔，人们也不需要上帝了，而每一场战役都会有无辜的受难者。"

"所以黛安娜与乔治、那两名警察、搭便车的背包客、马克斯、科斯莫……都只是倒霉的受害者？"

"你这么说就欠公道了。说出来也许你不相信，我也和你一样，想要阻止杀戮。只不过我依照自己的方式行事，因为我必须注意更重要的利益。"

马库斯质疑他："什么是更重要的利益？"

艾里阿加眯起双眼，他不喜欢被人挑衅："你觉得我们发现了圣亚博那大教堂告解室的录音带之后，是谁对克莱门特下令，请他交代你侦办这起案件？"

马库斯愣住了。

"你一直想要知道上级是谁，"艾里阿加张开双臂，然后又指了指自己的胸膛,"就是我,红衣主教巴蒂斯塔·艾里阿加,这段时间你一直在为我工作。"

马库斯不知该如何回答是好,他的理智已经无法控制愤怒与不满:"你一开始就知道盐之童是谁,为什么不给我机会立刻阻止他?"

"没那么简单:我们必须先阻挡克洛普和他的人马。"

马库斯现在已经完全懂了:"当然,因为你担心有人发现教廷知道'犹大协会'这个组织,这群人和我们信仰同一个上帝:这是绝对不能外泄的丑闻。"

艾里阿加冷眼观察面前的这个人——当初是他亲自追踪到马库斯的下落,躺在布拉格一家医院的病床上,失去了所有记忆,额头吃了颗子弹,也是他亲自交代克莱门特要好好调教——此人个性十分倔强;这一点让他很欣赏,他果然挑人挑得够精准:"自意诺增爵三世之后,教皇的定义就成为'驯魔者'。这是很清楚的信息,教廷不怕面对自己的过往或是人性中最下流龌龊的那一部分:罪行。当我们的敌人想要对我们发动攻击的时候,总是批评我们铺张浪费,背离了上帝的清贫规范,也忘了要对他人大方乐施。然后,他们又说恶魔已经进入了梵蒂冈……"

马库斯想起了那句拉丁文:恶魔在此。

"他们说得没错,"艾里阿加的这句话让马库斯大吃一惊,"因为唯有如此,我们才能防范邪行,你一定要记得这一点。"

"我现在懂了,我不确定自己还要不要待在这个圈子……"马库斯转身,走向通往出口的地道。

"你这家伙真是忘恩负义。当我的线人告诉我萨包迪亚的受害者是桑德拉男友的时候,是我派克莱门特到她家救人。是我知道她身处危险，并且立刻采取行动，你的女人还能够活到现在，都是因为我的缘故！"

马库斯对于艾里阿加的挑衅置之不理，直接从他身边走过去。然后，他停下脚步，最后一次转身看他："邪恶是王道，良善是例外，这是你教导我的道理。"

巴蒂斯塔·艾里阿加发出闷哼冷笑，声响回荡在岩壁的空间之中："你永远不可能过正常人的生活，你没办法勉强自己，这是你的天性。"

后来，他讲了一句话，让马库斯不禁全身打了寒战。

"你会回来的。"

终曲

驯魔者

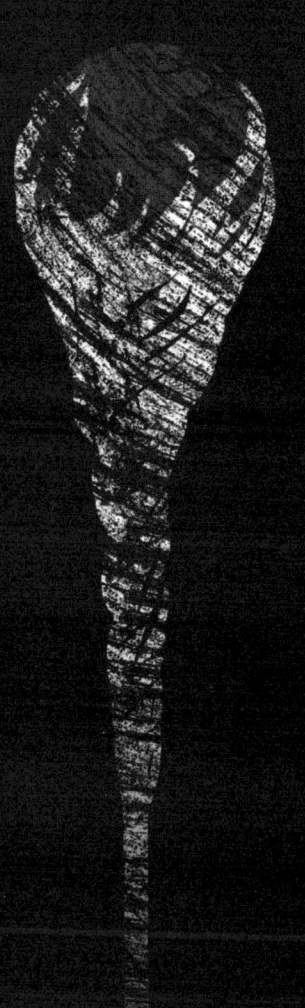

"你已经准备得差不多了，"三月的一个早晨，克莱门特曾经这么告诉他，"再上一次课，你的训练就结束了。"

"我不确定自己是否准备好了，"马库斯当时给了他这样的答案，因为他心中依然充满疑惑，"偏头痛还是让我深受其苦，而且会不断梦到同一个噩梦场景。"

克莱门特在口袋里摸弄了一会儿，掏出一个金属垂饰，就像是为了换零钱，在圣彼得广场附近的纪念品商店所购买的那种小东西。他把它拿给马库斯看，宛若把它当成了无价之宝一样慎重。

"这是大天使米迦勒，"他指着那个挥舞火焰剑的天使，"他把路西法从天堂逐入地狱，"然后，他握住马库斯的手，将那个垂饰交给他，"他是圣赦神父的守护者。把它挂在脖子上，永远不要离身，他会助你一臂之力。"

马库斯欢喜地收下这份礼物，期盼它真的能够发挥守护的力量。"我什么时候才会上到最后一课？"

克莱门特微笑:"等到时机成熟的时候吧。"

马库斯当时并不明了他朋友这句话的真义,但他知道总有一天会豁然开朗。

拉各斯的二月底，气温高达四十摄氏度，湿度也有百分之八十五。

这是仅次于开罗的非洲第二大城，人口超过了两千一百万，而且以每日两千人的速度在不断增加。这个现象让他十分有感：自从他住在这里之后，目睹窗外的贫民窟不断向外大幅扩张。

他挑选边郊的某栋公寓作为落脚处，楼下是整理老旧卡车的修车厂。房子面积不大，虽然他很习惯生活在嘈杂的大都市，但夜晚的热气总是让他很难睡得好。他的东西全塞在内嵌式衣橱里，有一台从二十世纪七十年代一直用到现在的冰箱，屋内有一间可以烹煮三餐的小厨房，天花板上的电扇会发出规律的嗡嗡声，宛若大黄蜂在屋内绕飞。

虽然生活中有种种不适，他却觉得十分自在。

他待在尼日利亚已经将近八个月。在过去这两年中，他一直四海为家，住过巴拉圭、玻利维亚、巴基斯坦以及柬埔寨。他一直在追查"违常之处"，破获了某个恋童癖网络；也在古吉兰瓦拉成功阻却了某个瑞典人继续犯案，此人选择待在贫困的地区杀人逞欲，误以为自己可以高枕无忧、逍遥法外；在金边的时候，他发现一家医院里有许多为钱所困的当地民众，为了数百美元而甘愿贩卖器官给西方人。现在他正在追查一个贩卖人口的集团，在过去这几年中，有近百名成年男女与孩童人间蒸发。

他也开始与别人互动沟通。这是他许久以来的渴望，他一直不曾忘记自己在罗马时所承受的孤绝煎熬。不过，即使到了现在，他的孤独个性依然会突然发作，还没有来得及建立任何稳定关系，他就已经拿起行囊走人。

他害怕承诺，因为在他恢复记忆之后好不容易发展的那一段感情关系，最后却以悲苦收场。他依然会思念桑德拉，不过频率越来越低。他也不免偶尔感到十分好奇，不知道她现在人在何处，过得开不开心。但他永远不敢多想她是否身边已经有人相伴，或者她是否也同样思念着他。那样的问题只会增添不必要的痛苦。

他倒是经常对着克莱门特讲话，都是出现在心中的对话，热情澎湃，充满建设性。在克莱门特生前，他说不出口或是没想到的那些事，现在他都会一股脑儿地说出来。但一想到他们永远无法完成的最后一堂课，总是会让他内心一阵揪痛。

两年前，他曾经想要告别神职工作。过了一阵子之后，他发觉这样是不行的，你可以放弃一切，但无法弃绝自我。艾里阿加说得没错：你永远不可能过正常人的生活，你没办法勉强自己，这是你的天性。虽然各种疑念让他饱受折磨，他却无能为力，所以，经常，只要找到废弃的教堂，他一定会进去举行弥撒。有时候会发生他无法解释的现象。在举行弥撒的时候，总是会有突然到来的会众,聆听他讲道。他不确定上帝是否存在,对他的需求却是众人有志一同。

那个高大的黑人男子跟踪他已经将近一个礼拜。

马库斯在嘈杂俗丽的巴洛贡市场里闲晃的时候,又看到了那名男子,他总是刻意保持十米左右的距离。这地方简直就跟迷宫一样,想买什么东西都应有尽有,一不小心就会在人群里迷路。不过,马库斯没过多久就注意到此人,从对方的跟踪方式来看,显然并不是深谙此道的老手,这种事也很难说。也许他正在调查的帮派发现了他,差遣某人紧盯他的一举一动。

马库斯站在一个卖水小贩的摊子前面,解开白色亚麻衬衫的领口纽扣,买了一杯水。在喝水的时候,他拿手帕抹去脖子上的汗水,趁机张望四周。那男人也在一个小摊前停下脚步,假装盯着眼前色彩缤纷的布料,他身穿浅色罩衫,随身带了个帆布包。

马库斯决定采取行动。

他等待宣礼员唤拜信众祈祷,市场里有许多人停下动作,因为拉各斯有半数人口是穆斯林。马库斯趁机快步钻入迷阵之中,那名男子也跟着追过去,对方的体形是他的两倍,要是真的打起来,马库斯也不觉得自己能占上风。他根本不知道对方是否有带武器,但他的直觉是有,所以他得放聪明一点儿才行。马库斯进入无人小巷,躲在某个帘幕后面,等到对方走过去之后,突然跳到他的后面,扑过去,逼他趴在地上。然后,马库斯坐在他身上,双手掐住他的脖子。

"为什么要跟踪我?"

"等等,让我说话吧。"那个大块头没有要反击的意思,只是拉开马库斯的手指头，以免自己被掐死。

"是他们派你来的吗？"

对方用生疏的法语抱怨："我不知道你在说什么。"

马库斯掐得更紧了："你是怎么找到我的？"

"你是神父吧？"

听到对方说出这句话，马库斯稍微松开了手指。

"他们告诉我，有人正在调查人口失踪案件……"然后，他伸出两根手指，从罩衫领口掏出了皮绳项圈，下面挂着木质十字架，"你可以相信我，我是传教士。"

马库斯不知道对方说的是不是实话，但还是放了手。对方花了一点儿气力才转身坐好，然后，一手摸着喉咙猛咳嗽，想要恢复顺畅呼吸。

"你是谁？"

"埃米尔神父。"

马库斯伸手，拉他站起来："你为什么要跟踪我？为什么不直接找我讲话？"

"因为我想先确定他们对你的评语是不是真的。"

马库斯听到这句话，吓了一大跳："他们怎么说？"

"他们说你是神父，换言之，你就是适当人选。"

什么事情的适当人选？他不知道这到底是什么意思。

"你怎么知道？"

"他们看到你在一间废弃教堂举行弥撒……所以，是真的吗？你是神父？"

"对，我是神父。"马库斯回答完之后，让对方继续说下去。

"我的村庄名叫奇乌里。那里的战事已经持续了数十年，那是一场大家都佯装不知道的战争。我们经常会出现水源问题，霍乱频传。由于冲突不断，所以医生们不愿到奇乌里看病，而且人道工作者经常遇害，他们被交战分子当成了敌方间谍。所以我才会到拉各斯寻找防治传染病的药品……也就是在这里的时候，听说了你的事，所以我特地来找你。"

马库斯万万没想到自己居然这么容易被人发现行踪，也许他最近的防备心太松懈了："我不知道是谁告诉了你什么事，但我没办法帮你，很抱歉。"他立刻转身，准备离开。

"我答应别人一定要办到。"

那男子的语气听得出哀求之意，马库斯却置之不理。

埃米尔神父依然不肯放弃："我有个神父好友罹患霍乱，他在离世前向我提出了这个请求。他教导我一切，他是我的导师。"

最后一句话让马库斯想到了克莱门特，他立刻停下脚步。

"埃布尔神父在奇乌里宣教长达四十五年……"那个人开始滔滔不绝，因为他知道自己已经打动了马库斯。

马库斯转过身去。

"他的临终遗言是这么说的：'不要忘了那些死者的花园。'"

马库斯心头一惊，听到"死者"是复数，更让他觉得不对劲。

"大约在二十年前，村内发生了多起凶案。那时候我还没到奇乌里，我知道他们在森林里发现了尸体。埃布尔神父忘不了当时的情景，能够惩罚凶手，是他一生的愿望。"

马库斯抱持怀疑态度："过了二十年，太久了，这样子无法查案。所有的线索早就消失不见。搞不好凶手已经死了，要是之后没有其他凶案的话，可能性更大。"

但对方还是不肯放弃："埃布尔神父甚至写信到梵蒂冈，向他们详述案情，可一直没有接到回复。"

马库斯吓了一跳："为什么要写信给梵蒂冈？"

"因为根据埃布尔神父的说法，凶手是名神父。"

这的确让他大惊："你知道他的名字吗？"

"科尼利厄斯·凡·布伦，是个荷兰人。"

"埃布尔神父也不确定吧？"

"的确，但他认为可能性很大。可能是因为凡·布伦神父突然消失之后，再也没有发生任何凶案。"

马库斯心想：失踪案。在这起陈年旧案中，有某个元素逼迫他必须挺身而出。也许是因为凶手是神父，也许是因为梵蒂冈接获消息之后却置之不理。"你的村落在哪里？"

"路途遥远，"埃米尔神父回道，"奇乌里在刚果。"

他们花了将近三周的时间才终于到达目的地。其中有两个礼拜,他们都窝在距离戈马市三百米的某座小镇。奇乌里周边区域发生浴血战争已经将近一个月,其中一方是反政府武装"全国保卫人民大会"。埃米尔神父向马库斯解释:"他们是支持卢旺达人的图西族,这名称把他们包装得像是革命志士,但其实他们是嗜血的强暴犯。"另一边则是刚果共和国的正规军,渐次夺回了先前被占领的土地。

他们黏在收音机前面长达十八天,等待战火稍歇,让他们能够继续走最后一趟旅程。马库斯甚至还买通了一名直升机驾驶员,让他载他们前往奇乌里。第十九天的午夜,终于传出暂时休战的消息。

现在出现了好几小时的空窗期,他们立刻把握时机。

虽然天色昏黑,但直升机还是关了灯,飞得很低,以免被交战中某一方的炮队射下来。现在还有狂风暴雨,这算是好处,雨声可以掩盖桨叶的噪声,不过从另一方面来看也很危险,因为天空每一次放出的闪电都可能让地面上的人看到他们。

他们飞往目的地的途中，马库斯低头张望，心想不知道那片丛林里会有什么状况，这有点儿算是赌博，因为命案毕竟已经是多年前的事了。不过，他现在没有办法回头，他已经向埃米尔神父作出承诺，对方似乎觉得一定得要让他看到自己所发现的线索，这一点至关重要。

他握紧大天使米迦勒的圆形垂饰，祈祷自己千辛万苦来到这里，一切都是值得的。

他们降落在某片泥泞空地上，周边全是植被。

飞行员用生疏的法语在对他们说话，声量已经大过引擎的噪声，他们不太清楚他在讲什么，但大意是他们得加快速度，因为他没办法等太久。

他们跑向灌木丛，钻入一片乱林。自此之后，埃米尔神父一直走在马库斯前面，领先他好几步的距离，马库斯很好奇他到底是怎么知道正确方向的。天色一片漆黑，强猛的雨滴直接打在他们的头顶，不断痛击这片蓊郁之地的枝叶，发出了震耳欲聋的鼓响。就在这个时候，埃米尔神父拨开最后一根树枝，突然出现了由水泥与铁皮组成的村落的中心地带。

映入眼帘的景象，一片混乱。

众人在滂沱大雨中四处奔跑，他们拿着蓝色塑料袋，里面是他们寥寥无几的家产，男人带着自家幼牛准备要一起避难，紧抓母亲大腿的小孩们在哇哇大哭，而她们的背后还有用彩巾背着的婴儿，马库斯注意到这些人其实不知该去哪里是好。

埃米尔神父猜到了他的心事，开始放慢脚步，向他解释："叛军一直待到昨天才离开,明天早上政府军会进入村落,接管这个地方。但他们并不是解放者,他们会烧毁屋子与存粮,要是敌军回来的话,也无法找到任何资源。而且,他们会杀光所有的人,指控他们通敌,可以对邻近村庄产生杀鸡儆猴的效果。"

马库斯四处张望,侧着头,仿佛听到了什么特殊的声响,果然,在大雨之中传来了激昂的人语与歌声,声源来自一间大木屋,里面流泻出微黄的光晕。

教堂。

"今晚也不是大家都走得了,"埃米尔神父继续说道,"老人与病患会留在这里。"

没办法逃离的人,只能留在这里。马库斯心想,他们只能任由无法想象的恐惧随意宰割。

埃米尔神父抓住他的手臂,摇了他好几下:"你刚才有听到飞行员讲的话吧?他马上就要离开了,我们得加快脚步。"

他们又到了村庄外头,不过,是降落地点的另外一侧。这次埃米尔神父还多带了两个帮手,他们带了铲子与简单的灯笼。

他们到达了以往可能是河岸之地的某个小山谷,在制高点有几座坟冢。

那是座小型墓园,插了三个十字架。

埃米尔神父开始对帮手们讲类似斯瓦希里语的方言,他们立刻动手挖掘。然后,他把其中一把铲子交给马库斯,他们一起挖掘。

"在我们的语言中,奇乌里代表了阴影,"埃米尔神父说道,"这个村落之所以会有这个名称,都是因为这座小山谷里偶尔出现的那条小河。在春天的时候,河水会在太阳下山后出现,然后,第二天早上又消失不见,就像是阴影一样。"

马库斯猜测这种现象应该与土壤的性质有关。

"二十年前,埃布尔神父要求把这三具尸体葬在这里,而不是村落的公墓,虽然这里在夏天完全长不出任何植物,但他还是把它称为'死者花园'。"

石灰岩土壤最适合埋尸,它可以避免尸体受到时光的摧残,是天然的防腐剂。

"这三名女孩惨遭杀害的时候,完全没有办法进行任何形式的调查。不过,埃布尔神父知道某天一定会有人过来查案验尸。"

当然,这个时刻已然到来。

第一具尸体已经出现,马库斯放下铲子,走进墓穴。落雨不断滴进洞内,但遗体有塑料纸裹身。马库斯跪在泥地里,用双手撕开保护套,埃米尔神父给了他一个灯笼。

马库斯拿着它往前探照,发现掩埋在石灰岩土壤中的尸体保存得相当完好,已经出现了些许木乃伊化现象。所以,即便是在二十年之后,骸骨依然完整,而且能看到上头的衣服碎片,宛若黑色羊皮纸。

"她们分别是十六岁、十八岁以及二十二岁,"埃米尔神父指着那些尸体说道,"这是第一个受害人,年纪最小。"

马库斯实在看不出她的死因。所以他凑前凝视,想要找寻骸骨是否有伤口或是刮擦的痕迹。他看到了令他心惊的线索,但就在这个时候,大雨浇熄了灯笼。

他心想,不可能。他立刻请他们递来另一个灯笼,然后,他看到了,立刻后退着踉跄倒地。

他就这么躺在原地,双手与背部陷在泥地里,一脸惊愕。

埃米尔神父开始解释,也证实了马库斯的直觉无误:"斩首的刀痕很整齐,四肢亦然,只有躯干完整无缺。残块散落在尸身数米之外的地方,女孩被凶手剥了衣服,身上只剩下碎片。"

马库斯觉得自己快要喘不过气来了,大雨持续落在他的身上,让他无法静心思考,他以前也看到过那样的尸体。

"恶魔在此。"

在梵蒂冈花园的树林中,隐修院的年轻修女。

他想到了那句话:恶魔在此。监视器拍下的那个背着灰色肩包的男人,这三年来他一直苦寻无果的凶手,原来早在那起梵蒂冈命案的十七年前就曾经出现在奇乌里。

"科尼利厄斯·凡·布伦",马库斯想起了那名荷兰传教士的名字,此人很可能就是这三起谋杀案的凶手。他询问埃米尔神父:"村子里有没有人认识他?"

"已经事隔多年了,而且这里的人均寿命都很短,"不过,他又仔细想了一会儿说,"里面有位老太太,其中一名受害者是她的孙女。"

"我必须找她谈一谈。"

埃米尔神父有些为难,他好心提醒马库斯:"直升机怎么办?"

"我愿意承担风险,带我去找她。"

他们来到教堂,率先进去的是埃米尔神父。霍乱病人全部躺在墙边,他们的亲戚早已抛下他们逃走了,现在照顾他们的全是老人家。满是烛光的祭坛,上方的大型木质十字架俯望着里面的每一个人。

老人们正在为小辈们歌唱,温馨又哀伤的歌曲,大家似乎都已经坦然认命了。

埃米尔神父四处找寻那名老人,终于在中殿的后面找到了她。她正在照顾一个高烧不退的小男孩,将湿布放在他额头上降温。埃米尔神父向马库斯挥挥手,示意他过去,两人都蹲在那名老人的身旁。埃米尔神父用当地语言对她说了几句话,她的目光飘向那名陌生人,以清透湛蓝的双眼端详着他。

"她愿意和你聊一聊,"埃米尔神父继续说道,"你想要问她什么?"

"问她是否记得有关凡·布伦的事。"

埃米尔神父帮忙居中翻译。那老人思索了一会儿,开始回答,态度十分坚定。马库斯静静等待,希望能够从她说出的这些话中挖出重要线索。

"她说这神父跟别人不一样,看起来比较和善,实则不然。还有,他看人的眼神怪怪的,她不喜欢。"

那老人又开始说话。

"她说在过去这些年中,她拼命想要忘记那张脸,终于成功了。她要向你道歉,她不愿意继续回想下去。她很确定他就是杀害她孙女的凶手,不过,她现在心情很平和,过不了多久,她们就能在另外一个世界再次相见。"

但这样对马库斯来说是不够的。他继续说道:"请她说一下科尼利厄斯·凡·布伦神父失踪那天的情形。"

埃米尔神父继续翻译。

"她说,某个夜晚,丛林鬼魂把他带入了地狱。"

丛林鬼魂……马库斯期待的是不一样的答案。

埃米尔神父看出他的失望之情:"你必须要知道,这里是迷信与宗教共存的地方。他们是天主教徒，但与过往邪教有关的信念依然深植人心，长久以来都是这样。"

马库斯向那位老人颔首致意，表达感谢，正当他准备起身的时候，她伸手指了指某个东西。起初他完全摸不着头绪，后来他总算明白了，原来是他脖子上戴的那个小东西。

大天使米迦勒，圣赦神父的守护者。

马库斯把它从脖子上取下来，握住她的手，将那圆形垂饰放在她粗糙的掌心。然后，他合上她的手，宛若把它当成了小盒子。"愿这位天使能保护你安度今晚。"

老人露出浅笑，开心收下赠礼，两人又互相凝视了好一会儿，宛若在道别。然后，马库斯终于起身。

他们循原路回去，又登上直升机，飞行员已经再次发动引擎，桨叶在空中发出旋搅的声响。马库斯抓住机门，却又转过头去：埃米尔神父不在身边，早已停下了脚步，站住不动。所以马库斯也顾不得飞行员的难听叫骂，又回头去找人。

"快过来，你在等什么？"

埃米尔神父摇摇头，不发一语。马库斯懂了，他根本不会像其他村民一样在丛林里找寻避难所，反而会回到教堂，与那些无法逃走的会众一起等死。

"教廷与传教团已经在奇乌里和类似的地方作出了许多重大贡献，"埃米尔神父说道，"不要让杀人魔摧毁这一切。"

马库斯点点头，拥抱埃米尔神父。然后，他上了直升机，几秒钟之后，飞机已经进入灰蒙蒙的雨幕之中。站在地面上的埃米尔神父举手挥别，马库斯也回礼告别，却无法释然，他真希望自己能够拥有那个男人的勇气。他告诉自己，也许，真的有那么一天吧。

此夜充满了惊奇。身份未明的魔鬼，被他知道了名字，虽然已经过了二十年，但也许还有机会让真相大白。

不过，想要水落石出，马库斯必须回到罗马。

科尼利厄斯·凡·布伦也在其他地方行凶杀人。

马库斯在世界的其他角落发现了他的踪迹。印度尼西亚、秘鲁，然后又回到非洲。这个杀人魔运用自己的传教士身份四处游走，完全不会遇到任何问题。无论他到了哪里，一定会留下犯案痕迹。最后，马库斯算出了总数，一共有四十六具女性尸体。

不过，那些案件都发生在奇乌里命案之前。

那个刚果小镇是他的最后一个目的地，然后他就人间蒸发了。根据埃米尔神父翻译村中那位老太太的说法："某个夜晚，丛林鬼魂把他带入了地狱。"

当然，马库斯不能排除凡·布伦在其他地方继续犯案的可能性，毕竟这些案子都发生在偏远落后的地点，不过，他就是找不出任何的蛛丝马迹。

反正，在奇乌里事件的十七年之后，凡·布伦再次出手，在梵蒂冈花园留下一具残尸，然后又消失不见。

他为什么会突然现身？杀死修女之后，他这三年又去了哪里？马库斯计算了一下，此人现在大约是六十五岁：他会不会已经在这段时间中身亡？

他突然发现了某条线索，让他一惊，凡·布伦总是仔细选择下手的对象。

她们青春、天真又美丽。

难道在这些年中，他渐渐失去了原本的兴趣？

红衣主教艾里阿加曾经在他面前说出预言："你会回来的。"当时他说完之后还哈哈大笑。

果然，在某个星期二的下午，五点三十分，马库斯在西斯廷教堂来回走动，混在最后一批访客之中，大家都在赞叹壁画，而他关注的却是警卫的一举一动。

当警卫宣布梵蒂冈博物馆即将关门，众人必须离开的那一刻，马库斯也跟着大家一起出去，趁隙躲入某个边廊，然后又从那里的楼梯走下去，进入松果广场。在过去这几天中，他已经多次造访这里，不过真正的目的其实是研究梵蒂冈境内的监视摄影机。

果然被他找出了漏洞，能够让他从容进入花园。

春日夕阳缓缓西下，过了不多久就会天黑。所以他躲在黄杨木树篱之间，静静等待，他想起自己第一次与克莱门特来到这里的场景：这个区域算是半封锁状态，让他们两人可以在不受干扰的状况下进入花园查案。

是谁一手安排了那个不可能完成的任务？当然，是艾里阿加。可为什么自此之后再也没有高层伸手帮助马库斯调查修女的死因？

显然有矛盾之处。

艾里阿加其实大可以掩盖一切,不过,他却希望马库斯目睹现场,而且,最重要的是,深入了解这起案件。

夜幕低垂,马库斯离开他的藏身之地,前往植物可以恣意蔓生的那块花园地带。

园丁只会去广达两公顷的那片树林清理枯叶。

到达之后,他打开随身携带的小手电筒,努力回忆当初发现修女尸体的所在地。他发现了三年前梵蒂冈警察以黄色封锁带围起来的那个地方,他提醒自己,邪恶是一种具体的面相,他很清楚自己接下来该做什么。

寻找违常之处。

所以,他必须召唤那天与克莱门特待在此地的记忆。

人类的躯体。

赤裸之身。他当时立刻想到了梵蒂冈博物馆里的典藏品《残躯》,赫拉克勒斯破损的巨型雕像。不过,那名修女受尽了残虐,某人割下了她的头部与四肢,切痕整齐,尸块与碎烂的衣服散落在数米之外的地方。

不,不是"某人"。

是"科尼利厄斯·凡·布伦"。现在,他终于能够讲出在此犯案的凶手之名。

这起谋杀案相当残暴,但犯案手法看得出自有逻辑,经过精心设计。杀人魔知道要怎么在梵蒂冈境内行动自如,他早已勘查过地点与管控流程,避开了安检程序,正如同马库斯自己先前的那些举动一样。

"你怎么知道?"

"我们知道他的长相。"

"这具尸体在这里至少有八到九小时了，"克莱门特继续说道，"今天早上，非常早的时候，监视摄影机录到了一名男子在花园里徘徊。他貌似梵蒂冈员工，但那套制服其实是偷来的。"

"何以见得是他？"

"你自己看吧。"

克莱门特交给他一张印出的截图。里面有个园丁打扮的男子，小顶鸭舌帽的帽檐遮盖了部分面孔。白人，年纪不明，但绝对超过五十岁。他携带了灰色肩包，包底有明显的深色污渍。

"梵蒂冈警方认为包里面放的应该是小斧或是类似的工具。他最近一定拿出来使用过，因为你看到的污渍应该是血。"

"为什么是小斧？"

"因为在这个地方，只能找到这种东西当武器。进来的时候必须接受安检，用金属探测器检查，所以不可能携带任何东西进来。"

"不过，他还是随身带走了小斧，掩盖了行迹，以防梵蒂冈找意大利警方进来查案。"

"其实出去就简单多了，完全没有设任何检查哨。而且只需要混入那一大群朝圣者与观光客里面，就可以成功避人耳目。"

马库斯再次回忆那段对话之后，立刻注意到有个地方不对劲。

凡·布伦在奇乌里犯案之后，收手了十七年，而且消失无踪。马库斯心想，也许他依然在杀人，但只是变得更狡猾了，也学到了要怎么以更巧妙的方式掩饰行踪。

不过，为什么要冒这么大的风险，在梵蒂冈里面杀人？

马库斯认为凡·布伦逃避安检的手法害他造成误判，他必须承认：是自己误会了。然而，此时此刻，他站在这座荒凉的树林之中，开始重新省思凶手的思考角度，类似凡·布伦这样的掠食者，绝对不会甘冒落网的风险。

但他太喜爱杀戮的快感了。

然后出了什么事？

他与克莱门特先前都认定凶手进入了梵蒂冈，随后离开。

但如果他一直待在里面呢？

如此一来，就能解释凶手对于安检系统为什么能够了如指掌。马库斯还是排除了这种假设，因为当初他在办案的时候，已经清查过这个小国之内的平民与神职人员，是否与监视器画面中的男人有共通特征——白人，男性，已经五十多岁。

他心想：鬼魂，能够任意现身又消失的幽灵。

他把手电筒对准树林。杀人魔挑选了完美地点犯案，不会有任何人看到，而且，他挑选的被害人也一样完美。

"她的身份是个秘密，"关于那名年轻修女，当初克莱门特是这么说的，"这是她所属修会的规定之一。"

这些修女出现在公众场所的时候，一定会以面罩盖住自己的脸庞。当她们准备为可怜的同修女孩收尸之际，他曾经看过她们蒙面的模样。

"恶魔在此。"

克莱门特拉开马库斯的时候，一位修女经过他身边，说出了这句话。

"恶魔在此。"

马库斯心想：凶手为什么从她们之中挑人下手？

"修女们偶尔会在这片树林里散步，"克莱门特继续说道，

"几乎没有人会过来,所以她们可以在不受到任何干扰的状况下专心祷告。"

所以,凶手挑中她,纯粹是随机犯案,这种假设也很合理。某个女孩决定要断绝俗世还待在梵蒂冈的偏僻树林,人选与地点都配合得正好。不过,至于其他的受害者,却都是经过他特意挑选的,因为,她们青春、天真又美丽。

马库斯想起自己弯腰端详她的情景,苍白的肤色、扁小的乳房、暴露的器官。被砍断的头,留着极短的金发,蓝色双眸仰望向天。

所以,她也是青春、天真又美丽。可要是她戴着面罩,凶手怎么会知道?

"他认识她。"他不假思索,立刻脱口而出。突然之间,所有的拼图碎片都合起来了,在他眼前成了一张完整的图像,宛若卡拉瓦乔的某张古画,就像是圣王路易堂里的那幅作品,也是他第一堂训练课开始的地方。

而他眼前的画面之中,大家都出现了。科尼利厄斯·凡·布伦、在他身旁低语"恶魔在此"的修女、巴蒂斯塔·艾里阿加、大天使米迦勒、奇乌里的老太太,甚至是克莱门特。

"马库斯,要找出违常之处。"这是他的导师耳提面命的一句话,马库斯终于找到了关键。

这次的违常之处是他自己。

克莱门特曾经告诉过他:"树林的另外一头,有间隐修院。"现在,这正是他准备前往的目的地。

过了一会儿,树木越来越稀少,出现了一栋朴素、低矮的灰色建筑物。窗内露出淡黄光晕,似乎是点了蜡烛,此外,还有一群人影在缓慢移动,井然有序。

马库斯走到小门前,敲了一下。没过多久,有人转动门锁,为他开了门。修女的脸庞蒙了黑色面罩,她望向他,立刻退后让他进来,仿佛把他当成她们正在守候的客人。

马库斯走进去,修女们排成一列。他立刻注意到自己果然没猜错,是蜡烛。修女们选择遗世而居,拒绝任何能够带来舒适的科技或是工具。这个时光凝冻的沉静之地,居然位于梵蒂冈的小小领地之内;而这个小国的位置,就在某个类似罗马的混乱大都会的中心地带。

"这些女子为什么会作出这样的决定,的确令人费解,"克莱门特曾经这么说过,"许多人认为她们应该到外头,在世间行善，而不是把自己关在隐修院里。不过，诚如我祖母所言，我们不会知道这些修女靠着祷告拯救了世界多少次。"

现在他知道了，这果然是真的。

没有人告诉马库斯接下来该走向何处。不过，当他一移动脚步，修女们立刻一个接一个让开，为他导引方向，他也顺势走到了某道阶梯的下方。他仰头一望，随后开始拾级而上。

他的脑中满载了各种心绪，如今他已经明白了这一切的道理。

艾里阿加的笑声……"你永远不可能过正常人的生活，你没办法勉强自己，这是你的天性。"这位红衣主教早就知道了：马库斯将会继续发现违常之处，邪行的印记，这是他的天赋，也是诅咒。他永远忘不了那具被斩首截肢的修女残尸，凡·布伦的恶行遍布全球，到处都有他散留的尸体，马库斯绝对会再次遇到他所犯下的悬案。而且，这是他的天性，他不可能改弦易辙。"你会回来的。"果然，他回来了。

他曾经这么问过克莱门特："我什么时候才会上到最后一课？"

克莱门特当时露出微笑："等到时机成熟的时候吧。"

其实，那早就是最后一堂课了。难怪三年前艾里阿加希望他来到这座树林，看到那具被分尸的尸体，其实这位红衣主教对于一切都早已知情。

"某个夜晚，丛林鬼魂把他带入了地狱。"这是埃米尔神父为老太太所翻译出来的话。然后，她指着马库斯脖子上佩戴的圆形垂饰，他将它取下，送给了她。

大天使米迦勒，圣赦神父的保护者。

不过，那位老太太指着它，倒不是因为她想要这个东西。她只是想要告诉他，在凡·布伦从奇乌里消失的那个夜晚，她也看到过那样的圆形垂饰。

黑暗猎人——丛林鬼魂——早就已经掌握了凡·布伦的行踪，他们抓到他，把他带走了。

马库斯到达梯顶，发现走廊左侧最里面有一个小房间，露出些许微光。他缓步走过去，看到了一排光亮的铁柱。

这是囚室的大门。

他终于知道科尼利厄斯·凡·布伦自奇乌里消失的那十七年间，为什么再也没有出手犯案。

那老人身穿破旧的黑色毛衣，坐在深色木椅上面，背脊佝偻。有张贴墙摆放的行军床，还有一个书柜。现在，凡·布伦正在看书。

马库斯心想：他一直在这里，而邪魔从来没有离开过梵蒂冈。

"恶魔在此。"当初他离开树林的时候，修女曾对他说了这句话。要是那时候他能仔细想想就好了。她想要偷偷透露消息给他，也许是因为看到自己的同修遭遇这种苦难，决定违背沉默一世的誓言。

"恶魔在此。"

某一天，凡·布伦意外看到看管他的某名修女的脸庞，青春、天真又美丽。所以他想办法逃出去，趁她一个人在树林里的时候攻击她。不过，他逃脱不久之后就被抓回去了。马库斯看到房间角落的灰色肩包，底部的干涸血迹依然清晰可见。

那老人的目光从书本飘移到他身上，消瘦的脸庞上长着稀疏杂乱的花白胡须。他看人的模样十分和善，但马库斯不会就此上当。

"他们告诉我，你会过来这里。"

这些话吓到了马库斯，其实这也只是证实了他的猜测而已：

"你想要对我做什么?"

老神父对他微笑,他只剩下稀疏的黄板牙。"不要害怕,这只是在训练过程中的全新课程而已。"

马库斯轻蔑地问道:"所以你是我的新课程?"

"不,"老人回道,"我是你的导师。"

与作者的对话

只要看过您作品的读者,尤其是《罪恶捕手》以及《罪恶捕手:恶童医院》,读者想到的第一个问题就是:这里面到底有多少真实成分?能够告诉我们答案吗?

《罪恶捕手》出版,也就是这系列作品的第一部问世之后,我的读者都会追问我同一个问题:"真的有'犯罪档案库'吗?"

我的答案始终如一:"对,的确存在。而且圣赦神父还有网站。"

我想大家一定都没猜到,其实这本小说的内容源自真实故事。当然,我只是以其为基本素材,经过了精心改编,才写成小说。不过,要是有人质疑书中情节与角色的真实性,我也不能责怪他们。第一次听说"圣赦神父团"这个梵蒂冈最古老的神职团体,大家总是十分讶异,其实这和我第一次听说时的反应一模一样。我永远无法忘怀当时的冲击,脑中立刻同时浮现了某个问题与构想。问题是:"怎么从来没有人写过这些圣赦神父的事?"

而我的构想则是:"要是能把它写成小说一定很棒!"

您是怎么想到这个不可思议又逼真的主题?

每一个作者都希望能够写出"充满原创性"的小说,这是所有小说家的圣杯。所以,我必须说我欠了某人一辈子的恩情。

我第一次遇到强纳森神父的时候,着实不敢相信自己面前站的是某个近似"条子"的家伙,酷似我深爱的二十世纪七十年代惊悚犯罪小说中的警探,但他的真实身份却是神父!而且,他的故事中具有某种相当强烈的"哥特"风格,仿佛他真的在某个暗黑世界的边缘工作。时至今日,强纳森神父依然在帮助执法单位处理某些可能有邪魔涉入的疑难悬案。有时候,对于那些令人完全摸不着头绪的案件,从"犯罪档案库"里学习到的经验反而是有助厘清的关键,至少,可以发挥部分的助力。

这样的写作之旅是否让您更加了解人性?换言之,您对于"善"与"恶"的观念得到了怎样的领悟?

随着历史不断演进,良善也随着人性一起进化,但邪恶却几乎保持原貌——这是大家都不想听到的真相。

除了那些与高科技发展有关的案件,大部分的犯罪情节,尤其是那些最令人发指的可怕案件,其实都与千百年前的案件极其相似。在古罗马时代,也有和现代一样的杀人魔(当然,只不过那时候并没有这种称号)。虽然我们已经研究罪行超过千年,也了解得比较透彻,但我们依然无法解释到底是什么样的力量驱使那些与我们一样的人犯下重罪，而目的只是取乐。在"犯罪档案库"可供参阅的历史资料中，有许多事件可为明证。比方说，在一九九七年，我的大学毕业论文主题是某个著名的意大利"杀人魔"，专挑小孩下手的凶手。他有严重的自恋型人格，很乐意重述自己杀戮的可怕细节，对于自己的"丰功伟绩"几乎到了吹嘘的地步。在警方仍然寻找他的时候，他在某间公共电话亭里直接打电话给警察，还在里面留下了"杀人魔"的署名。其实，在古老档案的告解内容中，也有某个年轻人犯下了相同的罪，他描述自己杀害无辜小孩时的心情所使用的措辞，与这个杀人魔极其类似。只不过，这名年轻的悔罪者活在十六世纪前半叶！

您学的是法律与犯罪学，相当了解人性的最幽暗角落。在这个领域中，是否还是会听到让您惊讶万分或是猝不及防的故事？

强纳森神父曾经警告我，他告诉我的某些内容，可能会让我无法接受。某些恶行的表现形式的确让我毫无心理准备，有时候，我实在很难老实招认这一点。我看了许多案例，作为研究资料的一部分，而我在写这本小说的时候，选择的故事都很审慎，以免一不小心就落入过度暴露案情的诱惑之中。我们有某种诡异的天性，邪恶之事对我们有股危险的吸引力。举例来说，正因为这种特性，会让我们公开谴责杀童凶手的时候，也会在同时透过媒体追踪他的一举一动，满足自己可怖的好奇心。其实，永远被记挂在心的是凶手的名字，而惨遭他们毒手的受害人姓名却鲜少有人记得……

从背景研究到书写,您花了多长时间才完成这部小说?

我写这部小说花了一年多的时间,但许久之前就有了这样的构想。我所描述的这些地方的历史,都是我研究与阅读的成果,最重要的是,它们是许多罗马朋友多年来给予我的赠礼。多亏了他们,我才能挖掘出许多传说与谜团,而且也拜他们所赐,我造访了许多不为人知的神秘角落,比方说,当我知道梵蒂冈里有两公顷树林的时候,我当然觉得如获至宝!

您与罗马的关系是怎样的?

如果不是在罗马出生或是曾经在罗马长居的人,绝对不会知道这座全球最独特的城市到底隐藏了什么秘密。罗马是我多年的家,所以我可以自豪地告诉大家,在我们这个世界中,绝对找不到第二个像这样的地方。只要来到这里的人,一定会产生归属感,而且他们立刻就能体会"永恒之城"这种说法的确恰如其分,这一切绝非出于偶然。

致　谢

斯蒂芬诺·毛利，我的编辑；法布里吉欧·蔻蔻，我的编辑；朱塞佩·史塔兹耶利，Longanesi的编辑主任。拉菲耶拉·罗讷卡托、克里斯蒂娜·佛斯奇尼、爱莲娜·帕瓦内托、吉赛佩·索曼兹、葛拉西耶拉·切鲁提。

路易基·伯尔纳伯，我的经纪人。

米盖尔、欧塔维欧还有维托，都是我的见证人，还有阿奇列。

安东尼欧与菲提娜，我的双亲。

琪雅拉，我的妹妹。

艾莉莎贝塔，此生难舍难离。

读客
悬疑文库

认准读客读悬疑,本本都是大师级。

专注出版英、美、日、意、法等世界各国各流派的顶尖悬疑作品。

为读者精挑细选,只出版两种作品:
经过时间洗练、经典中的经典;以及口碑爆表、有望成为经典的当代名作。

跟着读客悬疑文库,在大师级的悬疑作品中,
经历惊险反转的脑力激荡,一窥人性的善恶吧。

打开淘宝,扫码进入读客旗舰店,
下一本悬疑更惊奇!